4.95

HISTOIRES

D0665760

DU MÊME AUTEUR

Dans Le Livre de Poche :

NOUVELLES HISTOIRES EXTRAORDINAIRES
HISTOIRES GROTESQUES ET SÉRIEUSES

EDGAR ALLAN POE

Histoires extraordinaires

TRADUCTION DE CHARLES BAUDELAIRE
INTRODUCTION DE MICHEL ZÉRAFFA

LE LIVRE DE POCHE

Chargé de recherche au Centre National de la Recherche Scientifique, Michel Zéraffa est docteur ès lettres. Portant sur l'évolution esthétique du roman occidental de 1920 à 1960, sa thèse (*Personne et Personnage*) a été publiée en 1969. Michel Zéraffa est aussi l'auteur de *Roman et Société*, et de nombreuses études d'esthétique littéraire. Il connaît particulièrement la littérature anglo-saxonne moderne, et a notàmment traduit des textes de Henry James. Il est en outre romancier : *Le Temps des Rencontres* (1948), *L'Histoire* (1964).

© *Librairie Générale Française*, 1972.

INTRODUCTION

L'ART D'EDGAR POE[1]

> « Il y a des destinées fatales. »
> *« Tous les contes d'Edgar Poe sont*
> *pour ainsi dire biographiques »*
> CHARLES BAUDELAIRE

SORCELLERIE, et puritanisme; orgueil d'être une nouvelle nation, mais nostalgie du vieux monde européen; idéalisme et moralisme, mais foi dans le
négoce, l'industrie, l'argent : la Nouvelle Angleterre
est le lieu des essentielles contradictions américaines.
A Boston naquit, le 19 janvier 1809, celui qui devait
fonder, avec deux autres « bostoniens » — Nathaniel
Hawthorne et Herman Melville —, la littérature américaine : Edgar Poe. Ses parents sont de jeunes acteurs.
Il ne les connaîtra pas. Son père, bel homme élégant
et alcoolique, disparaît en 1810. Sa mère, la londo-
nienne Elizabeth Arnold, meurt tuberculeuse à Rich-

---

1. Cette étude concerne toute l'œuvre de fiction d'Edgar Poe : elle
tente de dégager les traits essentiels des trois recueils d'*Histoires* successivement publiés par Charles Baudelaire. Des études plus particulières sont consacrées aux *Nouvelles Histoires extraordinaires* et aux
Histoires grotesques et sérieuses, (Livre de Poche n° 1055 et 2173). Voir
la Chronologie de Poe en fin de volume.

mond, Virginie, en 1810. Quarante ans plus tard on écrira d'elle : « De bonne naissance, elle n'hésita pourtant pas à consacrer au Drame le bref éclat de sa beauté et de son génie. » Quelques jours après la mort de la jeune actrice, un incendie détruit le théâtre de Richmond. Devant tant d'infortune, d'excellentes gens, les Allan, adoptent l'orphelin. Il se nommera donc Edgar Allan Poe.

Il connaîtra d'abord la vieille Angleterre : négociant en tabacs, Mr. Allan doit traiter des affaires en Écosse, puis à Londres. Revenu à Richmond en 1820, Edgar semble être l'exemple du garçon doué, brillant, choyé. Prouesses sportives, succès scolaires (français, latin, grec), premières amours, et premières idées politiques : il est antidémocrate. Mais apparaissent aussi les signes d'une nervosité, d'un fonds d'angoisse auxquels n'est sans doute pas étrangère l'existence inégale de son père adoptif : riche hier, celui-ci fait soudain banqueroute, puis redevient fortuné — et il donne de mauvaise grâce de quoi acheter un timbre-poste à un garçon dont l'orgueil marque le caractère. Masque et défense d'une intelligence et d'une sensibilité extrêmes, cet orgueil conduira Edgar Allan Poe à l'université de Virginie que vient de fonder, en 1825, Jefferson. Il lit Rollin, Byron, continue de s'intéresser au magnétisme, aux romans noirs, aux philosophes. Mais en dépit de ses bonnes notes (de son *Excellent Scholastic Record*) Mr. Allan le retire de l'université au bout de huit mois. Le jeune homme commence à jouer, et peut-être à boire. Revenu à Richmond, il doit oublier son personnage d'étudiant aussi brillant qu'élégant, — et son premier amour, Elmira Royster. Et comme il refuse d'être employé dans le négoce paternel, le voilà acteur à Boston, puis soldat. En mai 1827 il s'engage sous le nom d'Edgar Allan Perry.

Mais dès juin 1827 sera publié *Tamerlan and Other Poems,* avec « A Bostonian » pour nom d'auteur. Sur l'insuccès de ce premier recueil le soldat Perry médi-tera à Fort Moultrie, dans l'île Sullivan, près de Char-leston, où on l'envoie en octobre. Mais il observe aussi le paysage où il situera quinze ans plus tard *Le Scarabée d'or.* Et il écrit son premier conte, *Metzen-gerstein,* qui est aux histoires « romantiques », alors très populaires, ce que *La Peau de chagrin* sera au « roman fantastique » : déjà Edgar Poe sait transférer la terreur du monde des fantômes à celui des consciences. En février 1829 meurt Mrs. Allan, très aimée du jeune homme, et en avril se termine son temps d'engagement. Mais il tient à devenir officier, présente sa candidature à West Point où il sera admis en 1830. On vient de publier son poème religieux et métaphysique *Al Aaraaf,* dont le héros est média-teur entre le ciel et l'enfer : Edgar Poe a lu Moore, et Byron. 1831 : il passe en cour martiale pour « graves négligences » et « indiscipline ». On l'expulse de West Point.

Cet échec, cette blessure ne seront pas compensés par la publication, à New York, d'une seconde édi-tion de ses poèmes. Edgar Poe se met à boire. Ses amis, puis ses biographes s'accorderont à penser qu'il n'aime pas la boisson pour elle-même, mais ses effets d'exaltation, et son pouvoir d'apaiser l'an-goisse. Désormais il trouvera constamment refuge auprès de sa tante Maria Clemm, la « mère admi-rable » à laquelle Baudelaire dédiera son premier recueil de traductions des *Histoires extraordinaires.* Jus-qu'au bout Maria Clemm le protégera, l'apaisera, l'encouragera. Toujours en 1831 (il a vingt-deux ans) il concourt pour un prix offert à la « meilleure nou-velle » par le *Saturday Courier* de Philadelphie. Une histoire sentimentale est préférée à ses textes, mais le *Saturday* en publiera toutefois cinq, dont *Metzen-gerstein*. Dès lors son travail d'écrivain est lié à un élément capital de la vie américaine, le journalisme. La civilisation et la culture des nouveaux États-Unis (et l'idéologie de leurs couches bourgeoises) s'expriment surtout dans les quotidiens, les hebdomadaires, les *reviews*. A coups de périodiques les grandes villes de l'Est, Boston, Baltimore, Philadelphie, New York, et ce poste avancé du Sud qu'est Richmond, se disputent la suprématie des « belles-lettres », de la mondanité, du bon ton. En 1833 Edgar Poe va remporter, avec *Manuscrit trouvé dans une bouteille,* un prix de cent dollars offert par le *Baltimore Saturday Visiter.* Contemporains du *Manuscrit* sont *Bérénice* et *Morella,* qui préfigurent *Ligeia,* considéré par beaucoup comme la « plus grande histoire » de Poe.

Mais le champ que lui ouvrent journaux et revues, Poe ne l'envisage pas seulement en tant qu'auteur de fictions, ou plutôt de *short stories*. Sa vocation est d'élever le niveau d'un journalisme littéraire qui en reste encore à l'anecdote, à la facilité, au conformisme ou au tapage. De 1833 jusqu'à sa mort, il nourrira le même projet : avoir sa propre tribune. Grâce à l'appui de John Pendleton Kennedy (membre du jury pour le concours du *Baltimore*) Poe devient rédacteur au *Southern Literary Messenger* de Richmond, où paraîtront *Ombre, Le roi Peste,* puis *Bérénice, Morella* et *Aventure d'un certain Hans Pfaall* (nous donnons les titres tels que Baudelaire les a traduits).

Pourtant ces textes impressionneront moins les lecteurs du *Messenger* que les articles de critique d'Edgar Poe, où il manifeste une indépendance et une rigueur d'esprit surprenantes. Avec ses premières *Reviews of Books* se dessine une véritable théorie littéraire qui va radicalement à l'encontre du goût de l'époque. Il a le courage d'attaquer les plus importants bastions littéraires d'Amérique, composés d'écrivains et de critiques d'autant plus susceptibles qu'ils jouissent d'une médiocre considération auprès de la bourgeoisie cultivée : celle-ci veut vivre comme à Londres, et lit des auteurs anglais. Le reste est passe-temps, évasion. Parmi les écrivains ou feuilletonistes nationaux on ne respecte, en fait, que les théologiens, les moralistes, les bien-pensants. Quand Poe rédige ses premières chroniques, fortement marquées par la pensée esthétique de Schlegel, les lettres américaines « nouvelles » ou « originales » sont représentées par Fenimore Cooper (*Le Dernier des Mohicans* est de 1826), Washington Irving, Emerson —, à l'égard desquels Poe manifeste d'ailleurs peu d'enthousiasme. Est-ce donc son penchant pour la boisson, ou sa caustique sévérité de chroniqueur, qui lui valent d'être remercié, en 1837, par les propriétaires du *Messenger*? En tout cas il n'est pas mécontent de quitter un journal où il s'estimait traité en subalterne, et où il percevait, note Baudelaire, « 2 500 francs » par an. Passé au *Burton's Gentlemen Magazine* de Philadelphie, il y publiera *La Chute de la Maison Usher, William Wilson* et des chroniques toujours aussi mordantes, fondées sur des principes esthétiques toujours aussi éloignés de l'académisme : ceux, en substance, que bientôt défendra Baudelaire. Aussi connaît-il une notoriorité périlleuse. On lui pardonnerait d'être méchant. Mais sa sensibilité aux défauts esthétiques des œuvres dont il traite dans ses articles lui valent de plus en plus d'ennemis. Poe s'affirme comme le défenseur de la Forme. Il a compris que la littérature américaine n'aura de réelle et authentique existence qu'en empruntant à l'Europe non pas des sujets ou des thèmes, mais le sens de l'exigence artistique. En 1837, Hawthorne, Longfellow, Melville en sont à leurs débuts : Poe combat seul, et d'autant plus seul que

ceux-là mêmes qui apprécient ses contes (tel Pendleton Kennedy) les tiennent néanmoins pour trop
« extravagants ».

   Not one Soul to love me, écrivait-il en 1835 à Maria
Clemm pour la supplier de hâter le mariage avec sa
fille Virginia, âgée de moins de quatorze ans. L'union
fut célébrée l'année suivante, et la solitude de Poe,
malgré sa passion pour sa femme-cousine, resta
entière. Pour qu'il se sentît moins isolé, il lui aurait
fallu une certaine sécurité matérielle. Comme Dostoïevski ou Strindberg, il est hanté par l'argent. Son
ample correspondance sera remplie de chiffres, qui
le plus souvent représentent une dette, ou la somme
à emprunter d'urgence. Il lui arrivera d'évaluer avec
minutie les revenus nécessaires à la vie fastueuse
dont il rêve autant que de gloire littéraire, et à la fin
de sa vie il décrira, dans l'admirable *Domaine d'Ar-
nheim,* la résidence où il voudrait vivre, travailler,
recevoir. Mais surtout il lui faudrait réaliser son
ambition de diriger une revue de haute tenue, — et
destinée à une élite : Poe déteste toujours l'esprit
démocratique; ses idées sont celles de la bourgeoisie
du Sud. Une revue, enfin, susceptible de surclasser
le *Saturday Evening Post* ou *The Lady's Book* qui, avec
le *Gentlemen* ou le *Graham's Magazine,* font de Philadelphie le foyer de la presse américaine. Mais Philadelphie est bien plutôt la capitale du magazine à
sensation qu'un centre intellectuel.

   Au *Graham's,* cependant, Poe entrera en 1841
comme *editor* (secrétaire de rédaction). Il peut s'y
croire en position de force : après *Ligeia* et le long
Gordon Pym, il a réussi à publier un premier recueil
de contes : *Tales of the Grotesque and Arabesque.* Dans le
Graham's vont paraître *Double Assassinat dans la rue
Morgue, Une descente dans le Maelström, Colloque entre
Monos et Una.* Après une remarquable étude sur *Bar-*

naby Rudge, Poe rencontre Dickens et discute avec lui d'un problème qui lui tient au cœur : la protection des droits de l'écrivain. « Nous voulons deux choses », écrira-t-il à son ami Lowell : « une loi internationale sur le Copy Right, et un solide journal mensuel, de bonne diffusion, qui contrôle nos lettres et leur donne le ton. » Et une loi, aussi, qui contraigne les directeurs de périodiques à rétribuer décemment leurs auteurs.

Poe s'était promis de « faire la guerre au couteau contre la prétention de la Nouvelle Angleterre de posséder tout ce qu'il y a de valeur et de talent ». En un sens, il y parvient en 1843 : toute l'Amérique connaît le nom d'Edgar Poe lorsque le *Dollar Newspaper,* de New York, doit tirer à plus de deux cent mille exemplaires pour satisfaire à la demande du *Scarabée d'Or,* que réimprimera bientôt le *Saturday Review* de Philadelphie. Croyant toucher au but, l'écrivain entreprend de réunir des fonds pour créer un journal au titre éloquent, *The Stylus,* dont il dessine la maquette. Il échoue et s'endette. Accru par la tuberculose de Virginia, le besoin d'argent incite bientôt Edgar Poe à demander, sans succès, un emploi administratif. En dépit du retentissement de son poème *Le Corbeau,* il doit écouler sa production à bas prix. Il boit de plus en plus. Éditeur-propriétaire, pendant un peu plus de deux mois, du *Broadway Journal,* il n'en retire que des dettes. Sa misère est si évidente que deux grands journaux, en 1846, lanceront des appels de fonds en sa faveur. Virginia meurt en 1847 dans une très pauvre maison de la banlieue de New York.

Quand paraît, en 1845, une édition de douze histoires, qui comprend notamment *Le Scarabée, Usher, La rue Morgue, La Lettre volée,* Poe n'est plus un auteur « fantastique ». Enfin entouré d'admiration et

d'amitié, mais toujours pauvre et endetté, il écrit
Le Démon de la perversité. Ce texte (comme d'ailleurs
La Lettre volée), déçoit le public par son caractère
abstrait. Il en ira de même pour *Eurêka* en 1848. Cet
essai de philosophie scientifique, où se manifeste une
certaine prescience des théories de l'atome et de la
relativité, suscitera une forte vague de discussions,
mais n'aura qu'un succès d'estime. Comme Balzac,
Poe est influencé par la pensée du mystique suédois
Svedenborg (Dieu est présent dans le mouvement
parfait de la matière) et par les récentes découvertes
des phénomènes magnétiques, qui semblent confirmer
cette vision. *Eurêka* développe la thèse que l'univers
est non pas matière, mais pure énergie : composé
d'attractions et de répulsions alternées, il tend à
retrouver la cohérence et l'unité d'un « noyau ».
Mais on soulignera surtout que Poe, dans les dernières années de sa vie, met en profonde concordance
sa vision de l'univers et sa conception de la poésie :
le langage poétique procède d'un effort intense de
cohésion propre à le faire mouvoir autour d'un
point central que l'écrivain nomme « l'effet », comme
il l'avait montré dans sa célèbre *Genèse d'un poème*.
Car tout en donnant des lectures d'*Eurêka* dans plusieurs villes, Poe fait des *lectures* (conférences) sur ce
« principe poétique » selon lequel, pour citer Baudelaire, « la poésie ne doit pas avoir en vue autre chose
qu'elle-même ». L'auditoire de sa dernière conférence
s'éleva à deux mille personnes. Dès 1831 Poe avait
compris que l'uniformité métrique était une règle,
non une loi, et qu'un long poème était « une contradiction dans les termes ». Le poème sera resserré
autour et en vue d'un « effet » dont le *nevermore* du
Corbeau est le plus fameux exemple. Mais cet effet
a autant de force dans les meilleurs *Contes : Ligeia,
Usher, Le Puits et le Pendule, Le Cottage Landor* compor-

tent un « mot de la fin », écrit en italique, par lequel l'histoire est conclue, au sens le plus fort du terme : le mécanisme de la narration s'y affirme comme tel et s'y résume.

Mais la perte de Virginia a achevé de rompre l'équilibre psychique de Poe. Il erre affectivement, multiplie les *love affairs* et les demandes en mariage, rompt le soir des fiançailles nouées le matin. Maria Clemm est impuissante à freiner son désarroi. Il cherche des refuges mythiques auprès de femmes-mères touchées par son renom de poète, et dans l'alcool. Il tente de s'empoisonner au laudanum. Une de ses crises d'alcoolisme entraîne une congestion cérébrale. Il erre, aussi, à travers le pays pour trouver les fonds nécessaires à la création de « sa » revue. Le 3 octobre 1849, un typographe du *Baltimore Sun* le trouve inanimé dans la rue ou, selon une autre version, dans un café servant de bureau de vote. Le 7 octobre, il meurt de delirium tremens au Washington College Hospital de Baltimore.

> *« Il a beaucoup souffert pour nous »*
> CHARLES BAUDELAIRE

Jamais existence ne donna autant de prise à la légende et aux mythes. L'alcoolisme, la schizophrénie (ou la paranoïa) ont été si fortement attachés à l'inspiration d'Edgar Poe qu'ils ont fait écran sur sa réalité d'écrivain. L'homme de lettres Rufus Griswold, faux ami de Poe parce que jaloux, devait notamment propager la légende d'un auteur dont les échecs et la misère auraient tenu à l'alcool et au déséquilibre mental. Exécuteur testamentaire de Poe, Griswold le dépeignit comme un personnage sinistre, aux « éclairs

de génie ». Baudelaire eut la faiblesse de croire que
l'ivrognerie de Poe avait été « un moyen mnémo-
nique, une méthode de travail », mais il fut le premier
à considérer l'œuvre de Poe d'un point de vue esthétique. Longtemps les études consacrées à Poe, surtout en France, présentèrent sa vie et son œuvre
comme les illustrations du rapport génie-démence,
ou génie-alcool. L'étude psychanalytique de Marie
Bonaparte eut le mérite, en 1933, de séparer au
contraire la névrose de Poe de son art proprement
dit. Peu à peu, grâce à Ingram (1880), Harrison
(1903), Quinn (1941) la vérité fut rétablie, à savoir
le travail de l'écrivain. En dix-huit années, Poe écrivit
cinquante poèmes considérés par Mallarmé et Valéry
comme des modèles de forme, au moins soixante-
dix contes dont la plupart sont des chefs-d'œuvre de
composition et d'écriture, un roman (*Gordon Pym*),
un drame (*Politien*), un long essai de philosophie
scientifique (*Eurêka*), plus de trois cents études critiques sur des ouvrages aux multiples sujets, et une
correspondance considérable d'une haute tenue formelle. Publiée en 1902, l'édition des œuvres complètes
de Poe, dite *Virginia Edition*, comporte dix-sept volumes.

*
* *

Poe se défia toujours du spontané, du premier jet.
Destinant ses récits à des journaux ou à des périodiques, et toujours pressé par le besoin d'argent, il
dut le plus souvent les livrer à chaud. Mais à chaque
republication il apporte à ses contes d'importants
changements, toujours dans le sens d'un meilleur
resserrement du texte. Durant les mois agités qui
précédèrent sa fin, il revisa de près ses fictions et
ses plus importants écrits théoriques ou critiques (les

Marginalia) en vue de la première grande édition qui parut à New York en 1850. Le travail sur la forme est la constante de sa vie, et on peut douter qu'il aille de pair avec l'alcoolisme et les crises dépressives. En vérité, Poe travaille par à-coups. A l'abattement succède la fièvre créatrice. « Je rêve des mois entiers pour me réveiller enfin avec une sorte de folie de la composition », écrit-il à Lowell en 1844. En effet Poe n'écrit pas : il compose. Il a un stimulant bien plus puissant que la boisson : démontrer aux *fools* (aux imbéciles) qu'il est vain de vouloir rivaliser avec lui quant à l'art d'écrire. Poe ne croit pas à la perfectibilité de l'homme. Il récuse l'idée de progrès. Sa religion est celle de la rigueur dans la pensée et dans l'expression.

Aussi bien ses amis sont-ils frappés par sa tenue *excedently neat* (soignée à l'excès), par la clarté de son élocution et par l'aspect extrêmement net de ses manuscrits, dont l'écriture est ferme, régulière, élégante, et qui comportent peu de ratures. Très souvent il écrivait sur des feuilles de bloc-note qu'il collait les unes aux autres de manière à former des rouleaux très stricts. Cette écriture, il vaut la peine d'évoquer l'analyse qu'en a faite un graphologue américain. Elle indique une intelligence « ne dormant jamais », d'une indépendance extrême à l'égard des conventions, et qui contrôle, ou cherche toujours à contrôler, une extraordinaire sensibilité. Poe semble être ce qu'on nomme ordinairement un « cérébral ». Comme Mallarmé, il ne sait ressentir ou aimer qu'à travers l'esprit. Le mot exigence, et non celui d'orgueil, désigne sa personne affective, intellectuelle, créatrice. Rappelons aussi que les manuscrits de Poe, aisés à imiter, firent longtemps l'objet d'un véritable trafic à travers les États-Unis. Vers 1940 encore, certains faux étaient vendus à des prix très élevés. Harrison et les savants qui préparèrent l'édition complète des œuvres d'Edgar Poe eurent grand mal à rassembler les textes authentiques, souvent oubliés dans des salles de rédaction, et qu'aujourd'hui conservent diverses universités américaines.

> « *Il embaumera votre nom avec gloire* »
> CHARLES BAUDELAIRE, dédicace des Histoires
> extraordinaires à Maria Clemm.

L'importance capitale des *Histoires extraordinaires* dans la littérature occidentale, il est sans doute trop facile de la désigner en termes de psychanalyse sociale. Comme Hawthorne, Melville, et plus tard O'Neill et Faulkner, Poe met à jour le refoulé de la civilisation américaine, — son complexe d'infériorité-supériorité devant l'Europe. Son œuvre révèle la mauvaise conscience (autrement dit les désirs) que recouvre une bonne conscience pragmatiste et puritaine. Pourtant, en 1830, cette mauvaise conscience s'exprime, — mais par des fantômes, des crimes, des sorcières : quand Poe entreprend d'écrire, le seul romancier américain à vivre vraiment de sa plume est l'écrivain de terreur Brockden Brown. Dans le roman ou au théâtre, le fonds littéraire américain se compose principalement d'histoires noires ou horribles. L'originalité première d'Edgar Poe sera de faire apparaître, sous la littérature de terreur, ce que cette littérature voulait précisément conjurer : la peur. Il convient d'observer qu'il dédaignera cette transposition, cet alibi du sadisme qu'est le vampirisme, comme il négligera le monstrueux. Préfaçant son premier recueil de contes, il précisera : « Je n'écris pas que des horreurs. Si, dans beaucoup de mes créations, la terreur est le thème, je maintiens que cette terreur n'est pas de l'Allemagne, mais de l'âme. Que j'ai déduit cette terreur de ses sources légitimes, et que je l'ai menée jusqu'à ses résultats légitimes. »

Aussi faut-il voir d'abord en Edgar Poe un autre Lautréamont. Comme « Maldoror », il va décaper le discours romantique ou fantastique de son temps (et souvent importé d'Allemagne) pour dévoiler la vérité que ce discours recèle, travestit, dissimule. On a dit avec raison que le comment lui importe bien plus que le pourquoi. Son génie est moins d'invention que de transformation. En lui-même, certes, il découvre l'élan et le schéma essentiels des *Histoires,* et *Le roi Peste* lui fut en partie inspiré par le choléra dont il faillit mourir en 1831. Cependant presque toutes les *Histoires* proviennent de sources littéraires existantes, de faits divers, ou des échos de découvertes scientifiques. De l'aveu même de l'écrivain, *Metzengerstein* fut « imité de l'allemand ». Pour *Double Assassinat dans la rue Morgue* il s'est souvenu d'un conte pour enfants où un singe rase un chat après l'avoir barbouillé d'encre. *Le Canard au ballon* relate, avec ironie, un voyage accompli en 1836 par trois aéronautes américains auxquels Poe adjoint, avec cette causticité qui lui vaudra maints ennemis, un romancier en vogue. *L'Aventure d'un certain Hans Pfaall* procède de plusieurs ouvrages plus ou moins fantaisistes sur la vie dans la lune, et *Manuscrit trouvé dans une bouteille* des innombrables histoires de « vaisseau fantôme ». *L'étrange cas de M. Valdemar* et *Révélation magnétique* sont issus des idées de Svedenborg et de la découverte du magnétisme. L'autre source du *Roi Peste* est *Le Palais des Vins,* de Vivian Gray de Disraeli. Intitulé d'abord *Le Palais hanté, La Chute de la Maison*

Usher reprend le thème par excellence de la littérature fantastique. *Edgar Huntry,* de Brockden Brown, fut le modèle de *Le Puits et le Pendule,* mais Poe s'est également souvenu des supplices décrits dans *The Critical History of the Spanish Inquisition.* Dans *Le Mystère de Marie Roget,* il transpose à Paris le meurtre resté mystérieux de Mary Rogers, en 1842, à New York. Poe fait rarement appel à l'expérience vécue. Animé par une expérience tout intérieure, et chez lui redoutable, il exploite et métamorphose une grande somme de lectures, où les conteurs arabes voisinent avec les romans noirs anglais, et Hoffmann avec la littérature gréco-latine.

Ce travail de transformation a été d'abord critique, et parodique. Nous sommes habitués à lire les *Histoires extraordinaires* dans l'ordre où Baudelaire les publia en trois recueils successifs, faisant ainsi entrer l'œuvre de Poe dans la littérature française. Réunies en volumes, les traductions de Baudelaire commencent par le *Double Assassinat,* écrit par Poe en 1841, suivi de *La Lettre volée,* qui est de 1845, et du *Scarabée,* qui date de 1843. *Ligeia* (1838) et *Metzengerstein* (1832) occupent les douzième et treizième places. Si on lit les *Contes* dans leur ordre chronologique de création, on voit que l'écrivain commença par faire preuve d'une intense ironie à l'égard des deux principaux genres narratifs des Américains du premier tiers du XIXe siècle : les histoires « gothiques » de terreur, et une littérature à sensation, ou sentimentale, qui exploitait à grand tapage (*puffery*) le fonds littéraire européen. Dans *Comment écrire un article à la « Blackwood »* (1835) Poe dénoncera et démontrera les recettes utilisées par les auteurs conformistes. Il prendra très vite pour cible les romans noirs d'Ann Radcliffe et de Walpole. *Un événement à Jérusalem* tourne en dérision les romans historico-sentimentaux alors en vogue, et

Perte d'haleine — non traduit par Baudelaire[1] — les tragédies mélodramatiques elles aussi en faveur. Le titre de son premier recueil de fictions, *Tales of the Grotesque and Arabesque* exprime, en effet, le passage d'un grotesque parodique (*Hans Pfaall, Perte d'haleine*) à un arabesque baroque (*Usher* par exemple), que Poe prendra toujours au sérieux. A un souci fascinant du détail, Poe associe l'emploi de mots anglais rares ou désuets, et des phrases du tracé « arabesque ». Il traduit ainsi son culte de la forme et sa volonté de récuser toute littérature plate, facile ou à sensation. Ce qu'on peut appeler le baroque tragique d'Edgar Poe exprime surtout son refus de la *fancy* (imagination délirante de l'invraisemblable) et son attachement, en revanche, pour l'*imaginable* : l'intense représentation du possible. Avec *Ligeia,* l'horreur fantomatique, donc rassurante, fait définitivement place à l'insensible et prévisible détente des ressorts mêmes de la peur : une fusion s'est opérée entre les personnages traditionnels du fantastique, et les fantasmes de l'écrivain. Sur un fond baroque de vieux manoirs, de caveaux, de flambeaux, Edgar Poe imprime le déroulement logique de l'angoisse. Comme plus tard dans le théâtre de O'Neill, la peur est transférée du hasard des « apparitions » à la fatalité des images du rêve.

Cependant Edgar Poe ne se départit jamais du sens de l'ironie, de la critique et de la parodie, qui se manifeste à plusieurs reprises dans ses récits les plus sombres. Même dans *Ligeia* transparaît cet humour que les surréalistes nommeront humour noir, mais il accentue le tragique du récit, alors que dans plusieurs autres *Histoires* (*Le Cottage Landor, Le Joueur d'échecs, Le système du docteur Goudron...*) cet humour

1. Le Livre de Poche publiera les *Contes* de Poe que Baudelaire n'a pas traduits.

est associé à un « art du constat » : l'intrigue est
absente. Baudelaire eut donc raison de faire une
distinction entre les *Histoires extraordinaires,* publiées
par lui en deux séries (1856, 1857), et les *Histoires
grotesques et sérieuses* (1864), tandis qu'il faisait une
place à part au roman *Gordon Pym,* publié en 1858.

*
* *

Il reste que *Le Scarabée d'or* marquera en 1843 un
nouveau tournant dans l'inspiration de l'écrivain. Le
récit cesse d'être animé, comme dans *Ligeia* ou *Usher,*
par le mécanisme de la peur, ou plutôt par celui
d'une appréhension que le lecteur, dès les premières
lignes, partage avec le narrateur. Dans *Le Scarabée,*
Poe n'a même plus besoin de la crainte proprement
dite : il lui suffit de nous inquiéter par le déchiffre-
ment rigoureusement logique d'un cryptogramme,
en sorte qu'à chacune des étapes conduisant à la
découverte du trésor caché, nous nous demandons
comment cette logique est possible — comment elle
peut « tenir » — et redoutons un échec, ou une issue
fatale, qui justement ne se produiront point. Le
suspens sera encore plus pur dans la trilogie *Lettre
volée* — *Morgue* — *Marie Roget* : l'effet même de la
logique déductive de Dupin engendrera un sentiment
de fantastique auquel seul Jorge Luis Borges, l'un des
plus profonds lecteurs de Poe, saura atteindre avec
La Loterie à Babylone ou *La Bibliothèque de Babel.* Savoir
tirer d'un constat les conclusions les plus extrêmes,
donc les plus fantastiques, est l'un des aspects ma-
jeurs du génie de Poe. Baudelaire évoque à juste titre
l' « air raréfié » où se développent les *Histoires.* Est
effacé, ou sert de simple toile de fond, l'univers des
revenants, parce que chez Edgar Poe ceux-ci sont
déjà là, hantant la conscience d'un narrateur le plus

souvent anonyme : il représente la peur, l'angoisse même.

Cet esprit de déduction, appliqué à l'évidence d'une crainte qui est la crainte de soi-même, Edgar Poe l'a accentué au fur et à mesure qu'il sentit croître les menaces de la névrose et de l'échec. La logique formelle du *Scarabée,* puis de *La Lettre volée,* établit une défense contre cette révélation du « moi profond » qui avait dicté *Usher, William Wilson, Le Cœur révélateur* (dont le titre exact est *The Tell-Tale Heart ;* le cœur qui raconte lui-même l'histoire du crime). Chez Edgar Poe, le déroulement du fantasme et celui de l'écriture sont les deux faces d'un même miroir. Le progrès rationnel, dans l'ordre de la composition, est en correspondance étroite avec le progrès des obsessions dans celui de l'existence. En même temps, donc, que les dernières *Histoires* « déductives » de Poe censurent en quelque sorte l'inspiration de *Ligeia* ou d'*Usher,* elles sont le résultat, logique précisément, d'une technique d'écriture et de composition perfectionnée de 1832 à 1842. Parallèlement, le policier amateur Dupin va représenter le *moi* idéal d'Edgar Poe. Il est l'homme dont l'imagination créatrice, loin de s'opposer à l'intelligence analytique, en procède afin d'en développer les effets. Préférant le jeu de dames (jeu d'invention) au jeu des échecs (jeu de système) et « aimant la nuit pour l'amour de la nuit », Dupin ne sort de chez lui que pour étudier un moment le théâtre du crime : dans sa chambre obscure et luxueuse il saura résoudre ce problème de la « pièce fermée » sur quoi reposeront des milliers de récits policiers, de Doyle à Dickson Carr, de Leroux à Christie. De la démarche toute rationnelle de Dupin procédera la logique policière utilitariste de Sherlock

Holmes, qui aboutit à punir le criminel, à rassurer la
société, à récompenser la vertu. Mais Edgar Poe n'est
que l'ami, le témoin de Dupin : celui-ci possède une
force que l'écrivain n'a jamais eue, — sauf quand il
s'agissait d'écrire : demeurer seul devant soi-même,
et pouvoir connaître, maîtriser, harmoniser les deux
niveaux de son *moi*, — celui des fantasmes, celui de la
raison. Le double, la nuit sont les premiers mots clés
de la personne d'Edgar Poe, et de son œuvre.

Il ne s'agit nullement du double romantique, ange
noir en fin de compte rassurant ou consolateur,
parce qu'idéalisé. Le jeune homme vêtu de noir
de Musset fait pâle figure auprès du double de
William Wilson, qui présente au narrateur un reflet
inconnu, mais sans cesse pressenti, de lui-même,
— un invisible miroir de soi que le héros mourra
d'avoir voulu traverser. Dès *Metzengerstein* (où un
grand cheval fantastique, finissant par prendre la
forme d'un immense nuage de fumée, dévore littéralement le héros coupable), s'inscrit dans les *Histoires* le problème qui va essentiellement sous-tendre
la fiction occidentale, du *Pierre ou les ambiguïtés* de
Melville au *Lord Jim* de Conrad, de *Crime et Châtiment* à
Ulysse et au *Temps perdu,* problème dont procéderont
aussi les films d'Ingmar Bergman : l'identité impossible, ou perdue, de la personne humaine.

En exergue de *Morella* (étude préliminaire pour
Ligeia) l'écrivain plaça ces mots du *Banquet* de
Platon : « Lui-même, par lui-même, avec lui-même,
homogène éternel. » Il voudrait y croire. La savante
Morella énonce les deux questions que le narrateur se pose en face de sa conscience toujours
double, toujours partagée —, et aussi sous l'influence des pythagoriciens, de Fichte et de Locke :
l'identité de son être est-elle garantie à l'homme
par sa raison, et lui survit-elle après la mort ? A

ces questions Morella ne répond pas, car l'enfant qu'elle laisse en mourant au narrateur n'est qu'une autre elle-même, une image absolument ressemblante, et ces deux apparences finissent par coïncider parce que ce ne sont que des apparences recouvrant « autre chose ». Dans *Ligeia,* en revanche, Poe transfère dans l'ordre de la fiction cette dualité complémentaire de l'être et du non-être qu'à la même époque expose la philosophie de Hegel, et surtout ce couple inconscient-conscient que dévoilera Freud à la fin du siècle. Ligeia meurt. A peine le narrateur pense-t-il être heureux à nouveau en épousant Rowena que la morte aux cheveux noirs lui lance des signes à travers la blonde vivante. Ces signes font mourir lentement Rowena, et l'envahissent jusqu'à ce qu'elle se transforme, sur son lit de mort, en Ligeia. Dès lors sont établies, sont prêtes, la dynamique et la structure des grands contes dits fantastiques d'Edgar Poe. Ils ne devront plus rien au surnaturel. L'intrigue et les personnages (le plus souvent empruntés à la « littérature ») y joueront le simple rôle de supports. Dynamique et structure engendrées par ces deux réalités indissociables : d'une part le conscient vit et meurt des signes que lui adresse l'inconscient pour manifester sa présence, de l'autre l'identité de la personne n'est rien d'autre que la réunion de sa face trop claire et de sa face trop obscure, — et quand cette réunion s'accomplit, la mort survient.

Ces signes que le double d'une conscience émet dans la nuit, et qui provoquent sa perte dès qu'ils sortent au jour, Fédor Dostoïevski distingua le premier leur importance décisive dans la pensée d'Edgar

Poe et dans son art d'écrire. Dostoïevski voit en Poe
ce qu'il est lui-même, — un démystificateur, un arra-
cheur de masques. Dans son étude *Trois Récits d'Edgar
Poe* (1861) l'auteur de la *Maison des Morts* reconnaît
sa parenté avec celui de la *Maison Usher*. Il y observe
que Poe « prend presque toujours la réalité la plus
extraordinaire, *place son héros dans une situation extérieure ou psychologique la plus exceptionnelle,* puis raconte
l'état d'âme de cet homme avec une pénétration et
une exactitude étonnantes ». On a reconnu le Stra-
vroguine des *Démons,* dont les gestes ou les attitudes,
en apparence absurdes ou inconvenants, veulent
prouver à autrui que sa raison ou sa morale sont
des masques plaqués sur des tendances inavouées
ou inavouables. Ces « situations exceptionnelles »,
Dostoïevski les traduira tragiquement, dans ses
grands romans, comme les effets d'un Double latent
et toujours menaçant. Mais il les exprimera avec
ironie dans l'une de ses rares histoires fantastiques,
qui porte la marque manifeste de Poe : *Bobok,* la
« fève », c'est-à-dire les forces « du sous-sol », les
forces indécentes toujours prêtes à remonter à la
surface. Raskolnikov aura été nettement préfiguré
par le héros-narrateur du *Cœur révélateur,* qui assas-
sine un vieillard pour nul autre motif que la présence, en lui-même, d'un *Démon de la perversité* poussant l'homme à agir « sans but intelligible », — à
commettre des actes pour la seule raison que « nous
ne devrions pas les commettre ». Or ce démon est en
même temps celui de la lucidité : à l'homme
croyant savoir *qui* il est il prodigue des signes lui
montrant *ce* qu'il est. Tout comme Dostoïevski,
Edgar Poe récuse la psychologie et ne s'intéresse
qu'au psychisme. La psychologie, c'est l'analyse du
cœur humain, la rationalisation des sentiments. Le
psychisme, c'est la partition de l'être en deux zones

conflictuelles, qui empêche l'individu d'avoir ce comportement cohérent dont Poe se sentit douloureusement privé : souvent il détruisit ses succès pour les avoir voulus trop éclatants, s'exposant ainsi aux retours de flamme de l'inconscient. Ainsi le narrateur de *Ligeia,* épousant la splendide et noble Rowena, a censuré trop tôt le pouvoir érotique de sa première femme.

Pourtant la réussite est acquise aussi longtemps que le *sur-moi* domine les conflits latents, comme il arrive dans *Le Joueur d'échecs de. Maelzel* : l'automate aux prouesses étonnantes est en réalité un nain caché, et domestiqué. Des fragiles pouvoirs du *sur-moi* procède la rationalisation extrême dont témoignent *Le Scarabée* et la trilogie des « Dupin ». On comprend que Marie Bonaparte ait vu en Edgar Poe l'écrivain psychanalysable par excellence à travers ses récits et ses poèmes. Est chez lui fondamentale l'obsession d'un retour à une caverne maternelle, dont il distingue les pièges et suit les labyrinthes. Le complexe de castration est évident dans *Le Puits et le Pendule,* et il est aisé de voir la signification psychanalytique du « bras » du général Lassalle, qui arrache *in extremis* le héros au supplice.

Mais aucune psychanalyse ne rendra compte du sens des *Histoires,* dans la mesure même où le dédoublement de l'être y apparaît en clair, et en constitue l'articulation systématique. Poe n'analyse jamais le tracé d'une conscience : à l'aide de réactions, de comportements exprimés avec cette vérité signalée par Dostoïevski, il dévoile chez son héros une fêlure dont il fait sourdre une force de pensée et d'expression n'ayant d'égale que celle de Kafka. Sous l'œil impassible ou ironique de l'écrivain, le héros devient la victime du jeu joué en lui par la lucidité et la perversité. « Je me mis en tête d'arracher la vie du vieillard, et par ce moyen de me délivrer de l'œil à tout jamais. » Cette phrase du *Cœur révélateur* pourrait être mise en exergue à la plupart des *Contes*. Les héros d'Edgar Poe désirent *voir,* mais ont peur d'être *regardés,* — et à ce propos on observera que même les bruits sont le plus souvent traduits par l'écrivain en termes de vision.

Ils désirent enfin voir ce double, cet *autre moi* et ce *moi autre,* dont ils perçoivent les signes angoissants. Mais en même temps ils en redoutent la manifestation décisive, l'évidence, la présence réalisée : le regard. Ils se livrent alors à un acte qui parcourt presque toute l'œuvre de Poe, de la *Rue Morgue* à *La Barrique d'Amontillado :* celle de murer. Le singe assassin enfonce sa victime dans une cheminée; le héros du *Chat noir* mure dans la cave le cadavre de sa femme, — et le regard de la bête; celui du *Cœur révélateur* recloue le plancher sur le corps démembré du vieillard; le narrateur de *La Barrique* maçonne un mur devant son ennemi enchaîné. Et généralement cela s'accomplit à l'aide d'un plâtre frais et blanc, le plâtre du *moi* qui croit avoir retrouvé l'unité, la paix, la pureté. Mais à peine le mur achevé, ou le cercueil clos, le regard de l' « autre » retourne de plein fouet sur un bourreau qui redevient victime d'avoir voulu voir et ne pas voir tout ensemble. La constante finale des *Histoires,* c'est *The premature Burial,* l'inhumation prématurée. On mure, on met en bière toujours trop tôt, en sorte que l'inconscient ressurgit d'un seul coup, plein et entier, et que l'identité de la personne, ainsi réalisée, entraîne la mort. La maison Usher s'écroule (l'ancestrale fêlure du bâtiment s'élargit) au moment où Roderick Usher voit réapparaître une sœur qui était son autre *moi,* son filigrane, et que pour cette raison il avait souhaité à la fois voir vivre et périr.

Le travail du rêve ne pense pas, observera Freud.

Mais le rêve comporte une logique organique dont Poe et Nerval sont les premiers à avoir rendu compte dans la fiction. De *Ligeia* au *Cottage Landor* se révèle la cohérence de l'onirique ou, si l'on préfère, l'association du désir et de la mort. Pour réussir cette révélation il fallait un art de brièveté : entrer immédiatement dans le « sujet », poser aussitôt la structure et le mécanisme du Double, puis résoudre le conflit sans laisser au lecteur le temps de s'évader de la peur en dépeignant, par exemple, ces passions amoureuses qu'on reprocha à Poe de négliger. Il fallait, en substance, traduire à la lettre la condensation spatiale et temporelle des rêves et des fantasmes. Mais ce resserrement est directement lié au contexte littéraire, et social, des *Histoires extraordinaires*. Né plus tôt, et en Angleterre, Poe eût écrit un *Hauts de Hurlevent*. Né à la fin du XIXe siècle, on l'imagine l'auteur de *Le Bruit et la Fureur*. En 1831 il se heurte aux nécessités du texte journalistique, et parvient à les dominer, à les tourner à son profit. Le mythe américain de l'efficacité lui permettra de rendre efficace l'une des plus grandes œuvres mythiques de la littérature moderne. Dans l'ascendant de l' « histoire pour magazine », il voit « un signe des temps, d'une époque où les hommes ont besoin de choses brèves, courtes, bien digérées... en un mot de journalisme au lieu de dissertation. Je ne suis pas certain que les hommes d'aujourd'hui aient des pensées plus profondes qu'il y a cinquante ans; mais incontestablement ils pensent plus vite, avec plus d'adresse, plus de précision, plus de méthode, et moins d' « excroissances » qu'autrefois. »

Ces lignes traduisent aussi une attitude que partageront avec Poe Baudelaire, Melville, Conrad, Joyce, Kafka : le goût et le refus conjugués du modernisme, de la civilisation des machines, du matérialisme, de la démocratie et des foules, du négoce et de l'argent. Poe voit dans le journalisme un stimulant à la concision, mais il déteste le fait divers, le sensationnel, l' « information ». Il aspire à instaurer un journalisme vraiment littéraire, mais il aime la gloire et l'argent tels qu'on peut les acquérir de son temps. Il se tourne vers la science, et méprise l'idée de progrès. Pour préparer le lancement du *Stylus,* l'auteur du *Corbeau* forgera la plus sensationnelle fausse nouvelle du siècle, et y fera croire pendant quelques heures : la traversée de l'Atlantique en trois jours par une *Flying Machine.* De son époque il attendra ce qu'elle ne saurait accorder à un écrivain dont les moindres chroniques contestent l'ordre, le « discours » établis. C'est lui-même qu'il raconte dans *L'Homme des foules.* Il est ce vieillard parcourant une population grouillante, indifférente, affairée, où vainement il cherche « quelqu'un ». Être moderne et antimoderne : cette contradiction sera celle de O'Neill, de Faulkner, de Herman Broch. Aussi peut-on estimer que l'investigation psychanalytique prend pour ainsi dire à rebours l'œuvre de Poe. Car s'il cherche et redoute l'Autre en lui-même, c'est parce que les autres, à de rares exceptions près, ne sont pas ses semblables. La vie moderne lui refuse l'image de son prochain.

*
* *

Poe est l'un des premiers écrivains à faire état d'une désagrégation de la personne dont l'origine est sociale, économique, politique. Avant Flaubert, il est l'anti-Balzac. Devant l'anonymat des foules, devant la dégradation des « valeurs » (auxquelles ce « sudiste » voudrait pourtant se raccrocher), il se refuse à être l'auteur omniscient, qui parle en son nom parce qu'il croit, tel Balzac, parler au nom d'une société hiérarchisée, ayant ses lois organiques. Dans les *Histoires* (et c'est là une marque de modernité qui le rapproche de Kafka) le narrateur est privé d'état civil. Le *Je* qui parle est en réalité n'importe qui. En effet, l'impossible identité de l'individu, l'impossible cohérence de la personne sont pour Edgar Poe des réalités universelles. Il rend ces réalités crédibles en commençant ses récits de manière abrupte, en multipliant les détails précis, en se montrant remarquable psychologue du comportement, et surtout en faisant penser ses héros : jamais Poe ne censure l'abstraction ou l'intellectualité. Par un tel renversement des données du récit fantastique traditionnel, l'écrivain suscite la peur non du surnaturel, mais de l'hypernaturel propre à nos rêves et à nos obsessions.

Sitôt qu'elle est « intérieure » et non plus « sociale », la réalité ne peut s'exprimer que par des artifices esthétiques. Poe et Melville inaugurent une littérature qui traduit le monde au lieu de le raconter. Avant Flaubert, leur œuvre procède d'une conception de l'art comme seule valeur authentique, devant l'effritement ou la fausseté des autres valeurs humaines. L'art est le salut, mais il isole l'écrivain d'une bourgeoisie utilitariste et vertueuse qui demande aux belles-lettres soit de photographier le réel, soit de l'idéaliser. Son œuvre est un cœur révélateur, un théâtre de la cruauté, et de la vérité, mais son premier public correspond à ce remarquable trait des Goncourt dans leur *Journal* : « Ces bourgeois de lettres dont la pudeur se signe au nom de Sade et le goût au nom de Poe. » Les classes cultivées américaines imaginent mal que l'art puisse être une activité spécifique. Bien peu de Philadelphiens pouvaient admettre cette déclaration *(Exordium)* : publiée dans le *Graham's* en 1842 : « Un livre est écrit, — et seulement en tant que *livre* nous en faisons l'objet d'une critique. Des idées contenues dans l'ouvrage on ne traitera que pour déterminer de quelle *façon* elles sont mises en lumière. La critique n'est pas faite pour mettre des idées à l'épreuve, mais pour cerner d'abord ce qui fait d'un ouvrage un *produit d'art.* Ensuite les idées peuvent être mises à l'épreuve de tout un chacun, et en premier lieu de la catégorie de gens auxquels l'ouvrage s'adresse spécialement, — à l'historien s'il est historique, au moraliste s'il s'agit de métaphysique. »

De même fallait-il des lecteurs comme Baudelaire, Melville, Dostoïevski pour admettre pleinement le triple principe de totalité, de cohérence et d'harmonie qui, pour Edgar Poe, devait régir le travail de l'écrivain. « Le génie le plus élevé résulte d'une puissance mentale uniformément répartie, disposée dans un ordre de proportion absolue où aucune faculté particulière ne peut l'emporter sur les autres... Cette proportion entre les facultés, quand elle s'accompagne d'une puissance extrême, constitue le véritable génie, encore que celui-ci soit rarement reconnu comme tel, à cause de l'excessive simplicité et de l'harmonie de ses œuvres. »

*
* *

Leur rigueur démonstrative vaudra néanmoins aux *Histoires* leur première popularité en Europe. Si la gloire de Poe ne devint vraiment éclatante que par le détour de Baudelaire, on rappellera cependant la forte impression produite en 1845 par une adaptation (non signée) de *La Lettre volée* dans *Le Magasin pittoresque,* et par *Le Scarabée d'Or* traduit la même année dans *La Revue britannique.* La même revue publiera en 1847 *Une descente dans le Maelström.*

La première *Histoire* traduite par Baudelaire (publiée
en 1848 dans *La Liberté de penser*), fut *Révélation magnétique* : était très forte à Paris la vogue du magnétisme,
du spiritisme, des médiums, Il est inexact, si l'on
songe à l'anglomanie de Baudelaire, que celui-ci ait
appris l'anglais en traduisant Edgar Poe. Mais Baudelaire, au fur et à mesure de ses traductions, s'est
pénétré de la langue anglaise comme il s'est pénétré
d'une œuvre dont l'auteur avait été son frère en existence et en esthétique.

Tous les écrivains influencés par Poe le seront
d'abord par l'évidence, dans ses poèmes et dans ses
contes, d'un système de composition. Au sens strict
et profond du terme, le travail littéraire de Poe constitue un modèle. Sans doute Mallarmé, puis Valéry
mirent-ils trop l'accent sur la rhétorique d'Edgar Poe
et pas assez sur son lyrisme. Mais ils ont bien vu la
primauté donnée par Poe à l'exercice de la pensée
dans l'œuvre poétique. A vingt-cinq ans il écrivait
dans *The Southern Literary Messenger* : « N'hésitons pas
à dire que l'homme puissamment doué de l'esprit
de Causalité (c'est-à-dire ayant une intelligence métaphysique aiguë) composera, même si la part d'Idéalité est chez lui très faible, un meilleur poëme que
celui qui, privé d'intelligence métaphysique, sera
doué d'une Idéalité extrême. » Cet esprit de causalité, Poe l'applique pareillement à l'art du récit.
La question du *plot* (de l'agencement de la narration)
le préoccupa sans cesse : « Une intrigue n'est parfaite
que si nous nous trouvons incapables d'en détacher
ou d'en déformer le moindre incident sans démolir
tout l'ensemble. » Ce créateur de la *short story* comme
genre et comme art précisera, en 1847 : « Ayant
conçu avec un soin attentif un certain *effet* unique
ou particulier à produire, l'écrivain habile inven-
tera alors et combinera les incidents les plus propres

à manifester solidement cette préconception de l'*effet*.
Si sa toute première phrase ne tend pas à rendre
évident cet effet, alors c'est l'échec dès le premier
pas. Et l'entière composition ne saurait comporter
un seul mot qui ne traduise, directement ou indi-
rectement, le schéma préétabli. »

Transformant et renouvelant le classicisme, les
textes d'Edgar Poe devaient particulièrement s'imposer à la France littéraire de la seconde moitié du
XIXe siècle. Comme l'a écrit un commentateur américain, il a *A French Face,* un visage français qu'il aura
d'ailleurs pressenti. Si l'on excepte Dostoïevski, on ne
peut mettre en balance la présence de Poe dans le
domaine français et son influence dans le reste de
l'Europe. Ni Poe, ni Baudelaire, ne sont cités dans
le *Journal* de Kafka. Dans le domaine allemand il aura
pour lecteurs Rilke, Hofmannsthal, et surtout les
poètes expressionnistes. Mais cette œuvre, pour des
raisons formelles, était faite sur mesure pour une
littérature française qui achevait de se couper du
romantisme. La première étude d'ensemble sur Edgar
Poe est de Daurand-Forgues (Paris, 1846). S'il y développe le thème « génie-névrose », Forgues observe
cependant que chez Poe « la logique domine tout,
charpente tout ». Barbey d'Aurevilly, tout en repro-
chant à Poe de ne faire aucune place aux sentiments
ni au cœur humain, fera cette juste remarque : « Il est
l'œil de sa propre pensée! » Poe sera dix-sept fois
mentionné dans le *Journal* des Goncourt, qui écrivent,
en juillet 1856 : « Quelque chose que la critique n'a
pas vu, un monde littéraire nouveau, les signes de la
littérature du XXe siècle. Le miraculeux scientifique, la
fable par A + B, une littérature maladive et lucide.
Plus de poésie; de l'inspiration à coups d'analyse...
Les choses ayant plus de rôle que les hommes; l'amour
cédant la place aux déductions et à d'autres sources

d'idées, de phrases, de récit et d'intérêt; la base du roman déplacée et transportée du cœur à la tête et de la passion à l'idée; du drame à la solution. » Avant Conan Doyle, E. de Gaboriau suivra la méthode d'observation de Dupin, dont d'ailleurs « M. Lecocq » est la réplique. Parmi les admirateurs de l'esthétique de Poe on signalera J.-K. Huysmans *(A Rebours)* et Maupassant. *Le Cottage Landor,* dernier récit de Poe (1849) où il décrit pour décrire (ce « vide » d'action produisant un saisissant effet fantastique) préfigure l'art de Robbe-Grillet cernant les contours ou les positions des lieux et des choses. Aussi bien J. Ricardou, théoricien du « Nouveau Roman » vient-il, en 1971, de montrer, dans une étude intitulée *L'Or du Scarabée,* la force narrative du mot « or » et de la notion de « doré » dans le célèbre conte.

Fixant les traits essentiels de ce qu'on peut nommer l'interrogation fantastique (ce n'est pas l'apparition du Double, mais sa présence secrète, qui tend les ressorts de l'action) l'œuvre d'Edgar Poe est celle qui a proposé les plus nombreux modèles à l'art de l'image. Peu après sa traduction du *Corbeau,* Mallarmé attire l'attention d'Odilon Redon sur les textes de Poe, et Redon dédiera à l'écrivain un album de lithographies. La traduction des *Poèmes* par Mallarmé sera illustrée par Manet. Legrand illustrera *La Rue Morgue* et *Le Chat noir,* James Ensor *Hop Frog,* Rossetti *Ligeia,* Alexeiev le *Dialogue entre Monos et Una.* Comportant des situations fantastiques exemplaires, les *Histoires* devaient alimenter nécessairement le cinéma. Epstein, en 1926, tourne une seconde *Maison Usher.* La renaissance du film de terreur, au début des années soixante, sera marquée par le *Usher* et par *L'Ensevelissement prématuré* de Corman.

Mais rappelons surtout la descendance propre-

ment dite des *Histoires extraordinaires*. Sur leur arbre
généalogique s'inscrivent les noms de Marcel Schwob
(*Le Livre de Monelle,* titre significatif) et de Villiers
de l'Isle-Adam. *La Torture par l'Espérance* fait pendant
à *Le Puits et le Pendule,* et quand il écrit *L'Ève future*
(directement dérivé du *Portrait ovale*) Villiers déclare
« qu'il dotera cette « Ombre » de toutes les mysti-
cités passionnées des *Ligeias* d'Edgar Poe ».

Enfin, Jules Verne. On a justement souligné qu'un
Edgar Poe « gai et point halluciné » apparaît dans
Cinq semaines en ballon. Le dirigeable *Victoria,* imaginé
par Poe pour faire sensation sur les New-Yorkais,
se retrouve dans la machine volante de *Robur le
Conquérant.* La filiation est évidente entre *Le Docteur
Ox* et *Le Diable dans le beffroi.* Les cryptogrammes
sur lesquels est fondée l'action de *Mathias Sandorf*
et de *Voyage au centre de la terre* ont pour référence
l'énigmatique morceau de parchemin du *Scarabée
d'or.* Sa lecture de Poe incitera enfin Jules Verne
à écrire, avec *Le Sphinx des Glaces,* la suite des *Aventures de Gordon Pym.* Dès le début du *Sphinx,* Verne
déclare que son récit unira « le hasard et un calcul
rigoureux ». Et son narrateur suivra la trace, le fantôme de Pym jusqu'à découvrir celui-ci rivé au flanc du
monstre blanc, du sphinx magnétique qui attire le fer.

Les textes d'Edgar Poe se prêtent tout particulièrement à l'analyse thématique ou structurale. Seule
de ses fictions où Edgar Poe s'écarte de son principe
de brièveté, *Gordon Pym* se présente comme le négatif
de la plupart des *Histoires.* On y voit en blanc ce qui
est noir ailleurs. Le mystère du Double y prend la
forme de grands oiseaux immaculés, d'étendues
glaciaires, de sables clairs. Sans doute s'agit-il là du
double inverse de celui d'*Usher* ou du *Chat noir* : celui
de l'angélisme, de la paix perdue. Une étude américaine sur Hawthorne, Poe et Melville s'intitule

The Power of Blackness. Le « pouvoir du noir » domine surtout les textes de Poe, où les termes traduisant la notion d'obscurité sont d'une extrême fréquence. Pourtant le capitaine Achab de *Moby Dick* part à la recherche d'une baleine blanche. Et, comme l'a remarquablement observé Borges, le sujet de *Gordon Pym* n'est rien d'autre qu'une *quête de la couleur blanche*. Restons-en à une interprétation littéraire d'une telle recherche : c'est celle qu'assume l'écriture sur la page blanche qui fascinera bientôt Mallarmé.

MICHEL ZÉRAFFA.

DOUBLE ASSASSINAT
DANS LA RUE MORGUE

> Quelle chanson chantaient les sirènes? quel nom Achille avait-il pris, quand il se cachait parmi les femmes? — Questions embarrassantes, il est vrai, mais qui ne sont pas situées au-delà de toute conjecture.
>
> Sir Thomas Browne.

Les facultés de l'esprit qu'on définit par le terme *analytiques* sont en elles-mêmes fort peu susceptibles d'analyse. Nous ne les apprécions que par leurs résultats. Ce que nous en savons, entre autres choses, c'est qu'elles sont pour celui qui les possède à un degré extraordinaire une source de jouissances des plus vives. De même que l'homme fort se réjouit dans son aptitude physique, se complaît dans les exercices qui provoquent les muscles à l'action, de même l'analyste prend sa gloire dans cette activité spirituelle dont la fonction est de débrouiller. Il tire du plaisir même des plus triviales occasions qui mettent ses talents en jeu. Il raffole des énigmes, des rébus, des hiéroglyphes; il déploie dans chacune des solutions une puissance de perspicacité qui, dans l'opinion vulgaire, prend un caractère surnaturel. Les résultats, habilement déduits par l'âme même et l'essence de sa méthode, ont réellement tout l'air d'une intuition.

Cette faculté de *résolution* tire peut-être une grande force de l'étude des mathématiques, et particulièrement de la très-haute branche de cette science, qui, fort improprement et simplement en raison de ses opérations rétrogrades, a été nommée l'analyse, comme si elle était l'analyse par excellence. Car, en somme, tout calcul n'est pas en soi une analyse. Un joueur d'échecs, par exemple, fait fort bien l'un sans l'autre. Il suit de là que le jeu d'échecs, dans ses effets sur la nature spirituelle, est fort mal apprécié. Je ne veux pas écrire ici un traité de l'analyse, mais simplement mettre en tête d'un récit passablement singulier quelques observations jetées tout à fait à l'abandon et qui lui serviront de préface.

Je prends donc cette occasion de proclamer que la haute puissance de la réflexion est bien plus activement et plus profitablement exploitée par le modeste jeu de dames que par toute la laborieuse futilité des échecs. Dans ce dernier jeu, où les pièces sont douées de mouvements divers et bizarres, et représentent des valeurs diverses et variées, la complexité est prise — erreur fort commune — pour de la profondeur. L'attention y est puissamment mise en jeu. Si elle se relâche d'un instant, on commet une erreur, d'où il résulte une perte ou une défaite. Comme les mouvements possibles sont non-seulement variés, mais inégaux en *puissance,* les chances de pareilles erreurs sont très multipliées; et dans neuf cas sur dix, c'est le joueur le plus attentif qui gagne et non pas le plus habile. Dans les dames, au contraire, où le mouvement est simple dans son espèce et ne subit que peu de variations, les possibilités d'inadvertance sont beaucoup moindres, et l'attention n'étant pas absolument et entièrement accaparée, tous les avantages remportés par chacun des joueurs ne peuvent être remportés que par une perspicacité supérieure.

Pour laisser là ces abstractions, supposons un jeu de dames où la totalité des pièces soit réduite à quatre *dames,* et où naturellement il n'y ait pas lieu de s'attendre à des étourderies. Il est évident qu'ici la victoire ne peut être décidée, — les deux parties étant absolument égales, — que par une tactique habile, résultat de quelque puissant effort de l'intellect. Privé des ressources ordinaires, l'analyste entre dans l'esprit de son adversaire, s'identifie avec lui, et souvent découvre d'un seul coup d'œil l'unique moyen — un moyen quelquefois absurdement simple — de l'attirer dans une faute ou de le précipiter dans un faux calcul.

On a longtemps cité le whist pour son action sur la faculté du calcul; et on a connu des hommes d'une haute intelligence qui semblaient y prendre un plaisir incompréhensible et dédaigner les échecs comme un jeu frivole. En effet,

il n'y a aucun jeu analogue qui fasse plus travailler la faculté de l'analyse. Le meilleur joueur
d'échecs de la chrétienté ne peut guère être
autre chose que le meilleur joueur d'échecs;
mais la force au whist implique la puissance de
réussir dans toutes les spéculations bien autrement importantes où l'esprit lutte avec l'esprit.

Quand je dis la force, j'entends cette perfection dans le jeu qui comprend l'intelligence de
tous les cas dont on peut légitimement faire son
profit. Ils sont non-seulement divers, mais
complexes, et se dérobent souvent dans des profondeurs de la pensée absolument inaccessibles
à une intelligence ordinaire.

Observer attentivement, c'est se rappeler distinctement; et, à ce point de vue, le joueur
d'échecs capable d'une attention très-intense
jouera fort bien au whist, puisque les règles de
Hoyle, basées elles-mêmes sur le simple mécanisme du jeu, sont facilement et généralement
intelligibles.

Aussi, avoir une mémoire fidèle et procéder
d'après le livre sont des points qui constituent
pour le vulgaire le *summum* du bien jouer. Mais
c'est dans les cas situés au-delà de la règle que
le talent de l'analyste se manifeste; il fait en
silence une foule d'observations et de déductions. Ses partenaires en font peut-être autant;
et la différence d'étendue dans les renseignements ainsi acquis ne gît pas tant dans la validité de la déduction que dans la qualité de
l'observation. L'important, le principal est de
savoir ce qu'il faut observer. Notre joueur ne se

confine pas dans son jeu, et, bien que ce jeu soit
l'objet actuel de son attention, il ne rejette pas
pour cela les déductions qui naissent d'objets
étrangers au jeu. Il examine la physionomie de
son partenaire, il la compare soigneusement avec
celle de chacun de ses adversaires. Il considère
la manière dont chaque partenaire distribue ses
cartes; il compte souvent, grâce aux regards que
laissent échapper les joueurs satisfaits, les atouts
et les *honneurs,* un à un. Il note chaque mouvement de la physionomie, à mesure que le jeu
marche, et recueille un capital de pensées dans
les expressions variées de certitude, de surprise,
de triomphe ou de mauvaise humeur. A la manière de ramasser une levée, il devine si la même
personne en peut faire une autre dans la suite.
Il reconnaît ce qui est joué par feinte à l'air
dont c'est jeté sur la table. Une parole acciden-
telle, involontaire, une carte qui tombe, ou qu'on
retourne par hasard, qu'on ramasse avec anxiété
ou avec insouciance; le compte des levées et
l'ordre dans lequel elles sont rangées; l'embarras,
l'hésitation, la vivacité, la trépidation, — tout
est pour lui symptôme, diagnostic, tout rend
compte à cette perception, — intuitive en apparence, — du véritable état des choses. Quand
les deux ou trois premiers tours ont été faits, il
possède à fond le jeu qui est dans chaque main,
et peut dès lors jouer ses cartes en parfaite connaissance de cause, comme si tous les autres
joueurs avaient retourné les leurs.

La faculté d'analyse ne doit pas être confondue
avec la simple ingéniosité; car, pendant que

l'analyste est nécessairement ingénieux, il arrive souvent que l'homme ingénieux est absolument incapable d'analyse. La faculté de combinaison, ou constructivité, par laquelle se manifeste généralement cette ingéniosité, et à laquelle les phrénologues — ils ont tort, selon moi, — assignent un organe à part, — en supposant qu'elle soit une faculté primordiale, a paru dans des êtres dont l'intelligence était limitrophe de l'idiotie, assez souvent pour attirer l'attention générale des écrivains psychologistes.

Entre l'ingéniosité et l'aptitude analytique, il y a une différence beaucoup plus grande qu'entre l'imaginative et l'imagination, mais d'un caractère rigoureusement analogue. En somme, on verra que l'homme ingénieux est toujours plein d'imaginative, et que l'homme *vraiment* imaginatif n'est jamais autre chose qu'un analyste.

Le récit qui suit sera pour le lecteur un commentaire lumineux des propositions que je viens d'avancer.

Je demeurais à Paris, — pendant le printemps et une partie de l'été de 18..., — et j'y fis la connaissance d'un certain C. Auguste Dupin. Ce jeune gentleman appartenait à une excellente famille, une famille illustre même, mais, par une série d'événements malencontreux, il se trouva réduit à une telle pauvreté, que l'énergie de son caractère y succomba, et qu'il cessa de se pousser dans le monde et de s'occuper du rétablissement de sa fortune. Grâce à la courtoisie de ses créanciers, il resta en possession d'un petit reliquat de son patrimoine; et, sur la rente qu'il en tirait, il trouva moyen, par une économie rigoureuse, de subvenir aux nécessités de la vie, sans s'inquiéter autrement des superfluités. Les livres étaient véritablement son seul luxe, et à Paris on se les procure facilement.

Notre première connaissance se fit dans un obscur cabinet de lecture de la rue Montmartre, par ce fait fortuit que nous étions tous deux à la recherche d'un même livre, fort remarquable et fort rare; cette coïncidence nous rapprocha. Nous nous vîmes toujours de plus en plus. Je fus profondément intéressé par sa petite histoire de famille, qu'il me raconta minutieusement avec cette candeur et cet abandon, — ce sans-façon du *moi,* — qui est le propre de tout Français quand il parle de ses propres affaires.

Je fus aussi fort étonné de la prodigieuse étendue de ses lectures, et par-dessus tout je me sentis l'âme prise par l'étrange chaleur et la vitale fraîcheur de son imagination. Cherchant dans Paris certains objets qui faisaient mon unique étude, je vis que la société d'un pareil homme serait pour moi un trésor inappréciable, et dès lors je me livrai franchement à lui. Nous décidâmes enfin que nous vivrions ensemble tout le temps de mon séjour dans cette ville; et, comme mes affaires étaient un peu moins embarrassées que les siennes, je me chargeai de louer et de meubler, dans un style approprié à la mélancolie fantasque de nos deux caractères, une maisonnette antique et bizarre que des superstitions dont nous ne daignâmes pas nous enquérir avaient fait déserter, — tombant presque en ruine, et située dans une partie reculée et solitaire du faubourg Saint-Germain.

Si la routine de notre vie dans ce lieu avait été connue du monde, nous eussions passé pour deux fous, — peut-être pour des fous d'un genre inoffensif. Notre réclusion était complète; nous ne recevions aucune visite. Le lieu de notre retraite était resté un secret — soigneusement gardé — pour mes anciens camarades; il y avait plusieurs années que Dupin avait cessé de voir du monde et de se répandre dans Paris. Nous ne vivions qu'entre nous.

Mon ami avait une bizarrerie d'humeur, — car comment définir cela? — c'était d'aimer la nuit pour l'amour de la nuit; la nuit était sa passion; et je tombai moi-même tranquillement dans cette bizarrerie, comme dans toutes les autres qui lui étaient propres, me laissant aller au courant de toutes ses étranges originalités avec un parfait abandon. La noire divinité ne pouvait pas toujours demeurer avec nous; mais nous en faisions la contrefaçon. Au premier point du jour, nous fermions tous les lourds volets de notre masure, nous allumions une couple de bougies fortement parfumées, qui ne jetaient que des rayons très-faibles et très-pâles. Au sein de cette débile clarté, nous livrions chacun notre âme à ses rêves, nous lisions, nous écrivions, ou nous causions, jusqu'à ce que la pendule nous avertît du retour de la véritable obscurité. Alors, nous nous échappions à travers les rues, bras dessus bras dessous, continuant la conversation du jour, rôdant au hasard jusqu'à une heure très-avancée, et cherchant à travers les lumières désordonnées et les ténèbres de la populeuse cité ces innombrables excitations spirituelles que l'étude paisible ne peut pas donner.

Dans ces circonstances, je ne pouvais m'empêcher de remarquer et d'admirer, — quoique la riche idéalité dont il était doué eût dû m'y préparer, — une aptitude analytique particulière chez Dupin. Il semblait prendre un délice âcre à l'exercer, — peut-être même à l'étaler, — et avouait sans façon tout le plaisir qu'il en tirait. Il me disait à moi, avec un petit rire tout épanoui, que bien des hommes avaient pour lui une fenêtre ouverte à l'endroit de leur cœur, et d'habitude il accompagnait une pareille assertion de preuves immédiates et des plus surprenantes, tirées d'une connaissance profonde de ma propre personne.

Dans ces moments-là, ses manières étaient glaciales et distraites; ses yeux regardaient dans le vide, et sa voix, — une riche voix de ténor, habituellement, — montait jusqu'à la voix de tête; c'eût été de la pétulance, sans l'absolue délibération de son parler et la parfaite certitude de son accentuation. Je l'observais dans ses allures, et je rêvais souvent à la vieille philosophie de l'*âme double*. — Je m'amusais à l'idée d'un Dupin double, — un Dupin créateur et un Dupin analyste.

Qu'on ne s'imagine pas, d'après ce que je viens de dire, que je vais dévoiler un grand mystère ou écrire un roman. Ce que j'ai remarqué dans ce singulier Français était simplement le résultat d'une intelligence surexcitée, — malade peut-être. Mais un exemple donnera une meilleure idée de la nature de ses observations à l'époque dont il s'agit.

Une nuit, nous flânions dans une longue rue sale, avoisinant le Palais-Royal. Nous étions plongés chacun dans nos propres pensées, en apparence du moins, et, depuis près d'un quart d'heure, nous n'avions pas soufflé une syllabe. Tout à coup Dupin lâcha ces paroles :

— C'est un bien petit garçon, en vérité; et il serait mieux à sa place au théâtre des Variétés.

— Cela ne fait pas l'ombre d'un doute, répliquai-je sans y penser et sans remarquer d'abord, tant j'étais absorbé, la singulière façon dont l'interrupteur adaptait sa parole à ma propre rêverie.

Une minute après, je revins à moi, et mon étonnement fut profond.

— Dupin, dis-je très-gravement, voilà qui passe mon intelligence. Je vous avoue, sans ambages, que j'en suis stupéfié et que j'en peux à peine croire mes sens. Comment a-t-il pu se faire que vous ayez deviné que je pensais à...?

Mais je m'arrêtai pour m'assurer indubitablement qu'il avait réellement deviné à qui je pensais.

— A Chantilly? dit-il; pourquoi vous interrompre? Vous faisiez en vous-même la remarque que sa petite taille le rendait impropre à la tragédie.

C'était précisément ce qui faisait le sujet de

mes réflexions. Chantilly était un ex-savetier de la rue Saint-Denis qui avait la rage du théâtre, et avait abordé le rôle de Xerxès dans la tragédie de Crébillon; ses prétentions étaient dérisoires : on en faisait des gorges chaudes.

— Dites-moi, pour l'amour de Dieu! la méthode — si méthode il y a — à l'aide de laquelle vous avez pu pénétrer mon âme, dans le cas actuel!

En réalité, j'étais encore plus étonné que je n'aurais voulu le confesser.

— C'est le fruitier, répliqua mon ami, qui vous a amené à cette conclusion que le raccommodeur de semelles n'était pas de taille à jouer Xerxès et tous les rôles de ce genre.

— Le fruitier! vous m'étonnez! je ne connais de fruitier d'aucune espèce.

— L'homme qui s'est jeté contre vous, quand nous sommes entrés dans la rue, il y a peut-être un quart d'heure.

Je me rappelai alors qu'en effet un fruitier, portant sur sa tête un grand panier de pommes, m'avait presque jeté par terre par maladresse, comme nous passions de la rue C... dans l'artère principale où nous étions alors. Mais quel rapport cela avait-il avec Chantilly? Il m'était impossible de m'en rendre compte.

Il n'y avait pas un atome de charlatanerie dans mon ami Dupin.

— Je vais vous expliquer cela, dit-il, et, pour que vous puissiez comprendre tout très-clairement, nous allons d'abord reprendre la série de vos réflexions, depuis le moment dont je vous parle jusqu'à la rencontre du fruitier en question. Les anneaux principaux de la chaîne se suivent ainsi : *Chantilly, Orion, le docteur Nichols, Épicure, la stéréotomie, les pavés, le fruitier.*

Il est peu de personnes qui ne se soient amusées, à un moment quelconque de leur vie, à remonter le cours de leurs idées et à rechercher par quels chemins leur esprit était arrivé à de certaines conclusions. Souvent cette occupation est pleine d'intérêt et celui qui l'essaye pour la première fois est étonné de l'incohérence et de la distance, immense en apparence, entre le point de départ et le point d'arrivée.

Qu'on juge donc de mon étonnement quand j'entendis mon Français parler comme il avait fait, et que je fus contraint de reconnaître qu'il avait dit la pure vérité.

Il continua :

— Nous causions de chevaux — si ma mémoire ne me trompe pas — juste avant de quitter la rue C... Ce fut notre dernier thème de conversation. Comme nous passions dans cette rue-ci, un fruitier, avec un gros panier sur la tête, passa précipitamment devant nous, vous jeta sur un tas de pavés amoncelés dans un endroit où la voie est en réparation. Vous avez mis le pied sur une des pierres branlantes; vous avez glissé, vous vous êtes légèrement foulé la cheville; vous avez paru vexé, grognon; vous avez marmotté quelques paroles; vous vous êtes retourné pour regarder le tas, puis vous avez continué votre chemin en silence. Je n'étais pas absolument attentif à tout ce que vous faisiez; mais, pour moi, l'observation est devenue, de vieille date, une espèce de nécessité.

» Vos yeux sont restés attachés sur le sol, — surveillant avec une espèce d'irritation les trous et les ornières du pavé (de façon que je voyais bien que vous pensiez toujours aux pierres), jusqu'à ce que nous eûmes atteint le petit passage qu'on nomme le passage Lamartine, où l'on vient de faire l'essai du pavé de bois, un système de blocs unis et solidement assemblés. Ici votre physionomie s'est éclaircie, j'ai vu vos lèvres remuer, et j'ai deviné, à n'en pas douter, que vous vous murmuriez le mot *stéréotomie,* un terme appliqué fort prétentieusement à ce genre de pavage. Je savais que vous ne pouviez pas dire stéréotomie sans être induit à penser aux atomes, et de là aux théories d'Épicure; et, comme dans la discussion que nous eûmes, il n'y a pas longtemps, à ce sujet, je vous avais fait remarquer que les vagues conjectures de l'illustre Grec avaient été confirmées singulièrement, sans que personne y prît garde, par les dernières théories sur les nébuleuses et les récentes découvertes cosmogoniques, je sentis que vous ne pourriez pas empêcher vos yeux de se tourner vers la grande nébuleuse d'Orion; je m'y attendais certainement. Vous n'y avez pas manqué, et je fus alors certain d'avoir strictement emboîté le pas de votre rêverie. Or, dans cette amère boutade sur Chantilly, qui a paru hier dans *le Musée,* l'écrivain satirique, en faisant des allusions désobligeantes au changement de nom du savetier quand il a chaussé le cothurne, citait un vers latin dont nous avons souvent causé. Je veux parler du vers :

Perdidit antiquum littera prima sonum.

Je vous avais dit qu'il avait trait à Orion, qui s'écrivait primitivement Urion; et, à cause d'une certaine acrimonie mêlée à cette discussion, j'étais sûr que vous ne l'aviez pas oubliée. Il était clair, dès lors, que vous ne pouviez pas manquer d'associer les deux idées d'Orion et de Chantilly. Cette association d'idées, je la vis au *style* du sourire qui traversa vos lèvres. Vous pensiez à l'immolation du pauvre savetier. Jusque-là vous aviez marché courbé en deux, mais alors je vous vis vous redresser de toute votre hauteur. J'étais bien sûr que vous pensiez à la pauvre petite taille de Chantilly. C'est dans ce moment que j'interrompis vos réflexions pour vous faire remarquer que c'était un pauvre petit avorton que ce Chantilly, et qu'il serait bien mieux à sa place au théâtre des Variétés. »

Peu de temps après cet entretien, nous parcourions l'édition du soir de la *Gazette des Tribunaux,* quand les paragraphes suivants attirèrent notre attention :

« DOUBLE ASSASSINAT DES PLUS SINGULIERS. — Ce matin, vers trois heures, les habitants du quartier Saint-Roch furent réveillés par une suite de cris effrayants, qui semblaient venir du quatrième étage d'une maison de la rue Morgue, que l'on savait occupée en totalité par une dame l'Espanaye et sa fille, mademoiselle Camille l'Espanaye. Après quelques retards causés par des efforts infructueux pour se faire ouvrir à l'amiable, la grande porte fut forcée avec une pince, et huit ou dix voisins entrèrent, accompagnés de deux gendarmes.

» Cependant, les cris avaient cessé; mais, au moment où tout ce monde arrivait pêle-mêle au premier étage, on distingua deux fortes voix, peut-être plus, qui semblaient se disputer violemment et venir de la partie supérieure de la maison. Quand on arriva au second palier, ces bruits avaient également cessé, et tout était parfaitement tranquille. Les voisins se répandirent de chambre en chambre. Arrivés à une vaste pièce située sur le derrière, au quatrième étage, et dont on força la porte qui était fermée, avec la clef en dedans, ils se trouvèrent en face d'un spectacle qui frappa tous les assistants d'une terreur non moins grande que leur étonnement.

» La chambre était dans le plus étrange désordre; les meubles brisés et éparpillés dans tous les sens. Il n'y avait qu'un lit, les matelas en avaient été arrachés et jetés au milieu du parquet. Sur une chaise, on trouva un rasoir mouillé de sang; dans l'âtre, trois longues et fortes boucles de cheveux gris, qui semblaient avoir été violemment arrachés avec leurs racines. Sur le parquet gisaient quatre napoléons, une boucle d'oreille ornée d'une topaze, trois grandes cuillers d'argent, trois plus petites en métal d'Alger, et deux sacs contenant environ quatre mille francs en or. Dans un coin, les tiroirs d'une commode étaient ouverts et avaient sans doute été mis au pillage, bien qu'on y ait trouvé plusieurs articles intacts. Un petit coffret de fer fut trouvé sous la literie (non pas sous le bois de lit); il était ouvert, avec la clef dans la serrure. Il ne contenait que quelques vieilles lettres et d'autres papiers sans importance.

» On ne trouva aucune trace de madame l'Espanaye; mais on remarqua une quantité extraordinaire de suie dans le foyer; on fit une recherche dans la cheminée, et — chose horrible à dire! — on en tira le corps de la demoiselle, la tête en bas, qui avait été introduit de force et poussé par l'étroite ouverture jusqu'à une distance assez considérable. Le corps était tout chaud. En l'examinant, on découvrit de nombreuses excoriations, occasionnées sans doute par la violence avec laquelle il y avait été fourré et qu'il avait fallu employer pour le dégager. La figure portait quelques fortes égratignures, et la gorge était stigmatisée par des meurtrissures noires et de profondes traces d'ongles, comme si la mort avait eu lieu par strangulation.

» Après un examen minutieux de chaque partie de la maison, qui n'amena aucune découverte nouvelle, les voisins s'introduisirent dans une petite cour pavée, située sur le derrière du bâtiment. Là gisait le cadavre de la vieille dame, avec la gorge si parfaitement coupée, que, quand on essaya de le relever, la tête se détacha du tronc. Le corps, aussi bien que la tête, était terriblement mutilé, et celui-ci à ce point qu'il gardait à peine une apparence humaine.

» Toute cette affaire reste un horrible mystère, et jusqu'à présent on n'a pas encore découvert, que nous sachions, le moindre fil conducteur. »

Le numéro suivant portait ces détails additionnels :

« LE DRAME DE LA RUE MORGUE. — Bon nombre d'individus ont été interrogés relativement à ce terrible et extraordinaire événement, mais rien n'a transpiré qui puisse jeter quelque jour sur l'affaire. Nous donnons ci-dessous les dépositions obtenues :

» Pauline Dubourg, blanchisseuse, dépose qu'elle a connu les deux victimes pendant trois ans, et qu'elle a blanchi pour elles pendant tout ce temps. La vieille dame et sa fille semblaient en bonne intelligence, — très-affectueuses l'une envers l'autre. C'étaient de bonnes *payes*. Elle ne peut rien dire relativement à leur genre de vie et à leurs moyens d'existence. Elle croit que madame l'Espanaye disait la bonne aventure pour vivre. Cette dame passait pour avoir de l'argent de côté. Elle n'a jamais rencontré personne dans la maison, quand elle venait rapporter ou prendre le linge. Elle est sûre que ces dames n'avaient aucun domestique à leur service. Il lui a semblé qu'il n'y avait de meubles dans aucune partie de la maison, excepté au quatrième étage.

» Pierre Moreau, marchand de tabac, dépose qu'il fournissait habituellement madame l'Espanaye, et lui vendait de petites quantités de tabac, quelquefois en poudre. Il est né dans le quartier et y a toujours demeuré. La défunte et sa fille occupaient depuis plus de six ans la maison où l'on a trouvé leurs cadavres. Primitivement elle était habitée par un bijoutier, qui sous-louait les appartements supérieurs à différentes personnes. La maison appartenait à madame l'Espanaye. Elle s'était montrée très-mécontente de son locataire, qui endommageait les lieux; elle était venue habiter sa propre maison, refusant d'en louer une seule partie. La bonne dame était en enfance. Le témoin a vu la fille cinq ou six fois dans l'intervalle de ces six années. Elles menaient toutes deux une vie excessivement retirée; elles passaient pour avoir de quoi. Il a entendu dire chez les voisins que madame l'Espanaye disait la bonne aventure; il ne le croit pas. Il n'a jamais vu personne franchir la porte, excepté la vieille dame et sa fille, un commissionnaire une ou deux fois, et un médecin huit ou dix.

» Plusieurs autres personnes du voisinage déposent dans le même sens. On ne cite personne comme ayant fréquenté la maison. On ne sait pas si la dame et sa fille avaient des parents vivants. Les volets des fenêtres de face s'ouvraient rarement. Ceux de derrière étaient toujours fermés, excepté aux fenêtres de la grande arrière-pièce du quatrième étage. La maison était une assez bonne maison, pas trop vieille.

» Isidore Muset, gendarme, dépose qu'il a été mis en réquisition, vers trois heures du matin, et qu'il a trouvé à la grande porte vingt ou trente personnes qui s'efforçaient de pénétrer dans la maison. Il l'a forcée avec une baïonnette et non pas avec une pince. Il n'a pas eu grand'-peine à l'ouvrir, parce qu'elle était à deux battants et n'était verrouillée ni par en haut, ni par en bas. Les cris ont continué jusqu'à ce que la porte fût enfoncée, puis ils ont soudainement cessé. On eût dit les cris d'une ou de plusieurs personnes en proie aux plus vives douleurs; des cris très-hauts, très-prolongés, — non pas des cris brefs, ni précipités. Le témoin a grimpé l'escalier. En arrivant au premier palier, il a entendu deux voix qui se disputaient très-haut et très-aigrement; — l'une, une voix rude, l'autre beaucoup plus aiguë, une voix très-singulière. Il a distingué quelques mots de la première, c'était celle d'un Français. Il est certain que ce n'est pas une voix de femme. Il a pu distinguer les mots *sacré* et *diable*. La voix aiguë était celle d'un étranger. Il ne sait pas précisément si c'était une voix d'homme ou de femme. Il n'a pu deviner ce qu'elle disait, mais il présume qu'elle parlait espagnol. Ce témoin rend compte de l'état de la chambre et des cadavres dans les mêmes termes que nous l'avons fait hier.

» Henri Duval, un voisin, et orfèvre de son état, dépose qu'il faisait partie du groupe de ceux qui sont entrés les premiers dans la maison. Confirme généralement le témoignage de Muset. Aussitôt qu'ils se sont introduits dans la maison, ils ont refermé la porte pour barrer le passage à la foule qui s'amassait considérablement, malgré l'heure plus que matinale. La voix aiguë, à en croire le témoin, était une voix d'Italien. A coup sûr, ce n'était pas une voix française. Il ne sait pas au juste si c'était une voix de femme; cependant, cela pourrait bien être. Le témoin n'est pas familiarisé avec la langue italienne; il n'a pu distinguer les paroles, mais il est convaincu d'après l'intonation que l'individu qui parlait était un Italien. Le témoin a connu madame l'Espanaye et sa fille. Il a fréquemment causé avec elles. Il est certain que la voix aiguë n'était celle d'aucune des victimes.

» Odenheimer, restaurateur. Ce témoin s'est offert de lui-même. Il ne parle pas français, et on l'a interrogé par le canal d'un interprète. Il est né à Amsterdam. Il passait devant la maison au moment des cris. Ils ont duré quelques minutes, dix minutes peut-être. C'étaient des cris prolongés, très-hauts, très-effrayants, — des cris navrants. Odenheimer est un de ceux qui ont pénétré dans la maison. Il confirme le témoignage précédent, à l'exception d'un seul point. Il est sûr que la voix aiguë était celle d'un homme, — d'un Français. Il n'a pu distinguer les mots articulés. On parlait haut et vite, — d'un ton inégal, — et qui exprimait la crainte aussi bien que la colère. La voix était âpre, plutôt âpre qu'aiguë. Il ne peut appeler cela précisément une voix aiguë. La grosse voix dit à plusieurs reprises : *Sacré,* — *diable,* — et une fois : *Mon Dieu!*

» Jules Mignaud, banquier, de la maison Mignaud et fils, rue Deloraine. Il est l'aîné des Mignaud. Madame l'Espanaye avait quelque fortune. Il lui avait ouvert un compte dans sa maison, huit ans auparavant, au printemps. Elle a souvent déposé chez lui de petites sommes d'argent. Il ne lui a rien délivré jusqu'au troisième jour avant sa mort, où elle est venue lui demander en personne une somme de quatre mille francs. Cette somme lui a été payée en or, et un commis a été chargé de la lui porter chez elle.

» Adolphe Lebon, commis chez Mignaud et fils, dépose que, le jour en question vers midi, il a accompagné madame l'Espanaye à son logis, avec les quatre mille francs, en deux sacs. Quand la porte s'ouvrit, mademoiselle l'Espanaye parut, et lui prit des mains l'un des deux sacs, pendant que la vieille dame le déchargeait de l'autre. Il les salua et partit. Il n'a vu personne dans la rue en ce moment. C'est une rue borgne, très-solitaire.

» William Bird, tailleur, dépose qu'il est un de ceux qui se sont introduits dans la maison. Il est Anglais. Il a vécu deux ans à Paris. Il est un des premiers qui ont monté l'escalier. Il a entendu les voix qui se disputaient. La voix rude était celle d'un Français. Il a pu distinguer quelques mots, mais il ne se les rappelle pas. Il a entendu distinctement *sacré* et *mon Dieu*. C'était en ce moment un bruit comme de plusieurs personnes qui se battent, — le tapage d'une lutte et d'objets qu'on brise. La voix aiguë était très-forte, plus forte que la voix rude. Il est sûr que ce n'était pas une voix d'Anglais. Elle lui sembla une voix d'Allemand; peut-être bien une voix de femme. Le témoin ne sait pas l'allemand.

» Quatre des témoins ci-dessus mentionnés ont été assignés de nouveau, et ont déposé que la porte de la chambre où fut trouvé le corps de mademoiselle l'Espanaye était fermée en dedans quand ils y arrivèrent. Tout était parfaitement silencieux; ni gémissements, ni bruits d'aucune espèce. Après avoir forcé la porte, ils ne virent personne.

» Les fenêtres, dans la chambre de derrière et dans celle d'en face, étaient fermées et solidement assujetties en dedans. Une porte de communication était fermée, mais pas à clef. La porte qui conduit de la chambre du devant au corridor était fermée à clef, et la clef en dedans; une petite pièce sur le devant de la maison, au quatrième étage, à l'entrée du corridor, ouverte, et la porte entrebâillée; cette pièce, encombrée de vieux bois de lit, de malles, etc. On a soigneusement dérangé et visité tous ces objets. Il n'y a pas un pouce d'une partie quelconque de la maison qui n'ait été soigneusement visité. On a fait pénétrer des ramoneurs dans les cheminées. La maison est à quatre étages avec des mansardes. Une trappe qui donne sur le toit était condamnée et solidement fermée avec des clous; elle ne semblait pas avoir été ouverte depuis des années. Les témoins varient sur la durée du temps écoulé entre le moment où l'on a entendu les voix qui se disputaient et celui où l'on a forcé la porte de la chambre. Quelques-uns l'évaluent très-court, — deux ou trois minutes, — d'autres, cinq minutes. La porte ne fut ouverte qu'à grand'peine.

» Alfonso Garcio, entrepreneur de pompes funèbres, dépose qu'il demeure rue Morgue. Il est né en Espagne. Il est un de ceux qui ont pénétré dans la maison. Il n'a pas monté l'escalier. Il a les nerfs très-délicats, et redoute les conséquences d'une violente agitation nerveuse. Il a entendu les voix qui se disputaient. La grosse voix était celle d'un Français. Il n'a pu distinguer ce qu'elle disait. La voix aiguë était celle d'un Anglais, il en est bien sûr. Le témoin ne sait pas l'anglais, mais il juge d'après l'intonation.

» Alberto Montani, confiseur, dépose qu'il fut des premiers qui montèrent l'escalier. Il a entendu les voix en question. La voix rauque était celle d'un Français. Il a distingué quelques mots. L'individu qui parlait semblait faire des remontrances. Il n'a pas pu deviner ce que disait la voix aiguë. Elle parlait vite et par saccades. Il l'a prise pour la voix d'un Russe. Il confirme en général les témoignages précédents. Il est Italien; il avoue qu'il n'a jamais causé avec un Russe.

» Quelques témoins, rappelés, certifient que les cheminées dans toutes les chambres, au quatrième étage, sont trop étroites pour livrer passage à un être humain. Quand ils ont parlé de ramonage, ils voulaient parler de ces brosses en forme de cylindres dont on se sert pour nettoyer les cheminées. On a fait passer ces brosses du haut en bas dans tous les tuyaux de la maison. Il n'y a sur le derrière aucun passage qui ait pu favoriser la fuite d'un assassin, pendant que les

témoins montaient l'escalier. Le corps de
Mlle l'Espanaye était si solidement engagé dans
la cheminée, qu'il a fallu, pour le retirer, que
quatre ou cinq des témoins réunissent leurs
forces.

» Paul Dumas, médecin, dépose qu'il a été
appelé au point du jour pour examiner les
cadavres. Ils gisaient tous les deux sur le fond
de sangle du lit dans la chambre où avait été
trouvée Mlle l'Espanaye. Le corps de la jeune
dame était fortement meurtri et excorié. Ces
particularités s'expliquent suffisamment par le
fait de son introduction dans la cheminée. La
gorge était singulièrement écorchée. Il y avait,
juste au-dessous du menton, plusieurs égratignures profondes, avec une rangée de taches
livides, résultant évidemment de la pression des
doigts. La face était affreusement décolorée, et les
globes des yeux sortaient de la tête. La langue
était coupée à moitié. Une large meurtrissure se
manifestait au creux de l'estomac, produite, selon
toute apparence, par la pression d'un genou.
Dans l'opinion de M. Dumas, Mlle l'Espanaye
avait été étranglée par un ou par plusieurs individus inconnus.

» Le corps de la mère était horriblement mutilé. Tous les os de la jambe et du bras gauche
plus ou moins fracassés; le tibia gauche brisé
en esquilles, ainsi que les côtes du même côté.
Tout le corps affreusement meurtri et décoloré.
Il était impossible de dire comment de pareils
coups avaient été portés. Une lourde massue de
bois ou une large pince de fer, une arme grosse,

pesante et contondante, aurait pu produire de pareils résultats, et encore, maniée par les mains d'un homme excessivement robuste. Avec n'importe quelle arme, aucune femme n'aurait pu frapper de tels coups. La tête de la défunte, quand le témoin la vit, était entièrement séparée du tronc, et, comme le reste, singulièrement broyée. La gorge évidemment avait été tranchée avec un instrument très-affilé, très-probablement un rasoir.

» Alexandre Étienne, chirurgien, a été appelé en même temps que M. Dumas pour visiter les cadavres; il confirme le témoignage et l'opinion de M. Dumas.

» Quoique plusieurs autres personnes aient été interrogées, on n'a pu obtenir aucun autre renseignement d'une valeur quelconque. Jamais assassinat si mystérieux, si embrouillé, n'a été commis à Paris, si toutefois il y a eu assassinat.

» La police est absolument déroutée, — cas fort usité dans les affaires de cette nature. Il est vraiment impossible de retrouver le fil de cette affaire. »

L'édition du soir constatait qu'il régnait une agitation permanente dans le quartier Saint-Roch; que les lieux avaient été l'objet d'un second examen, que les témoins avaient été interrogés de nouveau, mais tout cela sans résultat. Cependant, un post-scriptum annonçait qu'Adolphe Lebon, le commis de la maison de banque, avait été arrêté et incarcéré, bien que rien des faits déjà connus ne parût suffisant pour l'incriminer.

Dupin semblait s'intéresser singulièrement à la marche de cette affaire, autant, du moins, que j'en pouvais juger par ses manières, car il ne faisait aucun commentaire. Ce fut seulement après que le journal eut annoncé l'emprisonnement de Lebon qu'il me demanda quelle opinion j'avais relativement à ce double meurtre.

Je ne pus que lui confesser que j'étais comme tout Paris, et que je le considérais comme un mystère insoluble. Je ne voyais aucun moyen d'attraper la trace du meurtrier.

— Nous ne devons pas juger des moyens possibles, dit Dupin, par une construction embryonnaire. La police parisienne, si vantée pour sa pénétration, est très-rusée, rien de plus. Elle procède sans méthode, elle n'a pas d'autre méthode que celle du moment. On fait ici un grand étalage de mesures, mais il arrive souvent qu'elles sont si intempestives et si mal appropriées au but, qu'elles font penser à M. Jourdain, qui demandait *sa robe de chambre — pour mieux entendre la musique.* Les résultats obtenus sont quelquefois surprenants, mais ils sont, pour la plus grande partie, simplement dus à la diligence et à l'activité. Dans le cas où ces facultés sont insuffisantes, les plans ratent. Vidocq, par exemple, était bon pour deviner; c'était un homme de patience; mais sa pensée n'étant pas suffisamment éduquée, il faisait continuellement fausse route, par l'ardeur même de ses investigations. Il diminuait la force de sa vision en regardant l'objet de trop près. Il pouvait peut-être voir un ou deux points avec une netteté singulière, mais, par le fait même de son procédé, il perdait l'aspect de l'affaire prise dans son ensemble. Cela peut s'appeler le moyen d'être trop profond. La vérité n'est pas toujours dans un puits. En somme, quant à ce qui regarde les notions qui nous intéressent de plus près, je crois qu'elle est invariablement à la surface. Nous la cherchons dans la profondeur de la vallée : c'est au sommet des montagnes que nous la découvrirons.

» On trouve dans la contemplation des corps célestes des exemples et des échantillons excellents de ce genre d'erreur. Jetez sur une étoile un rapide coup d'œil, regardez-la obliquement, en tournant vers elle la partie latérale de la rétine (beaucoup plus sensible à une lumière faible que la partie centrale), et vous verrez l'étoile distinctement; vous aurez l'appréciation la plus juste de son éclat, éclat qui s'obscurcit à proportion que vous dirigez votre point de vue en plein sur elle.

» Dans le dernier cas, il tombe sur l'œil un plus grand nombre de rayons; mais, dans le premier, il y a une réceptibilité plus complète, une susceptibilité beaucoup plus vive. Une profondeur outrée affaiblit la pensée et la rend perplexe; et il est possible de faire disparaître Vénus elle-même du firmament par une attention trop soutenue, trop concentrée, trop directe.

» Quant à cet assassinat, faisons nous-mêmes un examen avant de nous former une opinion. Une enquête nous procurera de l'amusement (je trouvai cette expression bizarre, appliquée au cas en question, mais je ne dis mot); et, en outre, Lebon m'a rendu un service pour lequel je ne veux pas me montrer ingrat. Nous irons sur les lieux, nous les examinerons de nos propres yeux. Je connais G..., le préfet de police, et nous obtiendrons sans peine l'autorisation nécessaire. »

L'autorisation fut accordée, et nous allâmes tout droit à la rue Morgue. C'est un de ces misérables passages qui relient la rue Richelieu à la rue Saint-Roch. C'était dans l'après-midi, et il était déjà tard quand nous y arrivâmes, car ce quartier est situé à une grande distance de celui que nous habitions. Nous trouvâmes bien vite la maison, car il y avait une multitude de gens qui contemplaient de l'autre côté de la rue les volets fermés, avec une curiosité badaude. C'était une maison comme toutes les maisons de Paris, avec une porte cochère, et sur l'un des côtés une niche vitrée avec un carreau mobile, représentant la loge du concierge. Avant d'entrer, nous remontâmes la rue, nous tournâmes dans une allée, et nous passâmes ainsi sur les derrières de la maison. Dupin, pendant ce temps, examinait tous les alentours, aussi bien que la maison, avec une attention minutieuse dont je ne pouvais pas deviner l'objet.

Nous revînmes sur nos pas vers la façade de la maison; nous sonnâmes, nous montrâmes notre pouvoir, et les agents nous permirent d'entrer. Nous montâmes jusqu'à la chambre où on avait trouvé le corps de mademoiselle l'Espanaye, et où gisaient encore les deux cadavres. Le désordre de la chambre avait été respecté, comme cela se pratique en pareil cas. Je ne vis rien de plus que ce qu'avait constaté la *Gazette des Tribunaux*. Dupin analysait minutieusement toutes choses, sans en excepter les corps des victimes. Nous passâmes ensuite dans les autres chambres, et nous descendîmes dans les cours, toujours accompagnés par un gendarme. Cet examen dura fort longtemps, et il était nuit quand nous quittâmes la maison. En retournant chez nous, mon camarade s'arrêta quelques minutes dans les bureaux d'un journal quotidien.

J'ai dit que mon ami avait toutes sortes de bizarreries, et que *je les ménageais* (car ce mot n'a pas d'équivalent en anglais). Il entrait maintenant dans sa fantaisie de se refuser à toute conversation relativement à l'assassinat, jusqu'au lendemain à midi. Ce fut alors qu'il me demanda brusquement si j'avais remarqué quelque chose de *particulier* sur le théâtre du crime.

Il y eut dans sa manière de prononcer le mot *particulier* un accent qui me donna le frisson sans que je susse pourquoi.

— Non, rien de particulier, dis-je, rien autre, du moins, que ce que nous avons lu tous deux dans le journal.

— La *Gazette,* reprit-il, n'a pas, je le crains, pénétré l'horreur insolite de l'affaire. Mais laissons là les opinions niaises de ce papier. Il me semble que le mystère est considéré comme insoluble, par la raison même qui devrait le faire regarder comme facile à résoudre, — je veux parler du caractère excessif sous lequel il apparaît. Les gens de police sont confondus par l'absence apparente de motifs légitimant, non le meurtre en lui-même, mais l'atrocité du meurtre. Ils se sont embarrassés aussi par l'impossibilité apparente de concilier les voix qui se disputaient avec ce fait qu'on n'a trouvé en haut de l'escalier d'autre personne que mademoiselle l'Espanaye, assassinée, et qu'il n'y avait aucun moyen de sortir sans être vu des gens qui montaient l'escalier. L'étrange désordre de la chambre, — le corps fourré, la tête en bas, dans la cheminée, — l'effrayante mutilation du corps de la vieille dame, — ces considérations, jointes à celles que j'ai mentionnées et à d'autres dont je n'ai pas besoin de parler, ont suffi pour paralyser l'action des agents du ministère et pour dérouter complètement leur perspicacité si vantée. Ils ont commis la très-grosse et très-commune faute de confondre l'extraordinaire avec l'abstrus. Mais c'est justement en suivant ces déviations du cours ordinaire de la nature que la raison trouvera son chemin, si la chose est possible, et marchera vers la vérité. Dans des investigations du genre de celle qui nous occupe, il ne faut pas tant se demander comment les choses se sont passées, qu'étudier en quoi elles se distinguent de tout ce qui est arrivé jusqu'à présent. Bref, la facilité avec laquelle j'arriverai, — ou je suis déjà arrivé, — à la solution du mystère, est en raison directe de son insolubilité apparente aux yeux de la police.

Je fixai mon homme avec un étonnement muet.

— J'attends maintenant, continua-t-il en jetant un regard sur la porte de notre chambre, j'attends un individu qui, bien qu'il ne soit peut-être pas l'auteur de cette boucherie, doit se trouver en partie impliqué dans sa perpétration. Il est probable qu'il est innocent de la partie atroce du crime. J'espère ne pas me tromper dans cette hypothèse; car c'est sur cette hypothèse que je fonde l'espérance de déchiffrer l'énigme entière. J'attends l'homme ici, — dans cette chambre, — d'une minute à l'autre. Il est vrai qu'il peut fort bien ne pas venir, mais il y a quelques probabilités pour qu'il vienne. S'il vient, il sera nécessaire de le garder. Voici des pistolets, et nous savons tous deux à quoi ils servent quand l'occasion l'exige.

Je pris les pistolets, sans trop savoir ce que je faisais, pouvant à peine en croire mes oreilles, — pendant que Dupin continuait, à peu près comme dans un monologue. J'ai déjà parlé de ses manières distraites dans ces moments-là. Son discours s'adressait à moi; mais sa voix, quoique montée à un diapason fort ordinaire, avait cette intonation que l'on prend d'habitude en parlant à quelqu'un placé à une grande distance. Ses yeux, d'une expression vague, ne regardaient que le mur.

— Les voix qui se disputaient, disait-il, les voix entendues par les gens qui montaient l'escalier n'étaient pas celles de ces malheureuses femmes, — cela est plus que prouvé par l'évidence. Cela nous débarrasse pleinement de la question de savoir si la vieille dame aurait assassiné sa fille et se serait ensuite suicidée.

» Je ne parle de ce cas que par amour de la méthode; car la force de madame l'Espanaye eût été absolument insuffisante pour introduire le corps de sa fille dans la cheminée de la façon où on l'a découvert; et la nature des blessures trouvées sur sa propre personne exclut entièrement l'idée de suicide. Le meurtre a donc été commis par des tiers, et les voix de ces tiers sont celles qu'on a entendues se quereller.

» Permettez-moi maintenant d'appeler votre attention, — non pas sur les dépositions relatives à ces voix, — mais sur ce qu'il y a de *particulier* dans ces dépositions. Y avez-vous remarqué quelque chose de particulier?

— Je remarquai que, pendant que tous les témoins s'accordaient à considérer la grosse voix comme étant celle d'un Français, il y avait un grand désaccord relativement à la voix aiguë, ou, comme l'avait définie un seul individu, à la voix âpre.

— Cela constitue l'évidence, dit Dupin, mais non la particularité de l'évidence. Vous n'avez rien observé de distinctif; — cependant il y avait *quelque chose* à observer. Les témoins, remarquez-le bien, sont d'accord sur la grosse voix; là-dessus, il y a unanimité. Mais, relativement à la voix aiguë, il y a une particularité, — elle ne consiste pas dans leur désaccord, — mais en ceci que, quand un Italien, un Anglais, un Espagnol, un Hollandais, essayent de la décrire, chacun en parle comme d'une voix d'*étranger*, chacun est sûr que ce n'était pas la voix d'un de ses compatriotes.

» Chacun la compare, non pas à la voix d'un individu dont la langue lui serait familière, mais justement au contraire. Le Français présume que c'était une voix d'Espagnol, et *il aurait pu distinguer quelques mots s'il était familiarisé avec l'espagnol*. Le Hollandais affirme que c'était la voix d'un Français; mais il est établi que le témoin, ne sachant pas le français, a été interrogé par le canal d'un interprète. L'Anglais pense que c'était la voix d'un Allemand, et *il n'entend pas l'allemand*. L'Espagnol est *positivement sûr* que c'était la voix d'un Anglais, mais il en juge uniquement par l'intonation, car *il n'a aucune connaissance de l'anglais*. L'Italien croit à une voix de Russe, mais *il n'a jamais causé avec une personne native de Russie*. Un autre Français, cependant, diffère du premier, et il est certain que c'était une voix d'Italien; mais n'ayant pas la connaissance de cette langue, il fait comme l'Espagnol, *il tire sa certitude de l'intonation*. Or, cette voix était donc bien insolite et bien étrange, qu'on ne pût obtenir à son égard que de pareils témoignages? Une voix dans les intonations de laquelle des citoyens des cinq grandes parties de l'Europe n'ont rien pu reconnaître qui leur fût familier! Vous me direz que c'était peut-être la voix d'un Asiatique ou d'un Africain. Les Africains et les Asiatiques n'abondent pas à Paris; mais, sans nier la possibilité du cas, j'appellerai simplement votre attention sur trois points.

» Un témoin dépeint la voix ainsi : *plutôt âpre qu'aiguë*. Deux autres en parlent comme

d'une voix *brève et saccadée*. Ces témoins n'ont
distingué aucune parole, — aucun son ressemblant à des paroles.

» Je ne sais pas, continua Dupin, quelle
impression j'ai pu faire sur votre entendement;
mais je n'hésite pas à affirmer qu'on peut tirer
des déductions légitimes de cette partie même
des dépositions, — la partie relative aux deux
voix, — la grosse voix et la voix aiguë, — très-
suffisantes en elles-mêmes pour créer un soupçon
qui indiquerait la route dans toute investigation
ultérieure du mystère.

» J'ai dit : déductions légitimes, mais cette
expression ne rend pas complètement ma pensée. Je voulais faire entendre que ces déductions
sont les seules convenables, et que ce soupçon
en surgit inévitablement comme le seul résultat
possible. Cependant, de quelle nature est ce
soupçon, je ne le vous dirai pas immédiatement.
Je désire simplement vous démontrer que ce
soupçon était plus que suffisant pour donner un
caractère décidé, une tendance positive à l'enquête que je voulais faire dans la chambre.

» Maintenant, transportons-nous en imagination dans cette chambre. Quel sera le premier
objet de notre recherche? Les moyens d'évasion employés par les meurtriers. Nous pouvons
affirmer, — n'est-ce pas, — que nous ne
croyons ni l'un ni l'autre aux événements surna-
turels? Mesdames l'Espanaye n'ont pas été assas-
sinées par les esprits. Les auteurs du meurtre
étaient des êtres matériels, et ils ont fui maté-
riellement.

» Or, comment? Heureusement, il n'y a qu'une manière de raisonner sur ce point, et cette manière nous conduira à une conclusion positive. Examinons donc un à un les moyens possibles d'évasion. Il est clair que les assassins étaient dans la chambre où l'on a trouvé mademoiselle l'Espanaye, ou du moins dans la chambre adjacente quand la foule a monté l'escalier. Ce n'est donc que dans ces deux chambres que nous avons à chercher des issues. La police a levé les parquets, ouvert les plafonds, sondé la maçonnerie des murs. Aucune issue secrète n'a pu échapper à sa perspicacité. Mais je ne me suis pas fié à ses yeux, et j'ai examiné avec les miens; il n'y a réellement pas d'issue secrète. Les deux portes qui conduisent des chambres dans le corridor étaient solidement fermées et les clefs en dedans. Voyons les cheminées. Celles-ci, qui sont d'une largeur ordinaire jusqu'à une distance de huit ou dix pieds au-dessus du foyer, ne livreraient pas au-delà un passage suffisant à un gros chat.

» L'impossibilité de la fuite, du moins par les voies ci-dessus indiquées, étant donc absolument établie, nous en sommes réduits aux fenêtres. Personne n'a pu fuir par celles de la chambre du devant sans être vu par la foule du dehors. Il a donc *fallu* que les meurtriers s'échappassent par celles de la chambre de derrière.

» Maintenant, amenés, comme nous le sommes, à cette conclusion par des déductions aussi irréfragables, nous n'avons pas le droit, en tant que raisonneurs, de la rejeter en raison de son apparente impossibilité. Il ne nous reste donc qu'à démontrer que cette impossibilité apparente n'existe pas en réalité.

» Il y a deux fenêtres dans la chambre. L'une des deux n'est pas obstruée par l'ameublement, et est restée entièrement visible. La partie inférieure de l'autre est cachée par le chevet du lit, qui est fort massif et qui est poussé tout contre. On a constaté que la première était solidement assujettie en dedans. Elle a résisté aux efforts les plus violents de ceux qui ont essayé de la lever. On avait percé dans son châssis, à gauche, un grand trou avec une vrille, et on y trouva un gros clou enfoncé presque jusqu'à la tête. En examinant l'autre fenêtre, on y a trouvé fiché un clou semblable; et un vigoureux effort pour lever le châssis n'a pas eu plus de succès que de l'autre côté. La police était dès lors pleinement convaincue qu'aucune fuite n'avait pu s'effectuer par ce chemin. Il fut donc considéré comme superflu de retirer les clous et d'ouvrir les fenêtres.

» Mon examen fut un peu plus minutieux, et cela par la raison que je vous ai donnée tout à l'heure. C'était le cas, je le savais, où il *fallait* démontrer que l'impossibilité n'était qu'apparente.

» Je continuai à raisonner ainsi, — *a posteriori*. — Les meurtriers s'étaient évadés par l'une de ces fenêtres. Cela étant, ils ne pouvaient pas avoir réassujetti les châssis en dedans, comme on les a trouvés; considération qui, par son évidence, a borné les recherches de la police dans ce sens-là. Cependant, ces châssis étaient bien fermés. Il *faut* donc qu'ils puissent se fermer d'eux-mêmes. Il n'y avait pas moyen d'échapper à cette conclusion. J'allai droit à la fenêtre non bouchée, je retirai le clou avec quelque difficulté, et j'essayai de lever le châssis. Il a résisté à tous mes efforts comme je m'y attendais. Il y avait donc, j'en étais sûr maintenant, un ressort caché; et ce fait, corroborant mon idée, me convainquit au moins de la justesse de mes prémisses, quelque mystérieuses que m'apparussent toujours les circonstances relatives aux clous. Un examen minutieux me fit bientôt découvrir le ressort secret. Je le poussai, et, satisfait de ma découverte, je m'abstins de lever le châssis.

» Je remis alors le clou en place et l'examinai attentivement. Une personne passant par la fenêtre pouvait l'avoir refermée, et le ressort aurait fait son office; mais le clou n'aurait pas été replacé. Cette conclusion était nette et rétrécissait encore le champ de mes investigations. Il *fallait* que les assassins se fussent enfuis par l'autre fenêtre. En supposant donc que les ressorts des deux croisées fussent semblables, comme il était probable, il *fallait* cependant trouver une différence dans les clous, ou au moins dans la manière dont ils avaient été fixés. Je montai sur le fond de sangle du lit, et je regardai minutieusement l'autre fenêtre par-dessus le chevet du lit. Je passai ma main derrière, je découvris aisément le ressort, et je le fis jouer; — il était, comme je l'avais deviné, identique au premier. Alors j'examinai le clou.

Il était aussi gros que l'autre, et fixé de la même
manière, enfoncé presque jusqu'à la tête.

» Vous direz que j'étais embarrassé; mais, si
vous avez une pareille pensée, c'est que vous
vous êtes mépris sur la nature de mes induc-
tions. Pour me servir d'un terme de jeu, je
n'avais pas commis une seule faute; je n'avais
pas perdu la piste un seul instant; il n'y avait
pas une lacune d'un anneau à la chaîne. J'avais
suivi le secret jusque dans sa dernière phase,
et cette phase, c'était le clou. Il ressemblait, dis-
je, sous tous les rapports, à son voisin de l'autre
fenêtre; mais ce fait, quelque concluant qu'il
fût en apparence, devenait absolument nul, en
face de cette considération dominante, à savoir
que là, à ce clou, finissait le fil conducteur. Il
faut, me dis-je, qu'il y ait dans ce clou quelque
chose de défectueux. Je le touchai, et la tête,
avec un petit morceau de la tige, un quart de
pouce environ, me resta dans les doigts. Le reste
de la tige était dans le trou, où elle s'était cassée. Cette fracture était fort ancienne, car les
bords étaient incrustés de rouille, et elle avait
été opérée par un coup de marteau, qui avait
enfoncé en partie la tête du clou dans le fond
du châssis. Je rajustai soigneusement la tête avec
le morceau qui la continuait, et le tout figura un
clou intact; la fissure était inappréciable. Je
pressai le ressort, je levai doucement la croisée
de quelques pouces; la tête du clou vint avec
elle, sans bouger de son trou. Je refermai la croisée, et le clou offrit de nouveau le semblant d'un
clou complet.

» Jusqu'ici l'énigme était débrouillée. L'assassin avait fui par la fenêtre qui touchait au lit. Qu'elle fût retombée d'elle-même après la fuite ou qu'elle eût été fermée par une main humaine, elle était retenue par le ressort, et la police avait attribué cette résistance au clou; aussi toute enquête ultérieure avait été jugée superflue.

» La question, maintenant, était celle du mode de descente. Sur ce point, j'avais satisfait mon esprit dans notre promenade autour du bâtiment. A cinq pieds et demi environ de la fenêtre en question court une chaîne de paratonnerre. De cette chaîne, il eût été impossible à n'importe qui d'atteindre la fenêtre, à plus forte raison, d'entrer.

» Toutefois, j'ai remarqué que les volets du quatrième étage étaient du genre particulier que les menuisiers parisiens appellent *ferrades,* genre de volets fort peu usités aujourd'hui, mais qu'on rencontre fréquemment dans de vieilles maisons de Lyon et de Bordeaux. Ils sont faits comme une porte ordinaire (porte simple, et non pas à double battant), à l'exception que la partie inférieure est façonnée à jour et treillissée, ce qui donne aux mains une excellente prise.

» Dans le cas en question, ces volets sont larges de trois bons pieds et demi. Quand nous les avons examinés du derrière de la maison, ils étaient tous les deux ouverts à moitié, c'est-à-dire qu'ils faisaient angle droit avec le mur. Il est présumable que la police a examiné comme moi les derrières du bâtiment; mais, en regar-

dant ces *ferrades* dans le sens de leur largeur
(comme elle les a vues inévitablement), elle n'a
sans doute pas pris garde à cette largeur même,
ou du moins elle n'y a pas attaché l'importance
nécessaire. En somme, les agents, quand il a été
démontré pour eux que la fuite n'avait pu s'effectuer de ce côté, ne leur ont appliqué qu'un
examen succinct.

» Toutefois, il était évident pour moi que le
volet appartenant à la fenêtre située au chevet
du lit, si on le supposait rabattu contre le mur,
se trouverait à deux pieds de la chaîne du paratonnerre. Il était clair aussi que, par l'effort
d'une énergie et d'un courage insolites, on pouvait, à l'aide de la chaîne, avoir opéré une invasion par la fenêtre. Arrivé à cette distance de
deux pieds et demi (je suppose maintenant le
volet complètement ouvert), un voleur aurait pu
trouver dans le treillage une prise solide. Il
aurait pu dès lors, en lâchant la chaîne, en assurant bien ses pieds contre le mur et en s'élançant vivement, tomber dans la chambre, et attirer violemment le volet avec lui de manière à
le fermer, — en supposant, toutefois, la fenêtre
ouverte en ce moment-là.

» Remarquez bien, je vous prie, que j'ai parlé
d'une énergie très-peu commune, nécessaire pour
réussir dans une entreprise aussi difficile, aussi
hasardeuse. Mon but est de vous prouver d'abord
que la chose a pu se faire, — en second lieu et
principalement, d'attirer votre attention sur le
caractère *très-extraordinaire,* presque surnaturel,
de l'agilité nécessaire pour l'accomplir.

» Vous direz sans doute, en vous servant de la langue judiciaire, que, pour donner ma preuve *a fortiori,* je devrais plutôt *sous-évaluer* l'énergie nécessaire dans ce cas que réclamer son exacte estimation. C'est peut-être la pratique des tribunaux, mais cela ne rentre pas dans les us de la raison. Mon objet final, c'est la vérité. Mon but actuel, c'est de vous induire à rapprocher cette énergie tout à fait insolite de cette voix si particulière, de cette voix aiguë (ou âpre), de cette voix saccadée, dont la nationalité n'a pu être constatée par l'accord de deux témoins, et dans laquelle personne n'a saisi de mots articulés, de syllabisation. »

A ces mots, une conception vague et embryonnaire de la pensée de Dupin passa dans mon esprit. Il me semblait être sur la limite de la compréhension sans pouvoir comprendre; comme les gens qui sont quelquefois sur le bord du souvenir, et qui cependant ne parviennent pas à se rappeler. Mon ami continua son argumentation :

— Vous voyez, dit-il, que j'ai transporté la question du mode de sortie au mode d'entrée. Il était dans mon plan de démontrer qu'elles se sont effectuées de la même manière et sur le même point. Retournons maintenant dans l'intérieur de la chambre. Examinons toutes les particularités. Les tiroirs de la commode, dit-on, ont été mis au pillage, et cependant on y a trouvé plusieurs articles de toilette intacts. Cette conclusion est absurde; c'est une simple conjecture, — une conjecture passablement niaise, et rien de plus. Comment pouvons-nous savoir que les articles trouvés dans les tiroirs ne représentent pas tout ce que les tiroirs contenaient? Madame l'Espanaye et sa fille menaient une vie excessivement retirée, ne voyaient pas le monde, sortaient rarement, avaient donc peu d'occasions de changer de toilette. Ceux qu'on a trouvés étaient au moins d'aussi bonne qualité qu'aucun de ceux que possédaient vraisemblablement ces dames. Et, si un voleur en avait pris quelques-uns, pourquoi n'aurait-il pas pris les meilleurs, — pourquoi ne les aurait-il pas tous pris? Bref, pourquoi aurait-il abandonné les quatre mille francs en or pour s'empêtrer d'un paquet de linge? L'or a été abandonné. La presque totalité de la somme désignée par le banquier Mignaud a été trouvée sur le parquet, dans les sacs. Je tiens donc à écarter de votre pensée l'idée saugrenue d'un *intérêt,* idée engendrée dans le cerveau de la police par les dépositions qui parlent d'argent délivré à la porte même de la maison. Des coïncidences dix fois plus remarquables que celle-ci (la livraison de l'argent et le meurtre commis trois jours après sur le propriétaire) se présentent dans chaque heure de notre vie sans attirer notre attention, même une minute. En général, les coïncidences sont de grosses pierres d'achoppement dans la route de ces pauvres penseurs mal éduqués qui ne savent pas le premier mot de la théorie des probabilités, théorie à laquelle le savoir humain doit ses plus glorieuses conquêtes et ses plus belles découvertes. Dans le cas présent, si l'or avait disparu, le fait qu'il avait été délivré trois jours auparavant créerait quelque chose de plus qu'une coïncidence. Cela corroborerait l'idée d'intérêt. Mais, dans les circonstances réelles où nous sommes placés, si nous supposons que l'or a été le mobile de l'attaque, il nous faut supposer ce criminel assez indécis et assez idiot pour oublier à la fois son or et le mobile qui l'a fait agir.

» Mettez donc bien dans votre esprit les points sur lesquels j'ai attiré votre attention, — cette voix particulière, cette agilité sans pareille, et cette absence frappante d'intérêt dans un meurtre aussi singulièrement atroce que celui-ci. — Maintenant, examinons la boucherie en elle-même. Voilà une femme étranglée par la force des mains, et introduite dans une cheminée, la tête en bas. Des assassins ordinaires n'emploient pas de pareils procédés pour tuer. Encore moins cachent-ils ainsi les cadavres de leurs victimes. Dans cette façon de fourrer le corps dans la cheminée, vous admettrez qu'il y a quelque chose d'excessif et de bizarre — quelque chose d'absolument inconciliable avec tout ce que nous connaissons en général des actions humaines, même en supposant que les auteurs fussent les plus pervertis des hommes. Songez aussi quelle force prodigieuse il a fallu pour pousser ce corps dans une pareille ouverture, et l'y pousser si puissamment, que les efforts réunis de plusieurs personnes furent à peine suffisants pour l'en retirer.

» Portons maintenant notre attention sur d'autres indices de cette vigueur merveilleuse. Dans

le foyer, on a trouvé des mèches de cheveux, —
des mèches très-épaisses de cheveux gris. Ils ont
été arrachés avec leurs racines. Vous savez quelle
puissante force il faut pour arracher seulement
de la tête vingt ou trente cheveux à la fois. Vous
avez vu les mèches en question aussi bien que
moi. A leurs racines grumelées — affreux
spectacle ! — adhéraient des fragments de cuir
chevelu, — preuve certaine de la prodigieuse
puissance qu'il a fallu déployer pour déraciner
peut-être cinq cent mille cheveux d'un seul coup.

» Non seulement le cou de la vieille dame
était coupé, mais la tête absolument séparée du
corps : l'instrument était un simple rasoir. Je
vous prie de remarquer cette férocité *bestiale*.
Je ne parle pas des meurtrissures du corps de
madame l'Espanaye ; M. Dumas et son honorable
confrère, M. Étienne, ont affirmé qu'elles avaient
été produites par un instrument contondant ; et
en cela ces messieurs furent tout à fait dans le
vrai. L'instrument contondant a été évidemment le pavé de la cour sur lequel la victime
est tombée de la fenêtre qui donne sur le lit.
Cette idée, quelque simple qu'elle apparaisse
maintenant, a échappé à la police par la même
raison qui l'a empêchée de remarquer la largeur
des volets ; parce que, grâce à la circonstance des
clous, sa perception était hermétiquement bouchée à l'idée que les fenêtres eussent jamais pu
être ouvertes.

» Si maintenant, — subsidiairement, — vous
avez convenablement réfléchi au désordre bizarre
de la chambre, nous sommes allés assez avant

pour combiner les idées d'une agilité merveilleuse, d'une férocité bestiale, d'une boucherie sans motif, d'une *grotesquerie* dans l'horrible absolument étrangère à l'humanité, et d'une voix dont l'accent est inconnu à l'oreille d'hommes de plusieurs nations, d'une voix dénuée de toute syllabisation distincte et intelligible. Or, pour vous, qu'en ressort-il? Quelle impression ai-je faite sur votre imagination? »

Je sentis un frisson courir dans ma chair quand Dupin me fit cette question.

— Un fou, dis-je, aura commis ce meurtre, — quelque maniaque furieux échappé à une maison de santé du voisinage.

— Pas trop mal, répliqua-t-il, votre idée est presque applicable. Mais les voix des fous, même dans leurs plus sauvages paroxysmes, ne se sont jamais accordées avec ce qu'on dit de cette singulière voix entendue dans l'escalier. Les fous font partie d'une nation quelconque, et leur langage, pour incohérent qu'il soit dans les paroles, est toujours syllabifié. En outre, le cheveu d'un fou ne ressemble pas à celui que je tiens maintenant dans ma main. J'ai dégagé cette petite touffe des doigts rigides et crispés de madame l'Espanaye. Dites-moi ce que vous en pensez.

— Dupin! dis-je, complètement bouleversé, ces cheveux sont bien extraordinaires, — ce ne sont pas là des cheveux *humains!*

— Je n'ai pas affirmé qu'ils fussent tels, dit-il; mais, avant de nous décider sur ce point, je désire que vous jetiez un coup d'œil sur le petit dessin

que j'ai tracé sur ce bout de papier. C'est un
fac-simile qui représente ce que certaines dépositions définissent les *meurtrissures noirâtres et
les profondes marques d'ongles* trouvées sur le
cou de mademoiselle l'Espanaye, et que
MM. Dumas et Étienne appellent *une série de
taches livides, évidemment causées par l'impression des doigts.*

— Vous voyez, continua mon ami en
déployant le papier sur la table, que ce dessin
donne l'idée d'une poigne solide et ferme. Il n'y
a pas d'apparence que les doigts aient glissé.
Chaque doigt a gardé, peut-être jusqu'à la mort
de la victime, la terrible prise qu'il s'était faite,
et dans laquelle il s'est moulé. Essayez maintenant de placer tous vos doigts, en même temps,
chacun dans la marque analogue que vous voyez.

J'essayai, mais inutilement.

— Il est possible, dit Dupin, que nous ne fas-
sions pas cette expérience d'une manière décisive. Le papier est déployé sur une surface plane,
et la gorge humaine est cylindrique. Voici un
rouleau de bois dont la circonférence est à peu
près celle d'un cou. Étalez le dessin tout autour;
et recommencez l'expérience.

J'obéis; mais la difficulté fut encore plus évidente que la première fois.

— Ceci, dis-je, n'est pas la trace d'une main
humaine.

— Maintenant, dit Dupin, lisez ce passage de
Cuvier.

C'était l'histoire minutieuse, anatomique et
descriptive, du grand orang-outang fauve des

îles de l'Inde orientale. Tout le monde connaît suffisamment la gigantesque stature, la force et l'agilité prodigieuses, la férocité sauvage et les facultés d'imitation de ce mammifère. Je compris d'un seul coup tout l'horrible du meurtre.

— La description des doigts, dis-je quand j'eus fini la lecture, s'accorde parfaitement avec le dessin. Je vois qu'aucun animal, — excepté un orang-outang, et de l'espèce en question, — n'aurait pu faire des marques telles que celles que vous avez dessinées. Cette touffe de poils fauves est aussi d'un caractère identique à celui de l'animal de Cuvier. Mais je ne me rends pas facilement compte des détails de cet effroyable mystère. D'ailleurs, on a entendu *deux* voix se disputer, et l'une d'elles était incontestablement la voix d'un Français.

— C'est vrai; et vous vous rappellerez une expression attribuée presque unanimement à cette voix, — l'expression *Mon Dieu!* Ces mots, dans les circonstances présentes, ont été caractérisés par l'un des témoins (Montani, le confiseur) comme exprimant un reproche et une remontrance. C'est donc sur ces deux mots que j'ai fondé l'espérance de débrouiller complètement l'énigme. Un Français a eu connaissance du meurtre. Il est possible, — il est même plus que probable qu'il est innocent de toute participation à cette sanglante affaire. L'orang-outang a pu lui échapper. Il est possible qu'il ait suivi sa trace jusqu'à la chambre, mais que, dans les circonstances terribles qui ont suivi, il n'ait pu s'emparer de lui. L'animal est encore libre. Je

ne poursuivrai pas ces conjectures, je n'ai pas le
droit d'appeler ces idées d'un autre nom, puisque les ombres de réflexions qui leur servent de
base sont d'une profondeur à peine suffisante
pour être appréciées par ma propre raison, et
que je ne prétendrais pas qu'elles fussent appré-
ciables pour une autre intelligence. Nous les
nommerons donc des conjectures, et nous ne
les prendrons que pour telles. Si le Français en
question est, comme je le suppose, innocent de
cette atrocité, cette annonce que j'ai laissée
hier au soir, pendant que nous retournions au
logis, dans les bureaux du journal *le Monde*
(feuille consacrée aux intérêts maritimes, et
très-recherchée par les marins), l'amènera chez
nous.

Il me tendit un papier, et je lus :

AVIS. — On a trouvé dans le bois de Boulogne, le matin
du... courant (c'était le matin de l'assassinat), de fort bonne
heure, un énorme orang-outang fauve de l'espèce de
Bornéo. Le propriétaire (qu'on sait être un marin appartenant à l'équipage d'un navire maltais) peut retrouver
l'animal, après en avoir donné un signalement satisfaisant
et remboursé quelques frais à la personne qui s'en est
emparée et qui l'a gardé. S'adresser rue..., n° ..., faubourg
Saint-Germain, au troisième.

— Comment avez-vous pu, demandai-je à
Dupin, savoir que l'homme était un marin, et
qu'il appartenait à un navire maltais?

— Je ne le sais pas, dit-il, je n'en suis pas sûr.
Voici toutefois un petit morceau de ruban qui,
j'en juge par sa forme et son aspect graisseux, a

évidemment servi à nouer les cheveux en une de ces longues queues qui rendent les marins si fiers et si farauds. En outre, ce nœud est un de ceux que peu de personnes savent faire, excepté les marins, et il est particulier aux Maltais. J'ai ramassé le ruban au bas de la chaîne du paratonnerre. Il est impossible qu'il ait appartenu à l'une des deux victimes. Après tout, si je me suis trompé en induisant de ce ruban que le Français est un marin appartenant à un navire maltais, je n'aurai fait de mal à personne avec mon annonce. Si je suis dans l'erreur, il supposera simplement que j'ai été fourvoyé par quelque circonstance dont il ne prendra pas la peine de s'enquérir. Mais, si je suis dans le vrai, il y a un grand point de gagné. Le Français qui a connaissance du meurtre, bien qu'il en soit innocent, hésitera naturellement à répondre à l'annonce, — à réclamer son orang-outang. Il raisonnera ainsi : « Je suis innocent; je suis pauvre; mon orang-outang est d'un grand prix; — c'est presque une fortune dans une situation comme la mienne; — pourquoi le perdrais-je par quelques niaises appréhensions de danger? Le voilà, il est sous ma main. On l'a trouvé dans le bois de Boulogne, — à une grande distance du théâtre du meurtre. Soupçonnera-t-on jamais qu'une bête brute ait pu faire le coup? La police est dépistée, — elle n'a pu retrouver le plus petit fil conducteur. Quand même on serait sur la piste de l'animal, il serait impossible de me prouver que j'ai eu connaissance de ce meurtre, ou de m'incriminer en raison de cette connais-

sance. Enfin, et avant tout, *je suis connu*. Le
rédacteur de l'annonce me désigne comme le
propriétaire de la bête. Mais je ne sais pas jusqu'à quel point s'étend sa certitude. Si j'évite
de réclamer une propriété d'une aussi grosse
valeur, qui est connue pour m'appartenir, je
puis attirer sur l'animal un dangereux soupçon.
Ce serait de ma part une mauvaise politique
d'appeler l'attention sur moi ou sur la bête. Je
répondrai décidément à l'avis du journal, je
reprendrai mon orang-outang, et je l'enfermerai
solidement jusqu'à ce que cette affaire soit
oubliée. »

En ce moment, nous entendîmes un pas qui
montait l'escalier.

— Apprêtez-vous, dit Dupin, prenez vos pistolets, mais ne vous en servez pas, — ne les mon-
trez pas avant un signal de moi.

On avait laissé ouverte la porte cochère, et le
visiteur était entré sans sonner et avait gravi plusieurs marches de l'escalier. Mais on eût dit
maintenant qu'il hésitait. Nous l'entendions
redescendre. Dupin se dirigea vivement vers la
porte, quand nous l'entendîmes qui remontait.
Cette fois, il ne battit pas en retraite, mais
s'avança délibérément et frappa à la porte de
notre chambre.

— Entrez, dit Dupin d'une voix gaie et cor-
diale.

Un homme se présenta. C'était évidemment
un marin, — un grand, robuste et musculeux
individu, avec une expression d'audace de tous
les diables qui n'était pas du tout déplaisante. Sa

figure, fortement hâlée, était plus qu'à moitié
cachée par les favoris et les moustaches. Il portait un gros bâton de chêne, mais ne semblait
pas autrement armé. Il nous salua gauchement,
et nous souhaita le bonsoir avec un accent
français qui, bien que légèrement bâtardé de
suisse, rappelait suffisamment une origine parisienne.

— Asseyez-vous, mon ami, dit Dupin; je suppose que vous venez pour votre orang-outang.
Sur ma parole, je vous l'envie presque; il est
remarquablement beau et c'est sans doute une
bête d'un grand prix. Quel âge lui donnez-vous
bien?

Le matelot aspira longuement, de l'air d'un
homme qui se trouve soulagé d'un poids intolérable, et répliqua d'une voix assurée :

— Je ne saurais trop vous dire; cependant, il
ne peut guère avoir plus de quatre ou cinq ans.
Est-ce que vous l'avez ici?

— Oh! non; nous n'avions pas de lieu commode pour l'enfermer. Il est dans une écurie de
manège près d'ici, rue Dubourg. Vous pourrez
l'avoir demain matin. Ainsi, vous êtes en mesure
de prouver votre droit de propriété?

— Oui, monsieur, certainement.

— Je serais vraiment peiné de m'en séparer,
dit Dupin.

— Je n'entends pas, dit l'homme, que vous
ayez pris tant de peine pour rien; je n'y ai pas
compté. Je payerai volontiers une récompense à
la personne qui a retrouvé l'animal, une récompense raisonnable s'entend.

— Fort bien, répliqua mon ami, tout cela est fort juste, en vérité. Voyons, — que donneriez-vous bien? Ah! je vais vous le dire. Voici quelle sera ma récompense : vous me raconterez tout ce que vous savez relativement aux assassinats de la rue Morgue.

Dupin prononça ces derniers mots d'une voix très-basse et fort tranquillement. Il se dirigea vers la porte avec la même placidité, la ferma, et mit la clef dans sa poche. Il tira alors un pistolet de son sein, et le posa sans le moindre émoi sur la table.

La figure du marin devint pourpre, comme s'il en était aux agonies d'une suffocation. Il se dressa sur ses pieds et saisit son bâton; mais, une seconde après, il se laissa retomber sur son siège, tremblant violemment et la mort sur le visage. Il ne pouvait articuler une parole. Je le plaignais du plus profond de mon cœur.

— Mon ami, dit Dupin d'une voix pleine de bonté, vous vous alarmez sans motif, — je vous assure. Nous ne voulons vous faire aucun mal. Sur mon honneur de galant homme et de Français, nous n'avons aucun mauvais dessein contre vous. Je sais parfaitement que vous êtes innocent des horreurs de la rue Morgue. Cependant, cela ne veut pas dire que vous n'y soyez pas quelque peu impliqué. Le peu que je vous ai dit doit vous prouver que j'ai sur cette affaire des moyens d'information donc vous ne vous seriez jamais douté. Maintenant, la chose est claire pour nous. Vous n'avez rien fait que vous ayez pu éviter, — rien, à coup sûr, qui vous rende coupable. Vous auriez pu voler impunément; vous n'avez même pas été coupable de vol. Vous n'avez rien à cacher; vous n'avez aucune raison de cacher quoi que ce soit. D'un autre côté, vous êtes contraint par tous les principes de l'honneur à confesser tout ce que vous savez. Un homme innocent est actuellement en prison, accusé du crime dont vous pouvez indiquer l'auteur.

Pendant que Dupin prononçait ces mots, le matelot avait recouvré, en grande partie, sa présence d'esprit; mais toute sa première hardiesse avait disparu.

— Que Dieu me soit en aide! dit-il après une petite pause, — je vous dirai tout ce que je sais sur cette affaire; mais je n'espère pas que vous en croyiez la moitié, — je serais vraiment sot, si je l'espérais! Cependant, je suis innocent, et je dirai tout ce que j'ai sur le cœur, quand même il m'en coûterait la vie.

Voici en substance ce qu'il nous raconta : Il avait fait dernièrement un voyage dans l'archipel indien. Une bande de matelots, dont il faisait partie, débarqua à Bornéo et pénétra dans l'intérieur pour y faire une excursion d'amateurs. Lui et un de ses camarades avaient pris l'orang-outang. Ce camarade mourut, et l'animal devint donc sa propriété exclusive, à lui. Après bien des embarras causés par l'indomptable férocité du captif pendant la traversée, il réussit à la longue à le loger sûrement dans sa propre demeure à Paris, et, pour ne pas attirer sur lui-même l'insupportable curiosité des voisins, il avait soigneusement enfermé l'animal, jusqu'à

ce qu'il l'eût guéri d'une blessure au pied qu'il
s'était faite à bord avec une esquille. Son projet,
finalement, était de le vendre.

Comme il revenait, une nuit, ou plutôt un
matin, — le matin du meurtre, — d'une petite
orgie de matelots, il trouva la bête installée dans
sa chambre à coucher; elle s'était échappée du
cabinet voisin, où il la croyait solidement enfer-
mée. Un rasoir à la main et toute barbouillée de
savon, elle était assise devant un miroir, et
essayait de se raser, comme sans doute elle l'avait
vu faire à son maître en l'épiant par le trou de
la serrure. Terrifié en voyant une arme si dan-
gereuse dans les mains d'un animal aussi féroce,
parfaitement capable de s'en servir, l'homme,
pendant quelques instants, n'avait su quel parti
prendre. D'habitude, il avait dompté l'animal,
même dans ses accès les plus furieux, par les
coups de fouet, et il voulut y recourir cette fois
encore. Mais, en voyant le fouet, l'orang-outang
bondit à travers la porte de la chambre, dégrin-
gola par les escaliers, et, profitant d'une fenêtre
ouverte par malheur, il se jeta dans la rue.

Le Français, désespéré, poursuivit le singe;
celui-ci, tenant toujours son rasoir d'une main,
s'arrêtait de temps en temps, se retournait, et
faisait des grimaces à l'homme qui le poursui-
vait, jusqu'à ce qu'il se vît près d'être atteint,
puis il reprenait sa course. Cette chasse dura
ainsi un bout de temps. Les rues étaient profondément tranquilles, et il pouvait être trois
heures du matin. En traversant un passage derrière la rue Morgue, l'attention du fugitif fut

attirée par une lumière qui partait de la fenêtre de madame l'Espanaye, au quatrième étage de sa maison. Il se précipita vers le mur, il aperçut la chaîne du paratonnerre, y grimpa avec une inconcevable agilité, saisit le volet, qui était complètement rabattu contre le mur, et, en s'appuyant dessus, il s'élança droit sur le chevet du lit.

Toute cette gymnastique ne dura pas une minute. Le volet avait été repoussé contre le mur par le bond que l'orang-outang avait fait en se jetant dans la chambre.

Cependant, le matelot était à la fois joyeux et inquiet. Il avait donc bonne espérance de ressaisir l'animal, qui pouvait difficilement s'échapper de la trappe où il s'était aventuré, et d'où on pouvait lui barrer la fuite. D'un autre côté il y avait lieu d'être fort inquiet de ce qu'il pouvait faire dans la maison. Cette dernière réflexion incita l'homme à se remettre à la poursuite de son fugitif. Il n'est pas difficile pour un marin de grimper à une chaîne de paratonnerre; mais, quand il fut arrivé à la hauteur de la fenêtre, située assez loin sur sa gauche, il se trouva fort empêché; tout ce qu'il put faire de mieux fut de se dresser de manière à jeter un coup d'œil dans l'intérieur de la chambre. Mais ce qu'il vit lui fit presque lâcher prise dans l'excès de sa terreur. C'était alors que s'élevaient les horribles cris qui, à travers le silence de la nuit, réveillèrent en sursaut les habitants de la rue Morgue.

Madame l'Espanaye et sa fille, vêtues de leurs

toilettes de nuit, étaient sans doute occupées à ranger quelques papiers dans le coffret de fer dont il a été fait mention, et qui avait été traîné au milieu de la chambre. Il était ouvert, et tout son contenu était éparpillé sur le parquet. Les victimes avaient sans doute le dos tourné à la fenêtre; à en juger par le temps qui s'écoula entre l'invasion de la bête et les premiers cris, il est probable qu'elles ne l'aperçurent pas tout de suite. Le claquement du volet a pu être vraisemblablement attribué au vent.

Quand le matelot regarda dans la chambre, le terrible animal avait empoigné madame l'Espanaye par ses cheveux qui étaient épars et qu'elle peignait, et il agitait le rasoir autour de sa figure, en imitant les gestes d'un barbier. La fille était par terre, immobile; elle s'était évanouie. Les cris et les efforts de la vieille dame, pendant lesquels les cheveux lui furent arrachés de la tête, eurent pour effet de changer en fureur les dispositions probablement pacifiques de l'orang-outang. D'un coup rapide de son bras musculeux, il sépara presque la tête du corps. La vue du sang transforma sa fureur en frénésie. Il grinçait des dents, il lançait du feu par les yeux. Il se jeta sur le corps de la jeune personne, il lui ensevelit ses griffes dans la gorge, et les y laissa jusqu'à ce qu'elle fût morte. Ses yeux égarés et sauvages tombèrent en ce moment sur le chevet du lit, au-dessus duquel il put apercevoir la face de son maître, paralysée par l'horreur.

La furie de la bête, qui sans aucun doute se

souvenait du terrible fouet, se changea immédiatement en frayeur. Sachant bien qu'elle avait
mérité un châtiment, elle semblait vouloir
cacher les traces sanglantes de son action, et bondissait à travers la chambre dans un accès d'agitation nerveuse, bousculant et brisant les meubles à chacun de ses mouvements, et arrachant
les matelas du lit. Finalement, elle s'empara du
corps de la fille, et le poussa dans la cheminée,
dans la posture où elle fut trouvée, puis de celui
de la vieille dame qu'elle précipita la tête la
première à travers la fenêtre.

Comme le singe s'approchait de la fenêtre
avec son fardeau tout mutilé, le matelot épouvanté se baissa, et, se laissant couler le long de la
chaîne sans précautions, il s'enfuit tout d'un
trait jusque chez lui, redoutant les conséquences
de cette atroce boucherie, et, dans sa terreur,
abandonnant volontiers tout souci de la destinée
de son orang-outang. Les voix entendues par les
gens de l'escalier étaient ses exclamations d'horreur et d'effroi mêlées aux glapissements diabo-
liques de la bête.

Je n'ai presque rien à ajouter. L'orang-outang
s'était sans doute échappé de la chambre par la
chaîne du paratonnerre, juste avant que la porte
fût enfoncée. En passant par la fenêtre, il l'avait
évidemment refermée. Il fut rattrapé plus tard
par le propriétaire lui-même, qui le vendit pour
un bon prix au Jardin des plantes.

Lebon fut immédiatement relâché, après que
nous eûmes raconté toutes les circonstances de
l'affaire, assaisonnées de quelques commentaires

de Dupin, dans le cabinet même du préfet de police. Ce fonctionnaire, quelque bien disposé qu'il fût envers mon ami, ne pouvait pas absolument déguiser sa mauvaise humeur en voyant l'affaire prendre cette tournure, et se laissa aller à un ou deux sarcasmes sur la manie des personnes qui se mêlaient de ses fonctions.

— Laissez-le parler, dit Dupin, qui n'avait pas jugé à propos de répliquer. Laissez-le jaser, cela allégera sa conscience. Je suis content de l'avoir battu sur son propre terrain. Néanmoins, qu'il n'ait pas pu débrouiller ce mystère, il n'y a nullement lieu de s'en étonner, et cela est moins singulier qu'il ne le croit; car, en vérité, notre ami le préfet est un peu trop fin pour être profond. Sa science n'a pas de base. Elle est toute en tête et n'a pas de corps, comme les portraits de la déesse Laverna, — ou, si vous aimez mieux, toute en tête et en épaules, comme une morue. Mais, après tout, c'est un brave homme. Je l'adore particulièrement pour un merveilleux genre de *cant* auquel il doit sa réputation de génie. Je veux parler de sa manie *de nier ce qui est, et d'expliquer ce qui n'est pas.*

LA LETTRE VOLÉE

Nil sapientiæ odiosius acumine nimio.
                                    SÉNÈQUE.

J'ÉTAIS à Paris en 18... Après une sombre et
orageuse soirée d'automne, je jouissais de la
double volupté de la méditation et d'une pipe
d'écume de mer, en compagnie de mon ami
Dupin, dans sa petite bibliothèque ou cabinet
d'étude, rue Dunot, n° 33, au troisième, faubourg Saint-Germain. Pendant une bonne
heure, nous avions gardé le silence; chacun de
nous, pour le premier observateur venu, aurait
paru profondément et exclusivement occupé des
tourbillons frisés de fumée qui chargeaient l'atmosphère de la chambre. Pour mon compte, je
discutais en moi-même certains points, qui
avaient été dans la première partie de la soirée
l'objet de notre conversation; je veux parler de
l'affaire de la rue Morgue, et du mystère relatif à
l'assassinat de Marie Roget. Je rêvais donc à
l'espèce d'analogie qui reliait ces deux affaires,
quand la porte de notre appartement s'ouvrit et

donna passage à notre vieille connaissance, à
M. G...., le préfet de police de Paris.

Nous lui souhaitâmes cordialement la bienve-
nue; car l'homme avait son côté charmant comme
son côté méprisable, et nous ne l'avions pas vu
depuis quelques années... Comme nous étions
assis dans les ténèbres, Dupin se leva pour allumer une lampe; mais il se rassit et n'en fit rien,
en entendant G... dire qu'il était venu pour nous
consulter, ou plutôt pour demander l'opinion
de mon ami relativement à une affaire qui lui
avait causé une masse d'embarras.

— Si c'est un cas qui demande de la réflexion,
observa Dupin, s'abstenant d'allumer la mèche,
nous l'examinerons plus convenablement dans
les ténèbres.

— Voilà encore une de vos idées bizarres, dit
le préfet, qui avait la manie d'appeler bizarres
toutes les choses situées au-delà de sa compréhension, et qui vivait ainsi au milieu d'une
immense légion de bizarreries.

— C'est, ma foi, vrai! dit Dupin en présentant une pipe à notre visiteur, et roulant vers
lui un excellent fauteuil.

— Et maintenant, quel est le cas embarras-
sant? demandai-je; j'espère bien que ce n'est pas
encore dans le genre assassinat.

— Oh! non. Rien de pareil. Le fait est que
l'affaire est vraiment très-simple, et je ne doute
pas que nous ne puissions nous en tirer fort bien
nous-mêmes; mais j'ai pensé que Dupin ne serait
pas fâché d'apprendre les détails de cette affaire,
parce qu'elle est excessivement *bizarre*.

— Simple et bizarre, dit Dupin.

— Mais oui; et cette expression n'est pourtant pas exacte; l'un ou l'autre, si vous aimez mieux. Le fait est que nous avons été tous là-bas fortement embarrassés par cette affaire; car, toute simple qu'elle est, elle nous déroute complètement.

— Peut-être est-ce la simplicité même de la chose qui vous induit en erreur, dit mon ami.

— Quel non-sens nous dites-vous là! répliqua le préfet, en riant de bon cœur.

— Peut-être le mystère est-il un peu *trop* clair, dit Dupin.

— Oh! bonté du ciel! qui a jamais ouï parler d'une idée pareille.

— Un peu *trop* évident.

— Ha! ha! — ha! ha! — oh! oh! criait notre hôte, qui se divertissait profondément. Oh! Dupin, vous me ferez mourir de joie, voyez-vous.

— Et enfin, demandai-je, quelle est la chose en question?

— Mais, je vous la dirai, répliqua le préfet, en lâchant une longue, solide et contemplative bouffée de fumée, et s'établissant dans son fauteuil. Je vous la dirai en peu de mots. Mais, avant de commencer, laissez-moi vous avertir que c'est une affaire qui demande le plus grand secret, et que je perdrais très-probablement le poste que j'occupe, si l'on savait que je l'ai confiée à qui que ce soit.

— Commencez, dis-je.

— Ou ne commencez pas, dit Dupin.

— C'est bien; je commence. J'ai été informé

personnellement, et en très-haut lieu, qu'un certain document de la plus grande importance avait été soustrait dans les appartements royaux. On sait quel est l'individu qui l'a volé; cela est hors de doute; on l'a vu s'en emparer. On sait aussi que ce document est toujours en sa possession.

— Comment sait-on cela? demanda Dupin.

— Cela est clairement déduit de la nature du document et de la non-apparition de certains résultats qui surgiraient immédiatement s'il sortait des mains du voleur; en d'autres termes, s'il était employé en vue du but que celui-ci doit évidemment se proposer.

— Veuillez être un peu plus clair, dis-je.

— Eh bien, j'irai jusqu'à vous dire que ce papier confère à son détenteur un certain pouvoir dans un certain lieu où ce pouvoir est d'une valeur inappréciable. — Le préfet raffolait du *cant* diplomatique.

— Je continue à ne rien comprendre, dit Dupin.

— Rien, vraiment? Allons! Ce document, révélé à un troisième personnage, dont je tairai le nom, mettrait en question l'honneur d'une personne du plus haut rang; et voilà ce qui donne au détenteur du document un ascendant sur l'illustre personne dont l'honneur et la sécurité sont ainsi mis en péril.

— Mais cet ascendant, interrompis-je, dépend de ceci : le voleur sait-il que la personne volée connaît son voleur? Qui oserait...?

— Le voleur, dit G..., c'est D..., qui ose tout

ce qui est indigne d'un homme, aussi bien que ce qui est digne de lui. Le procédé du vol a été aussi ingénieux que hardi. Le document en question, une lettre, pour être franc, a été reçu par la personne volée pendant qu'elle était seule dans le boudoir royal. Pendant qu'elle le lisait, elle fut soudainement interrompue par l'entrée de l'autre illustre personnage à qui elle désirait particulièrement le cacher. Après avoir essayé en vain de le jeter rapidement dans un tiroir, elle fut obligée de le déposer tout ouvert sur une table. La lettre, toutefois, était retournée, la suscription en dessus, et, le contenu étant ainsi caché, elle n'attira pas l'attention. Sur ces entrefaites arriva le ministre D... Son œil de lynx perçoit immédiatement le papier, reconnaît l'écriture de la suscription, remarque l'embarras de la personne à qui elle était adressée, et pénètre son secret.

» Après avoir traité quelques affaires, expédiées tambour battant, à sa manière habituelle, il tire de sa poche une lettre à peu près semblable à la lettre en question, l'ouvre, fait semblant de la lire, et la place juste à côté de l'autre. Il se remet à causer, pendant un quart d'heure environ, des affaires publiques. A la longue, il prend congé, et met la main sur la lettre à laquelle il n'a aucun droit. La personne volée le vit, mais, naturellement, n'osa pas attirer l'attention sur ce fait, en présence du troisième personnage qui était à son côté. Le ministre décampa, laissant sur la table sa propre lettre, une lettre sans importance.

— Ainsi, dit Dupin en se tournant à moitié vers moi, voilà précisément le cas demandé pour rendre l'ascendant complet : le voleur sait que la personne volée connaît son voleur.

— Oui, répliqua le préfet, et, depuis quelques mois, il a été largement usé, dans un but politique, de l'empire conquis par ce stratagème, et jusqu'à un point fort dangereux. La personne volée est de jour en jour plus convaincue de la nécessité de retirer sa lettre. Mais, naturellement, cela ne peut pas se faire ouvertement. Enfin, poussée au désespoir, elle m'a chargé de la commission.

— Il n'était pas possible, je suppose, dit Dupin dans une auréole de fumée, de choisir ou même d'imaginer un agent plus sagace.

— Vous me flattez, répliqua le préfet; mais il est bien possible qu'on ait conçu de moi quelque opinion de ce genre.

— Il est clair, dis-je, comme vous l'avez remarqué, que la lettre est toujours entre les mains du ministre; puisque c'est le fait de la possession et non l'usage de la lettre qui crée l'ascendant. Avec l'usage, l'ascendant s'évanouit.

— C'est vrai, dit G..., et c'est d'après cette conviction que j'ai marché. Mon premier soin a été de faire une recherche minutieuse à l'hôtel du ministre; et, là, mon principal embarras fut de chercher à son insu. Par-dessus tout, j'étais en garde contre le danger qu'il y aurait eu à lui donner un motif de soupçonner notre dessein.

— Mais, dis-je, vous êtes tout à fait à votre

affaire, dans ces espèces d'investigations. La police parisienne a pratiqué la chose plus d'une fois.

— Oh! sans doute; — et c'est pourquoi j'avais bonne espérance. Les habitudes du ministre me donnaient d'ailleurs un grand avantage. Il est souvent absent de chez lui toute la nuit. Ses domestiques ne sont pas nombreux. Ils couchent à une certaine distance de l'appartement de leur maître, et, comme ils sont Napolitains avant tout, ils mettent de la bonne volonté à se laisser enivrer. J'ai, comme vous savez, des clefs avec lesquelles je puis ouvrir toutes les chambres et tous les cabinets de Paris. Pendant trois mois, il ne s'est pas passé une nuit, dont je n'aie employé la plus grande partie à fouiller, en personne, l'hôtel D... Mon honneur y est intéressé, et, pour vous confier un grand secret, la récompense est énorme. Aussi je n'ai abandonné les recherches que lorsque j'ai été pleinement convaincu que le voleur était encore plus fin que moi. Je crois que j'ai scruté tous les coins et recoins de la maison dans lesquels il était possible de cacher un papier.

— Mais ne serait-il pas possible, insinuai-je, que, bien que la lettre fût au pouvoir du ministre, — elle y est indubitablement, — il l'eût cachée ailleurs que dans sa propre maison?

— Cela n'est guère possible, dit Dupin. La situation particulière, actuelle, des affaires de la cour, spécialement la nature de l'intrigue dans laquelle D... a pénétré, comme on sait, font de l'efficacité immédiate du document, — de la possibilité de le produire à la minute, — un point d'une importance presque égale à sa possession.

— La possibilité de le produire? dis-je.

— Ou, si vous aimez mieux, de l'annihiler, dit Dupin.

— C'est vrai, remarquai-je. Le papier est donc évidemment dans l'hôtel. Quant au cas où il serait sur la personne même du ministre, nous le considérons comme tout à fait hors de la question.

— Absolument, dit le préfet. Je l'ai fait arrêter deux fois par de faux voleurs, et sa personne a été scrupuleusement fouillée sous mes propres yeux.

— Vous auriez pu vous épargner cette peine, dit Dupin. — D... n'est pas absolument fou, je présume, et dès lors il a dû prévoir ces guets-apens comme choses naturelles.

— Pas *absolument* fou, c'est vrai, dit G..., — toutefois, c'est un poëte, ce qui, je crois, n'en est pas fort éloigné.

— C'est vrai, dit Dupin, après avoir longuement et pensivement poussé la fumée de sa pipe d'écume, bien que je me sois rendu moi-même coupable de certaine rapsodie.

— Voyons, dis-je, racontez-nous les détails précis de votre recherche.

— Le fait est que nous avons pris notre temps, et que nous avons cherché *partout*. J'ai une vieille expérience de ces sortes d'affaires. Nous avons entrepris la maison de chambre en chambre; nous avons consacré à chacune les nuits de toute une semaine. Nous avons d'abord examiné les meubles de chaque appartement. Nous avons ouvert tous les tiroirs possibles; et je présume que vous n'ignorez pas que, pour un agent de police bien dressé, un tiroir *secret* est une chose qui n'existe pas. Tout homme qui, dans une perquisition de cette nature, permet à un tiroir secret de lui échapper est une brute. La besogne est si facile! Il y a dans chaque pièce une certaine quantité de volumes et de surfaces dont on peut se rendre compte. Nous avons pour cela des règles exactes. La cinquième partie d'une ligne ne peut pas nous échapper.

» Après les chambres, nous avons pris les sièges. Les coussins ont été sondés avec ces longues et fines aiguilles que vous m'avez vu employer. Nous avons enlevé les dessus des tables.

— Et pourquoi?

— Quelquefois le dessus d'une table ou de toute autre pièce d'ameublement analogue est enlevé par une personne qui désire cacher quelque chose; elle creuse le pied de la table; l'objet est déposé dans la cavité, et le dessus replacé. On se sert de la même manière des montants d'un lit.

— Mais ne pourrait-on pas deviner la cavité par l'auscultation? demandai-je.

— Pas le moins du monde, si, en déposant l'objet, on a eu soin de l'entourer d'une bourre de coton suffisante. D'ailleurs, dans notre cas, nous étions obligés de procéder sans bruit.

— Mais vous n'avez pas pu défaire, — vous

n'avez pas pu démonter toutes les pièces d'ameublement dans lesquelles on aurait pu cacher un
dépôt de la façon dont vous parlez. Une lettre
peut être roulée en une spirale très-mince, ressemblant beaucoup par sa forme et son volume
à une grosse aiguille à tricoter, et être ainsi insé-
rée dans un bâton de chaise, par exemple. Avez-
vous démonté toutes les chaises?

— Non, certainement, mais nous avons fait
mieux, nous avons examiné les bâtons de toutes
les chaises de l'hôtel, et même les jointures de
toutes les pièces de l'ameublement, à l'aide d'un
puissant microscope. S'il y avait eu la moindre
trace d'un désordre récent, nous l'aurions infailliblement découvert à l'instant. Un seul grain
de poussière causée par la vrille, par exemple,
nous aurait sauté aux yeux comme une pomme.
La moindre altération dans la colle, — un
simple bâillement dans les jointures aurait suffi
pour nous révéler la cachette.

— Je présume que vous avez examiné les
glaces entre la glace et le planchéiage, et que
vous avez fouillé les lits et les courtines des lits,
aussi bien que les rideaux et les tapis.

— Naturellement; et quand nous eûmes absolument passé en revue tous les articles de ce
genre, nous avons examiné la maison elle-même.
Nous avons divisé la totalité de sa surface en
compartiments, que nous avons numérotés, pour
être sûrs de n'en omettre aucun; nous avons fait
de chaque pouce carré l'objet d'un nouvel
examen au microscope, et nous y avons compris
les deux maisons adjacentes.

— Les deux maisons adjacentes! m'écriai-je;
vous avez dû vous donner bien du mal.

— Oui, ma foi! mais la récompense offerte
est énorme.

— Dans les maisons, comprenez-vous le sol?

— Le sol est partout pavé en briques. Comparativement, cela ne nous a pas donné grand mal.
Nous avons examiné la mousse entre les briques,
elle était intacte.

— Vous avez sans doute visité les papiers de
D..., et les livres de la bibliothèque?

— Certainement, nous avons ouvert chaque
paquet et chaque article; nous n'avons pas seulement ouvert les livres, mais nous les avons par-
courus feuillet par feuillet, ne nous contentant
pas de les secouer simplement comme font plusieurs de nos officiers de police. Nous avons
aussi mesuré l'épaisseur de chaque reliure avec
la plus exacte minutie, et nous avons appliqué
à chacune la curiosité jalouse du microscope. Si
l'on avait récemment inséré quelque chose dans
une des reliures, il eût été absolument impossible que le fait échappât à notre observation.
Cinq ou six volumes qui sortaient des mains du
relieur ont été soigneusement sondés longitudi-
nalement avec les aiguilles.

— Vous avez exploré les parquets, sous les
tapis?

— Sans doute. Nous avons enlevé chaque
tapis, et nous avons examiné les planches au
microscope.

— Et les papiers des murs?

— Aussi.

— Vous avez visité les caves?

— Nous avons visité les caves.

— Ainsi, dis-je, vous avez fait fausse route, et la lettre n'est pas dans l'hôtel, comme vous le supposiez.

— Je crains que vous n'ayez raison, dit le préfet. — Et vous maintenant, Dupin, que me conseillez-vous de faire?

— Faire une perquisition complète.

— C'est absolument inutile! répliqua G... Aussi sûr que je vis, la lettre n'est pas dans l'hôtel!

— Je n'ai pas de meilleur conseil à vous donner, dit Dupin. Vous avez, sans doute, un signalement exact de la lettre?

— Oh! oui!

Et ici, le préfet, tirant un agenda, se mit à nous lire à haute voix une description minutieuse du document perdu, de son aspect intérieur, et spécialement de l'extérieur. Peu de temps après avoir fini la lecture de cette description, cet excellent homme prit congé de nous, plus accablé et l'esprit plus complètement découragé que je ne l'avais vu jusqu'alors.

Environ un mois après, il nous fit une seconde visite, et nous trouva occupés à peu près de la même façon. Il prit une pipe et un siège, et causa de choses et d'autres. A la longue, je lui dis :

— Eh bien, mais G..., et votre lettre volée? Je présume qu'à la fin, vous vous êtes résigné à comprendre que ce n'est pas une petite besogne que d'enfoncer le ministre?

— Que le diable l'emporte! — J'ai pourtant recommencé cette perquisition, comme Dupin me l'avait conseillé; mais, comme je m'en doutais, ç'a été peine perdue.

— De combien est la récompense offerte? vous nous avez dit..., demanda Dupin.

— Mais... elle est très-forte..., une récompense vraiment magnifique, — je ne veux pas vous dire au juste combien; mais une chose que je vous dirai, c'est que je m'engagerais bien à payer de ma bourse cinquante mille francs à celui qui pourrait me trouver cette lettre. Le fait est que la chose devient de jour en jour plus urgente, et la récompense a été doublée récemment. Mais, en vérité, on la triplerait, que je ne pourrais faire mon devoir mieux que je l'ai fait.

— Mais... oui..., dit Dupin en traînant ses paroles au milieu des bouffées de sa pipe, je crois... réellement, G..., que vous n'avez pas fait... tout votre possible... vous n'êtes pas allé au fond de la question. Vous pourriez faire... un peu plus, je pense du moins, hein?

— Comment? dans quel sens?

— Mais... (une bouffée de fumée) vous pourriez... (bouffée sur bouffée) — prendre conseil en cette matière, hein? — (Trois bouffées de fumée.) — Vous rappelez-vous l'histoire qu'on raconte d'Abernethy.

— Non! au diable votre Abernethy!

— Assurément! au diable, si cela vous amuse! — Or donc, une fois, un certain riche, fort avare, conçut le dessein de soutirer à Abernethy une consultation médicale. Dans ce but, il entama avec lui, au milieu d'une société, une conversation ordinaire, à travers laquelle il insinua au médecin son propre cas, comme celui d'un individu imaginaire.

— Nous supposerons, dit l'avare, que les symptômes sont tels et tels; maintenant, docteur, que lui conseilleriez-vous de prendre?

— Que prendre? dit Abernethy, mais prendre conseil à coup sûr.

— Mais, dit le préfet, un peu décontenancé, je suis tout disposé à prendre conseil, et à payer pour cela. Je donnerais *vraiment* cinquante mille francs à quiconque me tirerait d'affaire.

— Dans ce cas, répliqua Dupin, ouvrant un tiroir et en tirant un livre de mandats, vous pouvez aussi bien me faire un bon pour la somme susdite. Quand vous l'aurez signé, je vous remettrai votre lettre.

Je fus stupéfié. Quant au préfet, il semblait absolument foudroyé. Pendant quelques minutes, il resta muet et immobile, regardant mon ami, la bouche béante, avec un air incrédule et des yeux qui semblaient lui sortir de la tête; enfin, il parut revenir un peu à lui, il saisit une plume, et, après quelques hésitations, le regard ébahi et vide, il remplit et signa un bon de cinquante mille francs, et le tendit à Dupin par-dessus la table. Ce dernier l'examina soigneusement et le serra dans son portefeuille; puis, ouvrant un pupitre, il en tira une lettre et la donna au préfet. Notre fonctionnaire l'agrippa dans une parfaite agonie de joie, l'ouvrit d'une main tremblante, jeta un coup d'œil sur son contenu, puis, attrapant précipitamment la porte, se rua sans plus de cérémonie hors de la chambre et de la maison, sans avoir prononcé une syllabe depuis le moment où Dupin l'avait prié de remplir le mandat.

Quand il fut parti, mon ami entra dans quelques explications.

— La police parisienne, dit-il, est excessivement habile dans son métier. Ses agents sont persévérants, ingénieux, rusés, et possèdent à fond toutes les connaissances que requièrent spécialement leurs fonctions. Aussi, quand G... nous détaillait son mode de perquisition dans l'hôtel D..., j'avais une entière confiance dans ses talents, et j'étais sûr qu'il avait fait une investigation pleinement suffisante, dans le cercle de sa spécialité.

— Dans le cercle de sa spécialité? dis-je.

— Oui, dit Dupin; les mesures adoptées n'étaient pas seulement les meilleures dans l'espèce, elles furent aussi poussées à une absolue perfection. Si la lettre avait été cachée dans le rayon de leur investigation, ces gaillards l'auraient trouvée, cela ne fait pas pour moi l'ombre d'un doute.

Je me contentai de rire; mais Dupin semblait avoir dit cela fort sérieusement.

— Donc, les mesures, continua-t-il, étaient bonnes dans l'espèce et admirablement exécutées; elles avaient pour défaut d'être inapplicables au cas et à l'homme en question. Il y a tout un ordre de moyens singulièrement ingé-

nieux qui sont pour le préfet une sorte de lit de
Procuste, sur lequel il adapte et garrotte tous ses
plans. Mais il erre sans cesse par trop de profondeur ou par trop de superficialité pour le cas en
question, et plus d'un écolier raisonnerait mieux
que lui.

» J'ai connu un enfant de huit ans, dont l'in-
faillibilité au jeu de pair ou impair faisait l'admiration universelle. Ce jeu est simple, on y
joue avec des billes. L'un des joueurs tient dans
sa main un certain nombre de ses billes, et
demande à l'autre : « Pair ou non? » Si celui-ci
devine juste, il gagne une bille; s'il se trompe, il
en perd une. L'enfant dont je parle gagnait
toutes les billes de l'école. Naturellement, il
avait un mode de divination, lequel consistait
dans la simple observation et dans l'appréciation
de la finesse de ses adversaires. Supposons que
son adversaire soit un parfait nigaud et, levant
sa main fermée, lui demande : « Pair ou impair? » Notre écolier répond : « Impair! » et il
a perdu. Mais, à la seconde épreuve, il gagne,
car il se dit en lui-même : « Le niais avait mis
pair la première fois, et toute sa ruse ne va qu'à
lui faire mettre impair à la seconde; je dirai
donc : « Impair! » Il dit : « Impair », et il
gagne.

» Maintenant, avec un adversaire un peu
moins simple, il aurait raisonné ainsi : « Ce
garçon voit que, dans le premier cas, j'ai dit
« Impair », et, dans le second, il se proposera, —
c'est la première idée qui se présentera à lui, —
une simple variation de pair à impair comme a

fait le premier bêta; mais une seconde réflexion lui dira que c'est là un changement trop simple, et finalement il décidera à mettre pair comme la première fois. — Je dirai donc : « Pair ! » Il dit « Pair », et gagne. Maintenant, ce mode de raisonnement de notre écolier, que ses camarades appellent la chance, — en dernière analyse, qu'est-ce que c'est?

— C'est simplement, dis-je, une identification de l'intellect de notre raisonnement avec celui de son adversaire.

— C'est cela même, dit Dupin; et, quand je demandai à ce petit garçon par quel moyen il effectuait cette parfaite identification qui faisait tout son succès, il me fit la réponse suivante :

» — Quand je veux savoir jusqu'à quel point quelqu'un est circonspect ou stupide, jusqu'à quel point il est bon ou méchant, ou quelles sont actuellement ses pensées je compose mon visage d'après le sien, aussi exactement que possible, et j'attends alors pour savoir quels pensers ou quels sentiments naîtront dans mon esprit ou dans mon cœur, comme pour s'appareiller et correspondre avec ma physionomie. »

» Cette réponse de l'écolier enfonce de beaucoup toute la profondeur sophistique attribuée à La Rochefoucauld, à La Bruyère, à Machiavel et à Campanella.

— Et l'identification de l'intellect du raisonneur avec celui de son adversaire dépend, si je vous comprends bien, de l'exactitude avec laquelle l'intellect de l'adversaire est apprécié.

— Pour la valeur pratique, c'est en effet la

condition, répliqua Dupin, et, si le préfet et toute sa bande se sont trompés si souvent, c'est, d'abord, faute de cette identification, en second lieu, par une appréciation inexacte, ou plutôt par la non-appréciation de l'intelligence avec laquelle ils se mesurent. Ils ne voient que leurs propres idées ingénieuses; et, quand ils cherchent quelque chose de caché, ils ne pensent qu'aux moyens dont ils se seraient servis pour le cacher. Ils ont fortement raison en cela que leur propre ingéniosité est une représentation fidèle de celle de la foule; mais, quand il se trouve un malfaiteur particulier dont la finesse diffère, en espèce, de la leur, ce malfaiteur, naturellement, les *roule*.

» Cela ne manque jamais quand son astuce est au-dessus de la leur, et cela arrive très-fréquemment même quand elle est au-dessous. Ils ne varient pas leur système d'investigation; tout au plus, quand ils sont incités par quelque cas insolite, — par quelque récompense extraordinaire, — ils exagèrent et poussent à outrance leurs vieilles routines; mais ils ne changent rien à leurs principes.

» Dans le cas de D..., par exemple, qu'a-t-on fait pour changer le système d'opération? Qu'est-ce que c'est que toutes ces perforations, ces fouilles, ces sondes, cet examen au microscope, cette division des surfaces en pouces carrés numérotés? — qu'est-ce que tout cela, si ce n'est pas l'exagération, dans son application, d'un des principes ou de plusieurs principes d'investigation, qui sont basés sur un ordre d'idées relatif à l'ingéniosité humaine, et dont le préfet a pris l'habitude dans la longue routine de ses fonctions?

» Ne voyez-vous pas qu'il considère comme chose démontrée que *tous* les hommes qui veulent cacher une lettre se servent, — si ce n'est précisément d'un trou fait à la vrille dans le pied d'une chaise, — au moins de quelque trou, de quelque coin tout à fait singulier dont ils ont puisé l'invention dans le même registre d'idées que le trou fait avec une vrille?

» Et ne voyez-vous pas aussi que des cachettes aussi *originales* ne sont employées que dans des occasions ordinaires et ne sont adoptées que par des intelligences ordinaires; car, dans tous les cas d'objets cachés, cette manière ambitieuse et torturée de cacher l'objet est, dans le principe, présumable et présumée; ainsi, la découverte ne dépend nullement de la perspicacité, mais simplement du soin, de la patience et de la résolution des chercheurs. Mais, quand le cas est important, ou, ce qui revient au même aux yeux de la police, quand la récompense est considérable, on voit toutes ces belles qualités échouer infailliblement. Vous comprenez maintenant ce que je voulais dire en affirmant que, si la lettre volée avait été cachée dans le rayon de la perquisition de notre préfet, — en d'autres termes, si le principe inspirateur de la cachette avait été compris dans les principes du préfet, — il l'eût infailliblement découverte. Cependant, ce fonctionnaire a été complètement mystifié; et la cause première, originelle, de sa défaite, gît dans

la supposition que le ministre est un fou, parce
qu'il s'est fait une réputation de poëte. Tous les
fous sont poëtes, — c'est la manière de voir du
préfet, — et il n'est coupable que d'une fausse
distribution du terme moyen, en inférant de là
que tous les poëtes sont fous.

— Mais est-ce vraiment le poëte? demandai-je.
Je sais qu'ils sont deux frères, et ils se sont
fait tous deux une réputation dans les lettres.
Le ministre, je crois, a écrit un livre fort
remarquable sur le calcul différentiel et
intégral. Il est le mathématicien, et non pas le
poëte.

— Vous vous trompez; je le connais fort bien;
il est poëte et mathématicien. Comme poëte *et*
mathématicien, il a dû raisonner juste; comme
simple mathématicien, il n'aurait pas raisonné
du tout, et se serait ainsi mis à la merci du
préfet.

— Une pareille opinion, dis-je, est faite pour
m'étonner; elle est démentie par la voix du
monde entier. Vous n'avez pas l'intention de
mettre à néant l'idée mûrie par plusieurs
siècles. La raison mathématique est depuis longtemps regardée comme la raison *par excellence*.

— *Il y a à parier,* répliqua Dupin, en citant
Chamfort, *que toute idée publique, toute
convention reçue est une sottise, car elle a
convenu au plus grand nombre.* Les mathémati-
ciens, — je vous accorde cela, — ont fait de leur
mieux pour propager l'erreur populaire dont
vous parlez, et qui, bien qu'elle ait été propagée
comme vérité, n'en est pas moins une parfaite

erreur. Par exemple, ils nous ont, avec un art digne d'une meilleure cause, accoutumés à appliquer le terme *analyse* aux opérations algébriques. Les Français sont les premiers coupables de cette tricherie scientifique; mais, si l'on reconnaît que les termes de la langue ont une réelle importance, — si les mots tirent leur valeur de leur application, — oh! alors, je concède qu'*analyse* traduit *algèbre* à peu près comme en latin *ambitus* signifie *ambition; religio,* religion; ou *homines honesti,* la classe des gens honorables.

— Je vois, dis-je, que vous allez vous faire une querelle avec un bon nombre d'algébristes de Paris; — mais continuez.

— Je conteste la validité, et conséquemment les résultats d'une raison cultivée par tout procédé spécial autre que la logique abstraite. Je conteste particulièrement le raisonnement tiré de l'étude des mathématiques. Les mathématiques sont la science des formes et des quantités; le raisonnement mathématique n'est autre que la simple logique appliquée à la forme et à la quantité. La grande erreur consiste à supposer que les vérités qu'on nomme *purement* algébriques sont des vérités abstraites ou générales. Et cette erreur est si énorme, que je suis émerveillé de l'unanimité avec laquelle elle est accueillie. Les axiomes mathématiques ne sont pas des axiomes d'une vérité générale. Ce qui est vrai d'un rapport de forme ou de quantité est souvent une grosse erreur relativement à la morale, par exemple. Dans cette dernière science, il est très-communément faux que la somme des fractions soit égale au tout. De même en chimie, l'axiome a tort. Dans l'appréciation d'une force motrice, il a également tort; car deux moteurs, chacun étant d'une puissance donnée, n'ont pas nécessairement, quand ils sont associés, une puissance égale à la somme de leurs puissances prises séparément. Il y a une foule d'autres vérités mathématiques qui ne sont des vérités que dans des limites de *rapport*. Mais le mathématicien argumente incorrigiblement d'après ses *vérités finies,* comme si elles étaient d'une application générale et absolue, — valeur que d'ailleurs le monde leur attribue. Bryant, dans sa très-remarquable *Mythologie,* mentionne une source analogue d'erreurs, quand il dit que, bien que personne ne croie aux fables du paganisme, cependant nous nous oublions nous-mêmes sans cesse au point d'en tirer des déductions, comme si elles étaient des réalités vivantes. Il y a d'ailleurs chez nos algébristes, qui sont eux-mêmes des païens, de certaines fables païennes auxquelles on ajoute foi, et dont on a tiré des conséquences, non pas tant par une absence de mémoire que par un incompréhensible trouble du cerveau. Bref, je n'ai jamais rencontré de pur mathématicien en qui on pût avoir confiance en dehors de ses racines et de ses équations; je n'en ai pas connu un seul qui ne tînt pas clandestinement pour article de foi que $x^2 + px$ est absolument et inconditionnellement égal à q. Dites à l'un de ces messieurs, en matière d'expérience, si cela vous amuse, que vous croyez à la possibilité de cas où $x^2 + px$ ne serait pas absolument égal à q; et, quand vous lui aurez fait comprendre ce que vous voulez dire, mettez-vous hors de sa portée et le plus lestement possible; car, sans aucun doute, il essayera de vous assommer.

» Je veux dire, continua Dupin, pendant que je me contentais de rire de ses dernières observations, que, si le ministre n'avait été qu'un mathématicien, le préfet n'aurait pas été dans la nécessité de me souscrire ce billet. Je le connaissais pour un mathématicien et un poëte, et j'avais pris mes mesures en raison de sa capacité, et en tenant compte des circonstances où il se trouvait placé. Je savais que c'était un homme de cour et un intrigant déterminé. Je réfléchis qu'un pareil homme devait indubitablement être au courant des pratiques de la police. Évidemment, il devait avoir prévu — et l'événement l'a prouvé — les guets-apens qui lui ont été préparés. Je me dis qu'il avait prévu les perquisitions secrètes dans son hôtel. Ces fréquentes absences nocturnes que notre bon préfet avait saluées comme des adjuvants positifs de son futur succès, je les regardais simplement comme des ruses pour faciliter les libres recherches de la police et lui persuader plus facilement que la lettre n'était pas dans l'hôtel. Je sentais aussi que toute la série d'idées relatives aux principes invariables de l'action policière dans le cas de perquisition, — idées que je vous expliquai tout à l'heure, non sans quelque peine, — je sentais, dis-je, que toute cette série d'idées avait dû nécessairement se dérouler dans l'esprit du ministre.

» Cela devait impérativement le conduire à dédaigner toutes les cachettes vulgaires. Cet homme-là ne pouvait pas être assez faible pour ne pas deviner que la cachette la plus compliquée, la plus profonde de son hôtel serait aussi peu secrète qu'une antichambre ou une armoire pour les yeux, les sondes, les vrilles et les microscopes du préfet. Enfin je voyais qu'il avait dû viser nécessairement à la simplicité, s'il n'y avait pas été induit par un goût naturel. Vous vous rappelez sans doute avec quels éclats de rire le préfet accueillit l'idée que j'exprimai dans notre première entrevue, à savoir que si le mystère l'embarrassait si fort, c'était peut-être en raison de son absolue simplicité.

— Oui, dis-je, je me rappelle parfaitement son hilarité. Je croyais vraiment qu'il allait tomber dans des attaques de nerfs.

— Le monde matériel, continua Dupin, est plein d'analogies exactes avec l'immatériel, et c'est ce qui donne une couleur de vérité à ce dogme de rhétorique, qu'une métaphore ou une comparaison peut fortifier un argument aussi bien qu'embellir une description.

» Le principe de la force d'inertie, par exemple, semble identique dans les deux natures, physique et métaphysique; un gros corps est plus difficilement mis en mouvement qu'un petit, et sa quantité de mouvement est en proportion de cette difficulté; voilà qui est aussi positif que cette proposition analogue : les intellects d'une vaste capacité, qui sont en même temps plus impétueux, plus constants et plus accidentés dans leur mouvement que ceux d'un degré inférieur, sont ceux qui se meuvent le moins aisément, et qui sont les plus embarrassés d'hésitation quand ils se mettent en marche. Autre exemple : avez-vous jamais remarqué quelles sont les enseignes de boutique qui attirent le plus l'attention?

— Je n'ai jamais songé à cela, dis-je.

— Il existe, reprit Dupin, un jeu de divination, qu'on joue avec une carte géographique. Un des joueurs prie quelqu'un de deviner un mot donné, — un nom de ville, de rivière, d'État ou d'empire, — enfin un mot quelconque compris dans l'étendue bigarrée et embrouillée de la carte. Une personne novice dans le jeu cherche en général à embarrasser ses adversaires en leur donnant à deviner des noms écrits en caractères imperceptibles; mais les adeptes du jeu choisissent des mots en gros caractères qui s'étendent d'un bout de la carte à l'autre. Ces mots-là, comme les enseignes et les affiches à lettres énormes, échappent à l'observateur par le fait même de leur excessive évidence; et, ici, l'oubli matériel est précisément analogue à l'inattention morale d'un esprit qui laisse échapper les considérations trop palpables, évidentes jusqu'à la banalité et l'importunité. Mais c'est là un cas, à ce qu'il semble, un peu au-dessus ou au-dessous de l'intelligence du préfet. Il n'a jamais cru probable ou possible que le ministre eût déposé sa lettre juste sous le nez du monde entier, comme pour mieux empêcher un individu quelconque de l'apercevoir.

» Mais plus je réfléchissais à l'audacieux, au distinctif et brillant esprit de D..., — à ce fait qu'il avait dû toujours avoir le document sous la main, pour en faire immédiatement usage, si besoin était, — et à cet autre fait que, d'après la démonstration décisive fournie par le préfet, ce document n'était pas caché dans les limites d'une perquisition ordinaire et en règle, — plus je me sentais convaincu que le ministre, pour cacher sa lettre, avait eu recours à l'expédient le plus ingénieux du monde, le plus large, qui était de ne pas même essayer de la cacher.

» Pénétré de ces idées, j'ajustai sur mes yeux une paire de lunettes vertes, et je me présentai un beau matin, comme par hasard, à l'hôtel du ministre. Je trouve D... chez lui, bâillant, flânant, musant, et se prétendant accablé d'un suprême ennui. D... est peut-être l'homme le plus réellement énergique qui soit aujourd'hui, mais c'est seulement quand il est sûr de n'être vu de personne.

» Pour n'être pas en reste avec lui, je me plaignais de la faiblesse de mes yeux et de la nécessité de porter des lunettes. Mais, derrière ces lunettes, j'inspectais soigneusement et minutieusement tout l'appartement, en faisant semblant d'être tout à la conversation de mon hôte.

» Je donnai une attention spéciale à un vaste bureau auprès duquel il était assis, et sur lequel gisaient pêle-mêle des lettres diverses et d'autres papiers, avec un ou deux instruments de musique et quelques livres. Après un long examen,

fait à loisir, je n'y vis rien qui pût exciter particulièrement mes soupçons.

» A la longue, mes yeux, en faisant le tour de
la chambre, tombèrent sur un misérable porte-
cartes, orné de clinquant, et suspendu par un
ruban bleu crasseux à un petit bouton de cuivre
au-dessus du manteau de la cheminée. Ce porte-
cartes, qui avait trois ou quatre compartiments,
contenait cinq ou six cartes de visite et une
lettre unique. Cette dernière était fortement
salie et chiffonnée. Elle était presque déchirée
en deux par le milieu, comme si on avait eu
d'abord l'intention de la déchirer entièrement,
ainsi qu'on fait d'un objet sans valeur; mais on
avait vraisemblablement changé d'idée. Elle portait un large sceau noir avec le chiffre de D...
très en évidence, et était adressée au ministre
lui-même. La suscription était d'une écriture de
femme très-fine. On l'avait jetée négligemment,
et même, à ce qu'il semblait, assez dédaigneu-
sement dans l'un des compartiments supérieurs
du porte-cartes.

» A peine eus-je jeté un coup d'œil sur cette
lettre, que je conclus que c'était celle dont
j'étais en quête. Évidemment elle était, par son
aspect, absolument différente de celle dont le
préfet nous avait lu une description si minutieuse. Ici, le sceau était large et noir avec le
chiffre de D...; dans l'autre, il était petit et
rouge, avec les armes ducales de la famille S...
Ici, la suscription était d'une écriture menue et
féminine; dans l'autre, l'adresse, portant le nom
d'une personne royale, était d'une écriture har-

die, décidée et caractérisée; les deux lettres ne
se ressemblaient qu'en un point, la dimension.
Mais le caractère excessif de ces différences, fon-
damentales en somme, la saleté, l'état déplorable
du papier, fripé et déchiré, qui contredisaient
les véritables habitudes de D..., si méthodique,
et qui dénonçaient l'intention de dérouter un
indiscret en lui offrant toutes les apparences
d'un document sans valeur, — tout cela, en y
ajoutant la situation impudente du document
mis en plein sous les yeux de tous les visiteurs et
concordant ainsi exactement avec mes conclusions antérieures, — tout cela, dis-je, était fait
pour corroborer décidément les soupçons de
quelqu'un venu avec le parti pris du soupçon.

» Je prolongeai ma visite aussi longtemps que
possible, et, tout en soutenant une discussion
très-vive avec le ministre sur un point que je
savais être pour lui d'un intérêt toujours nouveau, je gardais invariablement mon attention
braquée sur la lettre. Tout en faisant cet
examen, je réfléchissais sur son aspect extérieur
et sur la manière dont elle était arrangée dans
le porte-cartes, et à la longue je tombai sur une
découverte qui mit à néant le léger doute qui
pouvait me rester encore. En analysant les bords
du papier, je remarquai qu'ils étaient plus éraillés que *nature*. Ils présentaient l'aspect cassé
d'un papier dur, qui, ayant été plié et foulé par
le couteau à papier, a été replié dans le sens
inverse, mais dans les mêmes plis qui consti-
tuaient sa forme première. Cette découverte me
suffisait. Il était clair pour moi que la lettre avait

été retournée comme un gant, repliée et reca-
chetée. Je souhaitai le bonjour au ministre, et
je pris soudainement congé de lui, en oubliant
une tabatière en or sur son bureau.

» Le matin suivant, je vins pour chercher ma
tabatière, et nous reprîmes très-vivement la
conversation de la veille. Mais, pendant que la
discussion s'engageait, une détonation très-forte,
comme un coup de pistolet, se fit entendre sous
les fenêtres de l'hôtel, et fut suivie des cris et
des vociférations d'une foule épouvantée. D... se
précipita vers une fenêtre, l'ouvrit, et regarda
dans la rue. En même temps, j'allai droit au
porte-cartes, je pris la lettre, je la mis dans ma
poche, et je la remplaçai par une autre, une
espèce de *fac-simile* (quant à l'extérieur), que
j'avais soigneusement préparé chez moi, — en
contrefaisant le chiffre de D... à l'aide d'un sceau
de mie de pain.

» Le tumulte de la rue avait été causé par le
caprice insensé d'un homme armé d'un fusil. Il
avait déchargé son arme au milieu d'une foule
de femmes et d'enfants. Mais comme elle n'était
pas chargée à balle, on prit ce drôle pour un
lunatique ou un ivrogne, et on lui permit de
continuer son chemin. Quand il fut parti, D... se
retira de la fenêtre, où je l'avais suivi immédiatement après m'être assuré de la précieuse lettre.
Peu d'instants après, je lui dis adieu. Le pré-
tendu fou était un homme payé par moi.

— Mais quel était votre but, demandai-je à
mon ami, en remplaçant la lettre par une contrefaçon? N'eût-il pas été plus simple, dès votre

première visite, de vous en emparer, sans autres précautions, et de vous en aller?

— D..., répliqua Dupin, est capable de tout, et, de plus, c'est un homme solide. D'ailleurs, il a dans son hôtel des serviteurs à sa dévotion. Si j'avais fait l'extravagante tentative dont vous parlez, je ne serais pas sorti vivant de chez lui. Le bon peuple de Paris n'aurait plus entendu parler de moi. Mais, à part ces considérations, j'avais un but particulier. Vous connaissez mes sympathies politiques. Dans cette affaire, j'agis comme partisan de la dame en question. Voilà dix-huit mois que le ministre la tient en son pouvoir. C'est elle maintenant qui le tient, puisqu'il ignore que la lettre n'est plus chez lui, et qu'il va vouloir procéder à son chantage habituel. Il va donc infailliblement opérer lui-même et du premier coup sa ruine politique. Sa chute ne sera pas moins précipitée que ridicule. On parle fort lestement du *facilis descensus Averni;* mais en matière d'escalades, on peut dire ce que la Catalani disait du chant : « Il est plus facile de monter que de descendre ». Dans le cas présent, je n'ai aucune sympathie, pas même de pitié pour celui qui va descendre. D..., c'est le vrai *monstrum horrendum,* — un homme de génie sans principes. Je vous avoue, cependant, que je ne serais pas fâché de connaître le caractère exact de ses pensées, quand, mis au défi par celle que le préfet appelle *une certaine personne,* il sera réduit à ouvrir la lettre que j'ai laissée pour lui dans son porte-cartes.

— Comment! est-ce que vous y avez mis quelque chose de particulier?

— Eh mais! il ne m'a pas semblé tout à fait convenable de laisser l'intérieur en blanc, — cela aurait eu l'air d'une insulte. Une fois, à Vienne, D... m'a joué un vilain tour, et je lui dis d'un ton tout à fait gai que je m'en souviendrais. Aussi, comme je savais qu'il éprouverait une certaine curiosité relativement à la personne par qui il se trouvait joué, je pensai que ce serait vraiment dommage de ne pas lui laisser un indice quelconque. Il connaît fort bien mon écriture, et j'ai copié tout au beau milieu de la page blanche ces mots :

> . . . . .Un dessein si funeste,
> S'il n'est digne d'Atrée, est digne de Thyeste.

Vous trouverez cela dans l'*Atrée* de Crébillon.

LE SCARABÉE D'OR

Oh! oh! qu'est-ce que cela? Ce
garçon a une folie dans les jambes! Il a été mordu par la taren-
tule.

(Tout de travers.)

IL Y A quelques années, je me liai intimement
avec un M. William Legrand. Il était d'une
ancienne famille protestante, et jadis il avait été
riche; mais une série de malheurs l'avait réduit
à la misère. Pour éviter l'humiliation de ses
désastres, il quitta la Nouvelle-Orléans, la ville
de ses aïeux, et établit sa demeure dans l'île de
Sullivan, près Charleston, dans la Caroline
du Sud.

Cette île est des plus singulières. Elle n'est
guère composée que de sable de mer et a environ trois milles de long. En largeur, elle n'a
jamais plus d'un quart de mille. Elle est séparée du continent par une crique à peine visible,
qui filtre à travers une masse de roseaux et de
vase, rendez-vous habituel des poules d'eau. La
végétation, comme on peut le supposer, est
pauvre, ou, pour ainsi dire, naine. On n'y

trouve pas d'arbres d'une certaine dimension.
Vers l'extrémité occidentale, à l'endroit où
s'élèvent le fort Moultrie et quelques misérables
bâtisses de bois habitées pendant l'été par les
gens qui fuient les poussières et les fièvres de
Charleston, on rencontre, il est vrai, le palmier
nain sétigère; mais toute l'île, à l'exception de
ce point occidental et d'un espace triste et blan-
châtre qui borde la mer, est couverte d'épaisses
broussailles de myrte odoriférant, si estimé par
les horticulteurs anglais. L'arbuste y monte souvent à une hauteur de quinze ou vingt pieds; il
y forme un taillis presque impénétrable et
charge l'atmosphère de ses parfums.

Au plus profond de ce taillis, non loin de l'extrémité orientale de l'île, c'est-à-dire de la plus
éloignée, Legrand s'était bâti lui-même une
petite hutte, qu'il occupait quand, pour la première fois et par hasard, je fis sa connaissance.
Cette connaissance mûrit bien vite en amitié, —
car il y avait, certes, dans le cher reclus de quoi
exciter l'intérêt et l'estime. Je vis qu'il avait reçu
une forte éducation, heureusement servie par
des facultés spirituelles peu communes, mais
qu'il était infecté de misanthropie et sujet à de
malheureuses alternatives d'enthousiasme et de
mélancolie. Bien qu'il eût chez lui beaucoup de
livres, il s'en servait rarement. Ses principaux
amusements consistaient à chasser et à pêcher,
ou à flâner sur la plage et à travers les myrtes,
en quête de coquillages et d'échantillons ento-
mologiques; — sa collection aurait pu faire envie
à un Swammerdam. Dans ces excursions, il était

ordinairement accompagné par un vieux nègre nommé Jupiter, qui avait été affranchi avant les revers de la famille, mais qu'on n'avait pu décider, ni par menaces ni par promesses, à abandonner son jeune *massa Will;* il considérait comme son droit de le suivre partout. Il n'est pas improbable que les parents de Legrand, jugeant que celui-ci avait la tête un peu dérangée, se soient appliqués à confirmer Jupiter dans son obstination, dans le but de mettre une espèce de gardien et de surveillant auprès du fugitif.

Sous la latitude de l'île de Sullivan, les hivers sont rarement rigoureux, et c'est un événement quand, au déclin de l'année, le feu devient indispensable. Cependant, vers le milieu d'octobre 18..., il y eut une journée d'un froid remarquable. Juste avant le coucher du soleil, je me frayais un chemin à travers les taillis vers la hutte de mon ami, que je n'avais pas vu depuis quelques semaines; je demeurais alors à Charleston, à une distance de neuf milles de l'île, et les facilités pour aller et revenir étaient bien moins grandes qu'aujourd'hui. En arrivant à la hutte, je frappai selon mon habitude, et, ne recevant pas de réponse, je cherchai la clef où je savais qu'elle était cachée, j'ouvris la porte et j'entrai. Un beau feu flambait dans le foyer. C'était une surprise, et, à coup sûr, une des plus agréables. Je me débarrassai de mon paletot, je traînai un fauteuil auprès des bûches pétillantes, et j'attendis patiemment l'arrivée de mes hôtes.

Peu après la tombée de la nuit, ils arrivèrent

et me firent un accueil tout à fait cordial. Jupiter, tout en riant d'une oreille à l'autre, se donnait du mouvement et préparait quelques poules d'eau pour le souper. Legrand était dans une de ses *crises* d'enthousiasme; — car de quel autre nom appeler cela? Il avait trouvé un bivalve inconnu, formant un genre *nouveau*, et, mieux encore, il avait chassé et attrapé, avec l'assistance de Jupiter, un scarabée qu'il croyait tout à fait nouveau et sur lequel il désirait avoir mon opinion le lendemain matin.

— Et pourquoi pas ce soir? demandai-je en me frottant les mains devant la flamme, et envoyant mentalement au diable toute la race des scarabées.

— Ah! si j'avais seulement su que vous étiez ici, dit Legrand; mais il y a si longtemps que je ne vous ai vu! Et comment pouvais-je deviner que vous me rendriez visite justement cette nuit? En revenant au logis, j'ai rencontré le lieutenant G..., du fort, et très-étourdiment je lui ai prêté le scarabée; de sorte qu'il vous sera impossible de le voir avant demain matin. Restez ici cette nuit, et j'enverrai Jupiter le chercher au lever du soleil. C'est bien la plus ravissante chose de la création!

— Quoi? le lever du soleil?

— Eh non! que diable! — le scarabée. Il est d'une brillante couleur d'or, — gros à peu près comme une grosse noix, — avec deux taches d'un noir de jais à une extrémité du dos, et une troisième, un peu plus allongée, à l'autre. Les antennes sont...

— Il n'y a pas du tout d'étain sur lui, massa Will, je vous le parie, interrompit Jupiter; le scarabée est un scarabée d'or, d'or massif, d'un bout à l'autre, dedans et partout, excepté les ailes; — je n'ai jamais vu de ma vie un scarabée à moitié aussi lourd.

— C'est bien, mettons que vous ayez raison, Jup, répliqua Legrand un peu plus vivement, à ce qu'il me sembla, que ne le comportait la situation; est-ce une raison pour laisser brûler les poules? La couleur de l'insecte, — et il se tourna vers moi, — suffirait en vérité à rendre plausible l'idée de Jupiter. Vous n'avez jamais vu un éclat métallique plus brillant que celui de ses élytres; mais vous ne pourrez en juger que demain matin. En attendant, j'essayerai de vous donner une idée de sa forme.

Tout en parlant, il s'assit à une petite table sur laquelle il y avait une plume et de l'encre, mais pas de papier. Il chercha dans un tiroir, mais n'en trouva pas.

— N'importe, dit-il à la fin, cela suffira.

Et il tira de la poche de son gilet quelque chose qui me fit l'effet d'un morceau de vieux vélin fort sale, et il fit dessus une espèce de croquis à la plume. Pendant ce temps, j'avais gardé ma place auprès du feu, car j'avais toujours très-froid. Quand son dessin fut achevé, il me le passa, sans se lever. Comme je le recevais de sa main, un fort grognement se fit entendre, suivi d'un grattement à la porte. Jupiter ouvrit, et un énorme terre-neuve, appartenant à Legrand, se précipita dans la chambre, sauta sur mes épaules

et m'accabla de caresses; car je m'étais fort
occupé de lui dans mes visites précédentes.
Quand il eut fini ses gambades, je regardai le
papier, et pour dire la vérité, je me trouvai passablement intrigué par le dessin de mon ami.

— Oui! dis-je après l'avoir contemplé quelques minutes, c'est là un étrange scarabée, je le
confesse; il est nouveau pour moi; je n'ai jamais
rien vu d'approchant, à moins que ce ne soit un
crâne ou une tête de mort, à qui il ressemble
plus qu'aucune autre chose qu'il m'ait jamais
été donné d'examiner.

— Une tête de mort! répéta Legrand. Ah!
oui, il y a un peu de cela sur le papier, je comprends. Les deux taches noires supérieures font
les yeux, et la plus longue, qui est plus bas,
figure une bouche, n'est-ce pas? D'ailleurs la
forme générale est ovale...

— C'est peut-être cela, dis-je; mais je crains,
Legrand, que vous ne soyez pas très artiste. J'at-
tendrai que j'aie vu la bête elle-même, pour me
faire une idée quelconque de sa physionomie.

— Fort bien! Je ne sais comment cela se fait,
dit-il, un peu piqué, je dessine assez joliment,
ou du moins je le devrais, — car j'ai eu de bons
maîtres, et je me flatte de n'être pas tout à fait
une brute.

— Mais alors, mon cher camarade, dis-je, vous
plaisantez; ceci est un crâne fort passable, je
puis même dire que c'est un crâne parfait,
d'après toutes les idées reçues relativement à
cette partie de l'ostéologie, et votre scarabée
serait le plus étrange de tous les scarabées du

monde, s'il ressemblait à ceci. Nous pourrions établir là-dessus quelque petite superstition naissante. Je présume que vous nommerez votre insecte *scarabæus caput hominis,* ou quelque chose d'approchant; il y a dans les livres d'histoire naturelle beaucoup d'appellations de ce genre. — Mais où sont les antennes dont vous parliez?

— Les antennes! dit Legrand, qui s'échauffait inexplicablement; vous devez voir les antennes, j'en suis sûr. Je les ai faites aussi distinctes qu'elles le sont dans l'original, et je présume que cela est bien suffisant.

— A la bonne heure, dis-je; mettons que vous les ayez faites; toujours est-il vrai que je ne les vois pas.

Et je lui tendis le papier, sans ajouter aucune remarque, ne voulant pas le pousser à bout; mais j'étais fort étonné de la tournure que l'affaire avait prise; sa mauvaise humeur m'intriguait, — et, quant au croquis de l'insecte, il n'y avait positivement pas d'antennes visibles, et l'ensemble ressemblait, à s'y méprendre, à l'image ordinaire d'une tête de mort.

Il reprit son papier d'un air maussade, et il était au moment de le froisser, sans doute pour le jeter dans le feu, quand, son regard étant tombé par hasard sur le dessin, toute son attention y parut enchaînée. En un instant, son visage devint d'un rouge intense, puis excessivement pâle. Pendant quelques minutes, sans bouger de sa place, il continua à examiner minutieusement le dessin. A la longue, il se leva, prit une

chandelle sur la table, et alla s'asseoir sur un
coffre, à l'autre extrémité de la chambre. Là, il
recommença à examiner curieusement le papier,
le tournant dans tous les sens. Néanmoins, il ne
dit rien, et sa conduite me causait un étonnement extrême; mais je jugeai prudent de n'exas-
pérer par aucun commentaire sa mauvaise
humeur croissante. Enfin, il tira de la poche de
son habit un portefeuille, y serra soigneusement
le papier, et déposa le tout dans un pupitre qu'il
ferma à clef. Il revint dès lors à des allures plus
calmes, mais son premier enthousiasme avait
totalement disparu. Il avait l'air plutôt concen-
tré que boudeur. A mesure que la soirée s'avançait, il s'absorbait de plus en plus dans sa rêverie, et aucune de mes saillies ne put l'en arracher. Primitivement, j'avais eu l'intention de
passer la nuit dans la cabane, comme j'avais déjà
fait plus d'une fois; mais, en voyant l'humeur
de mon hôte, je jugeai plus convenable de
prendre congé. Il ne fit aucun effort pour me
retenir; mais, quand je partis, il me serra la
main avec une cordialité encore plus vive que de
coutume.

Un mois environ après cette aventure, — et
durant cet intervalle je n'avais pas entendu parler de Legrand, — je reçus à Charleston une
visite de son serviteur Jupiter. Je n'avais jamais
vu le bon vieux nègre si complètement abattu,
et je fus pris de la crainte qu'il ne fût arrivé
à mon ami quelque sérieux malheur.

— Eh bien, Jup, dis-je, quoi de neuf? Comment va ton maître?

— Dame! pour dire la vérité, massa, il ne va pas aussi bien qu'il devrait.

— Pas bien! vraiment je suis navré d'apprendre cela. Mais de quoi se plaint-il?

— Ah! voilà la question! — il ne se plaint jamais de rien, mais il est tout de même bien malade.

— Bien malade, Jupiter! — Eh! que ne disais-tu cela tout de suite? Est-il au lit?

— Non, non, il n'est pas au lit! Il n'est bien nulle part; — voilà justement où le soulier me blesse; — j'ai l'esprit très-inquiet au sujet du pauvre massa Will.

— Jupiter, je voudrais bien comprendre quelque chose à tout ce que tu me racontes là. Tu dis que ton maître est malade. Ne t'a-t-il pas dit de quoi il souffre?

— Oh! massa, c'est bien inutile de se creuser la tête. — Massa Will dit qu'il n'a absolument rien; — mais, alors, pourquoi donc s'en va-t-il, deçà et delà, tout pensif, les regards sur son chemin, la tête basse, les épaules voûtées, et pâle comme une oie? Et pourquoi donc fait-il toujours et toujours des chiffres?

— Il fait quoi, Jupiter?

— Il fait des chiffres avec des signes sur une ardoise, — les signes les plus bizarres que j'aie jamais vus. Je commence à avoir peur, tout de même. Il faut que j'aie toujours un œil braqué sur lui, rien que sur lui. L'autre jour, il m'a échappé avant le lever du soleil, et il a décampé pour toute la sainte journée. J'avais coupé un bon bâton exprès pour lui administrer une cor-

rection de tous les diables quand il reviendrait :
mais je suis si bête, que je n'en ai pas eu le
courage; il a l'air si malheureux!

— Ah! vraiment! — Eh bien, après tout, je
crois que tu as mieux fait d'être indulgent pour
le pauvre garçon. Il ne faut pas lui donner
le fouet, Jupiter; — il n'est peut-être pas en
état de le supporter. — Mais ne peux-tu pas
te faire une idée de ce qui a occasionné cette
maladie, ou plutôt ce changement de conduite?
Lui est-il arrivé quelque chose de fâcheux
depuis que je vous ai vus?

— Non, massa, il n'est rien arrivé de fâcheux
depuis lors, — *mais avant* cela, — oui, — j'en
ai peur, — c'était le jour même que vous étiez
là-bas.

— Comment? que veux-tu dire?

— Eh! massa, je veux parler du scarabée, voilà
tout.

— Du quoi?

— Du scarabée... — Je suis sûr que massa
Will a été mordu quelque part à la tête par ce
scarabée d'or.

— Et quelle raison as-tu, Jupiter, pour faire
une pareille supposition?

— Il a bien assez de pinces pour cela, massa,
et une bouche aussi. Je n'ai jamais vu un scarabée aussi endiablé; — il attrape et mord tout
ce qui l'approche. Massa Will l'avait d'abord
attrapé, mais il l'a bien vite lâché, je vous
assure; — c'est alors, sans doute, qu'il a été
mordu. La mine de ce scarabée et sa bouche ne
me plaisaient guère, certes; — aussi je ne vou-

lus pas le prendre avec mes doigts; mais je pris un morceau de papier, et j'empoignai le scarabée dans le papier; je l'enveloppai donc dans le papier, avec un petit morceau de papier dans la bouche; — voilà comment je m'y pris.

— Et tu penses donc que ton maître a été réellement mordu par le scarabée, et que cette morsure l'a rendu malade?

— Je ne pense rien du tout, — je le sais. Pourquoi donc rêve-t-il toujours d'or, si ce n'est parce qu'il a été mordu par le scarabée d'or? J'en ai déjà entendu parler, de ces scarabées d'or.

— Mais comment sais-tu qu'il rêve d'or?

— Comment je le sais? parce qu'il en parle, même en dormant; — voilà comment je le sais.

— Au fait, Jupiter, tu as peut-être raison; mais à quelle bienheureuse circonstance dois-je l'honneur de ta visite aujourd'hui?

— Que voulez-vous dire, massa?

— M'apportes-tu un message de M. Legrand?

— Non, massa, je vous apporte une lettre que voici.

Et Jupiter me tendit un papier où je lus :

« Mon cher,

» Pourquoi donc ne vous ai-je pas vu depuis si longtemps? J'espère que vous n'avez pas été assez enfant pour vous formaliser d'une petite brusquerie de ma part; mais non, — cela est par trop improbable.

» Depuis que je vous ai vu, j'ai eu un grand

sujet d'inquiétude. J'ai quelque chose à vous
dire, mais à peine sais-je comment vous le dire.
Sais-je même si je vous le dirai?

» Je n'ai pas été tout à fait bien depuis quelques jours, et le pauvre vieux Jupiter m'ennuie
insupportablement par toutes ses bonnes intentions et attentions. Le croiriez-vous? Il avait,
l'autre jour, préparé un gros bâton à l'effet de
me châtier, pour lui avoir échappé et avoir passé
la journée, seul, au milieu des collines, sur le
continent. Je crois vraiment que ma mauvaise
mine m'a seule sauvé de la bastonnade.

» Je n'ai rien ajouté à ma collection depuis
que nous nous sommes vus.

» Revenez avec Jupiter si vous le pouvez sans
trop d'inconvénients. *Venez, venez.* Je désire
vous voir ce soir pour affaire grave. Je vous
assure que c'est de *la plus haute importance*.

> » Votre tout dévoué,
>> » WILLIAM LEGRAND. »

Il y avait dans le ton de cette lettre quelque
chose qui me causa une forte inquiétude. Ce
style différait absolument du style habituel de
Legrand. A quoi diable rêvait-il? Quelle nouvelle lubie avait pris possession de sa trop excitable cervelle? Quelle affaire de *si haute importance* pouvait-il avoir à accomplir? Le rapport
de Jupiter ne présageait rien de bon; — je tremblais que la pression continue de l'infortune
n'eût, à la longue, singulièrement dérangé la
raison de mon ami. Sans hésiter un instant, je
me préparai donc à accompagner le nègre.

En arrivant au quai, je remarquai une faux et trois bêches, toutes également neuves, qui gisaient au fond du bateau dans lequel nous allions nous embarquer.

— Qu'est-ce que tout cela signifie, Jupiter? demandai-je.

— Ça, c'est une faux, massa, et des bêches.

— Je le vois bien; mais qu'est-ce que tout cela fait ici?

— Massa Will m'a dit d'acheter pour lui cette faux et ces bêches à la ville, et je les ai payées bien cher; cela nous coûte un argent de tous les diables.

— Mais au nom de tout ce qu'il y a de mystérieux, qu'est-ce que ton massa Will a à faire de faux et de bêches?

— Vous m'en demandez plus que je ne sais; lui-même, massa n'en sait pas davantage; le diable m'emporte si je n'en suis pas convaincu. Mais tout cela vient du scarabée.

Voyant que je ne pouvais tirer aucun éclaircissement de Jupiter dont tout l'entendement paraissait absorbé par le scarabée, je descendis dans le bateau et je déployai la voile. Une belle et forte brise nous poussa bien vite dans la petite anse au nord du fort Moultrie, et, après une promenade de deux milles environ, nous arrivâmes à la hutte. Il était à peu près trois heures de l'après-midi. Legrand nous attendait avec une vive impatience. Il me serra la main avec un empressement nerveux qui m'alarma et renforça mes soupçons naissants. Son visage était d'une pâleur spectrale, et ses yeux, naturellement fort enfoncés, brillaient d'un éclat surnaturel. Après quelques questions relatives à sa santé, je lui demandai, ne trouvant rien de mieux à dire, si le lieutenant G... lui avait enfin rendu son scarabée.

— Oh! oui, répliqua-t-il en rougissant beaucoup; — je le lui ai repris le lendemain matin. Pour rien au monde je ne me séparerais de ce scarabée. Savez-vous bien que Jupiter a tout à fait raison à son égard?

— En quoi? demandai-je avec un triste pressentiment dans le cœur.

— En supposant que c'est un scarabée d'or véritable.

Il dit cela avec un sérieux profond, qui me fit indiciblement mal.

— Ce scarabée est destiné à faire ma fortune, continua-t-il avec un sourire de triomphe, à me réintégrer dans mes possessions de famille. Est-il donc étonnant que je le tienne en si haut prix? Puisque la Fortune a jugé bon de me l'octroyer, je n'ai qu'à en user convenablement, et j'arriverai jusqu'à l'or dont il est l'indice. — Jupiter, apporte-le-moi.

— Quoi? le scarabée, massa? J'aime mieux n'avoir rien à démêler avec le scarabée; — vous saurez bien le prendre vous-même.

Là-dessus, Legrand se leva avec un air grave et imposant, et alla me chercher l'insecte sous un globe de verre où il était déposé. C'était un superbe scarabée, inconnu à cette époque aux naturalistes, et qui devait avoir un grand prix au point de vue scientifique. Il portait à l'une des extrémités du dos deux taches noires et rondes, et à l'autre une tache de forme allongée. Les élytres étaient excessivement dures et luisantes et avaient positivement l'aspect de l'or bruni. L'insecte était remarquablement lourd, et, tout bien considéré, je ne pouvais pas trop blâmer Jupiter de son opinion; mais que Legrand s'entendît avec lui sur ce sujet, voilà ce qu'il m'était impossible de comprendre, et, quand il se serait agi de ma vie, je n'aurais pas trouvé le mot de l'énigme.

— Je vous ai envoyé chercher, dit-il d'un ton magnifique, quand j'eus achevé d'examiner l'insecte, je vous ai envoyé chercher pour vous demander conseil et assistance dans l'accomplissement des vues de la Destinée et du scarabée...

— Mon cher Legrand, m'écriai-je en l'interrompant, vous n'êtes certainement pas bien, et vous feriez beaucoup mieux de prendre quelques précautions. Vous allez vous mettre au lit, et je resterai auprès de vous quelques jours, jusqu'à ce que vous soyez rétabli. Vous avez la fièvre, et...

— Tâtez mon pouls, dit-il.

Je le tâtai, et, pour dire la vérité, je ne trouvai pas le plus léger symptôme de fièvre.

— Mais vous pourriez bien être malade sans avoir la fièvre. Permettez-moi, pour cette fois seulement, de faire le médecin avec vous. Avant toute chose, allez vous mettre au lit. Ensuite...

— Vous vous trompez, interrompit-il; je suis aussi bien que je puis espérer de l'être dans

l'état d'excitation que j'endure. Si réellement
vous voulez me voir tout à fait bien, vous soula-
gerez cette excitation.

— Et que faut-il faire pour cela?

— C'est très facile. Jupiter et moi, nous partons pour une expédition dans les collines, sur
le continent, et nous avons besoin de l'aide d'une
personne en qui nous puissions absolument nous
fier. Vous êtes cette personne unique. Que notre
entreprise échoue ou réussisse, l'excitation que
vous voyez en moi maintenant sera également
apaisée.

— J'ai le vif désir de vous servir en toute
chose, répliquai-je; mais prétendez-vous dire que
cet infernal scarabée ait quelque rapport avec
votre expédition dans les collines?

— Oui, certes.

— Alors, Legrand, il m'est impossible de
coopérer à une entreprise aussi parfaitement
absurde.

— J'en suis fâché, — très-fâché, — car il nous
faudra tenter l'affaire à nous seuls.

— A vous seuls! — Ah! le malheureux est
fou, à coup sûr! — Mais voyons, combien de
temps durera votre absence?

— Probablement toute la nuit. Nous allons
partir immédiatement, et, dans tous les cas, nous
serons de retour au lever du soleil.

— Et vous me promettez, sur votre honneur,
que ce caprice passé, et l'affaire du scarabée —
bon Dieu! — vidée à votre satisfaction, vous ren-
trerez au logis, et que vous y suivrez exactement
mes prescriptions, comme celles de votre médecin?

— Oui, je vous le promets; et maintenant partons, car nous n'avons pas de temps à perdre.

J'accompagnai mon ami, le cœur gros. A quatre heures, nous nous mîmes en route, Legrand, Jupiter, le chien et moi. Jupiter prit la faux et les bêches; il insista pour s'en charger, plutôt, à ce qu'il me parut, par crainte de laisser un de ces instruments dans la main de son maître que par excès de zèle et de complaisance. Il était d'ailleurs d'une humeur de chien, et ces mots : *Damné scarabée!* furent les seuls qui lui échappèrent tout le long du voyage. J'avais, pour ma part, la charge de deux lanternes sourdes; quant à Legrand, il s'était contenté du scarabée, qu'il portait attaché au bout d'un morceau de ficelle, et qu'il faisait tourner autour de lui, tout en marchant, avec des airs de magicien. Quand j'observais ce symptôme suprême de démence dans mon pauvre ami, je pouvais à peine retenir mes larmes. Je pensai toutefois qu'il valait mieux épouser sa fantaisie, au moins pour le moment, ou jusqu'à ce que je pusse prendre quelques mesures énergiques avec chance de succès. Cependant, j'essayais, mais fort inutilement, de le sonder relativement au but de l'expédition. Il avait réussi à me persuader de l'accompagner, et semblait désormais peu disposé à lier conversation sur un sujet d'une si maigre importance. A toutes mes questions, il ne daignait répondre que par un « Nous verrons bien! »

Nous traversâmes dans un esquif la crique à la pointe de l'île, et, grimpant sur les terrains montueux de la rive opposée, nous nous diri-

geâmes vers le nord-ouest, à travers un pays horriblement sauvage et désolé, où il était impossible de découvrir la trace d'un pied humain.
Legrand suivit sa route avec décision, s'arrêtant
seulement de temps en temps pour consulter certaines indications qu'il paraissait avoir laissées
lui-même dans une occasion précédente.

Nous marchâmes ainsi deux heures environ,
et le soleil était au moment de se coucher quand
nous entrâmes dans une région infiniment plus
sinistre que tout ce que nous avions vu jusqu'alors. C'était une espèce de plateau au sommet d'une montagne affreusement escarpée,
couverte de bois de la base au sommet, et semée
d'énormes blocs de pierre qui semblaient éparpillés pêle-mêle sur le sol, et dont plusieurs se
seraient infailliblement précipités dans les vallées inférieures sans le secours des arbres contre
lesquels ils s'appuyaient. De profondes ravines
irradiaient dans diverses directions et donnaient
à la scène un caractère de solennité plus lugubre.

La plate-forme naturelle sur laquelle nous
étions grimpés était si profondément encombrée
de ronces, que nous vîmes bien que, sans la faux,
il nous eût été impossible de nous frayer un passage. Jupiter, d'après les ordres de son maître,
commença à nous éclaircir un chemin jusqu'au
pied d'un tulipier gigantesque qui se dressait, en
compagnie de huit ou dix chênes, sur la plate-
forme, et les surpassait tous, ainsi que tous les
arbres que j'avais vus jusqu'alors, par la beauté
de sa forme et de son feuillage, par l'immense
développement de son branchage et par la ma-

jesté générale de son aspect. Quand nous eûmes atteint cet arbre, Legrand se tourna vers Jupiter, et lui demanda s'il se croyait capable d'y grimper. Le pauvre vieux parut légèrement étourdi par cette question, et resta quelques instants sans répondre. Cependant, il s'approcha de l'énorme tronc, en fit lentement le tour et l'examina avec une attention minutieuse. Quand il eut achevé son examen, il dit simplement :

— Oui, massa; Jup n'a pas vu d'arbre où il ne puisse grimper.

— Alors, monte; allons, allons! et rondement! car il fera bientôt trop noir pour voir ce que nous faisons.

— Jusqu'où faut-il monter, massa? demanda Jupiter.

— Grimpe d'abord sur le tronc, et puis je te dirai quel chemin tu dois suivre. — Ah! un instant! — prends ce scarabée avec toi.

— Le scarabée, massa Will! — le scarabée d'or! cria le nègre reculant de frayeur; pourquoi donc faut-il que je porte avec moi ce scarabée sur l'arbre? Que je sois damné si je le fais!

— Jup, si vous avez peur, vous, un grand nègre, un gros et fort nègre, de toucher à un petit insecte mort et inoffensif, eh bien, vous pouvez l'emporter avec cette ficelle; — mais, si vous ne l'emportez pas avec vous d'une manière ou d'une autre, je serai dans la cruelle nécessité de vous fendre la tête avec cette bêche.

— Mon Dieu! qu'est-ce qu'il y a donc, massa? dit Jup, que la honte rendait évidemment plus complaisant; il faut toujours que vous cherchiez

noise à votre vieux nègre. C'est une farce, voilà
tout. Moi, avoir peur du scarabée! je m'en soucie
bien du scarabée!

Et il prit avec précaution l'extrême bout de la
corde, et, maintenant l'insecte aussi loin de sa
personne que les circonstances le permettaient,
il se mit en devoir de grimper à l'arbre.

Dans sa jeunesse, le tulipier, ou *liriodendron
tulipiferum,* le plus magnifique des forestiers
américains, a un tronc singulièrement lisse et
s'élève souvent à une grande hauteur, sans pousser de branches latérales; mais quand il arrive à
sa maturité, l'écorce devient rugueuse et inégale,
et de petits rudiments de branches se mani-
festent en grand nombre sur le tronc. Aussi l'esca-
lade, dans le cas actuel, était beaucoup plus difficile en apparence qu'en réalité. Embrassant de
son mieux l'énorme cylindre avec ses bras et ses
genoux, empoignant avec les mains quelques-
unes des pousses, appuyant ses pieds nus sur les
autres, Jupiter, après avoir failli tomber une ou
deux fois, se hissa à la longue jusqu'à la première grande fourche, et sembla dès lors regarder la besogne comme virtuellement accomplie.
En effet, le risque principal de l'entreprise avait
disparu, bien que le brave nègre se trouvât à
soixante ou soixante-dix pieds du sol.

— De quel côté faut-il que j'aille maintenant,
massa Will? demanda-t-il.

— Suis toujours la plus grosse branche, —
celle de ce côté, dit Legrand.

Le nègre lui obéit promptement, et apparemment sans trop de peine; il monta, monta tou-

jours plus haut, de sorte qu'à la fin sa personne rampante et ramassée disparut dans l'épaisseur du feuillage; il était tout à fait invisible. Alors, sa voix lointaine se fit entendre; il criait :

— Jusqu'où faut-il monter encore?

— A quelle hauteur es-tu? demanda Legrand.

— Si haut, si haut, répliqua le nègre, que je peux voir le ciel à travers le sommet de l'arbre.

— Ne t'occupe pas du ciel, mais fais attention à ce que je te dis. Regarde le tronc, et compte les branches au-dessus de toi, de ce côté. Combien de branches as-tu passées?

— Une, deux, trois, quatre, cinq; — j'ai passé cinq grosses branches, massa, de ce côté-ci.

— Alors monte encore d'une branche.

Au bout de quelques minutes, sa voix se fit entendre de nouveau. Il annonçait qu'il avait atteint la septième branche.

— Maintenant, Jup, cria Legrand, en proie à une agitation manifeste, il faut que tu trouves le moyen de t'avancer sur cette branche aussi loin que tu pourras. Si tu vois quelque chose de singulier, tu me le diras.

Dès lors, les quelques doutes que j'avais essayé de conserver relativement à la démence de mon pauvre ami disparurent complètement. Je ne pouvais plus ne pas le considérer comme frappé d'aliénation mentale, et je commençai à m'inquiéter sérieusement des moyens de le ramener au logis. Pendant que je méditais sur ce que j'avais de mieux à faire, la voix de Jupiter se fit entendre de nouveau.

— J'ai bien peur de m'aventurer un peu loin

sur cette branche; — c'est une branche morte presque dans toute sa longueur.

— Tu dis bien que c'est une branche morte, Jupiter? cria Legrand d'une voix tremblante d'émotion.

— Oui, massa, morte comme un vieux clou de porte, c'est une affaire faite, — elle est bien morte, tout à fait sans vie.

— Au nom du ciel, que faire? demanda Legrand, qui semblait en proie à un vrai désespoir.

— Que faire? dis-je, heureux de saisir l'occasion pour placer un mot raisonnable : retourner au logis et nous aller coucher. Allons, venez! — Soyez gentil, mon camarade. — Il se fait tard, et puis souvenez-vous de votre promesse.

— Jupiter, criait-il, sans m'écouter le moins du monde, m'entends-tu?

— Oui, massa Will, je vous entends parfaitement.

— Entame donc le bois avec ton couteau, et dis-moi si tu le trouves bien pourri.

— Pourri, massa, assez pourri, répliqua bientôt le nègre, mais pas aussi pourri qu'il pourrait l'être. Je pourrais m'aventurer un peu plus sur la branche, mais moi seul.

— Toi seul! — qu'est-ce que tu veux dire?

— Je veux parler du scarabée. Il est bien lourd, le scarabée. Si je le lâchais d'abord, la branche porterait bien, sans casser, le poids d'un nègre tout seul.

— Infernal coquin! cria Legrand, qui avait l'air fort soulagé, quelles sottises me chantes-tu là? Si tu laisses tomber l'insecte, je te tords le cou. Fais-y attention, Jupiter; — tu m'entends, n'est-ce pas?

— Oui, massa, ce n'est pas la peine de traiter comme ça un pauvre nègre.

— Eh bien, écoute-moi, maintenant! — Si tu te hasardes sur la branche aussi loin que tu pourras le faire sans danger et sans lâcher le scarabée, je te ferai cadeau d'un dollar d'argent aussitôt que tu seras descendu.

— J'y vais, massa Will, — m'y voilà, répliqua lestement le nègre, je suis presque au bout.

— Au bout! cria Legrand, très-radouci. Veux-tu dire que tu es au bout de cette branche?

— Je suis bientôt au bout, massa. — Oh! oh! oh! Seigneur Dieu! miséricorde! qu'y a-t-il sur l'arbre?

— Eh bien, cria Legrand, au comble de la joie, qu'est-ce qu'il y a?

— Eh! ce n'est rien qu'un crâne; — quelqu'un a laissé sa tête sur l'arbre, et les corbeaux ont becqueté toute la viande.

— Un crâne, dis-tu? — Très bien! — Comment est-il attaché à la branche? — qu'est-ce qui le retient?

— Oh! il tient bien; — mais il faut voir. — Ah! c'est une drôle de chose, sur ma parole; — il y a un gros clou dans le crâne, qui le retient à l'arbre.

— Bien! maintenant, Jupiter, fais exactement ce que je vais te dire; — tu m'entends?

— Oui, massa.

— Fais bien attention! — trouve l'œil gauche du crâne.

— Oh! oh! voilà qui est drôle! il n'y a pas d'œil gauche du tout.

— Maudite stupidité! Sais-tu distinguer ta main droite de ta main gauche?

— Oui, je sais, — je sais tout cela; ma main gauche est celle avec laquelle je fends le bois.

— Sans doute, tu es gaucher; et ton œil gauche est du même côté que ta main gauche. Maintenant, je suppose, tu peux trouver l'œil gauche du crâne, ou la place où était l'œil gauche. As-tu trouvé?

Il y eut ici une longue pause. Enfin, le nègre demanda :

— L'œil gauche du crâne est aussi du même côté que la main gauche du crâne? — Mais le crâne n'a pas de mains du tout! — Cela ne fait rien! j'ai trouvé l'œil gauche, — voilà l'œil gauche! Que faut-il faire, maintenant?

— Laisse filer le scarabée à travers, aussi loin que la ficelle peut aller; mais prends bien garde de lâcher le bout de la corde.

— Voilà qui est fait, massa Will; c'était chose facile de faire passer le scarabée par le trou; — tenez, voyez-le descendre.

Pendant tout ce dialogue, la personne de Jupiter était restée invisible; mais l'insecte qu'il laissait filer apparaissait maintenant au bout de la ficelle, et brillait comme une boule d'or brunie aux derniers rayons du soleil couchant, dont quelques-uns éclairaient encore faiblement l'éminence où nous étions placés. Le scarabée en descendant émergeait des branches, et, si Jupi-

ter l'avait laissé tomber, il serait tombé à nos
pieds. Legrand prit immédiatement la faux et
éclaircit un espace circulaire de trois ou quatre
yards de diamètre, juste au-dessous de l'insecte,
et, ayant achevé cette besogne, ordonna à Jupiter
de lâcher la corde et de descendre de l'arbre.

Avec un soin scrupuleux, mon ami enfonça
dans la terre une cheville, à l'endroit précis où
le scarabée était tombé, et tira de sa poche un
ruban à mesurer. Il l'attacha par un bout à
l'endroit du tronc de l'arbre qui était le plus près
de la cheville, le déroula jusqu'à la cheville, et
continua ainsi à le dérouler dans la direction
donnée par ces deux points, — la cheville et le
tronc, — jusqu'à la distance de cinquante pieds.
Pendant ce temps, Jupiter nettoyait les ronces
avec la faux. Au point ainsi trouvé, il enfonça
une seconde cheville, qu'il prit comme centre,
et autour duquel il décrivit grossièrement un
cercle de quatre pieds de diamètre environ. Il
s'empara alors d'une bêche, en donna une à
Jupiter, une à moi, et nous pria de creuser aussi
vivement que possible.

Pour parler franchement, je n'avais jamais eu
beaucoup de goût pour un pareil amusement, et,
dans le cas présent, je m'en serais bien volontiers
passé; car la nuit s'avançait, et je me sentais passablement fatigué de l'exercice que j'avais déjà
pris; mais je ne voyais aucun moyen de m'y
soustraire, et je tremblais de troubler par un
refus la prodigieuse sérénité de mon pauvre ami.
Si j'avais pu compter sur l'aide de Jupiter, je
n'aurais pas hésité à ramener par la force notre

fou chez lui; mais je connaissais trop bien le
caractère du vieux nègre pour espérer son assistance, dans le cas d'une lutte personnelle avec
son maître et dans n'importe quelle circonstance.
Je ne doutais pas que Legrand n'eût le cerveau
infecté de quelqu'une des innombrables superstitions du Sud relatives aux trésors enfouis, et que
cette imagination n'eût été confirmée par la
trouvaille du scarabée, ou peut-être même par
l'obstination de Jupiter à soutenir que c'était un
scarabée d'or véritable. Un esprit tourné à la
folie pouvait bien se laisser entraîner par de
pareilles suggestions, surtout quand elles s'accordaient avec ses idées favorites préconçues; puis
je me rappelais le discours du pauvre garçon
relativement au scarabée, *indice de sa fortune!*
Par-dessus tout, j'étais cruellement tourmenté et
embarrassé; mais enfin je résolus de faire contre
fortune bon cœur et bêcher de bonne volonté,
pour convaincre mon visionnaire le plus tôt possible, par une démonstration oculaire, de l'ina-
nité de ses rêveries.

Nous allumâmes les lanternes, et nous atta-
quâmes notre besogne avec un ensemble et un
zèle dignes d'une cause plus rationnelle; et,
comme la lumière tombait sur nos personnes et
nos outils, je ne pus m'empêcher de songer que
nous composions un groupe vraiment pittoresque, et que, si quelque intrus était tombé par
hasard au milieu de nous, nous lui aurions
apparu comme faisant une besogne bien étrange
et bien suspecte.

Nous creusâmes ferme deux heures durant.

Nous parlions peu. Notre principal embarras était causé par les aboïements du chien, qui prenait un intérêt excessif à nos travaux. A la longue, il devint tellement turbulent, que nous craignîmes qu'il ne donnât l'alarme à quelques rôdeurs du voisinage, — ou, plutôt, c'était la grande appréhension de Legrand, — car, pour mon compte, je me serais réjoui de toute interruption qui m'aurait permis de ramener mon vagabond à la maison. A la fin, le vacarme fut étouffé, grâce à Jupiter, qui, s'élançant hors du trou avec un air furieusement décidé, musela la gueule de l'animal avec une de ses bretelles et puis retourna à sa tâche avec un petit rire de triomphe très-grave.

Les deux heures écoulées, nous avions atteint une profondeur de cinq pieds, et aucun indice de trésor ne se montrait. Nous fîmes une pause générale, et je commençai à espérer que la farce touchait à sa fin. Cependant Legrand, quoique évidemment très-déconcerté, s'essuya le front d'un air pensif et reprit sa bêche. Notre trou occupait déjà toute l'étendue du cercle de quatre pieds de diamètre; nous entamâmes légèrement cette limite, et nous creusâmes encore de deux pieds. Rien n'apparut. Mon chercheur d'or, dont j'avais sérieusement pitié, sauta enfin du trou avec le plus affreux désappointement écrit sur le visage, et se décida, lentement et comme à regret, à reprendre son habit qu'il avait ôté avant de se mettre à l'ouvrage. Pour moi, je me gardai bien de faire aucune remarque. Jupiter, à un signal de son maître, commença à rassembler les outils. Cela fait, et le chien étant démuselé, nous reprîmes notre chemin dans un profond silence.

Nous avions peut-être fait une douzaine de pas, quand Legrand, poussant un terrible juron, sauta sur Jupiter et l'empoigna au collet. Le nègre stupéfait ouvrit les yeux et la bouche dans toute leur ampleur, lâcha les bêches et tomba sur les genoux.

— Scélérat! criait Legrand en faisant siffler les syllabes entre ses dents, infernal noir! gredin de noir! — parle, te dis-je! — réponds-moi à l'instant, et surtout ne prévarique pas! — Quel est, quel est ton œil gauche?

— Ah! miséricorde, massa Will! n'est-ce pas là, pour sûr, mon œil gauche? rugissait Jupiter épouvanté, plaçant sa main sur l'organe *droit* de la vision, et l'y maintenant avec l'opiniâtreté du désespoir, comme s'il eût craint que son maître ne voulût le lui arracher.

— Je m'en doutais! — je le savais bien! hourra! vociféra Legrand, en lâchant le nègre, et en exécutant une série de gambades et de cabrioles, au grand étonnement de son domestique, qui, en se relevant, promenait, sans mot dire, ses regards de son maître à moi et de moi à son maître.

— Allons, il nous faut retourner, dit celui-ci, la partie n'est pas perdue.

Et il reprit son chemin vers le tulipier.

— Jupiter, dit-il quand nous fûmes arrivés au pied de l'arbre, viens ici! — Le crâne est-il cloué à la branche avec la face tournée à l'extérieur ou tournée contre la branche?

— La face est tournée à l'extérieur, massa, de sorte que les corbeaux ont pu manger les yeux sans aucune peine.

— Bien. Alors, est-ce par cet œil-ci ou par celui-là que tu as fait couler le scarabée?

Et Legrand touchait alternativement les deux yeux de Jupiter.

— Par cet œil-ci, massa, — par l'œil gauche, — juste comme vous me l'aviez dit.

Et c'était encore son œil droit qu'indiquait le pauvre nègre.

— Allons, allons! il nous faut recommencer.

Alors, mon ami, dans la folie duquel je voyais maintenant, ou croyais voir certains indices de méthode, reporta la cheville qui marquait l'endroit où le scarabée était tombé, à trois pouces vers l'ouest de sa première position. Étalant de nouveau son cordeau du point le plus rapproché du tronc jusqu'à la cheville, comme il avait déjà fait, et continuant à l'étendre en ligne droite à une distance de cinquante pieds, il marqua un nouveau point éloigné de plusieurs yards de l'endroit où nous avions précédemment creusé.

Autour de ce nouveau centre, un cercle fut tracé, un peu plus large que le premier, et nous nous mîmes derechef à jouer de la bêche. J'étais effroyablement fatigué; mais, sans me rendre compte de ce qui occasionnait un changement dans ma pensée, je ne sentais plus une aussi grande aversion pour le labeur qui m'était imposé. Je m'y intéressais inexplicablement; je dirai plus, je me sentais excité. Peut-être y avait-il dans toute l'extravagante conduite de Legrand un certain air délibéré, une certaine allure prophétique qui m'impressionnait moi-même. Je bêchais ardemment et de temps à autre je me surprenais cherchant, pour ainsi dire, des yeux, avec un sentiment qui ressemblait à de l'attente, ce trésor imaginaire dont la vision avait affolé mon infortuné camarade. Dans un de ces moments où ces rêvasseries s'étaient plus singulièrement emparées de moi, et comme nous avions déjà travaillé une heure et demie à peu près, nous fûmes de nouveau interrompus par les violents hurlements du chien. Son inquiétude, dans le premier cas, n'était évidemment que le résultat d'un caprice ou d'une gaieté folle; mais, cette fois, elle prenait un ton plus violent et plus caractérisé. Comme Jupiter s'efforçait de nouveau de le museler, il fit une résistance furieuse, et, bondissant dans le trou, il se mit à gratter frénétiquement la terre avec ses griffes. En quelques secondes, il avait découvert une masse d'ossements humains, formant deux squelettes complets et mêlés de plusieurs boutons de métal, avec quelque chose qui nous parut être de la vieille laine pourrie et émiettée. Un ou deux coups de bêche firent sauter la lame d'un grand couteau espagnol; nous creusâmes encore, et trois ou quatre pièces de monnaie d'or et d'argent apparurent éparpillées.

A cette vue, Jupiter put à peine contenir sa joie, mais la physionomie de son maître exprima un affreux désappointement. Il nous supplia toutefois de continuer nos efforts, et à peine avait-il fini de parler que je trébuchai et tombai en avant; la pointe de ma botte s'était engagée dans un gros anneau de fer qui gisait à moitié enseveli sous un amas de terre fraîche.

Nous nous remîmes au travail avec une ardeur nouvelle; jamais je n'ai passé dix minutes dans une aussi vive exaltation. Durant cet intervalle, nous déterrâmes complètement un coffre de forme oblongue, qui, à en juger par sa parfaite conservation et son étonnante dureté, avait été évidemment soumis à quelque procédé de minéralisation, — peut-être au bichlorure de mercure. Ce coffre avait trois pieds et demi de long, trois de large et deux et demi de profondeur. Il était solidement maintenu par des lames de fer forgé, rivées et formant tout autour une espèce de treillage. De chaque côté du coffre, près du couvercle, étaient trois anneaux de fer, six en tout, au moyen desquels six personnes pouvaient s'en emparer. Tous nos efforts réunis ne réussirent qu'à le déranger légèrement de son lit. Nous vîmes tout de suite l'impossibilité d'emporter un si énorme poids. Par bonheur, le couvercle n'était retenu que par deux verrous que nous fîmes glisser, — tremblants et pantelants d'anxiété. En un instant, un trésor d'une valeur incalculable s'épanouit, étincelant, devant nous. Les rayons des lanternes tombaient dans la fosse, et faisaient jaillir d'un amas confus d'or et de bijoux, des éclairs et des splendeurs qui nous éclaboussaient positivement les yeux.

Je n'essayerai pas de décrire les sentiments avec lesquels je contemplais ce trésor. La stupéfaction, comme on peut le supposer, dominait tous les autres. Legrand paraissait épuisé par son excitation même, et ne prononça que quelques paroles. Quant à Jupiter, sa figure devint aussi mortellement pâle que cela est possible à une figure de nègre. Il semblait stupéfié, foudroyé. Bientôt il tomba sur ses genoux dans la fosse, et plongeant ses bras nus dans l'or jusqu'au coude, il les y laissa longtemps, comme s'il jouissait des voluptés d'un bain. Enfin, il s'écria avec un profond soupir, comme se parlant à lui-même :

— Et tout cela vient du scarabée d'or? Le joli scarabée d'or! le pauvre petit scarabée d'or que j'injuriais, que je calomniais! N'as-tu pas honte de toi, vilain nègre? — hein, qu'as-tu à répondre?

Il fallut que je réveillasse, pour ainsi dire, le maître et le valet, et que je leur fisse comprendre qu'il y avait urgence à emporter le trésor. Il se faisait tard, et il nous fallait déployer quelque activité, si nous voulions que tout fût en sûreté chez nous avant le jour. Nous ne savions quel parti prendre, et nous perdions beaucoup de temps en délibérations, tant nous avions les idées en désordre. Finalement nous allégeâmes le coffre en enlevant les deux tiers de son contenu, et nous pûmes enfin, mais non sans peine encore, l'arracher de son trou. Les objets que nous en avions tirés furent déposés parmi les ronces, et confiés à la garde du chien, à qui Jupiter enjoi-

gnit strictement de ne bouger sous aucun
prétexte, et de ne pas même ouvrir la bouche
jusqu'à notre retour. Alors, nous nous mîmes
précipitamment en route avec le coffre, nous
atteignîmes la hutte sans accident, mais après
une fatigue effroyable et à une heure du matin.
Épuisés comme nous l'étions, nous ne pouvions
immédiatement nous remettre à la besogne,
c'eût été dépasser les forces de la nature. Nous
nous reposâmes jusqu'à deux heures, puis nous
soupâmes; enfin nous nous remîmes en route
pour les montagnes, munis de trois gros sacs que
nous trouvâmes par bonheur dans la hutte. Nous
arrivâmes un peu avant quatre heures à notre
fosse, nous nous partageâmes aussi également
que possible le reste du butin, et, sans nous
donner la peine de combler le trou, nous nous
remîmes en marche vers notre case, où nous
déposâmes pour la seconde fois nos précieux
fardeaux, juste comme les premières bandes de
l'aube apparaissaient à l'est, au-dessus de la
cime des arbres.

Nous étions absolument brisés; mais la profonde excitation actuelle nous refusa le repos.
Après un sommeil inquiet de trois ou quatre
heures, nous nous levâmes, comme si nous nous
étions concertés, pour procéder à l'examen du
trésor.

Le coffre avait été rempli jusqu'aux bords, et
nous passâmes toute la journée et la plus grande
partie de la nuit suivante à inventorier son
contenu. On n'y avait mis aucune espèce d'ordre
ni d'arrangement; tout y avait été empilé pêle-

mêle. Quand nous eûmes fait soigneusement un
classement général, nous nous trouvâmes en possession d'une fortune qui dépassait tout ce que
nous avions supposé. Il y avait en espèces plus
de 450 000 dollars, — en estimant la valeur des
pièces aussi rigoureusement que possible d'après
les tables de l'époque. Dans tout cela, pas une
parcelle d'argent. Tout était en or de vieille date
et d'une grande variété : monnaies française,
espagnole et allemande, quelques guinées an-
glaises, et quelques jetons dont nous n'avions
jamais vu aucun modèle. Il y avait plusieurs
pièces de monnaie, très-grandes et très-lourdes,
mais si usées, qu'il nous fut impossible de
déchiffrer les inscriptions. Aucune monnaie américaine. Quant à l'estimation des bijoux, ce fut
une affaire un peu plus difficile. Nous trouvâmes des diamants, dont quelques-uns très-
beaux et d'une grosseur singulière, — en tout,
cent dix, dont pas un n'était petit; dix-huit rubis
d'un éclat remarquable; trois cent dix éme-
raudes, toutes très-belles; vingt et un saphirs et
une opale. Toutes ces pierres avaient été arra-
chées de leurs montures et jetées pêle-mêle dans
le coffre. Quant aux montures elles-mêmes, dont
nous fîmes une catégorie distincte de l'autre or,
elles paraissaient avoir été broyées à coups de
marteau comme pour rendre toute reconnais-
sance impossible. Outre tout cela, il y avait une
énorme quantité d'ornements en or massif; —
près de deux cents bagues ou boucles d'oreilles
massives; de belles chaînes, au nombre de trente,
si j'ai bonne mémoire; quatre-vingt-trois crucifix

très-grands et très-lourds; cinq encensoirs d'or d'un grand prix; un gigantesque bol à punch en or, orné de feuilles de vigne et de figures de bacchantes largement ciselées; deux poignées d'épée merveilleusement travaillées, et une foule d'autres articles plus petits et dont j'ai perdu le souvenir. Le poids de toutes ces valeurs dépassait 350 livres; et dans cette estimation j'ai omis cent quatre-vingt-dix-sept montres d'or superbes, dont trois valaient chacune cinq cents dollars. Plusieurs étaient très-vieilles, et sans aucune valeur comme pièces d'horlogerie, les mouvements ayant plus ou moins souffert de l'action corrosive de la terre; mais toutes étaient magnifiquement ornées de pierreries, et les boîtes étaient d'un grand prix. Nous évaluâmes cette nuit le contenu total du coffre à un million et demi de dollars; et, lorsque plus tard nous disposâmes des bijoux et des pierreries, — après en avoir gardé quelques-uns pour notre usage personnel, — nous trouvâmes que nous avions singulièrement sous-évalué le trésor.

Lorsque nous eûmes enfin terminé notre inventaire et que notre terrible exaltation fut en grande partie apaisée, Legrand, qui voyait que je mourais d'impatience de posséder la solution de cette prodigieuse énigme, entra dans un détail complet de toutes les circonstances qui s'y rapportaient.

— Vous vous rappelez, dit-il, le soir où je vous fis passer la grossière esquisse que j'avais faite du scarabée. Vous vous souvenez aussi que je fus passablement choqué de votre insistance à me soutenir que mon dessin ressemblait à une tête de mort. La première fois que vous lâchâtes cette assertion, je crus que vous plaisantiez; ensuite je me rappelai les taches particulières sur le dos de l'insecte, et je reconnus en moi-même que votre remarque avait en somme quelque fondement. Toutefois, votre ironie à l'endroit de mes facultés graphiques m'irritait, car on me regarde comme un artiste fort passable; aussi, quand vous me tendîtes le morceau de parchemin, j'étais au moment de le froisser avec humeur et de le jeter dans le feu.

— Vous voulez parler du morceau de *papier,* dis-je.

— Non, cela avait toute l'apparence du papier, et, moi-même, j'avais d'abord supposé que c'en était; mais, quand je voulus dessiner dessus, je découvris tout de suite que c'était un morceau de parchemin très-mince. Il était fort sale, vous vous le rappelez. Au moment même où j'allais le chiffonner, mes yeux tombèrent sur le dessin que vous aviez regardé, et vous pouvez concevoir quel fut mon étonnement quand j'aperçus l'image positive d'une tête de mort à l'endroit même où j'avais cru dessiner un scarabée. Pendant un moment, je me sentis trop étourdi pour penser avec rectitude. Je savais que mon croquis différait de ce nouveau dessin par tous ses détails, bien qu'il y eût une certaine analogie dans le contour général. Je pris alors une chandelle, et, m'asseyant à l'autre bout de la chambre, je procédai à une analyse plus attentive du parchemin. En le retournant, je vis

ma propre esquisse sur le revers, juste comme je
l'avais faite. Ma première impression fut simplement de la surprise; il y avait une analogie
réellement remarquable dans le contour, et
c'était une coïncidence singulière que ce fait de
l'image d'un crâne, inconnue à moi, occupant
l'autre côté du parchemin immédiatement au-
dessous de mon dessin du scarabée, — et d'un
crâne qui ressemblait si exactement à mon dessin, non-seulement par le contour, mais aussi
par la dimension. Je dis que la singularité de
cette coïncidence me stupéfia positivement pour
un instant. C'est l'effet ordinaire de ces sortes
de coïncidences. L'esprit s'efforce d'établir un
rapport, une liaison de cause à effet, — et, se
trouvant impuissant à y réussir, subit une espèce
de paralysie momentanée. Mais, quand je revins
de cette stupeur, je sentis luire en moi par
degrés une conviction qui me frappa bien autrement encore que cette coïncidence. Je commençai à me rappeler distinctement, positivement,
qu'il n'y avait aucun dessin sur le parchemin
quand j'y fis mon croquis du scarabée. J'en
acquis la parfaite certitude; car je me souvins de
l'avoir tourné et retourné en cherchant l'endroit
le plus propre. Si le crâne avait été visible, je
l'aurais infailliblement remarqué. Il y avait réellement là un mystère que je me sentais incapable de débrouiller; mais, dès ce moment
même, il me sembla voir prématurément poindre
une faible lueur dans les régions les plus profondes et les plus secrètes de mon entendement, une espèce de ver luisant intellectuel, une

conception embryonnaire de la vérité, dont
notre aventure de l'autre nuit nous a fourni une
si splendide démonstration. Je me levai décidément, et, serrant soigneusement le parchemin,
je renvoyai toute réflexion ultérieure jusqu'au
moment où je pourrais être seul.

» Quand vous fûtes parti et quand Jupiter
fut bien endormi, je me livrai à une investigation un peu plus méthodique de la chose. Et
d'abord je voulus comprendre de quelle manière
ce parchemin était tombé dans mes mains. L'endroit où nous découvrîmes le scarabée était sur
la côte du continent, à un mille environ à l'est
de l'île, mais à une petite distance au-dessus du
niveau de la marée haute. Quand je m'en empa-
rai, il me mordit cruellement, et je le lâchai.
Jupiter, avec sa prudence accoutumée, avant de
prendre l'insecte, qui s'était envolé de son côté,
chercha autour de lui une feuille ou quelque
chose d'analogue, avec quoi il pût s'en emparer.
Ce fut en ce moment que ses yeux et les miens
tombèrent sur le morceau de parchemin, que
je pris alors pour du papier. Il était à moitié enfoncé dans le sable, avec un coin en l'air.
Près de l'endroit où nous le trouvâmes, j'observai les restes d'une coque de grande embar-
cation, autant du moins que j'en pus juger.
Ces débris de naufrage étaient là probablement depuis longtemps, car à peine pouvait-on
y trouver la physionomie d'une charpente de
bateau.

» Jupiter ramassa donc le parchemin, enve-
loppa l'insecte et me le donna. Peu de temps

après, nous reprîmes le chemin de la hutte, et nous rencontrâmes le lieutenant G... Je lui montrai l'insecte, et il me pria de lui permettre de l'emporter au fort. J'y consentis, et il le fourra dans la poche de son gilet sans le parchemin qui lui servait d'enveloppe, et que je tenais toujours à la main pendant qu'il examinait le scarabée. Peut-être eut-il peur que je ne changeasse d'avis, et jugea-t-il prudent de s'assurer d'abord de sa prise; vous savez qu'il est fou d'histoire naturelle et de tout ce qui s'y rattache. Il est évident qu'alors, sans y penser, j'ai remis le parchemin dans ma poche.

» Vous vous rappelez que, lorsque je m'assis à la table pour faire un croquis du scarabée, je ne trouvai pas de papier à l'endroit où on le met ordinairement. Je regardai dans le tiroir, il n'y en avait point. Je cherchais dans mes poches, espérant trouver une vieille lettre, quand mes doigts rencontrèrent le parchemin. Je vous détaille minutieusement toute la série de circonstances qui l'ont jeté dans mes mains; car toutes ces circonstances ont singulièrement frappé mon esprit.

» Sans aucun doute, vous me considérerez comme un rêveur, — mais j'avais déjà établi une espèce de connexion. J'avais uni deux anneaux d'une grande chaîne. Un bateau échoué à la côte, et non loin de ce bateau un parchemin, — *non pas un papier,* — portant l'image d'un crâne. Vous allez naturellement me demander où est le rapport? Je répondrai que le crâne ou la tête de mort est l'emblème bien connu des

pirates. Ils ont toujours, dans tous leurs enga-
gements, hissé le pavillon à tête de mort.

» Je vous ai dit que c'était un morceau de
parchemin et non pas de papier. Le parchemin
est une chose durable, presque impérissable. On
confie rarement au parchemin des documents
d'une minime importance, puisqu'il répond
beaucoup moins bien que le papier aux besoins
ordinaires de l'écriture et du dessin. Cette
réflexion m'induisit à penser qu'il devait y avoir
dans la tête de mort quelque rapport, quelque
sens singulier. Je ne faillis pas non plus à
remarquer la forme du parchemin. Bien que
l'un des coins eût été détruit par quelque accident, on voyait bien que la forme primitive était
oblongue. C'était donc une de ces bandes qu'on
choisit pour écrire, pour consigner un document
important, une note qu'on veut conserver longtemps et soigneusement.

— Mais, interrompis-je, vous dites que le
crâne n'était pas sur le parchemin quand vous
y dessinâtes le scarabée. Comment donc pouvez-
vous établir un rapport entre le bateau et le
crâne, — puisque ce dernier, d'après votre
propre aveu, a dû être dessiné — Dieu sait comment ou par qui! — postérieurement à votre
dessin du scarabée?

— Ah! c'est là-dessus que roule tout le mystère; bien que j'aie eu comparativement peu de
peine à résoudre ce point de l'énigme. Ma
marche était sûre, et ne pouvait me conduire
qu'à un seul résultat. Je raisonnais ainsi, par
exemple : quand je dessinai mon scarabée, il n'y

avait pas trace de crâne sur le parchemin; quand j'eus fini mon dessin, je vous le fis passer, et je ne vous perdis pas de vue que vous ne me l'eussiez rendu. Conséquemment ce n'était pas vous qui aviez dessiné le crâne, et il n'y avait là aucune autre personne pour le faire. Il n'avait donc pas été créé par l'action humaine; et cependant, il était là, sous mes yeux !

» Arrivé à ce point de mes réflexions, je m'appliquai à me rappeler et je me rappelai en effet, et avec une parfaite exactitude, tous les incidents survenus dans l'intervalle en question. La température était froide, — oh! l'heureux, le rare accident! — et un bon feu flambait dans la cheminée. J'étais suffisamment réchauffé par l'exercice, et je m'assis près de la table. Vous, cependant, vous aviez tourné votre chaise tout près de la cheminée. Juste au moment où je vous mis le parchemin dans la main, et comme vous alliez l'examiner, Wolf, mon terre-neuve, entra et vous sauta sur les épaules. Vous le caressiez avec la main gauche, et vous cherchiez à l'écarter, en laissant tomber nonchalamment votre main droite, celle qui tenait le parchemin, entre vos genoux et tout près du feu. Je crus un moment que la flamme allait l'atteindre, et j'allais vous dire de prendre garde; mais avant que j'eusse parlé vous l'aviez retiré, et vous vous étiez mis à l'examiner. Quand j'eus bien considéré toutes ces circonstances, je ne doutai pas un instant que la chaleur n'eût été l'agent qui avait fait apparaître sur le parchemin le crâne dont je voyais l'image. Vous savez bien qu'il y a — il y en a eu de tout temps — des préparations chimiques, au moyen desquelles on peut écrire sur du papier ou sur du vélin des caractères qui ne deviennent visibles que lorsqu'ils sont soumis à l'action du feu. On emploie quelquefois le safre, digéré dans l'eau régale et délayé dans quatre fois son poids d'eau; il en résulte une teinte verte. Le régule de cobalt, dissous dans l'esprit de nitre, donne une couleur rouge. Ces couleurs disparaissent plus ou moins longtemps après que la substance sur laquelle on a écrit s'est refroidie, mais reparaissent à volonté par une application nouvelle de la chaleur.

» J'examinai alors la tête de mort avec le plus grand soin. Les contours extérieurs, c'est-à-dire les plus rapprochés du bord du vélin, étaient beaucoup plus distincts que les autres. Évidemment l'action du calorique avait été imparfaite ou inégale. J'allumai immédiatement du feu, et je soumis chaque partie du parchemin à une chaleur brûlante. D'abord, cela n'eut d'autre effet que de renforcer les lignes un peu pâles du crâne; mais, en continuant l'expérience, je vis apparaître, dans un coin de la bande, au coin diagonalement opposé à celui où était tracée la tête de mort, une figure que je supposai d'abord être celle d'une chèvre. Mais un examen plus attentif me convainquit qu'on avait voulu représenter un chevreau.

— Ah! ah! dis-je, je n'ai certes pas le droit de me moquer de vous; — un million et demi de dollars! c'est chose trop sérieuse pour qu'on en plaisante; — mais vous n'allez pas ajouter un

troisième anneau à votre chaîne; vous ne trouverez aucun rapport spécial entre vos pirates et
une chèvre; — les pirates, vous le savez, n'ont
rien à faire avec les chèvres. — Cela regarde les
fermiers.

— Mais je viens de vous dire que l'image
n'était pas celle d'une chèvre.

— Bon! va pour un chevreau; c'est presque la
même chose.

— Presque, mais pas tout à fait, dit Legrand.
— Vous avez entendu parler peut-être d'un certain capitaine Kidd. Je considérai tout de suite
la figure de cet animal comme une espèce de
signature logogriphique ou hiéroglyphique (*kid,*
chevreau). Je dis signature, parce que la place
qu'elle occupait sur le vélin suggérait naturellement cette idée. Quant à la tête de mort placée
au coin diagonalement opposé, elle avait l'air
d'un sceau, d'une estampille. Mais je fus cruellement déconcerté par l'absence du reste, — du
corps même de mon document rêvé, — du texte
de mon contexte.

— Je présume que vous espériez trouver une
lettre entre le timbre et la signature.

— Quelque chose comme cela. Le fait est que
je me sentais comme irrésistiblement pénétré du
pressentiment d'une immense bonne fortune
imminente. Pourquoi? je ne saurais trop le dire.
Après tout, peut-être était-ce plutôt un désir
qu'une croyance positive; — mais croiriez-vous
que le dire absurde de Jupiter, que le scarabée
était en or massif, a eu une influence remarquable sur mon imagination? Et puis cette série

d'accidents et de coïncidences était vraiment si extraordinaire! Avez-vous remarqué tout ce qu'il y a de fortuit là-dedans? Il a fallu que tous ces événements arrivassent le seul jour de toute l'année où il a fait, où il a pu faire assez froid pour nécessiter du feu; et, sans ce feu et sans l'intervention du chien au moment précis où il a paru, je n'aurais jamais eu connaissance de la tête de mort et n'aurais jamais possédé ce trésor.

— Allez, allez, je suis sur des charbons.

— Eh bien, vous avez donc connaissance d'une foule d'histoires qui courent, de mille rumeurs vagues relatives aux trésors enfouis quelque part sur la côte de l'Atlantique, par Kidd et ses associés? En somme, tous ces bruits devaient avoir quelque fondement. Et si ces bruits duraient depuis si longtemps et avec tant de persistance, cela ne pouvait, selon moi, tenir qu'à un fait, c'est que le trésor enfoui était resté enfoui. Si Kidd avait caché son butin pendant un certain temps et l'avait ensuite repris, ces rumeurs ne seraient pas sans doute venues jusqu'à nous sous leur forme actuelle et invariable. Remarquez que les histoires en question roulent toujours sur des chercheurs et jamais sur des trouveurs de trésors. Si le pirate avait repris son argent, l'affaire en serait restée là. Il me semblait que quelque accident, par exemple la perte de la note qui indiquait l'endroit précis, avait dû le priver des moyens de le recouvrer. Je supposais que cet accident était arrivé à la connaissance de ses compagnons, qui autrement n'auraient jamais su qu'un trésor avait été enfoui, et qui, par leurs recherches infructueuses, sans guide et sans notes positives, avaient donné naissance à cette rumeur universelle et à ces légendes aujourd'hui si communes. Avez-vous jamais entendu parler d'un trésor important qu'on aurait déterré sur la côte?

— Jamais.

— Or, il est notoire que Kidd avait accumulé d'immenses richesses. Je considérais donc comme chose sûre que la terre les gardait encore; et vous ne vous étonnerez pas trop quand je vous dirai que je sentais en moi une espérance, — une espérance qui montait presque à la certitude; — c'est que le parchemin, si singulièrement trouvé, contiendrait l'indication disparue du lieu où avait été fait le dépôt.

— Mais comment avez-vous fait?

— J'exposai de nouveau le vélin au feu, après avoir augmenté la chaleur; mais rien ne parut. Je pensai que la couche de crasse pouvait bien être pour quelque chose dans cet insuccès; aussi je nettoyai soigneusement le parchemin en versant de l'eau chaude dessus, puis je le plaçai dans une casserole de fer-blanc, le crâne en dessous, et je posai la casserole sur un réchaud de charbons allumés. Au bout de quelques minutes, la casserole étant parfaitement chauffée, je retirai la bande de vélin, et je m'aperçus, avec une joie inexprimable, qu'elle était mouchetée en plusieurs endroits de signes qui ressemblaient à des chiffres rangés en lignes. Je replaçai la chose dans la casserole, et l'y laissai encore une minute, et, quand je l'en retirai, elle était juste comme vous allez la voir.

Ici, Legrand, ayant de nouveau chauffé le vélin, le soumit à mon examen. Les caractères suivants apparaissaient en rouge, grossièrement tracés entre la tête de mort et le chevreau :

53 ‡‡ + 305))6*;4826)4 ‡.)4 ‡);806*;48 + 8¶60))85; 1 ‡(;: ‡*8 + 83(88)5* + ;46(;88*96*?;8)* ‡(;485); 5*+2:* ‡(;4956*2(5*−4)8¶*8*;4069285);)6+8)4 ‡‡; 1(‡9;48081;8:8 ‡1;48 + 85;4)485 + 528806*81(‡9; 48;(88;4(‡?34;48)4 ‡;161;:188; ‡?;

— Mais, dis-je, en lui tendant la bande de vélin, — je n'y vois pas plus clair. Si tous les trésors de Golconde devaient être pour moi le prix de la solution de cette énigme, je serais parfaitement sûr de ne pas les gagner.

— Et cependant, dit Legrand, la solution n'est certainement pas aussi difficile qu'on se l'imaginerait au premier coup d'œil. Ces caractères, comme chacun pourrait le deviner facilement, forment un chiffre, c'est-à-dire qu'ils présentent un sens; mais, d'après ce que nous savons de Kidd, je ne devais pas le supposer capable de fabriquer un échantillon de cryptographie bien abstruse. Je jugeai donc tout d'abord que celui-ci était d'une espèce simple, — tel cependant qu'à l'intelligence grossière du marin il dût paraître absolument insoluble sans la clef.

— Et vous l'avez résolu, vraiment?

— Très aisément; j'en ai résolu d'autres dix mille fois plus compliqués. Les circonstances et une certaine inclination d'esprit m'ont amené à prendre intérêt à ces sortes d'énigmes, et il est vraiment douteux que l'ingéniosité humaine puisse créer une énigme de ce genre dont l'ingéniosité humaine ne vienne à bout par une application suffisante. Aussi, une fois que j'eus réussi à établir une série de caractères lisibles, je daignai à peine songer à la difficulté d'en dégager la signification.

» Dans le cas actuel, — et, en somme, dans tous les cas d'écriture secrète, — la première question à vider, c'est la *langue* du chiffre : car les principes de solution, particulièrement quand il s'agit des chiffres les plus simples, dépendent du génie de chaque idiome, et peuvent être modifiés. En général, il n'y a pas d'autre moyen que d'essayer successivement, en se dirigeant suivant les probabilités, toutes les langues qui vous sont connues jusqu'à ce que vous ayez trouvé la bonne. Mais, dans le chiffre qui nous occupe, toute difficulté à cet égard était résolue par la signature. Le rébus sur le mot *Kidd* n'est possible que dans la langue anglaise. Sans cette circonstance, j'aurais commencé mes essais par l'espagnol et le français, comme étant les langues dans lesquelles un pirate des mers espagnoles avait dû le plus naturellement enfermer un secret de cette nature. Mais, dans le cas actuel, je présumai que le cryptogramme était anglais.

» Vous remarquez qu'il n'y a pas d'espaces entre les mots. S'il y avait eu des espaces, la tâche eût été singulièrement plus facile. Dans ce cas, j'aurais commencé par faire une collation et une analyse des mots les plus courts, et, si j'avais trouvé, comme cela est toujours probable, un mot d'une seule lettre, *a* ou *I* (un, je) par exemple, j'aurais considéré la solution comme assurée. Mais, puisqu'il n'y avait pas d'espaces, mon premier devoir était de relever les lettres prédominantes, ainsi que celles qui se rencontraient le plus rarement. Je les comptai toutes, et je dressai la table que voici :

Le caractère	8	se trouve	33	fois.
»	;	»	26	»
»	4	»	19	»
»	‡ et)	»	16	»
»	*	»	13	»
»	5	»	12	»
»	6	»	11	»
»	+ et 1	»	8	»
»	0	»	6	»
»	9 et 2	»	5	»
»	: et 3	»	4	»
»	?	»	3	»
»	¶	»	2	»
»	— et .	»	1	»

» Or, la lettre qui se rencontre le plus fréquemment en anglais est *e*. Les autres lettres se succèdent dans cet ordre : *a o i d h n r s t u y c ſ g l m w b k p q x z*. *E* prédomine si singulièrement, qu'il est très-rare de trouver une phrase d'une certaine longueur dont il ne soit pas le caractère principal.

» Nous avons donc, tout en commençant, une base d'opérations qui donne quelque chose de mieux qu'une conjecture. L'usage général qu'on peut faire de cette table est évident; mais, pour ce chiffre particulier, nous ne nous en servirons que très-médiocrement. Puisque notre caractère dominant est 8, nous commencerons par le prendre pour l'*e* de l'alphabet naturel. Pour vérifier cette supposition, voyons si le 8 se rencontre souvent double; car l'*e* se redouble très-fréquemment en anglais, comme par exemple dans les mots : *meet, fleet, speed, seen, been, agree,* etc. Or, dans le cas présent, nous voyons qu'il n'est pas redoublé moins de cinq fois, bien que le cryptogramme soit très-court.

» Donc 8 représentera *e*. Maintenant, de tous les mots de la langue, *the* est le plus utilisé; conséquemment, il nous faut voir si nous ne trouverons pas répétée plusieurs fois la même combinaison de trois caractères, ce 8 étant le dernier des trois. Si nous trouvons des répétitions de ce genre, elles représenteront très-probablement le mot *the*. Vérification faite, nous n'en trouvons pas moins de 7; et les caractères sont ;48. Nous pouvons donc supposer que ; représente *t*, que 4 représente *h*, et que 8 représente *e*, — la valeur du dernier se trouvant ainsi confirmée de nouveau. Il y a maintenant un grand pas de fait.

» Nous n'avons déterminé qu'un mot, mais ce seul mot nous permet d'établir un point beaucoup plus important, c'est-à-dire les commencements et les terminaisons d'autres mots. Voyons, par exemple, l'avant-dernier cas où se présente la combinaison ;48, presque à la fin du chiffre. Nous savons que le ; qui vient immédiatement après est le commencement d'un mot, et des six caractères qui suivent ce *the,* nous n'en connaissons pas moins de cinq. Remplaçons donc ces caractères par les lettres qu'ils représentent, en laissant un espace pour l'inconnu :

t eeth.

» Nous devons tout d'abord écarter le *th* comme ne pouvant pas faire partie du mot qui commence par le premier *t,* puisque nous voyons, en essayant successivement toutes les lettres de l'alphabet pour combler la lacune, qu'il est impossible de former un mot dont ce *th* puisse faire partie. Réduisons donc nos caractères à

t ee,

et reprenant de nouveau tout l'alphabet, s'il le faut, nous concluons au mot *tree* (arbre), comme à la seule version possible. Nous gagnons ainsi une nouvelle lettre, *r,* représentée par (, plus deux mots juxtaposés, *the tree* (l'arbre).

» Un peu plus loin, nous retrouvons la combinaison ;48, et nous nous en servons comme de terminaison à ce qui précède immédiatement. Cela nous donne l'arrangement suivant :

the tree ;4(‡?34 *the,*

ou, en substituant les lettres naturelles aux caractères que nous connaissons,

the tree thr ‡?3*h the.*

Maintenant, si aux caractères inconnus nous substituons des blancs ou des points, nous aurons :

the three thr... h the,

et le mot *through* (par, à travers) se dégage pour ainsi dire de lui-même. Mais cette découverte nous donne trois lettres de plus, *o, u* et *g,* représentées par ‡, ? et 3.

» Maintenant, cherchons attentivement dans le cryptogramme des combinaisons de caractères connus, et nous trouverons, non loin du commencement, l'arrangement suivant :

83(88, ou *egree,*

qui est évidemment la terminaison du mot *degree* (degré), et qui nous livre encore une lettre *d,* représentée par +.

» Quatre lettres plus loin que ce mot *degree,* nous trouvons la combinaison

;46(;88,

dont nous traduisons les caractères connus et représentons l'inconnu par un point; cela nous donne :

th.rtee,

arrangement qui nous suggère immédiatement le mot *thirteen* (treize), et nous fournit deux lettres nouvelles, *i,* et *n,* représentées par 6 et *.

» Reportons-nous maintenant au commencement du cryptogramme, nous trouvons la combinaison

53‡‡+.

Traduisant comme nous avons déjà fait, nous obtenons

.good,

ce qui nous montre que la première lettre est
un *a,* et que les deux premiers mots sont *a good*
(un bon, une bonne).

» Il serait temps maintenant, pour éviter
toute confusion, de disposer toutes nos découvertes sous forme de table. Cela nous fera un
commencement de clef :

5	représente	*a*
+	»	*d*
8	»	*e*
3	»	*g*
4	»	*h*
6	»	*i*
*	»	*n*
‡	»	*o*
(	»	*r*
;	»	*t*
?	»	*u*

Ainsi, nous n'avons pas moins de onze des lettres
les plus importantes, et il est inutile que nous
poursuivions la solution à travers tous ses détails.
Je vous en ai dit assez pour vous convaincre que
des chiffres de cette nature sont faciles à
résoudre, et pour vous donner un aperçu de
l'analyse raisonnée qui sert à les débrouiller.
Mais tenez pour certain que le spécimen que
nous avons sous les yeux appartient à la catégorie la plus simple de la cryptographie. Il ne
me reste plus qu'à vous donner la traduction
complète du document, comme si nous avions
déchiffré successivement tous les caractères. La
voici :

A good glass in the bishop's hostel in the devil's seat forty-one degress and thirteen minutes north-east and by north main branch seventh limb east side shoot from the left eye of the death's-head a bee-line from the tree through the shot fifty feet out.

(Un bon verre dans l'hostel de l'évêque dans la chaise du diable quarante et un degrés et treize minutes nord-est quart de nord principale tige septième branche côté est lâchez de l'œil gauche de la tête de mort une ligne d'abeille de l'arbre à travers la balle cinquante pieds au large.)

— Mais, dis-je, l'énigme me paraît d'une qualité tout aussi désagréable qu'auparavant. Comment peut-on tirer un sens quelconque de tout ce jargon de *chaise du diable,* de *tête de mort* et d'*hostel de l'évêque?*

— Je conviens, répliqua Legrand, que l'affaire a l'air encore passablement sérieux, quand on y jette un simple coup d'œil. Mon premier soin fut d'essayer de retrouver dans la phrase les divisions naturelles qui étaient dans l'esprit de celui qui l'écrivit.

— De la ponctuer, voulez-vous dire?

— Quelque chose comme cela.

— Mais comment diable avez-vous fait?

— Je réfléchis que l'écrivain s'était fait une loi d'assembler les mots sans aucune division, espérant rendre ainsi la solution plus difficile. Or, un homme qui n'est pas excessivement fin sera presque toujours enclin, dans une pareille tentative, à dépasser la mesure. Quand, dans le cours de sa composition, il arrive à une interruption de sens qui demanderait naturellement une pause ou un point, il est fatalement porté à

serrer les caractères plus que d'habitude. Exa-
minez ce manuscrit, et vous découvrirez facilement cinq endroits de ce genre où il y a pour
ainsi dire encombrement de caractères. En me
dirigeant d'après cet indice j'établis la division
suivante :

A good glass in the bishop's hostel in the devil's seat
— forty-one degrees and thirteen minutes — north-east
and by north — main branch seventh limb east side —
shoot from the left eye of the death's-head — a bee-line
from the tree through the shot fifty feet out.

(Un bon verre dans l'hostel de l'évêque dans la chaise
du diable — quarante et un degrés et treize minutes —
nord-est quart de nord — principale tige septième branche
côté est — lâchez de l'œil gauche de la tête de mort —
une ligne d'abeille de l'arbre à travers la balle cinquante
pieds au large.)

— Malgré votre division, dis-je, je reste toujours dans les ténèbres.

— J'y restai moi-même pendant quelques
jours, répliqua Legrand. Pendant ce temps, je
fis force recherches dans le voisinage de l'île de
Sullivan sur un bâtiment qui devait s'appeler
l'Hôtel de l'Évêque, car je ne m'inquiétai pas
de la vieille orthographe du mot *hostel.* N'ayant
trouvé aucun renseignement à ce sujet, j'étais
sur le point d'étendre la sphère de mes recherches et de procéder d'une manière plus systématique, quand, un matin, je m'avisai tout à
coup que ce *Bishop's hostel* pouvait bien avoir
rapport à une vieille famille du nom de Bessop,
qui, de temps immémorial, était en possession
d'un ancien manoir à quatre milles environ au

nord de l'île. J'allai donc à la plantation, et je recommençai mes questions parmi les plus vieux nègres de l'endroit. Enfin, une des femmes les plus âgées me dit qu'elle avait entendu parler d'un endroit comme *Bessop's castle* (château de Bessop), et qu'elle croyait bien pouvoir m'y conduire, mais que ce n'était ni un château, ni une auberge, mais un grand rocher.

» Je lui offris de la bien payer pour sa peine, et, après quelque hésitation, elle consentit à m'accompagner jusqu'à l'endroit précis. Nous le découvrîmes sans trop de difficulté, je la congédiai, et commençai à examiner la localité. Le *château* consistait en un assemblage irrégulier de pics et de rochers, dont l'un était aussi remarquable par sa hauteur que par son isolement et sa configuration quasi artificielle. Je grimpai au sommet, et, là, je me sentis fort embarrassé de ce que j'avais désormais à faire.

» Pendant que j'y rêvais, mes yeux tombèrent sur une étroite saillie dans la face orientale du rocher, à un yard environ au-dessous de la pointe où j'étais placé. Cette saillie se projetait de dix-huit pouces à peu près, et n'avait guère plus d'un pied de large; une niche creusée dans le pic juste au-dessus lui donnait une grossière ressemblance avec les chaises à dos concave dont se servaient nos ancêtres. Je ne doutai pas que ce ne fût la *chaise du Diable* dont il était fait mention dans le manuscrit, et il me sembla que je tenais désormais tout le secret de l'énigme.

» Le *bon verre,* je le savais, ne pouvait pas

désigner autre chose qu'une longue-vue; car nos
marins emploient rarement le mot *glass* dans un
autre sens. Je compris tout de suite qu'il fallait
ici se servir d'une longue-vue, en se plaçant à
un point de vue défini et *n'admettant aucune
variation*. Or, les phrases : *quarante et un degrés
et treize minutes,* et *nord-est quart de nord,* —
je n'hésitai pas un instant à le croire, — devaient
donner la direction pour pointer la longue-vue.
Fortement remué par toutes ces découvertes, je
me précipitai chez moi, je me procurai une
longue-vue, et je retournai au rocher.

» Je me laissai glisser sur la corniche, et je
m'aperçus qu'on ne pouvait s'y tenir assis que
dans une certaine position. Ce fait confirma ma
conjecture. Je pensai alors à me servir de la
longue-vue. Naturellement, les *quarante et un
degrés et treize minutes* ne pouvaient avoir trait
qu'à l'élévation au-dessus de l'horizon sensible,
puisque la direction horizontale était clairement
indiquée par les mots *nord-est quart de nord.*
J'établis cette direction au moyen d'une boussole de poche; puis, pointant, aussi juste que
possible par approximation, ma longue-vue à
un angle de quarante et un degrés d'élévation, je
la fis mouvoir avec précaution de haut en bas et
de bas en haut, jusqu'à ce que mon attention fût
arrêtée par une espèce de trou circulaire ou de
lucarne dans le feuillage d'un grand arbre qui
dominait tous ses voisins dans l'étendue visible.
Au centre de ce trou, j'aperçus un point blanc,
mais je ne pus pas tout d'abord distinguer ce
que c'était. Après avoir ajusté le foyer de ma

longue-vue, je regardai de nouveau, et je m'assurai enfin que c'était un crâne humain.

» Après cette découverte qui me combla de confiance, je considérai l'énigme comme résolue; car la phrase : *principale tige, septième branche, côté est,* ne pouvait avoir trait qu'à la position du crâne sur l'arbre, et celle-ci : *lâchez de l'œil gauche de la tête de mort,* n'admettait aussi qu'une interprétation, puisqu'il s'agissait de la recherche d'un trésor enfoui. Je compris qu'il fallait laisser tomber une balle de l'œil gauche du crâne, et qu'une ligne d'abeille, ou, en d'autres termes, une ligne droite, partant du point le plus rapproché du tronc, et s'étendant, *à travers la balle,* c'est-à-dire à travers le point où tomberait la balle, indiquerait l'endroit précis, — et sous cet endroit je jugeai qu'il était pour le moins possible qu'un dépôt précieux fût encore enfoui.

— Tout cela, dis-je, est excessivement clair, et tout à la fois ingénieux, simple et explicite. Et, quand vous eûtes quitté l'*hôtel de l'Évêque,* que fîtes-vous?

— Mais, ayant soigneusement noté mon arbre, sa forme et sa position, je retournai chez moi. A peine eus-je quitté *la chaise du Diable,* que le trou circulaire disparut, et, de quelque côté que je me tournasse, il me fut désormais impossible de l'apercevoir. Ce qui me paraît le chef-d'œuvre de l'ingéniosité dans toute cette affaire, c'est ce fait (car j'ai répété l'expérience et me suis convaincu que c'est un fait), que l'ouverture circulaire en question n'est visible que d'un seul point, et cet unique point de vue, c'est l'étroite corniche sur le flanc du rocher.

» Dans cette expédition à l'*hôtel de l'Évêque* j'avais été suivi par Jupiter, qui observait sans doute depuis quelques semaines mon air préoccupé, et mettait un soin particulier à ne pas me laisser seul. Mais, le jour suivant, je me levai de très-grand matin, je réussis à lui échapper, et je courus dans les montagnes à la recherche de mon arbre. J'eus beaucoup de peine à le trouver. Quand je revins chez moi à la nuit, mon domestique se disposait à me donner la bastonnade. Quant au reste de l'aventure, vous êtes, je présume, aussi bien renseigné que moi.

— Je suppose, dis-je, que, lors de nos premières fouilles, vous aviez manqué l'endroit par suite de la bêtise de Jupiter, qui laissa tomber le scarabée par l'œil droit du crâne au lieu de le laisser filer par l'œil gauche.

— Précisément. Cette méprise faisait une différence de deux pouces et demi environ relativement à *la balle,* c'est-à-dire à la position de la cheville près de l'arbre; si le trésor avait été sous l'endroit marqué par *la balle,* cette erreur eût été sans importance; mais *la balle* et le point le plus rapproché de l'arbre étaient deux points ne servant qu'à établir une ligne de direction; naturellement, l'erreur, fort minime au commencement, augmentait en proportion de la longueur de la ligne, et, quand nous fûmes arrivés à une distance de cinquante pieds, elle nous avait totalement dévoyés. Sans l'idée fixe dont j'étais possédé, qu'il y avait positivement là, quelque part, un trésor enfoui, nous aurions peut-être bien perdu toutes nos peines.

— Mais votre emphase, vos attitudes solennelles, en balançant le scarabée! — quelles bizarreries! Je vous croyais positivement fou. Et pourquoi avez-vous absolument voulu laisser tomber du crâne votre insecte, au lieu d'une balle?

— Ma foi! pour être franc, je vous avouerai que je me sentais quelque peu vexé par vos soupçons relativement à l'état de mon esprit, et je résolus de vous punir tranquillement, à ma manière, par un petit brin de mystification froide. Voilà pourquoi je balançais le scarabée, et voilà pourquoi je voulus le faire tomber du haut de l'arbre. Une observation que vous fîtes sur son poids singulier me suggéra cette dernière idée.

— Oui, je comprends; et maintenant il n'y a plus qu'un point qui m'embarrasse. Que dirons-nous des squelettes trouvés dans le trou?

— Ah! c'est une question à laquelle je ne saurais pas mieux répondre que vous. Je ne vois qu'une manière plausible de l'expliquer, — et mon hypothèse implique une atrocité telle, que cela est horrible à croire. Il est clair que Kidd, — si c'est bien Kidd qui a enfoui le trésor, ce dont je ne doute pas, pour mon compte, — il est clair que Kidd a dû se faire aider dans son travail. Mais, la besogne finie, il a pu juger convenable de faire disparaître tous ceux qui possédaient son secret. Deux bons coups de pioche ont peut-être suffi, pendant que ses aides étaient encore occupés dans la fosse; il en a peut-être fallu une douzaine. — Qui nous le dira?

LE CANARD AU BALLON

ÉTONNANTES NOUVELLES PAR EXPRÈS, *via* NOR-
FOLK! — L'ATLANTIQUE TRAVERSÉE EN TROIS
JOURS!! — TRIOMPHE SIGNALÉ DE LA MACHINE
VOLANTE DE M. MONCK MASON!!! — ARRIVÉE A
L'ILE DE SULLIVAN, PRÈS CHARLESTON, S. C., DE
MM. MASON, ROBERT HOLLAND, HENSON, HAR-
RISON AINSWORTH, ET DE QUATRE AUTRES PER-
SONNES PAR LE BALLON DIRIGEABLE VICTORIA,
APRÈS UNE TRAVERSÉE DE SOIXANTE-CINQ HEURES
D'UN CONTINENT A L'AUTRE!!!! — DÉTAILS CIRCONS-
TANCIÉS DU VOYAGE!!!!!

Le jeu d'esprit ci-dessous, avec l'en-tête qui précède
en magnifiques capitales, soigneusement émaillé de
points d'admiration, fut publié primitivement, comme
un fait positif, dans le *New York Sun*, feuille périodique, et y remplit complètement le but de fournir un
aliment indigeste aux insatiables badauds durant les
quelques heures d'intervalle entre deux courriers de
Charleston. La cohue qui se fit pour se disputer *le seul
journal qui eût les nouvelles* fut quelque chose qui
dépasse même le prodige; et, en somme, si, comme
quelques-uns l'affirment, le VICTORIA n'a pas absolument accompli la traversée en question, il serait diffi-

cile de trouver une raison quelconque qui l'eût empêché de l'accomplir.

Le grand problème est à la fin résolu! L'air,
aussi bien que la terre et l'Océan, a été conquis
par la science et deviendra pour l'humanité une
grande voie commune et commode. L'Atlantique
vient d'être traversée en ballon! et cela, sans trop
de difficultés, — sans grand danger apparent, —
avec une machine dont on est absolument
maître, — et dans l'espace inconcevablement
court de soixante-cinq heures d'un continent à
l'autre! Grâce à l'activité d'un correspondant de
Charleston, nous sommes en mesure de donner
les premiers au public un récit détaillé de cet
extraordinaire voyage, qui a été accompli, — du
samedi 6 du courant, à quatre heures du matin,
au mardi 9 du courant, à deux heures de l'après-
midi, — par sir Everard Bringhurst, M. Osborne, un neveu de lord Bentinck, MM. Monck
Mason et Robert Holland, les célèbres aéronautes, M. Harrison Ainsworth, auteur de *Jack
Sheppard,* etc., M. Henson, inventeur du malheureux projet de la dernière machine volante,
— et deux marins de Woolwich, — en tout huit
personnes. Les détails fournis ci-dessous peuvent
être considérés comme parfaitement authentiques et exacts sous tous les rapports, puisqu'ils
sont, à une légère exception près, copiés mot à
mot d'après les journaux réunis de MM. Monck
Mason et Harrison Ainsworth, à la politesse desquels notre agent doit également bon nombre
d'explications verbales relativement au ballon

lui-même, à sa construction, et à d'autres matières d'un haut intérêt. La seule altération dans
le manuscrit communiqué a été faite dans le but
de donner au récit hâtif de notre agent, M. Forsyth, une forme suivie et intelligible.

LE BALLON.

Deux insuccès notoires et récents — ceux de
M. Henson et de sir George Cayley — avaient
beaucoup amorti l'intérêt du public relativement à la navigation aérienne. Le plan de
M. Henson (qui fut d'abord considéré comme
très-praticable, même par les hommes de science),
était fondé sur le principe d'un plan incliné,
lancé d'une hauteur par une force intrinsèque
créée et continuée par la rotation de palettes
semblables, en forme et en nombre, aux ailes
d'un moulin à vent. Mais, dans toutes les expériences qui furent faites avec des modèles à
l'*Adelaide Gallery,* il se trouva que l'opération
de ces ailes, non-seulement ne faisait pas avancer
la machine, mais empêchait positivement son
vol.

La seule force propulsive qu'elle ait jamais
montrée fut le simple mouvement acquis par la
descente du plan incliné; et ce mouvement portait la machine plus loin quand les palettes
étaient au repos que quand elles fonctionnaient,
— fait qui démontrait suffisamment leur inuti-
lité; et en l'absence du propulseur, qui lui servait en même temps d'appui, toute la machine
devait nécessairement descendre vers le sol.
Cette considération induisit sir George Cayley à

ajuster un propulseur à une machine qui aurait
en elle-même la force de se soutenir — en un
mot, à un ballon. L'idée, néanmoins, n'était
nouvelle ou originale, chez sir George, qu'en ce
qui regardait le mode d'application pratique. Il
exhiba un modèle de son invention à l'Institu-
tion polytechnique. La force motrice, ou principe propulseur, était, ici encore, attribuée à
des surfaces non continues ou ailes tournantes.
Ces ailes étaient au nombre de quatre; mais il
se trouva qu'elles étaient totalement impuis-
santes à mouvoir le ballon ou à aider sa force
ascensionnelle. Tout le projet, dès lors, n'était
plus qu'un *four* complet.

Ce fut dans cette conjoncture que M. Monck
Mason (dont le voyage de Douvres à Weilburg
sur le ballon *le Nassau* excita un si grand intérêt en 1837) eut l'idée d'appliquer le principe
de la vis d'Archimède au projet de la navigation
aérienne, attribuant judicieusement l'insuccès
des plans de M. Henson et de sir George Cayley
à la non-continuité des surfaces dans l'appareil
des roues. Il fit sa première expérience publique
à *Willis's Rooms,* puis plus tard porta son modèle à l'*Adelaide Gallery*.

Comme le ballon de sir George Cayley, le
sien était un ellipsoïde. Sa longueur était de treize
pieds six pouces, sa hauteur de six pieds huit
pouces. Il contenait environ trois cent vingt
pieds cubes de gaz, qui, si c'était de l'hydrogène
pur, pouvaient supporter vingt et une livre aussitôt après qu'il était enflé, avant que le gaz
n'eût eu le temps de se détériorer ou de fuir. Le

poids de toute la machine et de l'appareil était de dix-sept livres, — donnant ainsi une économie de quatre livres environ. Au centre du ballon, en dessous, était une charpente de bois fort léger, longue d'environ neuf pieds, et attachée au ballon par un réseau de l'espèce ordinaire. A cette charpente était suspendue une corbeille ou nacelle d'osier.

La vis consiste en un axe formé d'un tube de cuivre creux, long de six pouces, à travers lequel, sur une spirale inclinée à un angle de quinze degrés, passe une série de rayons de fil d'acier, longs de deux pieds et se projetant d'un pied de chaque côté. Ces rayons sont réunis à leurs extrémités externes par deux lames de fil métallique aplati, — le tout formant ainsi la charpente de la vis, qui est complétée par un tissu de soie huilée, coupée en pointes et tendue de manière à présenter une surface passablement lisse. Aux deux bouts de son axe, cette vis est surmontée par des montants cylindriques de cuivre descendant du cerceau. Aux bouts inférieurs de ces tubes sont des trous dans lesquels tournent les pivots de l'axe. Du bout de l'axe qui est le plus près de la nacelle part une flèche d'acier qui relie la vis à une machine à levier fixée à la nacelle. Par l'opération de ce ressort, la vis est forcée et tournée avec une grande rapidité, communiquant à l'ensemble un mouvement de progression.

Au moyen du gouvernail, la machine pouvait aisément s'orienter dans toutes les directions. Le levier était d'une grande puissance, comparativement à sa dimension, pouvant soulever un poids de quarante-cinq livres sur un cylindre de quatre pouces de diamètre après le premier tour, et davantage à mesure qu'il fonctionnait. Il pesait en tout huit livres six onces. Le gouvernail était une légère charpente de roseau recouverte de soie, façonnée à peu près comme une raquette, de trois pieds de long à peu près, et d'un pied dans sa plus grande largeur. Son poids était de deux onces environ. Il pouvait se tourner à plat et se diriger en haut et en bas, aussi bien qu'à droite et à gauche, et donner à l'aéronaute la faculté de transporter la résistance de l'air, qu'il devait, dans une position inclinée, créer sur son passage, du côté sur lequel il désirait agir, déterminant ainsi pour le ballon la direction opposée.

Ce modèle (que, faute de temps, nous avons nécessairement décrit d'une manière imparfaite) fut mis en mouvement dans l'*Adelaide Gallery,* où il donna une vélocité de cinq milles à l'heure; et, chose étrange à dire, il n'excita qu'un mince intérêt en comparaison de la précédente machine compliquée de M. Henson, — tant le monde est décidé à mépriser toute chose qui se présente avec un air de simplicité! Pour accomplir le grand *desideratum* de la navigation aérienne, on supposait généralement l'application singulièrement compliquée de quelque principe extraordinairement profond de dynamique.

Toutefois, M. Mason était tellement satisfait du récent succès de son invention, qu'il résolut de construire immédiatement, s'il était possible,

un ballon d'une capacité suffisante pour vérifier
le problème par un voyage de quelque étendue;
— son projet primitif était de traverser la
Manche comme il avait déjà fait avec le ballon
le Nassau. Pour favoriser ses vues, il sollicita et
obtint le patronage de sir Everard Bringhurst et
de M. Osborne, deux gentlemen bien connus par
leurs lumières scientifiques et spécialement pour
l'intérêt qu'ils ont manifesté pour les progrès
de l'aérostation. Le projet, selon le désir de
M. Osborne, fut soigneusement caché au public;
— les seules personnes auxquelles il fut confié
furent les personnes engagées dans la construction de la machine, qui fut établie sous la surveillance de MM. Mason, Holland, de sir Everard Bringhurst et de M. Osborne, dans l'habita-
tion de ce dernier, près de Penstruthal, dans le
pays de Galles.

M. Henson, accompagné de son ami M. Ainsworth, fut admis à examiner le ballon samedi
dernier, — après les derniers arrangements pris
par ces messieurs pour être admis à la participation de l'entreprise. Nous ne savons pas pour
quelle raison les deux marins firent aussi partie
de l'expédition, — mais dans un délai d'un ou
deux jours nous mettrons le lecteur en possession des plus minutieux détails concernant cet
extraordinaire voyage.

Le ballon est fait de soie recouverte d'un vernis de caoutchouc. Il est conçu dans de grandes
proportions et contient plus de 40,000 pieds
cubes de gaz; mais, comme le gaz de houille a
été employé préférablement à l'hydrogène, dont

la trop grande force d'expansion a des inconvénients, la puissance de l'appareil, quand il est parfaitement gonflé et aussitôt après son gonflement, n'enlève pas plus de 2,500 livres environ. Non-seulement le gaz de houille est moins coûteux, mais on peut se le procurer et le gouverner plus aisément.

L'introduction de ce gaz dans les procédés usuels de l'aérostation est due à M. Charles Green. Avant sa découverte, le procédé du gonflement était non-seulement excessivement dispendieux, mais peu sûr. On a souvent perdu deux ou même trois jours en efforts futiles pour se procurer la quantité suffisante d'hydrogène pour un ballon d'où il avait toujours une tendance à fuir, grâce à son excessive subtilité et à son affinité pour l'atmosphère ambiante. Un ballon assez bien fait pour tenir sa contenance de gaz de houille intacte, en qualité et en quantité, pendant six mois, ne pourrait pas conserver six semaines la même quantité d'hydrogène dans une égale intégrité.

La force du support étant estimée à 2,500 livres, et les poids réunis de cinq individus seulement à 1,200 environ, il restait un surplus de 1,300, dont 1,200 étaient prises par le lest, réparti en différents sacs, dont le poids était marqué sur chacun, — par les cordages, les baromètres, les télescopes, les barils contenant des provisions pour une quinzaine, les barils d'eau, les portemanteaux, les sacs de nuit et divers autres objets indispensables, y compris une cafetière à faire bouillir le café à la chaux, pour se dispenser

totalement de feu, si cela était jugé prudent. Tous
ces articles, à l'exception du lest et de quelques
bagatelles, étaient appendus au cerceau. Là
nacelle est plus légère et plus petite à proportion
que celle qui la représente dans le modèle. Elle
est faite d'un osier fort léger, et singulièrement
forte pour une machine qui a l'air si fragile.
Elle a environ quatre pieds de profondeur. Le
gouvernail diffère aussi de celui du modèle en
ce qu'il est beaucoup plus large, et que la vis
est considérablement plus petite. Le ballon est
en outre muni d'un grappin et d'un *guide-rope,*
ce dernier étant de la plus indispensable utilité.
Quelques mots d'explication seront nécessaires
ici pour ceux de nos lecteurs qui ne sont pas
versés dans les détails de l'aérostation.

Aussitôt que le ballon quitte la terre, il est
sujet à l'influence de mille circonstances qui
tendent à créer une différence dans son poids,
augmentant ou diminuant sa force ascensionnelle. Par exemple, il y a parfois sur la soie une
masse de rosée qui peut aller à quelques cen-
taines de livres; il faut alors jeter du lest, sinon
l'aérostat descendra. Ce lest jeté, et un bon
soleil vaporisant la rosée et augmentant la force
d'expansion du gaz dans la soie, le tout montera
de nouveau très-rapidement. Pour modérer notre
ascension, le seul moyen est (ou plutôt était jusqu'au *guide-rope* inventé par M. Charles Green)
la faculté de faire échapper du gaz par une soupape; mais la perte du gaz impliquait une déperdition proportionnelle de la force d'ascension; si
bien que, dans un laps de temps comparative-

ment très-bref, le ballon le mieux construit devait nécessairement épuiser toutes ses ressources et s'abattre sur le sol. C'était là le grand obstacle aux voyages un peu longs.

Le *guide-rope* remédie à la difficulté de la manière la plus simple du monde. C'est simplement une très-longue corde qu'on laisse traîner hors de la nacelle, et dont l'effet est d'empêcher le ballon de changer de niveau à un degré sensible. Si, par exemple, la soie est chargée d'humidité, et si conséquemment la machine commence à descendre, il n'y a pas de nécessité de jeter du lest pour compenser l'augmentation du poids, car on y remédie ou on la neutralise, dans une proportion exacte, en déposant à terre autant de longueur de corde qu'il est nécessaire. Si, au contraire, quelques circonstances amènent une légèreté excessive et une ascension précipitée, cette légèreté sera immédiatement neutralisé par le poids additionnel de la corde qu'on ramène de terre.

Ainsi le ballon ne peut monter ou descendre que dans des proportions très-petites, et ses ressources en gaz et en lest restent à peu près intactes. Quand on passe au-dessus d'une étendue d'eau, il devient nécessaire d'employer de petits barils de cuivre ou de bois remplis d'un lest liquide plus léger que l'eau. Ils flottent et remplissent l'office d'une corde sur la terre. Un autre office très-important du *guide-rope* est de marquer la direction du ballon. La corde *drague,* pour ainsi dire, soit sur terre, soit sur mer, quand le ballon est libre; ce dernier conséquemment, toutes les fois qu'il marche, est en avance; ainsi, une appréciation faite, au compas, des positions des deux objets, indiquera toujours la direction. De la même façon, l'angle formé par la corde avec l'axe vertical de la machine indique la vitesse. Quand il n'y a pas d'angle, — en d'autres termes, quand la corde descend perpendiculairement, c'est que la machine est stationnaire; mais plus l'angle est ouvert, c'est-à-dire plus le ballon est en avance sur le bout de la corde, plus grande est la vitesse; — et réciproquement.

Comme le projet des voyageurs, dans le principe, était de traverser le canal de la Manche, et de descendre aussi près de Paris qu'il serait possible, ils avaient pris la précaution de se munir de passeports visés pour toutes les parties du continent, spécifiant la nature de l'expédition, comme dans le cas du voyage sur le *Nassau*, et assurant aux courageux aventuriers une dispense des formalités usuelles de bureaux; mais des événements inattendus rendirent les passeports superflus. L'opération du gonflement commença fort tranquillement samedi matin, 6 du courant, au point du jour, dans la grande cour de Weal-Vor-House, résidence de M. Osborne, à un mille environ de Penstruthal, dans la Galles du Nord; et, à onze heures sept minutes, tout étant prêt pour le départ, le ballon fut lâché et s'éleva doucement, mais constamment, dans une direction presque sud. On ne fit point usage, pendant la première demi-heure, de la vis ni du gouvernail.

Nous nous servons maintenant du journal, tel qu'il a été transcrit par M. Forsyth d'après les manuscrits réunis de MM. Monck Mason et Ainsworth. Le corps du journal, tel que nous le donnons, est de la main de M. Mason, et il a été ajouté un post-scriptum ou appendice de M. Ainsworth, qui en a préparation et donnera très-prochainement au public un compte rendu plus minutieux du voyage, et, sans aucun doute, d'un intérêt saisissant.

LE JOURNAL

Samedi, 6 avril. — Tous les préparatifs qui pouvaient nous embarrasser ont été finis cette nuit; nous avons commencé le gonflement ce matin au point du jour; mais, par suite d'un brouillard épais qui chargeait d'eau les plis de la soie et la rendait peu maniable, nous ne nous sommes pas élevés avant onze heures à peu près. Alors, nous fîmes tout larguer, dans un grand enthousiasme, et nous nous élevâmes doucement, mais sans interruption, par une jolie brise du nord, qui nous porta dans la direction du canal de la Manche. Nous trouvâmes la force ascensionnelle plus forte que nous ne l'avions espéré, et, comme nous montions assez haut pour dominer toutes les falaises et nous trouver soumis à l'action plus prochaine des rayons du soleil, notre ascension devenait de plus en plus rapide. Cependant, je désirais ne pas perdre de gaz dès le commencement de notre tentative, et je résolus qu'il fallait monter pour le moment présent. Nous retirâmes bien vite à nous notre *guide-*

rope ; mais, même après l'avoir absolument
enlevé de terre, nous continuâmes à monter très-
rapidement. Le ballon marchait avec une assu-
rance singulière et avait un aspect magnifique.
Dix minutes environ après notre départ, le baromètre indiquait une hauteur de quinze mille
pieds.

Le temps était remarquablement beau, et
l'aspect de la campagne placée sous nos pieds, —
un des plus romantiques à tous les points de vue,
— était alors particulièrement sublime. Les
gorges nombreuses et profondes présentaient
l'apparence de lacs, en raison des épaisses vapeurs
dont elles étaient remplies, et les hauteurs et les
rochers situés au sud-est, empilés dans un inex-
tricable chaos, ressemblaient absolument aux
cités géantes de la fable orientale. Nous approchions rapidement des montagnes vers le sud ;
mais notre élévation était plus que suffisante
pour nous permettre de les dépasser en toute
sûreté. En quelques minutes, nous planâmes au-
dessus magnifiquement, et M. Ainsworth ainsi
que les marins furent frappés de leur apparence
peu élevée, vue ainsi de la nacelle ; une grande
élévation en ballon ayant pour résultat de
réduire les inégalités de la surface située au-
dessous à un niveau presque uni. A onze heures
et demie, nous dirigeant toujours vers le sud,
ou à peu près, nous aperçûmes pour la première
fois le canal de Bristol ; et, quinze minutes après,
la ligne des brisants de la côte apparut brusquement au-dessous de nous, et nous marchâmes
rondement au-dessus de la mer. Nous résolûmes

alors de lâcher assez de gaz pour laisser notre
guide-rope traîner dans l'eau avec les bouées atte-
nantes. Cela fut fait à la minute, et nous com-
mençâmes à descendre graduellement. Au bout
de vingt minutes environ, notre première bouée
toucha, et, au plongeon de la seconde, nous restâmes à une élévation fixe. Nous étions tous très-
inquiets de vérifier l'efficacité du gouvernail et
de la vis, et nous les mîmes immédiatement en
réquisition dans le but de déterminer davantage
notre route vers l'est et de *mettre le cap* sur
Paris.

Au moyen du gouvernail, nous effectuâmes à
l'instant le changement nécessaire de direction,
et notre route se trouva presque à angle droit
avec le vent; puis nous mîmes en mouvement le
ressort de la vis, et nous fûmes ravis de voir
qu'elle nous portait docilement dans le sens
voulu. Là-dessus, nous poussâmes neuf fois un
fort vivat, et nous jetâmes à la mer une bouteille qui contenait une bande de parchemin
avec le bref compte rendu du principe de l'invention. Toutefois, nous en avions à peine fini
avec nos manifestations de triomphe, qu'il survint un accident imprévu qui n'était pas peu
propre à nous décourager.

La verge d'acier qui reliait le levier au propulseur fut soudainement jetée hors de sa place
par le bout qui confinait à la nacelle (ce fut
l'effet de l'inclinaison de la nacelle par suite de
quelque mouvement de l'un des marins que
nous avions pris avec nous), et, en un instant,
se trouva suspendue et dansante hors de notre

portée, loin du pivot de l'axe de la vis. Pendant que nous nous efforcions de la rattraper, et que toute notre attention y était absorbée, nous fûmes enveloppés dans un violent courant d'air de l'est qui nous porta avec une force rapide et croissante du côté de l'Atlantique.

Nous nous trouvâmes chassés en mer par une vitesse qui n'était certainement pas moins de cinquante ou de soixante milles à l'heure, si bien que nous atteignîmes le cap Clear, à quarante milles vers notre nord, avant d'avoir pu assurer la verge d'acier et d'avoir eu le temps de penser à virer de bord. Ce fut alors que M. Ainsworth fit une proposition extraordinaire, mais qui, dans mon opinion, n'était nullement déraisonnable ni chimérique, dans laquelle il fut immédiatement encouragé par M. Holland, — à savoir, que nous pourrions profiter de la forte brise qui nous emportait, et tenter, au lieu de rabattre sur Paris, d'atteindre la côte du Nord-Amérique. Après une légère réflexion, je donnai de bon gré mon assentiment à cette violente proposition, qui, chose étrange à dire, ne trouva d'objections que dans les deux marins.

Toutefois comme nous étions la majorité, nous maîtrisâmes leurs appréhensions, et nous maintînmes résolument notre route. Nous gouvernâmes droit à l'ouest; mais, comme le traînage des bouées faisait un obstacle matériel à notre marche, et que nous étions suffisamment maîtres du ballon, soit pour monter, soit pour descendre, nous jetâmes tout d'abord cinquante livres de lest, et nous ramenâmes, au moyen

d'une manivelle, toute la corde hors de la mer.
Nous constatâmes immédiatement l'effet de
cette manœuvre par un prodigieux accroissement de vitesse; et, comme la brise fraîchissait,
nous filâmes avec une vélocité presque inconcevable; le *guide-rope* s'allongeait derrière la nacelle comme un sillage de navire. Il est superflu
de dire qu'il nous suffit d'un très-court espace
de temps pour perdre la côte de vue. Nous passâmes au-dessus d'innombrables navires de toute
espèce, dont quelques-uns louvoyaient avec
peine, mais dont la plupart restaient en panne.
Nous causâmes à leur bord le plus grand enthousiasme, — enthousiasme fortement savouré par
nous-mêmes, et particulièrement par nos deux
hommes, qui, maintenant, sous l'influence de
quelques petits verres de genièvre, semblaient
résolus à jeter au vent toutes craintes et tous
scrupules. Plusieurs navires tirèrent le canon
de signal; et tous nous saluèrent par de grands
vivats que nous entendions avec une netteté sur-
prenante, et par l'agitation des chapeaux et des
mouchoirs. Nous marchâmes ainsi tout le jour,
sans incident matériel, et, comme les premières
ombres se formaient autour de nous, nous fîmes
une estimation approximative de la distance par-
courue. Elles ne pouvait pas être de moins de
cinq cents milles, probablement davantage. Pendant tout ce temps, le propulseur fonctionna,
et, sans aucun doute, aida positivement notre
marche. Quand le soleil se coucha, la brise fraî-
chit et se transforma en une vraie tempête. Au-
dessous de nous, l'Océan était parfaitement

visible en raison de sa phosphorescence. Le vent souffla de l'est toute la nuit, et nous donna les plus brillants présages de succès. Nous ne souffrîmes pas peu du froid, et l'humidité de l'atmosphère nous était fort pénible; mais la place libre dans la nacelle était assez vaste pour nous permettre de nous coucher, et, au moyen de nos manteaux et de quelques couvertures, nous nous tirâmes passablement d'affaire.

Post-scriptum (par M. Ainsworth). — Ces neuf dernières heures ont été incontestablement les plus enflammées de ma vie. Je ne peux rien concevoir de plus enthousiasmant que l'étrange péril et la nouveauté d'une pareille aventure. Dieu veuille nous donner le succès! Je ne demande pas le succès pour le simple salut de mon insignifiante personne, mais pour l'amour de la science humaine et pour l'immensité du triomphe. Et cependant l'exploit est si évidemment faisable, que mon seul étonnement est que les hommes aient reculé jusqu'à présent devant la tentative. Qu'une simple brise comme celle qui nous favorise maintenant, — qu'une pareille rafale pousse un ballon pendant quatre ou cinq jours (ces brises durent quelquefois plus longtemps), et le voyageur sera facilement porté, dans ce laps de temps, d'une rive à l'autre. Avec une pareille brise, la vaste Atlantique n'est plus qu'un lac.

Je suis plus frappé, au moment où j'écris, du silence suprême qui règne sur la mer, malgré son agitation, que d'aucun autre phénomène. Les eaux ne jettent pas de voix vers les cieux.

L'immense Océan flamboyant au-dessous de nous se tord et se tourmente sans pousser une plainte. Les houles montagneuses donnent l'idée d'innombrables démons, gigantesques et muets, qui se tordraient dans une impuissante agonie. Dans une nuit telle qu'est pour moi celle-ci, un homme *vit,* — il vit un siècle de vie ordinaire, — et je ne donnerais pas ce délice ravissant pour ce siècle d'existence vulgaire.

Dimanche, 7 (Manuscrit de M. Mason). — Ce matin, vers dix heures, la tempête n'était plus qu'une brise de huit ou neuf nœuds (pour un navire en mer), et elle nous fait parcourir peut-être trente milles à l'heure, peut-être davantage. Néanmoins, elle a tourné ferme vers le nord; et, maintenant, au coucher du soleil, nous nous dirigeons droit à l'ouest, grâce surtout à la vis et au gouvernail, qui fonctionnent admirablement. Je regarde l'entreprise comme entièrement réussie, et la navigation aérienne dans toutes les directions (si ce n'est peut-être avec le vent absolument debout) comme un problème résolu. Nous n'aurions pas pu faire tête à la rude brise d'hier; mais, en montant, nous aurions pu sortir du champ de son action, si nous en avions eu besoin. Je suis convaincu qu'avec notre propulseur, nous pourrions marcher contre une jolie brise carabinée. Aujourd'hui, à midi, nous nous sommes élevés à une hauteur de 25,000 pieds, en jetant du lest. Nous avons agi ainsi pour chercher un courant plus direct, mais nous n'en avons pas trouvé de plus favorable que celui dans lequel nous sommes à présent. Nous avons surabondamment de gaz pour traverser ce petit lac, dût le voyage durer trois semaines. Je n'ai pas la plus légère crainte relativement à l'issue de notre entreprise. Les difficultés ont été étrangement exagérées et incomprises. Je puis choisir mon courant, et eussé-je contre moi *tous* les courants, je puis faire passablement ma route avec mon propulseur. Nous n'avons pas eu d'incidents notables. La nuit s'annonce bien.

Post-scriptum (par M. Ainsworth). — J'ai peu de chose à noter, excepté le fait (fort surprenant pour moi) qu'à une élévation égale à celle du Cotopaxi, je n'ai éprouvé ni froid trop intense, ni migraine, ni difficulté de respiration; M. Mason, M. Holland, sir Everard, n'ont pas plus souffert que moi, je crois. M. Osborne s'est plaint d'une constriction de la poitrine, — mais cela a disparu assez vite. Nous avons filé avec une grande vitesse toute la journée, et nous devons être à plus de moitié chemin de l'Atlantique. Nous avons passé au-dessus de vingt ou trente navires de toute sorte, et tous semblaient délicieusement étonnés. Traverser l'Océan en ballon n'est pas une affaire si difficile après tout! *Omne ignotum pro magnifico.*

Nota. — A une hauteur de 25,000 pieds, le ciel apparaît presque noir, et les étoiles se voient distinctement; pendant que la mer, au lieu de paraître convexe, comme on pourrait le supposer, semble absolument et entièrement concave.

Lundi, 8 *(Manuscrit de M. Mason).* — Ce ma-

tin, nous avons encore eu quelque embarras avec
la tige du propulseur, qui devra être entièrement modifiée, de crainte de sérieux accidents;
je parle de la tige d'acier et non pas des palettes;
ces dernières ne laissaient rien à désirer. Le vent
a soufflé tout le jour du nord-est, roide et sans
interruption, tant la fortune semble résolue à
nous favoriser. Juste avant le jour, nous fûmes
tous un peu alarmés par quelques bruits singuliers et quelques secousses dans le ballon,
accompagnés de la soudaine interruption du jeu
de la machine. Ces phénomènes étaient occa-
sionnés par l'expansion du gaz, résultant d'une
augmentation de chaleur dans l'atmosphère, et
la débâcle naturelle des particules de glace dont
le filet s'était incrusté pendant la nuit. Nous
avons jeté quelques bouteilles aux navires que
nous avons aperçus. L'une d'elles a été recueillie
par un grand navire, vraisemblablement un des
paquebots qui font le service de New-York.
Nous avons essayé de déchiffrer son nom, mais
nous ne sommes pas sûrs d'y avoir réussi. Le
télescope de M. Osborne nous a laissé lire
quelque chose comme *l'Atalante*. Il est maintenant minuit, et nous marchons toujours à peu
près vers l'ouest d'une allure rapide. La mer est
singulièrement phosphorescente.

Post-scriptum (par M. Ainsworth). — Il est
maintenant deux heures du matin, et il fait
presque calme, autant du moins que j'en peux
juger; — mais c'est un point qu'il est fort difficile d'apprécier, depuis que nous nous mouvons
si complètement avec et dans l'air. Je n'ai point

dormi depuis que j'ai quitté Weal-Vor; mais je ne peux plus y tenir, et je vais faire un somme. Nous ne pouvons pas être loin de la côte d'Amérique.

Mardi 9 (Manuscrit de M. Ainsworth). — *Une heure de l'après-midi.* — Nous sommes en vue de la côte basse de la Caroline du Sud! Le grand problème est résolu. Nous avons traversé l'Atlantique, — nous l'avons traversée en ballon, facilement, rondement! Dieu soit loué! Qui osera dire maintenant qu'il y a quelque chose d'impossible?

Ici finit le journal. Quelques détails sur la descente ont été communiqués toutefois par M. Ainsworth à M. Forsyth. Il faisait presque un *calme plat* quand les voyageurs arrivèrent en vue de la côte, qui fut immédiatement reconnue par les deux marins et par M. Osborne. Ce gentleman ayant des connaissances au fort Moultrie, on résolut immédiatement de descendre dans le voisinage.

Le ballon fut porté vers la plage; la marée était basse, le sable ferme, uni, admirablement approprié à une descente, et le grappin mordit du premier coup et tint bon. Les habitants de l'île et du fort se pressaient naturellement pour voir le ballon; mais ce n'était qu'avec difficulté qu'on ajoutait foi au voyage accompli, — *la traversée de l'Atlantique!* L'ancre mordait à deux heures de l'après-midi; ainsi le voyage entier avait duré soixante-quinze heures; ou plutôt un peu moins si on compte simplement le trajet d'un rivage à l'autre. Il n'était arrivé aucun accident sérieux. On n'avait eu à craindre aucun danger réel. Le ballon fut dégonflé et serré sans peine; et ces messieurs étaient encore au fort Moultrie, quand les manuscrits d'où ce récit est tiré partaient par le courrier de Charleston. On ne sait rien de positif sur leurs intentions ultérieures; mais nous pouvons promettre en toute sûreté à nos lecteurs quelques informations supplémentaires, soit pour lundi, soit pour le jour suivant au plus tard.

Voilà certainement l'entreprise la plus prodigieuse, la plus intéressante, la plus importante qui ait jamais été accomplie ou même tentée par un homme. Quels magnifiques résultats on en peut tirer, n'est-il pas superflu maintenant de le déterminer?

AVENTURE SANS PAREILLE
D'UN CERTAIN HANS PFAALL

Avec un cœur plein de fantaisies délirantes
Dont je suis le capitaine,
Avec une lance de feu et *un cheval d'air,*
A travers l'immensité je voyage.
Chanson de Tom O'Bedlam.

D'APRÈS les nouvelles les plus récentes de Rotterdam, il paraît que cette ville est dans un singulier état d'effervescence philosophique. En réalité, il s'y est produit des phénomènes d'un genre si complètement inattendu, si entièrement nouveau, si absolument en contradiction avec toutes les opinion reçues, que je ne doute pas qu'avant peu toute l'Europe ne soit sens dessus dessous, toute la physique en fermentation, et que la raison et l'astronomie ne se prennent aux cheveux.

Il paraît que le... du mois de... (je ne me rappelle pas positivement la date), une foule immense était rassemblée, dans un but qui n'est pas spécifié, sur la grande place de la Bourse de la confortable ville de Rotterdam. La journée était singulièrement chaude pour la saison, —

il y avait à peine un souffle d'air, et la foule n'était pas trop fâchée de se trouver de temps à autre aspergée d'une ondée amicale de quelques minutes, qui s'épanchait des vastes masses de nuages blancs abondamment éparpillés à travers la voûte bleue du firmament.

Toutefois, vers midi, il se manifesta dans l'assemblée une légère mais remarquable agitation, suivie du brouhaha de dix mille langues; une minute après, dix mille visages se tournèrent vers le ciel, dix mille pipes descendirent simultanément du coin de dix mille bouches, et un cri, qui ne peut être comparé qu'au rugissement du Niagara, retentit longuement, hautement, furieusement, à travers toute la cité et tous les environs de Rotterdam.

L'origine de ce vacarme devint bientôt suffisamment manifeste. On vit déboucher et entrer dans une des lacunes de l'étendue azurée, du fond d'une de ces vastes masses de nuages aux contours vigoureusement définis, un être étrange, hétérogène, d'une apparence solide, si singulièrement configuré, si fantastiquement organisé, que la foule de ces gros bourgeois qui le regardaient d'en bas, bouche béante, ne pouvait absolument y rien comprendre ni se lasser de l'admirer.

Qu'est-ce que cela pouvait être? Au nom de tous les diables de Rotterdam, qu'est-ce que cela pouvait présager? Personne ne le savait, personne ne pouvait le deviner; personne, — pas même le bourgmestre Mynheer Superbus Von Underduk, — ne possédait la plus légère donnée

pour éclaircir ce mystère; en sorte que, n'ayant
rien de mieux à faire, tous les Rotterdamois, à
un homme près, remirent sérieusement. leurs
pipes dans le coin de leurs bouches, et, gardant
toujours un œil braqué sur le phénomène,
se mirent à pousser leur fumée, firent une
pause, se dandinèrent de droite à gauche, et
grognèrent significativement, — puis se dandinèrent de gauche à droite, grognèrent, firent
une pause, et finalement, se remirent à pousser leur fumée.

Cependant, on voyait descendre, toujours plus
bas vers la béate ville de Rotterdam, l'objet
d'une si grande curiosité et la cause d'une si
grosse fumée. En quelques minutes, la chose
arriva assez près pour qu'on pût la distinguer
exactement. Cela semblait être, — oui! *c'était*
indubitablement une espèce de ballon, mais jusqu'alors, à coup sûr, Rotterdam n'avait pas vu de
pareil ballon. Car qui — je vous le demande —
a jamais entendu parler d'un ballon entièrement
fabriqué avec des journaux crasseux? Personne
en Hollande, certainement; et cependant, là,
sous le nez même du peuple ou plutôt à quelque
distance au-dessus de son nez, apparaissait la
chose en question, la chose elle-même, faite —
j'ai de bonnes autorités pour l'affirmer — avec
cette même matière à laquelle personne n'avait
jamais pensé pour un pareil dessein. C'était une
énorme insulte au bon sens des bourgeois de
Rotterdam.

Quant à la forme du phénomène, elle était
encore plus répréhensible, — ce n'était guère

qu'un gigantesque bonnet de fou tourné sens dessus dessous. Et cette similitude fut loin d'être amoindrie, quand, en l'inspectant de plus près, la foule vit un énorme gland pendu à la pointe, et autour du bord supérieur ou de la base du cône un rang de petits instruments qui ressemblaient à des clochettes de brebis, et tintinnabulaient incessamment sur l'air de Betty Martin.

Mais voilà qui était encore plus violent : — suspendu par des rubans bleus au bout de la fantastique machine, se balançait, en manière de nacelle, un immense chapeau de castor gris américain, à bords superlativement larges, à calotte hémisphérique, avec un ruban noir et une boucle d'argent. Chose assez remarquable toutefois, maint citoyen de Rotterdam aurait juré qu'il connaissait déjà ce chapeau, et, en vérité, toute l'assemblée le regardait presque avec des yeux familiers; pendant que dame Grettel Pfaall poussait en le voyant une exclamation de joie et de surprise, et déclarait que c'était positivement le chapeau de son cher homme lui-même. Or, c'était une circonstance d'autant plus importante à noter, que Pfaall, avec ses trois compagnons, avait disparu de Rotterdam, depuis cinq ans environ, d'une manière soudaine et inexplicable, et, jusqu'au moment où commence ce récit, tous les efforts pour obtenir des renseignements sur eux avaient échoué. Il est vrai qu'on avait découvert récemment dans une partie de la ville, à l'est, quelques ossements humains, mêlés à un amas de

décombres d'un aspect bizarre; et quelques pro-
fanes avaient été jusqu'à supposer qu'un hideux
meurtre avait dû être commis en cet endroit, et
que Hans Pfaall et ses camarades en avaient été
très-probablement les victimes. Mais revenons à
notre récit.

Le ballon (car c'en était un, décidément) était
maintenant descendu à cent pieds du sol, et
montrait distinctement à la foule le personnage
qui l'habitait. Un singulier individu, en vérité.
Il ne pouvait guère avoir plus de deux pieds
de haut. Mais sa taille, tout petite qu'elle était,
ne l'aurait pas empêché de perdre l'équilibre, et
de passer par-dessus le bord de sa toute petite
nacelle, sans l'intervention d'un rebord circulaire qui lui montait jusqu'à la poitrine, et se
rattachait aux cordes du ballon. Le corps du
petit homme était volumineux au-delà de toute
proportion, et donnait à l'ensemble de son individu une apparence de rotondité singulièrement
absurde. De ses pieds, naturellement, on n'en
pouvait rien voir. Ses mains étaient monstrueu-
sement grosses, ses cheveux, gris et rassemblés
par-derrière en une queue; son nez, prodigieusement long, crochu et empourpré; ses yeux
bien fendus, brillants et perçants, son menton
et ses joues, — quoique ridés par la vieillesse,
— larges, boursouflés, doubles; mais, sur les
deux côtés de sa tête, il était impossible d'apercevoir le semblant d'une oreille.

Ce drôle de petit monsieur était habillé d'un
paletot-sac de satin bleu de ciel et de culottes
collantes assorties, serrées aux genoux par une

boucle d'argent. Son gilet était d'une étoffe
jaune et brillante; un bonnet de taffetas blanc
était gentiment posé sur le côté de sa tête; et,
pour compléter cet accoutrement, un foulard
écarlate entourait son cou, et, contourné en un
nœud superlatif, laissait traîner sur sa poitrine
ses bouts prétentieusement longs.

Étant descendu, comme je l'ai dit, à cent pieds
environ du sol, le vieux petit monsieur fut soudainement saisi d'une agitation nerveuse, et
parut peu soucieux de s'approcher davantage de
la *terre ferme*. Il jeta donc une quantité de sable
d'un sac de toile qu'il souleva à grand'peine, et
resta stationnaire pendant un instant. Il s'appliqua alors à extraire de la poche de son paletot, d'une manière agitée et précipitée, un grand
portefeuille de maroquin. Il le pesa soupçon-
neusement dans sa main, l'examina avec un air
d'extrême surprise, comme évidemment étonné
de son poids. Enfin il l'ouvrit, en tira une
énorme lettre scellée de cire rouge et soigneusement entortillée de fil de même couleur, et
la laissa tomber juste aux pieds du bourgmestre
Superbus Von Underduk.

Son Excellence se baissa pour la ramasser.
Mais l'aéronaute, toujours fort inquiet, et
n'ayant apparemment pas d'autres affaires qui
le retinssent à Rotterdam, commençait déjà à
faire précipitamment ses préparatifs de départ;
et, comme il fallait décharger une portion de
son lest pour pouvoir s'élever de nouveau, une
demi-douzaine de sacs qu'il jeta l'un après
l'autre, sans se donner la peine de les vider,

tombèrent coup sur coup sur le dos de l'infortuné bourgmestre, et le culbutèrent juste une demi-douzaine de fois à la face de tout Rotterdam.

Il ne faut pas supposer toutefois que le grand Underduk ait laissé passer impunément cette impertinence de la part du vieux petit bonhomme. On dit, au contraire, qu'à chacune de ses six culbutes il ne poussa pas moins de six bouffées, distinctes et furieuses, de sa chère pipe qu'il retenait pendant tout ce temps et de toutes ses forces, et qu'il se propose de tenir ainsi — si Dieu le permet — jusqu'au jour de sa mort.

Cependant, le ballon s'élevait comme une alouette, et, planant au-dessus de la cité, finit par disparaître tranquillement derrière un nuage semblable à celui d'où il avait si singulièrement émergé, et fut ainsi perdu pour les yeux éblouis des bons citoyens de Rotterdam.

Toute l'attention se porta alors sur la lettre, dont la transmission avec les accidents qui la suivirent avait failli être si fatale à la personne et à la dignité de Son Excellence Von Underduk. Toutefois, ce fonctionnaire n'avait pas oublié durant ses mouvements giratoires de mettre en sûreté l'objet important, — la lettre, — qui, d'après la suscription, était tombée dans des mains légitimes, puisqu'elle était adressée à lui d'abord, et au professeur Rudabub, en leurs qualités respectives de président et de vice-président du Collège astronomique de Rotterdam. Elle fut donc ouverte sur-le-champ par ces digni-

taires, et ils y trouvèrent la communication suivante, très-extraordinaire, et ma foi, très-sé-
rieuse :

A   *Leurs   Excellences   Von   Underduk   et   Ruda-*
    bub,   président   et   vice-président   du   Collège
    national   astronomique   de   la   ville   de   Rotter-
    dam.

Vos Excellences se souviendront peut-être
d'un humble artisan, du nom de Hans Pfaall,
raccommodeur de soufflets de son métier, qui
disparut de Rotterdam, il y a environ cinq ans,
avec trois individus et d'une manière qui a dû
être regardée comme inexplicable. C'est moi,
Hans Pfaall lui-même — n'en déplaise à Vos
Excellences — qui suis l'auteur de cette communication. Il est de notoriété parmi la plupart
de mes concitoyens que j'ai occupé, quatre ans
durant, la petite maison de briques placée à
l'entrée de la ruelle dite *Sauerkraut,* et que j'y
demeurais encore au moment de ma disparition.
Mes aïeux y ont toujours résidé, de temps immémorial, et ils y ont invariablement exercé
comme moi-même la très-respectable et très-
lucrative profession de raccommodeurs de soufflets; car, pour dire la vérité, jusqu'à ces dernières années, où toutes les têtes de la population
ont été mises en feu par la politique, jamais plus
fructueuse industrie n'avait été exercée par un
honnête citoyen de Rotterdam, et personne n'en
était plus digne que moi. Le crédit était bon,
la pratique donnait ferme, on ne manquait ni

d'argent ni de bonne volonté. Mais, comme je l'ai dit, nous ressentîmes bientôt les effets de la liberté, des grands discours, du radicalisme et de toutes les drogues de cette espèce. Les gens qui jusque-là avaient été les meilleures pratiques du monde n'avaient plus un moment pour penser à nous. Ils en avaient à peine assez pour apprendre l'histoire des révolutions et pour sur-veiller dans sa marche l'intelligence et l'idée du siècle. S'ils avaient besoin de souffler leur feu, ils se faisaient un soufflet avec un journal. A mesure que le gouvernement devenait plus faible, j'acquérais la conviction que le cuir et le fer devenaient de plus en plus indestructibles; et bientôt il n'y eut pas dans tout Rotterdam un seul soufflet qui eût besoin d'être repiqué, ou qui réclamât l'assistance du marteau. C'était un état de choses impossible. Je fus bientôt aussi gueux qu'un rat, et, comme j'avais une femme et des enfants à nourrir, mes charges devinrent à la longue intolérables, et je passai toutes mes heures à réfléchir sur le mode le plus convenable pour me débarrasser de la vie.

Cependant, mes chiens de créanciers me lais-saient peu de loisir, pour la méditation. Ma mai-son était littéralement assiégée du matin au soir. Il y avait particulièrement trois gaillards qui me tourmentaient au-delà du possible, montant continuellement la garde devant ma porte, et me menaçant toujours de la loi. Je me promis de tirer de ces trois êtres une vengeance amère, si jamais j'étais assez heureux pour les tenir dans mes griffes; et je crois que cette espérance ravis-

sante fut la seule chose qui m'empêcha de
mettre immédiatement à exécution mon plan de
suicide, qui était de me faire sauter la cervelle
d'un coup d'espingole. Toutefois, je jugeai qu'il
valait mieux dissimuler ma rage, et les bourrer
de promesses et de belles paroles, jusqu'à ce que,
par un caprice heureux de la destinée, l'occasion
de la vengeance vînt s'offrir à moi.

Un jour que j'étais parvenu à leur échapper,
et que je me sentais encore plus abattu que
d'habitude, je continuai à errer pendant longtemps encore et sans but à travers les rues les
plus obscures, jusqu'à ce qu'enfin je butai
contre le coin d'une échoppe de bouquiniste.
Trouvant sous ma main un fauteuil à l'usage
des pratiques, je m'y jetai de mauvaise humeur,
et, sans savoir pourquoi, j'ouvris le premier
volume qui me tomba sous la main. Il se trouva
que c'était une petite brochure traitant de l'astronomie spéculative, et écrite, soit par le professeur Encke, de Berlin, soit par un Français
dont le nom ressemblait beaucoup au sien. J'avais
une légère teinture de cette science, et je fus
bientôt tellement absorbé par la lecture de ce
livre, que je le lus deux fois d'un bout à l'autre
avant de revenir au sentiment de ce qui se passait autour de moi.

Cependant, il commençait à faire nuit, et je
repris le chemin de mon logis. Mais la lecture
de ce petit traité (coïncidant avec une découverte pneumatique qui m'avait été récemment
communiquée par un cousin de Nantes, comme
un secret d'une haute importance) avait fait sur

mon esprit une impression indélébile; et, tout
en flânant à travers les rues crépusculeuses, je
repassais minutieusement dans ma mémoire les
raisonnements étranges, et quelquefois inintelli-
gibles, de l'écrivain. Il y avait quelques passages
qui avaient affecté mon imagination d'une manière extraordinaire.

Plus j'y rêvais, plus intense devenait l'intérêt,
qu'ils avaient excité en moi. Mon éducation,
généralement fort limitée, mon ignorance spéciale des sujets relatifs à la philosophie naturelle,
loin de m'ôter toute confiance dans mon aptitude à comprendre ce que j'avais lu, ou de m'induire à mettre en suspicion les notions confuses
et vagues qui avaient surgi naturellement de ma
lecture, devenaient simplement un aiguillon
plus puissant pour mon imagination; et j'étais
assez vain, ou peut-être assez raisonnable, pour
me demander si ces idées indigestes qui sur-
gissent dans les esprits mal réglés ne contiennent
pas souvent en elles — comme elles en ont la
parfaite apparence — toute la force, toute la
réalité, et toutes les autres propriétés inhérentes
à l'instinct et à l'intuition.

Il était tard quand j'arrivai à la maison, et je
me mis immédiatement au lit. Mais mon esprit
était trop préoccupé pour que je pusse dormir,
et je passai la nuit entière en méditations. Je me
levai de grand matin, et je courus vivement à
l'échoppe du bouquiniste, où j'employai tout le
peu d'argent qui me restait à l'acquisition de
quelques volumes de mécanique et d'astronomie
pratiques. Je les transportai chez moi comme un

trésor, et je consacrai à les lire tous mes instants de loisir. Je fis ainsi assez de progrès dans mes nouvelles études pour mettre à exécution certain projet qui m'avait été inspiré par le diable ou par mon bon génie.

Pendant tout ce temps, je fis tous mes efforts pour me concilier les trois créanciers qui m'avaient causé tant de tourments. Finalement, j'y réussis, tant en vendant une assez grande partie de mon mobilier pour satisfaire à moitié leurs réclamations, qu'en leur faisant la promesse de solder la différence après la réalisation d'un petit projet qui me trottait dans la tête, et pour l'accomplissement duquel je réclamais leurs services. Grâce à ces moyens (car c'étaient des gens fort ignorants), je n'eus pas grand'peine à les faire entrer dans mes vues.

Les choses ainsi arrangées, je m'appliquai, avec l'aide de ma femme, avec les plus grandes précautions et dans le plus parfait secret, à disposer du bien qui me restait, et à réaliser par de petits emprunts, et sous différents prétextes, une assez bonne quantité d'argent comptant, sans m'inquiéter le moins du monde, je l'avoue à ma honte, des moyens de remboursement.

Grâce à cet accroissement de ressources, je me procurai, en diverses fois, plusieurs pièces de très belle batiste, de douze yards chacune, — de la ficelle, — une provision de vernis de caoutchouc, — un vaste et profond panier d'osier, fait sur commande, — et quelques autres articles nécessaires à la construction et à l'équipement d'un ballon d'une dimension extraordinaire.

Je chargeai ma femme de le confectionner le plus rapidement possible, et je lui donnai toutes les instructions nécessaires pour la manière de procéder.

En même temps, je fabriquais avec de la ficelle un filet d'une dimension suffisante, j'y adaptais un cerceau et des cordes, et je faisais l'emplette des nombreux instruments et des matières nécessaires pour faire des expériences dans les plus hautes régions de l'atmosphère. Une nuit, je transportai prudemment dans un endroit retiré de Rotterdam, à l'est, cinq barriques cerclées de fer, qui pouvaient contenir chacune environ cinquante gallons, et une sixième d'une dimension plus vaste; six tubes en fer-blanc, de trois pouces de diamètre et de quatre pieds de long, façonnés *ad hoc;* une bonne quantité d'*une certaine substance métallique ou demi-métal,* que je ne nommerai pas, et une douzaine de dames-jeannes remplies d'un acide très commun. Le gaz qui devait résulter de cette combinaison est un gaz qui n'a jamais été, jusqu'à présent, fabriqué que par moi, ou du moins qui n'a jamais été appliqué à un pareil objet. Tout ce que je puis dire, c'est qu'il est *une des parties constituantes de l'azote,* qui a été si longtemps regardé comme irréductible, et que sa densité est moindre que celle de l'hydrogène d'environ trente-sept fois et quatre dixièmes. Il est sans saveur, mais non sans odeur; il brûle, quand il est pur, avec une flamme verdâtre; il attaque instantanément la vie animale. Je ne ferais aucune difficulté d'en livrer tout

le secret, mais il appartient de droit, comme je
l'ai déjà fait entendre, à un citoyen de Nantes,
en France, par qui il m'a été communiqué sous
condition.

Le même individu m'a confié, sans être le
moins du monde au fait de mes intentions, un
procédé pour fabriquer les ballons avec un certain tissu animal, qui rend la fuite du gaz chose
presque impossible; mais je trouvai ce moyen
beaucoup trop dispendieux, et, d'ailleurs, il se
pouvait que la batiste, revêtue d'une couche
de caoutchouc, fût tout aussi bonne. Je ne mentionne cette circonstance que parce que je crois
probable que l'individu en question tentera, un
de ces jours, une ascension avec le nouveau gaz
et la matière dont j'ai parlé, et que je ne veux
pas le priver de l'honneur d'une invention très
originale.

A chacune des places qui devaient être occupées par l'un des petits tonneaux, je creusai
secrètement un petit trou; les trous formant de
cette façon un cercle de vingt-cinq pieds de diamètre. Au centre du cercle, qui était la place
désignée pour la plus grande barrique, je creusai
un trou plus profond. Dans chacun des cinq
petits trous, je disposai une boîte de fer-blanc,
contenant cinquante livres de poudre à canon, et
dans le plus grand un baril qui en tenait cent
cinquante. Je reliai convenablement le baril et
les cinq boîtes par des traînées couvertes, et,
ayant fourré dans l'une des boîtes le bout d'une
mèche longue de quatre pieds environ, je comblai le trou et plaçai la barrique par-dessus, lais-

sant dépasser l'autre bout de la mèche d'un pouce
à peu près au-delà de la barrique, et d'une manière presque invisible. Je comblai successivement les autres trous, et disposai chaque barrique à la place qui lui était destinée.

Outre les articles que j'ai énumérés, je transportai à mon dépôt général et j'y cachai un
des appareils perfectionnés de Grimm pour la
condensation de l'air atmosphérique. Toutefois,
je découvris que cette machine avait besoin de
singulières modifications pour devenir propre
à l'emploi auquel je la destinais. Mais, grâce à
un travail entêté et à une incessante persévé-
rance, j'arrivai à des résultats excellents dans
tous mes préparatifs. Mon ballon fut bientôt
parachevé. Il pouvait contenir plus de quarante
mille pieds cubes de gaz; il pouvait facilement
m'enlever, selon mes calculs, moi et tout mon
attirail, et même, en le gouvernant convenablement, cent soixante-quinze livres de lest par-
dessus le marché. Il avait reçu trois couches de
vernis, et je vis que la batiste remplissait parfaitement l'office de la soie; elle était également
solide et coûtait beaucoup moins cher.

Tout étant prêt, j'exigeai de ma femme qu'elle
me jurât le secret sur toutes mes actions depuis
le jour de ma première visite à l'échoppe du
bouquiniste, et je lui promis de mon côté de
revenir aussitôt que les circonstances me le per-
mettraient. Je lui donnai le peu d'argent qui
me restait, et je lui fis mes adieux. En réalité, je
n'avais pas d'inquiétude sur son compte. Elle
était ce que les gens appellent une maîtresse

femme, et pouvait très-bien faire ses affaires
sans mon assistance. Je crois même, pour tout
dire, qu'elle m'avait toujours regardé comme
un triste fainéant, — un simple complément
de poids, — un remplissage, — une espèce
d'homme bon pour bâtir des châteaux en l'air,
et rien de plus, — et qu'elle n'était pas fâchée
d'être débarrassée de moi. Il faisait nuit sombre
quand je lui fis mes adieux, et, prenant avec
moi, en manière d'aides de camp, les trois
créanciers qui m'avaient causé tant de souci,
nous portâmes le ballon avec sa nacelle et tous
ses accessoires, par une route détournée, à l'endroit où j'avais déposé les autres articles. Nous
les y trouvâmes parfaitement intacts, et je me
mis immédiatement à la besogne.

Nous étions au 1er avril. La nuit, comme je
l'ai dit, était sombre; on ne pouvait pas apercevoir une étoile; et une bruine épaisse, qui
tombait par intervalles, nous incommodait fort.
Mais ma grande inquiétude, c'était le ballon,
qui, en dépit du vernis qui le protégeait, commençait à s'alourdir par l'humidité; la poudre
aussi pouvait s'avarier. Je fis donc travailler ru-
dement mes trois gredins, je leur fis piler de la
glace autour de la barrique centrale et agiter
l'acide dans les autres. Cependant, ils ne ces-
saient de m'importuner de questions pour savoir
ce que je voulais faire avec tout cet attirail, et
exprimaient un vif mécontentement de la terrible besogne à laquelle je les condamnais. Ils
ne comprenaient pas — disaient-ils — ce qu'il
pouvait résulter de bon à leur faire ainsi se

mouiller la peau uniquement pour les rendre complices d'une aussi abominable incantation. Je commençais à être un peu inquiet, et j'avançais l'ouvrage de toute ma force; car, en vérité, ces idiots s'étaient figuré, j'imagine, que j'avais fait un pacte avec le diable, et que dans tout ce que je faisais maintenant il n'y avait rien de bien rassurant. J'avais donc une très-grande crainte de les voir me planter là. Toutefois, je m'efforçai de les apaiser en leur promettant de les payer jusqu'au dernier sou, aussitôt que j'aurais mené à bonne fin la besogne en préparation. Naturellement ils interprétèrent ces beaux discours comme ils voulurent, s'imaginant sans doute que de toute manière j'allais me rendre maître d'une immense quantité d'argent comptant; et, pourvu que je leur payasse ma dette, et un petit brin en plus, en considération de leurs services, j'ose affirmer qu'ils s'inquiétaient fort peu de ce qui pouvait advenir de mon âme ou de ma carcasse.

Au bout de quatre heures et demie environ, le ballon me parut suffisamment gonflé. J'y suspendis donc la nacelle, et j'y plaçai tous mes bagages, — un télescope, un baromètre avec quelques modifications importantes, un thermomètre, un électromètre, un compas, une boussole, une montre à secondes, une cloche, un porte-voix, etc., etc., ainsi qu'un globe de verre où j'avais fait le vide, et hermétiquement bouché, sans oublier l'appareil condensateur, de la chaux vive, un bâton de cire à cacheter, une abondante provision d'eau, et des vivres en

quantité, tels que le *pemmican,* qui contient une
énorme matière nutritive comparativement à
son petit volume. J'installai aussi dans ma nacelle un couple de pigeons et une chatte.

Nous étions presque au point du jour, et je
pensai qu'il était grandement temps d'effectuer
mon départ. Je laissai donc tomber par terre,
comme par accident, un cigare allumé, et, en
me baissant pour le ramasser, j'eus soin de
mettre sournoisement le feu à la mèche, dont
le bout, comme je l'ai dit, dépassait un peu le
bord inférieur d'un des petits tonneaux.

J'exécutai cette manœuvre sans être vu le
moins du monde par mes trois bourreaux; je
sautai dans la nacelle, je coupai immédiatement
l'unique corde qui me retenait à la terre, et je
m'aperçus avec bonheur que j'étais enlevé avec
une inconcevable rapidité; le ballon emportait
très facilement ses cent soixante-quinze livres
de lest de plomb; il aurait pu en porter le
double. Quand je quittai la terre, le baromètre
marquait trente pouces, et le thermomètre cen-
tigrade 19 degrés.

Cependant, j'étais à peine monté à une hauteur de cinquante yards, quand arriva derrière
moi, avec un rugissement et un grondement
épouvantables, une si épaisse trombe de feu et
de gravier, de bois et de métal enflammés, mêlés
à des membres humains déchirés, que je sentis
mon cœur défaillir, et que je me jetai tout au
fond de ma nacelle, tremblant de terreur.

Alors, je compris que j'avais horriblement
chargé la mine, et que j'avais encore à subir les

principales conséquences de la secousse. En effet, en moins d'une seconde, je sentis tout mon sang refluer vers mes tempes, et immédiatement, inopinément, une commotion que je n'oublierai jamais éclata à travers les ténèbres et sembla déchirer en deux le firmament lui-même. Plus tard, quand j'eus le temps de la réflexion, je ne manquai pas d'attribuer l'extrême violence de l'explosion, relativement à moi, à sa véritable cause, — c'est-à-dire à ma position, directement au-dessus de la mine et dans la ligne de son action la plus puissante. Mais, en ce moment, je ne songeais qu'à sauver ma vie. D'abord, le ballon s'affaissa, puis il se dilata furieusement, puis il se mit à pirouetter avec une vélocité vertigineuse, et finalement, vacillant et roulant comme un homme ivre, il me jeta par-dessus le bord de la nacelle, et me laissa accroché à une épouvantable hauteur, la tête en bas, par un bout de corde fort mince, haut de trois pieds de long environ, qui pendait par hasard à travers une crevasse, près du fond du panier d'osier, et dans lequel, au milieu de ma chute, mon pied gauche s'engagea providentiellement. Il est impossible, absolument impossible, de se faire une idée juste de l'horreur de ma situation. J'ouvrais convulsivement la bouche pour respirer, — un frisson ressemblant à un accès de fièvre secouait tous les nerfs et tous les muscles de mon être, — je sentais mes yeux jaillir de leurs orbites, une horrible nausée m'envahit, — enfin je m'évanouis et perdis toute conscience.

Combien de temps restai-je dans cet état, il m'est impossible de le dire. Il s'écoula toutefois un assez long temps, car, lorsque je recouvrai en partie l'usage de mes sens, je vis le jour qui se levait; — le ballon se trouvait à une prodigieuse hauteur au-dessus de l'immensité de l'Océan, et dans les limites de ce vaste horizon, aussi loin que pouvait s'étendre ma vue, je n'apercevais pas trace de terre. Cependant, mes sensations, quand je revins à moi, n'étaient pas aussi étrangement douloureuses que j'aurais dû m'y attendre. En réalité, il y avait beaucoup de folie dans le contemplation placide avec laquelle j'examinai d'abord ma situation. Je portai mes deux mains devant mes yeux, l'une après l'autre, et me demandai avec étonnement quel accident pouvait avoir gonflé mes veines et noirci si horriblement mes ongles. Puis j'examinai soigneusement ma tête, je la secouai à plusieurs reprises, et la tâtai avec une attention minutieuse, jusqu'à ce que je me fusse heureusement assuré qu'elle n'était pas, ainsi que j'en avais eu l'horrible idée, plus grosse que mon ballon. Puis, avec l'habitude d'un homme qui sait où sont ses poches, je tâtai les deux poches de ma culotte, et, m'apercevant que j'avais perdu mon calepin et mon étui à cure-dent, je m'efforçai de me rendre compte de leur disparition, et, ne pouvant y réussir, j'en ressentis un inexprimable chagrin. Il me sembla alors que j'éprouvais une vive douleur à la cheville de mon pied gauche, et une obscure conscience de ma situation commença à poindre dans mon esprit.

Mais — chose étrange! — je n'éprouvais ni étonnement ni horreur. Si je ressentis une émotion quelconque, ce fut une espèce de satisfaction ou d'épanouissement en pensant à l'adresse qu'il me faudrait déployer pour me tirer de cette singulière alternative; et je ne fis pas de mon salut définitif l'objet d'un doute d'une seconde. Pendant quelques minutes, je restai plongé dans la plus profonde méditation. Je me rappelle distinctement que j'ai souvent serré les lèvres, que j'ai appliqué mon index sur le côté de mon nez, et j'ai pratiqué les gesticulations et grimaces habituelles aux gens qui, installés tout à leur aise dans leur fauteuil, méditent sur des matières embrouillées ou importantes.

Quand je crus avoir suffisamment rassemblé mes idées, je portai avec la plus grande précaution, la plus parfaite délibération, mes mains derrière mon dos, et je détachai la grosse boucle de fer qui terminait la ceinture de mon pantalon. Cette boucle avait trois dents qui, étant un peu rouillées, tournaient difficilement sur leur axe. Cependant, avec beaucoup de patience, je les amenai à angle droit avec le corps de la boucle et m'aperçus avec joie qu'elles restaient fermes dans cette position. Tenant entre mes dents cette espèce d'instrument, je m'appliquai à dénouer le nœud de ma cravate. Je fus obligé de me reposer plus d'une fois avant d'avoir accompli cette manœuvre; mais, à la longue, j'y réussis. A l'un des bouts de la cravate, j'assujettis la boucle, et, pour plus de sécurité, je nouai étroitement l'autre bout autour de mon poing. Soulevant alors mon corps par un déploiement prodigieux de force musculaire, je réussis du premier coup à jeter la boucle pardessus la nacelle et à l'accrocher, comme je l'avais espéré, dans le rebord circulaire de l'osier.

Mon corps faisait alors avec la paroi de la nacelle un angle de quarante-cinq degrés environ; mais il ne faut pas entendre que je fusse à quarante-cinq degrés au-dessous de la perpendiculaire; bien loin de là, j'étais toujours placé dans un plan presque parallèle au niveau de l'horizon; car la nouvelle position que j'avais conquise avait eu pour effet de chasser d'autant le fond de la nacelle, et conséquemment ma position était des plus périlleuses.

Mais qu'on suppose que, dans le principe, lorsque je tombai de la nacelle, je fusse tombé la face tournée vers le ballon au lieu de l'avoir tournée du côté opposé, comme elle était maintenant, — ou, en second lieu, que la corde par laquelle j'étais accroché eût pendu par hasard du rebord supérieur, au lieu de passer par une crevasse du fond, — on concevra facilement que, dans ces deux hypothèses, il m'eût été impossible d'accomplir un pareil miracle, — et les présentes révélations eussent été entièrement perdues pour la postérité. J'avais donc toutes les raisons de bénir le hasard; mais, en somme, j'étais tellement stupéfié, que je me sentais incapable de rien faire, et que je restai suspendu, pendant un quart d'heure peut-être, dans cette extraordinaire situation, sans tenter de nouveau le plus léger effort, perdu dans un singulier calme et dans une béatitude idiote. Mais cette disposition de mon être s'évanouit bien vite et fit place à un sentiment d'horreur, d'effroi, d'absolue désespérance et de destruction. En réalité, le sang si longtemps accumulé dans les vaisseaux de la tête et de la gorge, et qui avait jusque-là créé en moi un délire salutaire dont l'action suppléait à l'énergie, commençait maintenant à refluer et à reprendre son niveau; et la clairvoyance qui me revenait, augmentait la perception du danger, ne servait qu'à me priver du sang-froid et du courage nécessaires pour l'affronter. Mais, par bonheur pour moi, cette faiblesse ne fut pas de longue durée. L'énergie du désespoir me revint à propos, et, avec des cris et des efforts frénétiques, je m'élançai convulsivement et à plusieurs reprises par une secousse générale, jusqu'à ce qu'enfin, m'accrochant au bord si désiré avec des griffes plus serrées qu'un étau, je tortillai mon corps par-dessus et tombai la tête la première et tout pantelant dans le fond de la nacelle.

Ce ne fut qu'après un certain laps de temps que je fus assez maître de moi pour m'occuper de mon ballon. Mais alors je l'examinai avec attention et découvris, à ma grande joie, qu'il n'avait subi aucune avarie. Tous mes instruments étaient sains et saufs, et, très-heureusement, je n'avais perdu ni lest ni provisions. A la vérité, je les avais si bien assujettis à leur place qu'un pareil accident était chose tout à fait improbable. Je regardai à ma montre, elle marquait six heures. Je continuais à monter rapidement, et le baromètre me donnait alors une hauteur de trois milles trois quarts. Juste au-dessous de moi apparaissait dans l'Océan un petit objet noir, d'une forme légèrement allongée, à peu près de la dimension d'un domino, et ressemblant fortement, à tous égards, à l'un de ces petits joujoux. Je dirigeai mon télescope sur lui, et je vis distinctement que c'était un vaisseau anglais de quatre-vingt-quatorze canons, tanguant lourdement dans la mer, au plus près du vent, et le cap à l'ouest-sud-ouest. A l'exception de ce navire, je ne vis rien que l'Océan et le ciel, et le soleil qui était levé depuis longtemps.

Il est grandement temps que j'explique à Vos Excellences l'objet de mon voyage. Vos Excellences se souviennent que ma situation déplorable à Rotterdam m'avait à la longue poussé à la résolution du suicide. Ce n'était pas cependant que j'eusse un dégoût positif de la vie elle-même, mais j'étais harassé, à n'en pouvoir plus, par les misères accidentelles de ma position. Dans cette disposition d'esprit, désirant vivre encore, et cependant fatigué de la vie, le traité que je lus à l'échoppe du bouquiniste, appuyé par l'opportune découverte de mon cousin de Nantes, ouvrit une ressource à mon imagination. Je pris enfin un parti décisif. Je résolus de partir, mais de vivre, — de quitter le monde, mais de continuer mon existence; — bref, et pour couper court aux énigmes, je résolus, sans m'inquiéter du reste, de me frayer, si je pouvais, un passage *jusqu'à la lune*.

Maintenant, pour qu'on ne me croie pas plus fou que je ne le suis, je vais exposer en détail, et le mieux que je pourrai, les considérations qui m'induisirent à croire qu'une entreprise de cette nature, quoique difficile sans doute et pleine de dangers, n'était pas absolument, pour un esprit audacieux, située au-delà des limites du possible.

La première chose à considérer était la distance positive de la lune à la terre. Or, la distance moyenne ou approximative entre les centres de ces deux planètes est de cinquante-neuf fois, plus une fraction, le rayon équatorial de la terre, ou environ 237 000 milles. Je dis la distance moyenne ou approximative, mais il est facile de concevoir que, la forme de l'orbite lunaire étant une ellipse d'une excentricité qui n'est pas de moins de 0,05484 de son demi grand axe, et le centre de la terre occupant le foyer de cette ellipse, si je pouvais réussir d'une manière quelconque à rencontrer la lune à son périgée, la distance ci-dessus évaluée se trouverait sensiblement diminuée. Mais, pour laisser de côté cette hypothèse, il était positif qu'en tout cas j'avais à déduire des 237 000 milles le rayon de la terre, c'est-à-dire 4 000, et le rayon de la lune, c'est-à-dire 1 080, en tout 5 080, et qu'il ne me resterait ainsi à franchir qu'une distance approximative de 231 920 milles. Cet espace, pensais-je, n'était pas vraiment extraordinaire. On a fait nombre de fois sur cette terre des voyages d'une vitesse de 60 milles par heure, et, en réalité, il y a tout lieu de croire qu'on arrivera à une plus grande vélocité; mais, même en me contentant de la vitesse dont je parlais, il ne me faudrait pas plus de cent soixante et un jours pour atteindre la surface de la lune.

Il y avait toutefois de nombreuses circonstances qui m'induisaient à croire que la vitesse approximative de mon voyage dépasserait de beaucoup celle de soixante milles à l'heure; et, comme ces considérations produisirent sur moi une impression profonde, je les expliquerai plus amplement par la suite.

Le second point à examiner était d'une bien autre importance. D'après les indications fournies par le baromètre, nous savons que, lorsqu'on s'élève, au-dessus de la surface de la terre, à une hauteur de 1 000 pieds, on laisse au-dessous de soi environ un trentième de la masse atmosphérique; qu'à 10 000 pieds, nous arrivons à peu près à un tiers, et qu'à 18 000 pieds, ce qui est presque la hauteur du Cotopaxi, nous avons dépassé la moitié de la masse fluide, ou, en tout cas, la moitié de la partie pondérable de l'air qui enveloppe notre globe. On a aussi calculé qu'à une hauteur qui n'excède pas la centième partie du diamètre terrestre, — c'est-à-dire 80 milles, — la raréfaction devait être telle, que la vie animale ne pouvait en aucune façon s'y maintenir; et, de plus, que les moyens les plus subtils que nous ayons de constater la présence de l'atmosphère devenaient alors totale-

ment insuffisants. Mais je ne manquai pas
d'observer que ces derniers calculs étaient uniquement basés sur notre connaissance expéri-
mentale des propriétés de l'air et des lois méca-
niques qui régissent sa dilatation et sa compression dans ce qu'on peut appeler, comparativement parlant, la proximité immédiate de la
terre. Et, en même temps, on regarde comme
chose positive, qu'à une distance quelconque
donnée, mais inaccessible, de sa surface, la vie
animale est et doit être essentiellement incapable de modification. Maintenant, tout raisonnement de ce genre, et d'après de pareilles
données, doit évidemment être purement analo-
gique. La plus grande hauteur où l'homme soit
jamais parvenu est de 25 000 pieds; je parle de
l'expédition aéronautique de MM. Gay-Lussac
et Biot. C'est une hauteur assez médiocre, même
quand on la compare aux 80 milles en question;
et je ne pouvais m'empêcher de penser que la
question laissait une place au doute et une
grande latitude aux conjectures.

Mais, en fait, en supposant une ascension
opérée à une hauteur donnée quelconque, la
quantité d'air pondérable traversée dans toute
période ultérieure de l'ascension n'est nullement en proportion avec la hauteur additionnelle acquise, comme on peut le voir d'après
ce qui a été énoncé précédemment, mais dans
une raison constamment décroissante. Il est donc
évident que, nous élevant aussi haut que possible, nous ne pouvons pas, littéralement parlant, arriver à une limite au-delà de laquelle

l'atmosphère cesse absolument d'exister. Elle
doit exister, concluais-je, quoiqu'elle *puisse,* il
est vrai, exister à un état de raréfaction infinie.

D'un autre côté, je savais que les arguments
ne manquent pas pour prouver qu'il existe une
limite réelle et déterminée de l'atmosphère, au-
delà de laquelle il n'y a absolument plus d'air
respirable. Mais une circonstance a été omise
par ceux qui opinent pour cette limite, qui semblait, non pas une réfutation péremptoire de
leur doctrine, mais un point digne d'une sérieuse investigation. Comparons les intervalles
entre les retours successifs de la comète d'Encke
à son périhélie, en tenant compte de toutes les
perturbations dues à l'attraction planétaire, et
nous verrons que les périodes diminuent graduellement, c'est-à-dire que le grand axe de
l'ellipse de la comète va toujours se raccourcis-
sant dans une proportion lente, mais parfaitement régulière. Or, c'est précisément le cas qui
doit avoir lieu, si nous supposons que la comète
subisse une résistance par le fait d'*un milieu
éthéré excessivement rare* qui pénètre les régions
de son orbite. Car il est évident qu'un pareil
milieu doit, en retardant la vitesse de la comète,
accroître sa force centripète et affaiblir sa force
centrifuge. En d'autres termes, l'attraction du
soleil deviendrait de plus en plus puissante, et la
comète s'en rapprocherait davantage à chaque
révolution. Véritablement, il n'y a pas d'autre
moyen de se rendre compte de la variation en
question.

Mais voici un autre fait : on observe que le

diamètre réel de la partie nébuleuse de cette même comète se contracte rapidement à mesure qu'elle approche du soleil, et se dilate avec la même rapidité quand elle repart vers son aphélie. N'avais-je pas quelque raison de supposer avec M. Valz que cette apparente condensation de volume prenait son origine dans la compression de ce milieu éthéré dont je parlais tout à l'heure, et dont la densité est en proportion de la proximité du soleil? Le phénomène qui affecte la forme lenticulaire et qu'on appelle la lumière zodiacale était aussi un point digne d'attention. Cette lumière si visible sous les tropiques, et qu'il est impossible de prendre pour une lumière météorique quelconque, s'élève obliquement de l'horizon et suit généralement la ligne de l'équateur du soleil. Elle me semblait évidemment provenir d'une atmosphère rare qui s'étendrait depuis le soleil jusque par-delà l'orbite de Vénus, au moins, et même, selon moi, indéfiniment plus loin. Je ne pouvais pas supposer que ce milieu fût limité par la ligne du parcours de la comète, ou fût confiné dans le voisinage immédiat du soleil. Il était si simple d'imaginer au contraire qu'il envahissait toutes les régions de notre système planétaire, condensé autour des planètes en ce que nous appelons atmosphère, et peut-être modifié chez quelques-unes par des circonstances purement géologiques, c'est-à-dire modifié ou varié dans ses proportions ou dans sa nature essentielle par les matières volatilisées émanant de leurs globes respectifs.

Ayant pris la question sous ce point de vue, je n'avais plus guère à hésiter. En supposant que dans mon passage je trouvasse une atmosphère *essentiellement* semblable à celle qui enveloppe la surface de la terre, je réfléchis qu'au moyen du très-ingénieux appareil de M. Grimm je pourrais facilement la condenser en suffisante quantité pour les besoins de la respiration. Voilà qui écartait le principal obstacle à un voyage à la lune. J'avais donc dépensé quelque argent et beaucoup de peine pour adapter l'appareil au but que je me proposais, et j'avais pleine confiance dans son application, pourvu que je pusse accomplir le voyage dans un espace de temps suffisamment court. Ceci me ramène à la question de la vitesse possible.

Tout le monde sait que les ballons, dans la première période de leur ascension, s'élèvent avec une vélocité comparativement modérée. Or, la force d'ascension consiste uniquement dans la pesanteur de l'air ambiant relativement au gaz du ballon; et, à première vue, il ne paraît pas du tout probable ni vraisemblable que le ballon, à mesure qu'il gagne en élévation et arrive successivement dans des couches atmosphériques d'une densité décroissante, puisse gagner en vitesse et accélérer sa vélocité primitive. D'un autre côté, je n'avais pas souvenir que, dans un compte rendu quelconque d'une expérience antérieure, l'on eût jamais constaté une diminution apparente dans la vitesse absolue de l'ascension, quoique tel eût pu être le

cas, en raison de la fuite du gaz à travers un
aérostat mal confectionné et généralement revêtu d'un vernis insuffisant, ou pour toute autre
cause. Il me semblait donc que l'effet de cette
déperdition pouvait seulement contre-balancer
l'accélération acquise par le ballon à mesure
qu'il s'éloignait du centre de gravitation. Or, je
considérai que, pourvu que dans ma traversée
je trouvasse *le milieu* que j'avais imaginé, et
pourvu qu'il fût de même essence que ce que
nous appelons l'air atmosphérique, il importait
relativement assez peu que je le trouvasse à tel
ou tel degré de raréfaction, c'est-à-dire relativement à ma force ascensionnelle; car non-seulement le gaz du ballon serait soumis à la même
raréfaction (et, dans cette occurrence, je n'avais
qu'à lâcher une quantité proportionnelle de gaz,
suffisante pour prévenir une explosion), mais,
par la nature de ses parties intégrantes, il devait,
en tout cas, être toujours spécifiquement plus
léger qu'un composé quelconque de pur azote
et d'oxygène. Il y avait donc une chance, — et
même, en somme, une forte probabilité, *pour
qu'à aucune période de mon ascension je n'arri-
vasse à un point où les différentes pesanteurs
réunies de mon immense ballon, du gaz inconcevablement rare qu'il renfermait, de la nacelle
et de son contenu, pussent égaler la pesanteur
de la masse d'atmosphère ambiante déplacée;* et
l'on conçoit facilement que c'était là l'unique
condition qui pût arrêter ma fuite ascensionnelle. Mais encore, si jamais j'atteignais ce point
imaginaire, il me restait la faculté d'user de

mon lest et d'autres poids montant à peu près à un total de 300 livres.

En même temps, la force centripète devait toujours décroître en raison du carré des distances, et ainsi je devais, avec une vélocité prodigieusement accélérée, arriver à la longue dans ces lointaines régions où la force d'attraction de la lune serait substituée à celle de la terre.

Il y avait une autre difficulté qui ne laissait pas de me causer quelque inquiétude. On a observé que dans les ascensions poussées à une hauteur considérable, outre la gêne de la respiration, on éprouvait dans la tête et dans tout le corps un immense malaise, souvent accompagné de saignements de nez et d'autres symptômes passablement alarmants, et qui devenait de plus en plus insupportable à mesure qu'on s'élevait. C'était là une considération passablement effrayante. N'était-il pas probable que ces symptômes augmenteraient jusqu'à ce qu'ils se terminassent par la mort elle-même? Après mûre réflexion, je conclus que non. Il fallait en chercher l'origine dans la disparition progressive de la pression atmosphérique, à laquelle est accoutumée la surface de notre corps, et dans la distention inévitable des vaisseaux sanguins superficiels, — et non dans une désorganisation positive du système animal, comme dans le cas de difficulté de respiration, où la densité atmosphérique est chimiquement insuffisante pour la rénovation régulière du sang dans un ventricule du cœur. Excepté dans le cas où cette rénovation ferait défaut, je ne voyais pas de raison pour que la vie ne se maintînt pas, même dans le vide; car l'expansion et la compression de la poitrine, qu'on appelle communément respiration, est une action purement musculaire; elle est la cause et non l'effet de la respiration. En un mot, je concevais que, le corps s'habituant à l'absence de pression atmosphérique, ces sensations douloureuses devaient diminuer graduellement; et, pour les supporter tant qu'elles dureraient, j'avais toute confiance dans la solidité de fer de ma constitution.

J'ai donc exposé quelques-unes des considérations — non pas toutes certainement — qui m'induisirent à former le projet d'un voyage à la lune. Je vais maintenant, s'il plaît à Vos Excellences, vous exposer le résultat d'une tentative dont la conception paraît si audacieuse, et qui, dans tous les cas, n'a pas sa pareille dans les annales de l'humanité.

Ayant atteint la hauteur dont il a été parlé ci-dessus, c'est-à-dire trois mille trois quarts, je jetai hors de la nacelle une quantité de plumes, et je vis que je montais toujours avec une rapidité suffisante; il n'y avait donc pas nécessité de jeter du lest. J'en fus très-aise, car je désirais garder avec moi autant de lest que j'en pourrais porter, par la raison bien simple que je n'avais aucune donnée positive sur la puissance d'attraction et sur la densité atmosphérique. Je ne souffrais jusqu'à présent d'aucun malaise physique, je respirais avec une parfaite liberté et n'éprouvais aucune douleur dans la tête. La chatte était couchée fort solennellement sur mon habit, que j'avais ôté, et regardait les pigeons avec un air de nonchaloir. Ces derniers, que j'avais attachés par la patte, pour les empêcher de s'envoler, étaient fort occupés à piquer quelques grains de riz éparpillés pour eux au fond de la nacelle.

A six heures vingt minutes, le baromètre donnait une élévation de 26 400 pieds, ou cinq milles, à une fraction près. La perspective semblait sans bornes. Rien de plus facile d'ailleurs que de calculer à l'aide de la trigonométrie sphérique l'étendue de surface terrestre qu'embrassait mon regard. La surface convexe d'un segment de sphère est à la surface entière de la sphère comme le sinus verse du segment est au diamètre de la sphère. Or, dans mon cas, le sinus verse — c'est-à-dire l'épaisseur du segment situé au-dessous de moi — était à peu près égal à mon élévation, ou à l'élévation du point de vue au-dessus de la surface. La proportion de cinq milles à huit milles exprimerait donc l'étendue de la surface que j'embrassais, c'est-à-dire que j'apercevais la seize centième partie de la surface totale du globe. La mer apparaissait polie comme un miroir, bien qu'à l'aide du télescope je découvrisse qu'elle était dans un état de violente agitation. Le navire n'était plus visible, il avait sans doute dérivé vers l'est. Je commençai dès lors à ressentir par intervalles une forte douleur à la tête, bien que je continuasse à respirer à peu près librement. La chatte et les pigeons semblaient n'éprouver aucune incommodité.

A sept heures moins vingt, le ballon entra
dans la région d'un grand et épais nuage qui
me causa beaucoup d'ennui; mon appareil
condensateur en fut endommagé, et je fus
trempé jusqu'aux os. C'est, à coup sûr, une singulière rencontre, car je n'aurais pas supposé
qu'un nuage de cette nature pût se soutenir à
une si grande élévation. Je pensai faire pour le
mieux en jetant deux morceaux de lest de cinq
livres chaque, ce qui me laissait encore cent
soixante-cinq livres de lest. Grâce à cette opération, je traversai bien vite l'obstacle, et je
m'aperçus immédiatement que j'avais gagné prodigieusement en vitesse. Quelques secondes
après que j'eus quitté le nuage, un éclair
éblouissant le traversa d'un bout à l'autre et l'in-
cendia dans toute son étendue, lui donnant
l'aspect d'une masse de charbon en ignition.
Qu'on se rappelle que ceci se passait en plein
jour. Aucune pensée ne pourrait rendre la subli-
mité d'un pareil phénomène se déployant dans
les ténèbres de la nuit. L'enfer lui-même aurait
trouvé son image exacte. Tel que je le vis, ce
spectacle me fit dresser les cheveux. Cependant,
je dardais au loin mon regard dans les abîmes
béants; je laissais mon imagination plonger et
se promener sous d'étranges et immenses voûtes,
dans des gouffres empourprés, dans les abîmes
rouges et sinistres d'un feu effrayant et insondable. Je l'avais échappé belle. Si le ballon était
resté une minute de plus dans le nuage, — c'est-
à-dire si l'incommodité dont je souffrais ne
m'avait pas déterminé à jeter du lest, — ma des-

truction pouvait en être et en eût très-probablement été la conséquence. De pareils dangers,
quoiqu'on y fasse peu d'attention, sont les plus
grands peut-être qu'on puisse courir en ballon.
J'avais pendant ce temps atteint une hauteur
assez grande pour n'avoir aucune inquiétude à
ce sujet.

Je m'élevais alors très-rapidement, et à sept
heures le baromètre donnait une hauteur qui
n'était pas moindre de neuf milles et demi. Je
commençais à éprouver une grande difficulté de
respiration. Ma tête aussi me faisait excessivement souffrir; et, ayant senti depuis quelque
temps de l'humidité sur mes joues, je découvris
à la fin que c'était du sang qui suintait continuellement du tympan de mes oreilles. Mes
yeux me donnaient aussi beaucoup d'inquiétude. En passant ma main dessus, il me sembla
qu'ils étaient poussés hors de leurs orbites, et
à un degré assez considérable; et tous les objets
contenus dans la nacelle et le ballon lui-même
se présentaient à ma vision sous une forme
monstrueuse et faussée. Ces symptômes dépas-
saient ceux auxquels je m'attendais, et me cau-
saient quelque alarme. Dans cette conjoncture,
très-imprudemment et sans réflexion, je jetai
hors de la nacelle trois morceaux de lest de cinq
livres chaque. La vitesse dès lors accélérée de
mon ascension m'emporta, trop rapidement et
sans gradation suffisante, dans une couche
d'atmosphère singulièrement raréfiée, ce qui
faillit amener un résultat fatal pour mon expédition et pour moi-même. Je fus soudainement

pris par un spasme qui dura plus de cinq minutes, et, même quand il eut en partie cessé, il se trouva que je ne pouvais plus aspirer qu'à de longs intervalles et d'une manière convulsive, saignant copieusement pendant tout ce temps par le nez, par les oreilles, et même légèrement par les yeux. Les pigeons semblaient en proie à une excessive angoisse et se débattaient pour s'échapper, pendant que la chatte miaulait lamentablement, chancelant çà et là à travers la nacelle comme sous l'influence d'un poison.

Je découvris alors trop tard l'immense imprudence que j'avais commise en jetant du lest, et mon trouble devint extrême. Je n'attendais pas moins que la mort, et la mort dans quelques minutes. La souffrance physique que j'éprouvais contribuait aussi à me rendre presque incapable d'un effort quelconque pour sauver ma vie. Il me restait à peine la faculté de réfléchir, et la violence de mon mal de tête semblait augmenter de minute en minute. Je m'aperçus alors que mes sens allaient bientôt m'abandonner tout à fait, et j'avais déjà empoigné une des cordes de la soupape, quand le souvenir du mauvais tour que j'avais joué aux trois créanciers, et la crainte des conséquences qui pouvaient m'accueillir à mon retour, m'effrayèrent et m'arrêtèrent pour le moment. Je me couchai au fond de la nacelle et m'efforçai de rassembler mes facultés. J'y réussis un peu, et je résolus de tenter l'expérience d'une saignée.

Mais, comme je n'avais pas de lancette, je fus

obligé de procéder à cette opération tant bien
que mal, et finalement j'y réussis en m'ouvrant
une veine au bras gauche avec la lame de mon
canif. Le sang avait à peine commencé à couler,
que j'éprouvais un soulagement notable, et,
lorsque j'en eus perdu à peu près la valeur
d'une demi-cuvette de dimension ordinaire, les
plus dangereux symptômes avaient pour la plupart entièrement disparu. Cependant, je ne
jugeai pas prudent d'essayer de me remettre
immédiatement sur mes pieds; mais, ayant
bandé mon bras du mieux que je pus, je restai
immobile pendant un quart d'heure environ.
Au bout de ce temps, je me levai et me sentis
plus libre, plus dégagé de toute espèce de malaise que je ne l'avais été depuis une heure un
quart.

Cependant la difficulté de respiration n'avait
que fort peu diminué, et je pensai qu'il y
aurait bientôt nécessité urgente à faire usage du
condensateur. En même temps, je jetai les yeux
sur ma chatte qui s'était commodément réins-
tallée sur mon habit, et, à ma grande surprise,
je découvris qu'elle avait jugé à propos, pendant
mon indisposition, de mettre au jour une ven-
trée de cinq petits chats. Certes, je ne m'attendais pas le moins du monde à ce supplément
de passagers, mais, en somme, l'aventure me fit
plaisir. Elle me fournissait l'occasion de vérifier
une conjecture qui, plus qu'aucune autre,
m'avait décidé à tenter cette ascension.

J'avais imaginé que l'*habitude* de la pression
atmosphérique à la surface de la terre était en

grande partie la cause des douleurs qui atta-
quaient la vie animale à une certaine distance
au-dessus de cette surface. Si les petits chats
éprouvaient du malaise *au même degré que leur
mère,* je devais considérer ma théorie comme
fausse, mais je pouvais regarder le cas contraire
comme une excellente confirmation de mon
idée.

A huit heures, j'avais atteint une élévation
de dix-sept milles. Ainsi, il me parut évident
que ma vitesse ascensionnelle non-seulement
augmentait, mais que cette augmentation eût
été légèrement sensible, même dans le cas où
je n'aurais pas jeté de lest, comme je l'avais fait.
Les douleurs de tête et d'oreilles revenaient par
intervalles avec violence, et, de temps à autre,
j'étais repris par mes saignements de nez; mais,
en somme, je souffrais beaucoup moins que je
ne m'y étais attendu. Cependant, de minute en
minute, ma respiration devenait plus difficile,
et chaque inhalation était suivie d'un mouvement spasmodique de la poitrine des plus fati-
gants. Je déployai alors l'appareil condensateur,
de manière à le faire fonctionner immédiatement.

L'aspect de la terre, à cette période de mon
ascension, était vraiment magnifique. A l'ouest,
au nord et au sud, aussi loin que pénétrait mon
regard, s'étendait une nappe illimitée de mer
en apparence immobile, qui, de seconde en seconde, prenait une teinte bleue plus profonde.
A une vaste distance vers l'est, s'allongeaient
très-distinctement les îles Britanniques, les côtes

occidentales de la France et de l'Espagne, ainsi
qu'une petite portion de la partie nord du continent africain. Il était impossible de découvrir
une trace des édifices particuliers, et les plus
orgueilleuses cités de l'humanité avaient absolument disparu de la surface de la terre.

Ce qui m'étonna particulièrement dans l'aspect des choses situées au-dessous de moi, ce
fut la concavité apparente de la surface du
globe. Je m'attendais, assez sottement, à voir sa
convexité réelle se manifester plus distinctement
à proportion que je m'élèverais; mais quelques
secondes de réflexion me suffirent pour expliquer cette contradiction. Une ligne abaissée perpendiculairement sur la terre du point où je me
trouvais aurait formé la perpendiculaire d'un
triangle rectangle dont la base se serait étendue
de l'angle droit à l'horizon, et l'hypoténuse de
l'horizon au point occupé par mon ballon. Mais
l'élévation où j'étais placé n'était rien ou presque rien comparativement à l'étendue embrassée
par mon regard; en d'autres termes, la base et
l'hypoténuse du triangle supposé étaient si
longues, comparées à la perpendiculaire, qu'elles
pouvaient être considérées comme deux lignes
presque parallèles. De cette façon l'horizon de
l'aéronaute lui apparaît toujours au niveau de
sa nacelle. Mais, comme le point situé immédiatement au-dessous de lui, lui apparaît et est, en
effet, à une immense distance, naturellement il
lui paraît aussi à une immense distance au-dessous de l'horizon. De là l'impression de concavité; et cette impression durera jusqu'à ce que

l'élévation se trouve relativement à l'étendue de la perspective dans une proportion telle, que le parallélisme apparent de la base et de l'hypoténuse disparaisse.

Cependant, comme les pigeons semblaient souffrir horriblement, je résolus de leur donner la liberté. Je déliai d'abord l'un d'eux, un superbe pigeon gris saumoné, et le plaçai sur le bord de la nacelle. Il semblait excessivement mal à son aise, regardait anxieusement autour de lui, battait des ailes, faisait entendre un roucoulement très-accentué, mais ne pouvait pas se décider à s'élancer hors de la nacelle. A la fin, je le pris et le jetai à six yards environ du ballon. Cependant, bien loin de descendre, comme je m'y attendis, il fit des efforts véhéments pour rejoindre le ballon, poussant en même temps des cris très-aigus et très-perçants. Enfin, il réussit à rattraper sa première position sur le bord du panier; mais à peine s'y était-il posé qu'il pencha sa tête sur sa gorge et tomba mort au fond de la nacelle. L'autre n'eut pas un sort aussi déplorable. Pour l'empêcher de suivre l'exemple de son camarade et d'effectuer un retour vers le ballon, je le précipitai vers la terre de toute ma force, et vis avec plaisir qu'il continuait à descendre avec une grande vélocité, faisant usage de ses ailes très-facilement et d'une manière parfaitement naturelle. En très-peu de temps, il fut hors de vue, et je ne doute pas qu'il ne soit arrivé à bon port. Quant à la minette, qui semblait en grande partie remise de sa crise, elle se faisait maintenant un joyeux

régal de l'oiseau mort, et finit par s'endormir
avec toutes les apparences du contentement. Les
petits chats étaient parfaitement vivants et ne
manifestaient pas le plus léger symptôme de
malaise.

A huit heures un quart, ne pouvant pas respirer plus longtemps sans une douleur intolérable, je commençai immédiatement à ajuster
autour de la nacelle l'appareil attenant au
condensateur. Cet appareil demande quelques
explications, et Vos Excellences voudront bien
se rappeler que mon but, en premier lieu, était
de m'enfermer entièrement, moi et ma nacelle,
et de me barricader contre l'atmosphère singulièrement raréfiée au sein de laquelle j'existais,
et enfin d'introduire à l'intérieur, à l'aide de
mon condensateur, une quantité de cette même
atmosphère suffisamment condensée pour les
besoins de la respiration.

Dans ce but, j'avais préparé un vaste sac de
caoutchouc très-flexible, très-solide, absolument
imperméable. La nacelle tout entière se trouvait
en quelque sorte placée dans ce sac dont les
dimensions avaient été calculées pour cet objet,
c'est-à-dire qu'il passait sous le fond de la nacelle, s'étendait sur ses bords, et montait exté-
rieurement le long des cordes jusqu'au cerceau
où le filet était attaché. Ayant ainsi déployé le
sac et fait hermétiquement la clôture de tous les
côtés, il fallait maintenant assujettir le haut ou
l'ouverture du sac en faisait passer le tissu de
caoutchouc au-dessus du cerceau, en d'autres
termes, entre le filet et le cerceau. Mais, si je

détachais le filet du cerceau pour opérer ce passage, comment la nacelle pourrait-elle se soutenir? Or, le filet n'était pas ajusté au cerceau
d'une manière permanente, mais attaché par
une série de brides mobiles ou de nœuds cou-
lants. Je ne défis donc qu'un petit nombre de
ces brides à la fois, laissant la nacelle suspendue
par les autres. Ayant fait passer ce que je pus de
la partie supérieure du sac, je rattachai les
brides, non pas au cerceau, car l'interposition de
l'enveloppe de caoutchouc rendait cela impossible, — mais à une série de gros boutons fixés
à l'enveloppe elle-même, à trois pieds environ
au-dessous de l'ouverture du sac, les intervalles
des boutons correspondant aux intervalles des
brides. Cela fait, je détachai du cerceau quelques autres brides, j'introduisis une nouvelle
portion de l'enveloppe, et les brides dénouées
furent à leur tour assujetties à leurs boutons respectifs. Par ce procédé, je pouvais faire passer
toute la partie supérieure du sac entre le filet
et le cerceau.

Il est évident que le cerceau devait dès lors
tomber dans la nacelle, tout le poids de la nacelle et de son contenu n'étant plus supporté
que par la force des boutons. A première vue,
ce système pouvait ne pas offrir une garantie
suffisante; mais il n'y avait aucune raison
de s'en défier, car non-seulement les boutons étaient solides par eux-mêmes, mais, de
plus, ils étaient si rapprochés, que chacun
ne supportait en réalité qu'une très-légère
partie du poids total. La nacelle et son conte-

nu auraient pesé trois fois plus, que je n'en
aurais pas été inquiet le moins du monde. Je
relevai alors le cerceau le long de l'enveloppe
de caoutchouc et je l'étayai sur trois perches
légères préparées pour cet objet. Cela avait
pour but de tenir le sac convenablement dis-
tendu par le haut, et de maintenir la partie
inférieure du filet dans la position voulue.
Tout ce qui me restait à faire maintenant
était de nouer l'ouverture du sac, — ce que
j'opérai facilement en rassemblant les plis du
caoutchouc, et en les tordant étroitement ensemble au moyen d'une espèce de tourniquet à
demeure.

Sur les côtés de l'enveloppe ainsi déployés
autour de la nacelle, j'avais fait adapter trois
carreaux de verre ronds, très-épais, mais très-
clairs, au travers desquels je pouvais voir facilement autour de moi dans toutes les directions
horizontales. Dans la partie du sac qui formait
le fond était une quatrième fenêtre analogue,
correspondant à une petite ouverture pratiquée
dans le fond de la nacelle elle-même. Celle-ci me
permettait de regarder perpendiculairement au-
dessous de moi. Mais il m'avait été impossible
d'ajuster une invention du même genre au-
dessus de ma tête, en raison de la manière particulière dont j'étais obligé de fermer l'ouverture et des plis nombreux qui en résultaient;
j'avais donc renoncé à voir les objets situés dans
mon zénith. Mais c'était là une chose de peu
d'importance; car, lors même que j'aurais pu
placer une fenêtre au-dessus de moi, le ballon

aurait fait obstacle à ma vue et m'aurait empêché d'en faire usage.

A un pied environ au-dessous d'une des fenêtres latérales était une ouverture circulaire de trois pouces de diamètre, avec un rebord de cuivre façonné intérieurement pour s'adapter à la spirale d'une vis. Dans ce rebord se vissait le large tube du condensateur, le corps de la machine était naturellement placé dans la chambre de caoutchouc. En faisant le vide dans le corps de la machine, on attirait dans ce tube une masse d'atmosphère ambiante raréfiée, qui de là était déversée à l'état condensé et mêlée à l'air subtil déjà contenu dans la chambre. Cette opération, répétée plusieurs fois, remplissait à la longue la chambre d'une atmosphère suffisant aux besoins de la respiration. Mais, dans un espace aussi étroit que celui-ci, elle devait nécessairement au bout d'un temps très-court se vicier et devenir impropre à la vie par son contact répété avec les poumons. Elle était alors rejetée par une petite soupape placée au fond de la nacelle, l'air dense se précipitant promptement dans l'atmosphère raréfiée. Pour éviter à un certain moment l'inconvénient d'un vide total dans la chambre, cette purification ne devait jamais être effectuée en une seule fois, mais graduellement, la soupape n'étant ouverte que pour quelques secondes, puis refermée, jusqu'à ce qu'un ou deux coups de pompe du condensateur eussent fourni de quoi remplacer l'atmosphère expulsée. Par amour des expériences, j'avais placé la chatte et ses petits dans un petit panier, et les avais suspendus en dehors de la nacelle par un bouton placé près du fond, tout auprès de la soupape, à travers laquelle je pouvais leur faire passer de la nourriture quand besoin était.

J'accomplis cette manœuvre avant de fermer l'ouverture de la chambre, et non sans quelque difficulté, car il me fallut, pour atteindre le dessous de la nacelle, me servir d'une des perches dont j'ai parlé, à laquelle était fixé un crochet. Aussitôt que l'air condensé eut pénétré dans la chambre, le cerceau et les perches devinrent inutiles; l'expansion de l'atmosphère incluse distendit puissamment le caoutchouc.

Quand j'eus fini tous ces arrangements et rempli la chambre d'air condensé, il était neuf heures moins dix. Pendant tout le temps qu'avaient duré ces opérations, j'avais horriblement souffert de la difficulté de respiration, et je me repentais amèrement de la négligence ou plutôt de l'incroyable imprudence dont je m'étais rendu coupable en remettant au dernier moment une affaire de si haute importance.

Mais enfin, lorsque j'eus fini, je commençai à recueillir, et promptement, les bénéfices de mon invention. Je respirai de nouveau avec une aisance et une liberté parfaites; et vraiment, pourquoi n'en eût-il pas été ainsi? Je fus aussi très-agréablement surpris de me trouver en grande partie soulagé des vives douleurs qui m'avaient affligé jusqu'alors. Un léger mal de tête accompagné d'une sensation de plénitude ou de distension dans les poignets, les chevilles

et la gorge, était à peu près tout ce dont j'avais à me plaindre maintenant. Ainsi, il était positif qu'une grande partie du malaise provenant de la disparition de la pression atmosphérique s'était absolument évanouie, et que presque toutes les douleurs que j'avais endurées pendant les deux dernières heures devaient être attribuées uniquement aux effets d'une respiration insuffisante.

A neuf heures moins vingt — c'est-à-dire peu de temps après avoir fermé l'ouverture de ma chambre, le mercure avait atteint son extrême limite et était retombé dans la cuvette du baromètre, qui, comme je l'ai dit, était d'une vaste dimension. Il me donnait alors une hauteur de 132,000 pieds ou de 25 milles, et conséquemment mon regard en ce moment n'embrassait pas moins la 320e partie de la superficie totale de la terre. A neuf heures, j'avais de nouveau perdu de vue la terre dans l'est, mais pas avant de m'être aperçu que le ballon dérivait rapidement vers le nord-nord-ouest. L'Océan, au-dessous de moi, gardait toujours son apparence de concavité; mais sa vue était souvent interceptée par des masses de nuées qui flottaient çà et là.

A neuf heures et demie, je recommençai l'expérience des plumes, j'en jetai une poignée à travers la soupape. Elles ne voltigèrent pas, comme je m'y attendais, mais tombèrent perpendiculairement, en masse, comme un boulet, et avec une telle vélocité, que je les perdis de vue en quelques secondes. Je ne savais d'abord que penser de cet extraordinaire phénomène; je ne pouvais croire que ma vitesse ascensionnelle se fût si soudainement et si prodigieusement accélérée. Mais je réfléchis bientôt que l'atmosphère était maintenant trop raréfiée pour soutenir même des plumes — qu'elles tombaient réellement, ainsi qu'il m'avait semblé, avec une excessive rapidité, — et que j'avais été simplement surpris par les vitesses combinées de leur chute et de mon ascension.

A dix heures, il se trouva que je n'avais plus grand'chose à faire et que rien ne réclamait mon attention immédiate. Mes affaires allaient donc comme sur des roulettes, et j'étais persuadé que le ballon montait avec une vitesse incessamment croissante, quoique je n'eusse plus aucun moyen d'apprécier cette progression de vitesse. Je n'éprouvais de peine ni de malaise d'aucune espèce; je jouissais même d'un bien-être que je n'avais pas encore connu depuis mon départ de Rotterdam. Je m'occupais tantôt à vérifier l'état de tous mes instruments, tantôt à renouveler l'atmosphère de la chambre. Quant à ce dernier point, je résolus de m'en occuper à des intervalles réguliers de quarante minutes, plutôt pour garantir complètement ma santé que par une absolue nécessité. Cependant, je ne pouvais pas m'empêcher de faire des rêves et des conjectures. Ma pensée s'ébattait dans les étranges et chimériques régions de la lune. Mon imagination, se sentant une bonne fois délivrée de toute entrave, errait à son gré parmi les merveilles multiformes d'une planète ténébreuse et changeante. Tantôt c'étaient des forêts chenues et vénérables, des précipices rocailleux et des cascades retentissantes s'écroulant dans des gouffres sans fond. Tantôt j'arrivais tout à coup dans de calmes solitudes inondées d'un soleil de midi, où ne s'introduisait jamais aucun vent du ciel, et où s'étalaient à perte de vue de vastes prairies de pavots et de longues fleurs élancées semblables à des lis, toutes silencieuses et immobiles pour l'éternité. Puis je voyageais longtemps, et je pénétrais dans une contrée qui n'était tout entière qu'un lac ténébreux et vague, avec une frontière de nuages. Mais ces images n'étaient pas les seules qui prissent possession de mon cerveau. Parfois des horreurs d'une nature plus noire, plus effrayante, s'introduisaient dans mon esprit, et ébranlaient les dernières profondeurs de mon âme par la simple hypothèse de leur possibilité. Cependant, je ne pouvais permettre à ma pensée de s'appesantir trop longtemps sur ces dernières contemplations; je pensais judicieusement que les dangers réels et palpables de mon voyage suffisaient largement pour absorber toute mon attention.

A cinq heures de l'après-midi, comme j'étais occupé à renouveler l'atmosphère de la chambre, je pris cette occasion pour observer la chatte et ses petits à travers la soupape. La chatte semblait de nouveau souffrir beaucoup, et je ne doutai pas qu'il ne fallût attribuer particulièrement son malaise à la difficulté de respirer; mais mon expérience relativement aux petits avait eu un résultat des plus étranges. Naturellement je m'attendais à les voir manifester une sensation de peine, quoique à un degré moindre que leur mère, et cela eût été suffisant pour confirmer mon opinion touchant l'habitude de la pression atmosphérique. Mais je n'espérais pas les trouver, après un examen scrupuleux, jouissant d'une parfaite santé et ne laissant pas voir le plus léger signe de malaise. Je ne pouvais me rendre compte de cela qu'en élargissant ma théorie, et en supposant que l'atmosphère ambiante hautement raréfiée pouvait bien, contrairement à l'opinion que j'avais d'abord adoptée comme positive, n'être pas chimiquement insuffisante pour les fonctions vitales, et qu'une personne née dans un pareil milieu pourrait peut-être ne s'apercevoir d'aucune incommodité de respiration, tandis que, ramenée vers les couches plus denses avoisinant la terre, elle souffrirait vraisemblablement de douleurs analogues à celles que j'avais endurées tout à l'heure. Ç'a été pour moi, depuis lors, l'occasion d'un profond regret, qu'un accident malheureux m'ait privé de ma petite famille de chats et m'ait enlevé le moyen d'approfondir cette question par une expérience continue. En passant ma main à travers la soupape avec une tasse pleine d'eau pour la vieille minette, la manche de ma chemise s'accrocha à la boucle qui supportait le panier, et du coup la détacha du bouton. Quand même tout le panier se fût absolument évaporé dans l'air, il n'aurait pas été escamoté à ma vue d'une manière plus

abrupte et plus instantanée. Positivement, il ne
s'écoula pas la dixième partie d'une seconde
entre le moment où le panier se décrocha et
celui où il disparut complètement avec tout
ce qu'il contenait. Mes souhaits les plus heureux l'accompagnèrent vers la terre, mais, naturellement, je n'espérais guère que la chatte
ou ses petits survécussent pour raconter leur
odyssée.

A six heures, je m'aperçus qu'une grande
partie de la surface visible de la terre, vers l'est,
était plongée dans une ombre épaisse, qui
s'avançait incessamment avec une grande rapidité; enfin, à sept heures moins cinq, toute la
surface visible fut enveloppée dans les ténèbres
de la nuit. Ce ne fut toutefois que quelques
instants plus tard que les rayons du soleil couchant cessèrent d'illuminer le ballon; et cette
circonstance, à laquelle je m'attendais parfaitement, ne manqua pas de me causer un immense
plaisir. Il était évident qu'au matin je contem-
plerais le corps lumineux à son lever plusieurs
heures au moins avant les citoyens de Rotterdam, bien qu'ils fussent situés beaucoup plus
loin que moi dans l'est, et qu'ainsi, de jour en
jour, à mesure que je serais placé plus haut dans
l'atmosphère, je jouirais de la lumière solaire
pendant une période de plus en plus longue.
Je résolus alors de rédiger un journal de mon
voyage en comptant les jours de vingt-quatre
heures consécutives, sans avoir égard aux intervalles de ténèbres.

A dix heures, sentant venir le sommeil, je

résolus de me coucher pour le reste de la nuit;
mais ici se présenta une difficulté qui, quoique
de nature à sauter aux yeux, avait échappé à
mon attention jusqu'au dernier moment. Si je
me mettais à dormir, comme j'en avais l'intention, comment renouveler l'air de la chambre
pendant cet intervalle? Respirer cette atmosphère plus d'une heure, au maximum, était
chose absolument impossible; et, en supposant
ce terme poussé jusqu'à une heure un quart, les
plus déplorables conséquences pouvaient en
résulter. Cette cruelle alternative ne me causa
pas peu d'inquiétude; et l'on croira à peine
qu'après les dangers que j'avais essuyés je pris
la chose tellement au sérieux, que je déses-
pérais d'accomplir mon dessein, et que finalement je me résignai à la nécessité d'une descente.

Mais cette hésitation ne fut que momentanée.
Je réfléchis que l'homme est le plus parfait
esclave de l'habitude, et que mille cas de la routine de son existence sont considérés comme
essentiellement importants, qui ne sont tels que
parce qu'il en fait des nécessités de routine. Il
était positif que je ne pouvais pas ne pas dormir;
mais je pouvais facilement m'accoutumer à me
réveiller sans inconvénient d'heure en heure durant tout le temps consacré à mon repos. Il ne
me fallait pas plus de cinq minutes au plus pour
renouveler complètement l'atmosphère; et la
seule difficulté réelle était d'inventer un procédé pour m'éveiller au moment nécessaire.
Mais c'était là un problème dont la solution, je

le confesse, ne me causait pas peu d'embarras.

J'avais certainement entendu parler de l'étudiant qui, pour s'empêcher de tomber de sommeil sur ses livres, tenait dans une main une boule de cuivre, dont la chute retentissante dans un bassin de même métal placé par terre, à côté de sa chaise, servait à le réveiller en sursaut, si quelquefois il se laissait aller à l'engourdissement. Mon cas, toutefois, était fort différent du sien et ne livrait pas de place à une pareille idée; car je ne désirais pas rester éveillé, mais me réveiller à des intervalles réguliers. Enfin, j'imaginai l'expédient suivant qui, quelque simple qu'il paraisse, fut salué par moi, au moment de ma découverte, comme une invention absolument comparable à celle du télescope, des machines à vapeur, et même de l'imprimerie.

Il est nécessaire de remarquer d'abord que le ballon, à la hauteur où j'étais parvenu, continuait à monter en ligne droite avec une régularité parfaite, et que la nacelle le suivait conséquemment sans éprouver la plus légère oscillation. Cette circonstance me favorisa grandement dans l'exécution du plan que j'avais adopté. Ma provision d'eau avait été embarquée dans des barils qui contenaient chacun cinq gallons et étaient solidement arrimés dans l'intérieur de la nacelle. Je détachai l'un de ces barils, et, prenant deux cordes, je les attachai étroitement au rebord d'osier, de manière, qu'elles traversaient la nacelle, parallèlement, et à une distance d'un pied l'une de l'autre; elles formaient ainsi une sorte de tablette, sur laquelle je plaçai le baril et l'assujettis dans une position horizontale.

A huit pouces environ au-dessous de ces cordes et à quatre pieds du fond de la nacelle, je fixai une autre tablette, mais faite d'une planche mince, la seule de cette nature qui fût à ma disposition. Sur cette dernière, et juste au-dessous d'un des bords du baril, je déposai une petite cruche de terre.

Je perçai alors un trou dans le fond du baril, au-dessus de la cruche, et j'y fichai une cheville de bois taillée en cône, ou en forme de bougie. J'enfonçai et je retirai cette cheville, plus ou moins, jusqu'à ce qu'elle s'adaptât, après plusieurs tâtonnements, juste assez pour que l'eau filtrant par le trou et tombant dans la cruche la remplît jusqu'au bord dans un intervalle de soixante minutes. Quant à ceci, il me fut facile de m'en assurer en peu de temps; je n'eus qu'à observer jusqu'à quel point la cruche se remplissait dans un temps donné. Tout cela dûment arrangé, le reste se devine.

Mon lit était disposé sur le fond de la nacelle de manière que ma tête, quand j'étais couché, se trouvait immédiatement au-dessous de la gueule de la cruche. Il était évident qu'au bout d'une heure la cruche remplie devait déborder, et le trop-plein s'écouler par la gueule qui était un peu au-dessous du niveau du bord. Il était également certain que l'eau tombant ainsi d'une hauteur de plus de quatre pieds ne pouvait pas ne pas tomber sur ma face, et que le résultat devait être un réveil instantané, quand même j'aurais dormi du plus profond sommeil.

Il était au moins onze heures quand j'eus fini toute cette installation, et je me mis immédiatement au lit, plein de confiance dans l'efficacité de mon invention. Et je ne fus pas désappointé dans mes espérances. De soixante en soixante minutes, je fus ponctuellement éveillé par mon fidèle chronomètre ; je vidais le contenu de la cruche par le trou de bonde du baril, je faisais fonctionner le condensateur, et je me remettais au lit. Ces interruptions régulières dans mon sommeil me causèrent même moins de fatigue que je ne m'y étais attendu ; et, quand enfin je me levai pour tout de bon, il était sept heures, et le soleil avait atteint déjà quelques degrés au-dessus de la ligne de mon horizon.

3 avril. — Je trouvai que mon ballon était arrivé à une immense hauteur, et que la convexité de la terre se manifestait enfin d'une manière frappante. Au-dessous de moi, dans l'Océan, se montrait un semis de points noirs qui devaient être indubitablement des îles. Au-dessus de ma tête, le ciel était d'un noir de jais, et les étoiles visibles et scintillantes ; en réalité, elles m'avaient toujours apparu ainsi depuis le premier jour de mon ascension. Bien loin vers le nord, j'apercevais au bord de l'horizon une ligne ou une bande mince, blanche et excessivement brillante, et je supposai immédiatement que ce devait être la limite sud de la mer de glaces polaires. Ma curiosité fut grandement

excitée, car j'avais l'espoir de m'avancer beaucoup plus vers le nord, et peut-être, à un certain
moment, de me trouver directement au-dessus
du pôle lui-même. Je déplorai alors que l'énorme
hauteur où j'étais placé m'empêchât d'en faire
un examen aussi positif que je l'aurais désiré.
Toutefois, il y avait encore quelques bonnes
observations à faire.

Il ne m'arriva d'ailleurs rien d'extraordinaire
durant cette journée. Mon appareil fonctionnait
toujours très-régulièrement, et le ballon montait
toujours sans aucune vacillation apparente. Le
froid était intense et m'obligeait de m'enve-
lopper soigneusement d'un paletot. Quand les
ténèbres couvrirent la terre, je me mis au lit,
quoique je dusse être pour plusieurs heures
encore enveloppé de la lumière du plein jour.
Mon horloge hydraulique accomplit ponctuellement son devoir, et je dormis profondément
jusqu'au matin suivant, sauf les interruptions
périodiques.

4 avril. — Je me suis levé en bonne santé et
en joyeuse humeur, et j'ai été fort étonné du
singulier changement survenu dans l'aspect de
la mer. Elle avait perdu, en grande partie, la
teinte de bleu profond qu'elle avait revêtue jusqu'à présent; elle était d'un blanc grisâtre et
d'un éclat qui éblouissait l'œil. La convexité de
l'Océan était devenue si évidente, que la masse
entière de ses eaux lointaines semblait s'écrouler
précipitamment dans l'abîme de l'horizon, et je
me surpris prêtant l'oreille et cherchant les échos
de la puissante cataracte.

Les îles n'étaient plus visibles, soit qu'elles
eussent passé derrière l'horizon vers le sud-est,
soit que mon élévation croissante les eût chassées
au-delà de la portée de ma vue; c'est ce qu'il
m'est impossible de dire. Toutefois, j'inclinais
vers cette dernière opinion. La bande de glace,
au nord, devenait de plus en plus apparente. Le
froid avait beaucoup perdu de son intensité. Il
ne m'arriva rien d'important, et je passai tout
le jour à lire, car je n'avais pas oublié de faire
une provision de livres.

5 avril. — J'ai contemplé le singulier phénomène du soleil levant pendant que presque
toute la surface visible de la terre restait enveloppée dans les ténèbres. Toutefois, la lumière
commença à se répandre sur toutes choses, et je
revis la ligne de glace au nord. Elle était maintenant très-distincte, et paraissait d'un ton plus
foncé que les eaux de l'Océan. Évidemment, je
m'en rapprochais, et avec une grande rapidité.
Je m'imaginai que je distinguais encore une
bande de terre vers l'est, et une autre vers
l'ouest, mais il me fut impossible de m'en
assurer. Température modérée. Rien d'important ne m'arriva ce jour-là. Je me mis au lit de
fort bonne heure.

6 avril. — J'ai été fort surpris de trouver la
bande de glace à une distance assez modérée, et
un immense champ de glaces s'étendant à
l'horizon vers le nord. Il était évident que, si
le ballon gardait sa direction actuelle, il devait
arriver bientôt au-dessus de l'Océan boréal, et
maintenant j'avais une forte espérance de voir

le pôle. Durant tout le jour, je continuai à me rapprocher des glaces.

Vers la nuit, les limites de mon horizon s'agrandirent très-soudainement et très-sensiblement, ce que je devais sans aucun doute à la forme de notre planète qui est celle d'un sphéroïde écrasé, et parce que j'arrivais au-dessus des régions aplaties qui avoisinent le cercle arctique. A la longue, quand les ténèbres m'envahirent, je me mis´ au lit dans une grande anxiété, tremblant de passer au-dessus de l'objet d'une si grande curiosité sans pouvoir l'observer à loisir.

7 avril. — Je me levai de bonne heure, et, à ma grande joie, je contemplai ce que je n'hésitai pas à considérer comme le pôle lui-même. Il était là, sans aucun doute, et directement sous mes pieds; mais, hélas! j'étais maintenant placé à une si grande hauteur, que je ne pouvais rien distinguer avec netteté. En réalité, à en juger d'après la progression des chiffres indiquant mes diverses hauteurs à différents moments, depuis le 2 avril à six heures du matin jusqu'à neuf heures moins vingt de la même matinée (moment où le mercure retomba dans la cuvette du baromètre), il y avait vraisemblablement lieu de supposer que le ballon devait maintenant — 7 avril, quatre heures du matin — avoir atteint une hauteur qui était au moins de 7 254 milles au-dessus du niveau de la mer. Cette élévation peut paraître énorme; mais l'estime sur laquelle elle était basée donnait très-probablement un résultat bien inférieur à la réalité. En tout cas, j'avais indubitablement sous les yeux la totalité du plus grand diamètre terrestre, tout l'hémisphère nord s'étendait au-dessous de moi comme une carte en projection orthographique; et le grand cercle même de l'équateur formait la ligne frontière de mon horizon. Vos Excellences, toutefois, concevront facilement que les régions inexplorées jusqu'à présent et confinées dans les limites du cercle arctique, quoique situées directement au-dessous de moi, et conséquemment aperçues sans aucune apparence de raccourci, étaient trop rapetissées et placées à une trop grande distance du point d'observation, pour admettre un examen quelque peu minutieux.

Néanmoins, ce que j'en voyais était d'une nature singulière et intéressante. Au nord de cette immense bordure dont j'ai parlé, et que l'on peut définir, sauf une légère restriction, la limite de l'exploration humaine dans ces régions, continue de s'étendre sans interruption ou presque sans interruption une nappe de glace. Dès son commencement, la surface de cette mer de glace s'affaisse sensiblement; plus loin, elle est déprimée jusqu'à paraître plane, et finalement elle devient singulièrement concave, et se termine au pôle lui-même en une cavité centrale circulaire dont les bords sont nettement définis, et dont le diamètre apparent sous-tendait alors, relativement à mon ballon, un angle de soixante-cinq secondes environ; quant à la couleur, elle était obscure, variant d'intensité, toujours plus sombre qu'aucun point de l'hémisphère visible, et s'approfondissant quelquefois jusqu'au noir parfait. Au-delà, il était difficile de distinguer quelque chose. A midi, la circonférence de ce trou central avait sensiblement décru, et, à sept heures de l'après-midi, je l'avais entièrement perdu de vue; le ballon passait vers le bord ouest des glaces et filait rapidement dans la direction de l'équateur.

8 avril. — J'ai remarqué une sensible diminution dans le diamètre apparent de la terre, sans parler d'une altération positive dans sa couleur et son aspect général. Toute la surface visible participait alors, à différents degrés, de la teinte jaune pâle, et dans certaines parties elle avait revêtu un éclat presque douloureux pour l'œil. Ma vue était singulièrement gênée par la densité de l'atmosphère et les amas de nuages qui avoisinaient cette surface; c'est à peine si entre ces masses je pouvais de temps à autre apercevoir la planète. Depuis les dernières quarante-huit heures, ma vue avait été plus ou moins empêchée par ces obstacles; mais mon élévation actuelle, qui était excessive, rapprochait et confondait ces masses flottantes de vapeur, et l'inconvénient devenait de plus en plus sensible à mesure que je montais. Néanmoins, je percevais facilement que le ballon planait maintenant au-dessus du groupe des grands lacs du Nord-Amérique et courait droit vers le sud, ce qui devait m'amener bientôt vers les tropiques.

Cette circonstance ne manqua pas de me

causer la plus sensible satisfaction, et je la saluai comme un heureux présage de mon succès final. En réalité, la direction que j'avais prise jusqu'alors m'avait rempli d'inquiétude; car il était évident que, si je l'avais suivie longtemps encore, je n'aurais jamais pu arriver à la lune, dont l'orbite n'est inclinée sur l'écliptique que d'un petit angle de 5 degrés 8 minutes 48 secondes. Quelque étrange que cela puisse paraître, ce ne fut qu'à cette période tardive que je commençai à comprendre la grande faute que j'avais commise en n'effectuant pas mon départ de quelque point terrestre situé dans le plan de l'ellipse lunaire.

9 avril. — Aujourd'hui, le diamètre de la terre est grandement diminué, et la surface prend d'heure en heure une teinte jaune plus prononcée. Le ballon a toujours filé droit vers le sud, et est arrivé à neuf heures de l'après-midi au-dessus de la côte nord du golfe du Mexique.

10 avril. — J'ai été soudainement tiré de mon sommeil vers cinq heures du matin par un grand bruit, un craquement terrible, dont je n'ai pu en aucune façon me rendre compte. Il a été de courte durée; mais, tant qu'il a duré, il ne ressemblait à aucun bruit terrestre dont j'eusse gardé la sensation. Il est inutile de dire que je fus excessivement alarmé, car j'attribuai d'abord ce bruit à une déchirure du ballon. Cependant, j'examinai tout mon appareil avec une grande attention, et je n'y pus découvrir aucune avarie. J'ai passé la plus grande partie du

jour à méditer sur un accident aussi extraordinaire, mais je n'ai absolument rien trouvé de
satisfaisant. Je me suis mis au lit fort mécontent et dans un état d'agitation et d'anxiété
excessives.

11 avril. — J'ai trouvé une diminution sensible dans le diamètre apparent de la terre et
un accroissement considérable, observable pour
la première fois, dans celui de la lune, qui
n'était qu'à quelques jours de son plein. Ce fut
alors pour moi un très-long et très-pénible
labeur de condenser dans la chambre une quantité d'air atmosphérique suffisante pour l'entretien de la vie.

12 avril. — Un singulier changement a eu
lieu dans la direction du ballon, qui, bien que
je m'y attendisse parfaitement, m'a causé le plus
sensible plaisir. Il était parvenu dans sa direction première au vingtième parallèle de latitude
sud, et il a tourné brusquement vers l'est, à
angle aigu, et a suivi cette route tout le jour,
en se tenant à peu près, sinon absolument, dans
le plan exact de l'ellipse lunaire. Ce qui était
digne de remarque, c'est que ce changement de
direction occasionnait une oscillation très-
sensible de la nacelle, — oscillation qui a
duré plusieurs heures à un degré plus ou moins
vif.

13 avril. — J'ai été de nouveau très-alarmé
par la répétition de ce grand bruit de craquement qui m'avait terrifié le 10. J'ai longtemps
médité sur ce sujet, mais il m'a été impossible
d'arriver à une conclusion satisfaisante. Grand

décroissement dans le diamètre apparent de la terre. Il ne sous-tendait plus, relativement au ballon, qu'un angle d'un peu plus de 25 degrés. Quant à la lune, il m'était impossible de la voir, elle était presque dans mon zénith. Je marchais toujours dans le plan de l'ellipse, mais je faisais peu de progrès vers l'est.

14 avril. — Diminution excessivement rapide dans le diamètre de la terre. Aujourd'hui, j'ai été fortement impressionné de l'idée que le ballon courait maintenant sur la ligne des apsides en remontant vers le périgée, — en d'autres termes, qu'il suivait directement la route qui devait le conduire à la lune dans cette partie de son orbite qui est la plus rapprochée de la terre. La lune était juste au-dessus de ma tête, et conséquemment cachée à ma vue. Toujours ce grand et long travail indispensable pour la condensation de l'atmosphère.

15 avril. — Je ne pouvais même plus distinguer nettement sur la planète les contours des continents et des mers. Vers midi, je fus frappé pour la troisième fois de ce bruit effrayant qui m'avait déjà si fort étonné. Cette fois-ci, cependant, il dura quelques moments et prit de l'intensité. A la longue, stupéfié, frappé de terreur, j'attendais anxieusement je ne sais quelle épouvantable destruction, lorsque la nacelle oscilla avec une violence excessive, et une masse de matière que je n'eus pas le temps de distinguer passa à côté du ballon, gigantesque et enflammée, retentissante et rugissante comme la voix de mille tonnerres. Quand mes terreurs et mon étonnement furent un peu diminués, je supposai naturellement que ce devait être quelque énorme fragment volcanique vomi par ce monde dont j'approchais si rapidement, et, selon toute probabilité, un morceau de ces substances singulières qu'on ramasse quelquefois sur la terre, et qu'on nomme aérolithes, faute d'une appellation plus précise.

16 *avril.* — Aujourd'hui, en regardant au-dessous de moi, aussi bien que je pouvais, par chacune des deux fenêtres latérales alternativement, j'aperçus, à ma grande satisfaction, une très-petite portion du disque lunaire qui s'avançait, pour ainsi dire de tous les côtés, au-delà de la vaste circonférence de mon ballon. Mon agitation devint extrême, car maintenant je ne doutais guère que je n'atteignisse bientôt le but de mon périlleux voyage.

En vérité, le labeur qu'exigeait alors le condensateur s'était accru jusqu'à devenir obsédant, et ne laissait presque pas de répit à mes efforts. De sommeil, il n'en était, pour ainsi dire, plus question. Je devenais réellement malade, et tout mon être tremblait d'épuisement. La nature humaine ne pouvait pas supporter plus longtemps une pareille intensité dans la souffrance. Durant l'intervalle des ténèbres, bien court maintenant, une pierre météorique passa de nouveau dans mon voisinage, et la fréquence de ces phénomènes commença à me donner de fortes inquiétudes.

17 *avril.* — Cette matinée a fait époque dans mon voyage. On se rappellera que, le 13, la terre

sous-tendait relativement à moi un angle de
25 degrés. Le 14, cet angle avait fortement diminué; le 15, j'observai une diminution encore plus
rapide; et, le 16, avant de me coucher, j'avais
estimé que l'angle n'était plus que de 7 dégrés
et 15 minutes. Qu'on se figure donc quelle dut
être ma stupéfaction, quand, en m'éveillant ce
matin, 17, et sortant d'un sommeil court et
troublé, je m'aperçus que la surface planétaire
placée au-dessous de moi avait si opinément et
si effroyablement *augmenté* de volume que son
diamètre apparent sous-tendait un angle qui ne
mesurait pas moins de 39 degrés! J'étais foudroyé! Aucune parole ne peut donner une idée
exacte de l'horreur extrême, absolue, et de la
stupeur dont je fus saisi, possédé, écrasé. Mes
genoux vacillèrent sous moi, — mes dents cla-
quèrent, — mon poil se dressa sur ma tête. —
Le ballon a donc fait explosion? — Telles furent
les premières idées qui se précipitèrent tumul-
tueusement dans mon esprit. Positivement, le
ballon a crevé! — Je tombe, — je tombe avec la
plus impétueuse, la plus incomparable vitesse!
A en juger par l'immense espace déjà si rapidement parcouru, je dois rencontrer la surface
de la terre dans dix minutes au plus; — dans
dix minutes, je serai précipité, anéanti!

Mais, à la longue, la réflexion vint à mon
secours. Je fis une pause, je méditai; et je commençai à douter. La chose était impossible. Je
ne pouvais en aucune façon être descendu aussi
rapidement. En outre, bien que je me rappro-
chasse évidemment de la surface située au-des-

sous de moi, ma vitesse réelle n'était nullement
en rapport avec l'épouvantable vélocité que
j'avais d'abord imaginée.

Cette considération calma efficacement la per-
turbation de mes idées, et je réussis finalement
à envisager le phénomène sous son vrai point
de vue. Il fallait que ma-stupéfaction m'eût
privé de l'exercice de mes sens pour que je
n'eusse pas vu quelle immense différence il y
avait entre l'aspect de cette surface placée au-
dessous de moi et celui de ma planète natale.
Cette dernière était donc au-dessus de ma tête
et complètement cachée par le ballon, tandis
que la lune, — la lune elle-même dans toute sa
gloire, — s'étendait au-dessous de moi; — je
l'avais sous mes pieds!

L'étonnement et la stupeur produits dans mon
esprit par cet extraordinaire changement dans la
situation des choses étaient peut-être, après tout,
ce qu'il y avait de plus étonnant et de moins
explicable dans mon aventure. Car ce *bouleverse-
ment,* en lui-même, était non-seulement naturel et inévitable, mais depuis longtemps même
je l'avais positivement prévu comme une circonstance toute simple, comme une conséquence
qui devait se produire quand j'arriverais au
point exact de mon parcours où l'attraction de
la planète serait remplacée par l'attraction du
satellite, — ou, en termes plus précis, quand la
gravitation du ballon vers la terre serait moins
puissante que sa gravitation vers la lune.

Il est vrai que je sortais d'un profond sommeil, que tous mes sens étaient encore brouillés,

quand je me trouvai soudainement en face d'un phénomène des plus surprenants, — d'un phénomène que j'attendais, mais que je n'attendais pas en ce moment.

La révolution elle-même devait avoir lieu naturellement, de la façon la plus douce et la plus graduée, et il n'est pas le moins du monde certain que, lors même que j'eusse été éveillé au moment où elle s'opéra, j'eusse eu la conscience du sens dessus dessous, — que j'eusse perçu un symptôme *intérieur* quelconque de l'inversion, — c'est-à-dire une incommodité, un dérangement quelconque, soit dans ma personne, soit dans mon appareil.

Il est presque inutile de dire qu'en revenant au sentiment juste de ma situation, et émergeant de la terreur qui avait absorbé toutes les facultés de mon âme, mon attention s'appliqua d'abord uniquement à la contemplation de l'aspect général de la lune. Elle se développait au-dessous de moi comme une carte, — et, quoique je jugeasse qu'elle était encore à une distance assez considérable, les aspérités de sa surface se dessinaient à mes yeux avec une netteté très-singulière dont je ne pouvais absolument pas me rendre compte. L'absence complète d'océan, de mer, et même de tout lac et de toute rivière, me frappa, au premier coup d'œil, comme le signe le plus extraordinaire de sa condition géologique.

Cependant, chose étrange à dire, je voyais de vastes régions planes, d'un caractère positivement alluvial, quoique la plus grande partie de

l'hémisphère visible fût couverte d'innombrables
montagnes volcaniques en forme de cônes, et
qui avaient plutôt l'aspect d'éminences façon-
nées par l'art que de saillies naturelles. La plus
haute d'entre elles n'excédait pas trois milles
trois quarts en élévation perpendiculaire; —
d'ailleurs, une carte des régions volcaniques des
Campi Phlegræi donnerait à Vos Excellences
une meilleure idée de leur surface générale que
toute description, toujours insuffisante, que j'essayerais d'en faire. — La plupart de ces montagnes étaient évidemment en état d'éruption, et
me donnaient une idée terrible de leur furie et
de leur puissance par les fulminations multipliées des pierres improprement dites météo-
riques, qui maintenant partaient d'en bas et
filaient à côté du ballon avec une fréquence de
plus en plus effrayante.

18 *avril.* — Aujourd'hui, j'ai trouvé un
accroissement énorme dans le volume apparent
de la lune, — et la vitesse évidemment accélérée de ma descente a commencé à me remplir
d'alarmes. On se rappellera que dans le principe, quand je commençai à appliquer mes rêveries à la possibilité d'un passage vers la lune,
l'hypothèse d'une atmosphère ambiante dont la
densité devait être proportionnée au volume
de la planète avait pris une large part dans mes
calculs; et cela, en dépit de mainte théorie
adverse, et même, je l'avoue, en dépit du pré-
jugé universel contraire à l'existence d'une
atmosphère lunaire quelconque. Mais, outre les
idées, que j'ai déjà émises relativement à la

comète d'Encke et à la lumière zodiacale, ce qui me fortifiait dans mon opinion, c'étaient certaines observations de M. Schrœter, de Lilienthal. Il a observé la lune, âgée de deux jours et demi, le soir, peu de temps après le coúcher du soleil, avant que la partie obscure fût visible, et il continua à la surveiller jusqu'à ce que cette partie fût devenue visible. Les deux cornes semblaient s'affiler en une sorte de prolongement très-aigu, dont l'extrémité était faiblement éclairée par les rayons solaires, alors qu'aucune partie de l'hémisphère obscur n'était visible. Peu de temps après, tout le bord sombre s'éclaira. Je pensai que ce prolongement des cornes au-delà du demi-cercle prenait sa cause dans la réfraction des rayons du soleil par l'atmosphère de la lune. Je calculai aussi que la hauteur de cette atmosphère (qui pouvait réfracter assez de lumière dans son hémisphère obscur pour produire un crépuscule plus lumineux que la lumière réfléchie par la terre quand la lune est environ à 32 degrés de sa conjonction), devait être de 1 356 pieds de roi; d'après cela, je supposai que la plus grande hauteur capable de réfracter le rayon solaire était de 5 376 pieds. Mes idées sur ce sujet se trouvaient également confirmées par un passage du quatre-vingt-deuxième volume des *Transactions philosophiques,* dans lequel il est dit que, lors d'une occultation des satellites de Jupiter, le troisième disparut après avoir été indistinct pendant une ou deux secondes, et que le quatrième devint indiscernable en approchant du limbe.

C'était sur la résistance, ou, plus exactement, sur le support d'une atmosphère existant à un état de densité hypothétique, que j'avais absolument fondé mon espérance de descendre sain et sauf. Après tout, si j'avais fait une conjecture absurde, je n'avais rien de mieux à attendre, comme dénoûment de mon aventure, que d'être pulvérisé contre la surface raboteuse du satellite. Et, en somme, j'avais toutes les raisons possibles d'avoir peur. La distance où j'étais de la lune était comparativement insignifiante, tandis que le labeur exigé par le condensateur n'était pas du tout diminué et que je ne découvrais aucun indice d'une densité croissante dans l'atmosphère.

19 *avril*. — Ce matin, à ma grande joie, vers neuf heures, — me trouvant effroyablement près de la surface lunaire, et mes appréhensions étant excitées au dernier degré, — le piston du condensateur a donné des symptômes évidents d'une altération de l'atmosphère. A dix heures, j'avais des raisons de croire sa densité considérablement augmentée. A onze heures, l'appareil ne réclamait plus qu'un travail très-minime; et, à midi, je me hasardai, non sans quelque hésitation, à desserrer le tourniquet, et, voyant qu'il n'y avait à cela aucun inconvénient, j'ouvris décidément la chambre de caoutchouc, et je déshabillai la nacelle. Ainsi que j'aurais dû m'y attendre, une violente migraine accompagnée de spasmes fut la conséquence immédiate d'une expérience si précipitée et si pleine de dangers. Mais, comme ces inconvénients et d'autres

encore relatifs à la respiration n'étaient pas assez
grands pour mettre ma vie en péril, je me
résignai à les endurer de mon mieux, d'autant
plus que j'avais tout lieu d'espérer qu'ils dis-
paraîtraient progressivement, chaque minute
me rapprochant des couches plus denses de
l'atmosphère lunaire.

Toutefois, ce rapprochement s'opérait avec
une impétuosité excessive, et bientôt il me fut
démontré — certitude fort alarmante — que,
bien que très-probablement je ne me fusse pas
trompé en comptant sur une atmosphère dont
la densité devait être proportionnelle au volume
du satellite, cependant j'avais eu bien tort de
supposer que cette densité, même à la surface,
serait suffisante pour supporter l'immense poids
contenu dans la nacelle de mon ballon. Tel
cependant *eût dû* être le cas, exactement comme
à la surface de la terre, si vous supposez, sur
l'une et sur l'autre planète, la pesanteur réelle
des corps en raison de la densité atmosphérique;
mais tel *n'était pas* le cas; ma chute précipitée
le démontrait suffisamment. Mais pourquoi?
C'est ce qui ne pouvait s'expliquer qu'en tenant
compte de ces perturbations géologiques dont
j'ai déjà posé l'hypothèse.

En tout cas, je touchais presque à la planète,
et je tombais avec la plus terrible impétuosité.
Aussi je ne perdis pas une minute; je jetai par-
dessus bord tout mon lest, puis mes barriques
d'eau, puis mon appareil condensateur et mon
sac de caoutchouc, et enfin tous les articles
contenus dans la nacelle. Mais tout cela ne servit

à rien. Je tombais toujours avec une horrible rapidité, et je n'étais pas à plus d'un demi-mille de la surface. Comme expédient suprême, je me débarrassai de mon paletot, de mon chapeau et de mes bottes; je détachai du ballon la nacelle elle-même, qui n'était pas d'un poids médiocre; et, m'accrochant alors au filet avec mes deux mains, j'eus à peine le temps d'observer que tout le pays, aussi loin que mon œil pouvait atteindre, était criblé d'habitations lilliputiennes, — avant de tomber, comme une balle, au cœur même d'une cité d'un aspect fantastique, et au beau milieu d'une multitude de vilain petit peuple, dont pas un individu ne prononça une syllabe ni ne se donna le moindre mal pour me prêter assistance. Ils se tenaient tous, les poings sur les hanches, comme un tas d'idiots, grimaçant d'une manière ridicule et me regardant de travers, moi et mon ballon. Je me détournai d'eux avec un superbe mépris; et, levant mes regards vers la terre que je venais de quitter, et dont je m'étais exilé pour toujours peut-être, je l'aperçus sous la forme d'un vaste et sombre bouclier de cuivre d'un diamètre de 2 degrés environ, fixe et immobile dans les cieux, et garni à l'un de ses bords d'un croissant d'or étincelant. On n'y pouvait découvrir aucune trace de mer ni de continent, et le tout était moucheté de taches variables et traversé par les zones tropicale et équatoriale, comme par des ceintures.

Ainsi, avec la permission de Vos Excellences, après une longue série d'angoisses, de dangers

inouïs et de délivrances incomparables, j'étais
enfin, dix-neuf jours après mon départ de Rotterdam, arrivé sain et sauf au terme de mon
voyage, le plus extraordinaire, le plus important
qui ait jamais été accompli, entrepris, ou même
conçu par un citoyen quelconque de votre planète.
Mais il me reste à raconter mes aventures. Car, en
vérité, Vos Excellences concevront facilement
qu'après une résidence de cinq ans sur une planète qui, déjà profondément intéressante par elle-
même, l'est doublement encore par son intime
parenté, en qualité de satellite, avec le monde
habitué par l'homme, je puisse entretenir avec le
Collège national astronomique des correspon-
dances secrètes d'une bien autre importance que
les simples détails si surprenants qu'ils soient, du
voyage que j'ai effectué si heureusement.

Telle est, en somme, la question réelle. J'ai
beaucoup, beaucoup de choses à dire, et ce serait
pour moi un véritable plaisir de vous les com-
muniquer. J'ai beaucoup à dire sur le climat de
cette planète; — sur ces étonnantes alternatives
de froid et de chaud; — sur cette clarté solaire
qui dure quinze jours, implacable et brûlante,
et sur cette température glaciale, plus que po-
laire, qui remplit l'autre quinzaine; — sur une
translation constante d'humidité qui s'opère par
distillation, comme dans le vide, du point situé
au-dessous du soleil jusqu'à celui qui en est le
plus éloigné; — sur la race même des habitants,
sur leurs mœurs, leurs coutumes, leurs institu-
tions politiques; sur leur organisme particulier,
leur laideur, leur privation d'oreilles, appen-

dices superflus dans une atmosphère si étrangement modifiée; conséquemment, sur leur ignorance de l'usage et des propriétés du langage; sur la singulière méthode de communication qui remplace la parole; — sur l'incompréhensible rapport qui unit chaque citoyen de la lune à un citoyen du globe terrestre, — rapport analogue et soumis à celui qui régit également les mouvements de la planète et du satellite, et par suite duquel les existences et les destinées des habitants de l'une sont enlacées aux existences et aux destinées des habitants de l'autre; — et par-dessus tout, s'il plaît à Vos Excellences, par-dessus tout, sur les sombres et horribles mystères relégués dans les régions de l'autre hémisphère lunaire, régions qui, grâce à la concordance presque miraculeuse de la rotation du satellite sur son axe avec sa révolution sidérale autour de la terre, n'ont jamais tourné vers nous, et, Dieu merci, ne s'exposeront jamais à la curiosité des télescopes humains.

Voilà tout ce que je voudrais raconter, — tout cela, et beaucoup plus encore. Mais, pour trancher la question, je réclame ma récompense. J'aspire à rentrer dans ma famille et mon chez moi; et, comme prix de toute communication ultérieure de ma part, en considération de la lumière que je puis, s'il me plaît, jeter sur plusieurs branches importantes des sciences physiques et métaphysiques, je sollicite, par l'entremise de votre honorable corps, le pardon du crime dont je me suis rendu coupable en mettant à mort mes créanciers lorsque je quittai

Rotterdam. Tel est donc l'objet de la présente lettre. Le porteur, qui est un habitant de la lune, que j'ai décidé à me servir de messager sur la terre, et à qui j'ai donné des instructions suffisantes, attendra le bon plaisir de Vos Excellences, et me rapportera le pardon demandé, s'il y a moyen de l'obtenir.

J'ai l'honneur d'être de Vos Excellences le très-humble serviteur,

HANS PFAALL.

En finissant la lecture de ce très-étrange document, le professeur Rudabub, dans l'excès de sa surprise, laissa, dit-on, tomber sa pipe par terre, et Mynheer Superbus Von Underduk, ayant ôté, essuyé et serré dans sa poche ses besicles, s'oublia, lui et sa dignité, au point de pirouetter trois fois sur son talon, dans la quintessence de l'étonnement et de l'admiration.

On obtiendrait la grâce; — cela ne pouvait pas faire l'ombre d'un doute. Du moins, il en fit le serment, le bon professeur Rudabub, il en fit le serment avec un parfait juron, et telle fut décidément l'opinion de l'illustre Von Underduk, qui prit le bras de son collègue et fit, sans prononcer une parole, la plus grande partie de la route vers son domicile pour délibérer sur les mesures urgentes. Cependant, arrivé à la porte de la maison du bourgmestre, le professeur s'avisa de suggérer que, le messager ayant jugé à propos de disparaître (terrifié sans doute jusqu'à la mort par la physionomie sauvage des habitants de Rotterdam), le pardon ne servirait pas à grand'chose, puisqu'il n'y avait qu'un homme de la lune qui pût entreprendre un voyage aussi lointain.

En face d'une observation aussi sensée, le bourgmestre se rendit, et l'affaire n'eut pas d'autres suites. Cependant, il n'en fut pas de même des rumeurs et des conjectures. La lettre, ayant été publiée, donna naissance à une foule d'opinions et de cancans. Quelques-uns — des esprits par trop sages — poussèrent le ridicule jusqu'à discréditer l'affaire et à la présenter comme un pur *canard*. Mais je crois que le mot *canard* est, pour cette espèce de gens, un terme général qu'ils appliquent à toutes les matières qui passent leur intelligence. Je ne puis, quant à moi, comprendre sur quelle base ils ont fondé une pareille accusation. Voyons ce qu'ils disent :

Avant tout, — que certains farceurs de Rotterdam ont de certaines antipathies spéciales contre certains bourgmestres et astronomes.

Secundo, — qu'un petit nain bizarre, escamoteur de son métier, dont les deux oreilles avaient été, pour quelque méfait, coupées au ras de la tête, avait depuis quelques jours disparu de la ville de Bruges, qui est toute voisine.

Tertio, — que les gazettes collées tout autour du petit ballon étaient des gazettes de Hollande, et conséquemment n'avaient pas pu être fabriquées dans la lune. C'étaient des papiers sales, crasseux, — très-crasseux; et Gluck, l'imprimeur, pouvait jurer sur sa Bible, qu'ils avaient été imprimés à Rotterdam.

Quarto, — que Hans Pfaall lui-même, le

vilain ivrogne, et les trois fainéants personnages qu'il appelle ses créanciers, avaient été vus ensemble, deux ou trois jours auparavant tout au plus, dans un cabaret mal famé des faubourgs, juste comme ils revenaient, avec de l'argent plein leurs poches, d'une expédition d'outre-mer.

Et, en dernier lieu, — que c'est une opinion généralement reçue, ou qui doit l'être, que le Collège des Astronomes de la ville de Rotterdam, — aussi bien que tous autres collèges astronomiques de toutes autres parties de l'univers, sans parler des collèges et des astronomes en général, — n'est, pour n'en pas dire plus, ni meilleur, ni plus fort, ni plus éclairé qu'il n'est nécessaire.

MANUSCRIT TROUVÉ
DANS UNE BOUTEILLE

> Qui n'a plus qu'un moment à vivre
> N'a plus rien à dissimuler.
> QUINAULT. — *Atys*.

DE mon pays et de ma famille je n'ai pas grand'
chose à dire. De mauvais procédés et l'accumu-
lation des années m'ont rendu étranger à l'un et
à l'autre. Mon patrimoine me fit bénéficier
d'une éducation peu commune, et un tour
contemplatif d'esprit me rendit apte à classer
méthodiquement tout ce matériel d'instruction
diligemment amassé par une étude précoce. Par-
dessus tout, les ouvrages des philosophes allemands me procuraient de grandes délices ; cela
ne venait pas d'une admiration mal avisée pour
leur éloquente folie, mais du plaisir que, grâce
à mes habitudes d'analyse rigoureuse, j'avais à
surprendre leurs erreurs. On m'a souvent repro-
ché l'aridité de mon génie ; un manque d'imagination m'a été imputé comme un crime, et le
pyrrhonisme de mes opinions a fait de moi, en
tout temps, un homme fameux. En réalité, une
forte appétence pour la philosophie physique a,

je le crains, imprégné mon esprit d'un des
défauts les plus communs de ce siècle, — je veux
dire de l'habitude de rapporter aux principes de
cette science les circonstances même les moins
susceptibles d'un pareil rapport. Par-dessus tout,
personne n'est moins exposé que moi à se laisser
entraîner hors de la sévère juridiction de la
vérité par les feux follets de la superstition. J'ai
jugé à propos de donner ce préambule, dans la
crainte que l'incroyable récit que j'ai à faire
ne soit considéré plutôt comme la frénésie d'une
imagination indigeste que comme l'expérience
positive d'un esprit pour lequel les rêveries de
l'imagination ont été lettre morte et nullité.

Après plusieurs années dépensées dans un
lointain voyage, je m'embarquai, en 18.., à Batavia, dans la riche et populeuse île de Java, pour
une promenade dans l'archipel des îles de la
Sonde. Je me mis en route comme passager, —
n'ayant pas d'autre mobile qu'une nerveuse
instabilité qui me *hantait* comme un mauvais
esprit.

Notre bâtiment était un bateau d'environ
quatre cents tonneaux, doublé en cuivre et
construit à Bombay, en teck de Malabar. Il était
chargé de coton, de laine et d'huile des Laque-
dives. Nous avions aussi à bord du filin de cocotier, du sucre de palmier, de l'huile de beurre
bouilli, des noix de coco, et quelques caisses
d'opium. L'arrimage avait été mal fait, et le
navire conséquemment donnait de la bande.

Nous mîmes sous voiles avec un souffle de
vent, et, pendant plusieurs jours, nous restâmes

le long de la côte orientale de Java, sans autre incident pour tromper la monotonie de notre route que la rencontre de quelques-uns des petits grabs de l'archipel où nous étions confinés.

Un soir, comme j'étais appuyé sur le bastingage de la dunette, j'observai un très-singulier nuage, isolé, vers le nord-ouest. Il était remarquable autant par sa couleur que parce qu'il était le premier que nous eussions vu depuis notre départ de Batavia. Je le surveillai attentivement, jusqu'au coucher du soleil; alors, il se répandit tout d'un coup de l'est à l'ouest, cernant l'horizon d'une ceinture précise de vapeur, et apparaissant comme une longue ligne de côte très-basse. Mon attention fut bientôt après attirée par l'aspect rouge et brun de la lune et le caractère particulier de la mer. Cette dernière subissait un changement rapide, et l'eau semblait plus transparente que d'habitude. Je pouvais distinctement voir le fond, et cependant, en jetant la sonde, je trouvai que nous étions sur quinze brasses. L'air était devenu intolérablement chaud et se chargeait d'exhalaisons spirales semblables à celles qui s'élèvent du fer chauffé. Avec la nuit, toute la brise tomba, et nous fûmes pris par un calme plus complet qu'il n'est possible de le concevoir. La flamme d'une bougie brûlait à l'arrière sans le mouvement le moins sensible, et un long cheveu tenu entre l'index et le pouce tombait droit et sans la moindre oscillation. Néanmoins, comme le capitaine disait qu'il n'apercevait aucun symptôme de danger, et comme nous dérivions vers la terre

par le travers, il commanda de carguer les voiles
et de filer l'ancre. On ne mit point de vigie de
quart, et l'équipage, qui se composait principalement de Malais, se coucha délibérément sur
le pont. Je descendis dans la chambre, — non
sans le parfait pressentiment d'un malheur. En
réalité, tous ces symptômes me donnaient à
craindre un simoun. Je parlai de mes craintes
au capitaine; mais il ne fit pas attention à ce que
je lui disais, et me quitta sans daigner me faire
une réponse. Mon malaise, toutefois, m'empêcha
de dormir, et, vers minuit, je montai sur le pont.
Comme je mettais le pied sur la dernière marche
du capot d'échelle, je fus effrayé par un profond
bourdonnement semblable à celui que produit
l'évolution rapide d'une roue de moulin, et,
avant que j'eusse pu en vérifier la cause, je sentis
que le navire tremblait dans son centre. Presque
aussitôt, un coup de mer nous jeta sur le côté,
et, courant par-dessus nous, balaya tout le pont
de l'avant à l'arrière.

L'extrême furie du coup de vent fit, en grande
partie, le salut du navire. Quoiqu'il fût absolument engagé dans l'eau, comme ses mâts s'en
étaient allés par-dessus bord, il se releva lentement une minute après, et, vacillant quelques
instants sous l'immense pression de la tempête,
finalement il se redressa.

Par quel miracle échappai-je à la mort, il
m'est impossible de le dire. Étourdi par le choc
de l'eau, je me trouvai pris, quand je revins à
moi, entre l'étambot et le gouvernail. Ce fut à
grand'peine que je me remis sur mes pieds, et,

regardant vertigineusement autour de moi, je fus d'abord frappé de l'idée que nous étions sur des brisants, tant était effrayant, au-delà de toute imagination, le tourbillon de cette mer énorme et écumante dans laquelle nous étions engouffrés. Au bout de quelques instants, j'entendis la voix d'un vieux Suédois qui s'était embarqué avec nous au moment où nous quittions le port. Je le hélai de toute ma force, et il vint en chancelant me rejoindre à l'arrière. Nous reconnûmes bientôt que nous étions les seuls survivants du sinistre. Tout ce qui était sur le pont, nous exceptés, avait été balavé par-dessus bord; le capitaine et les matelots avaient péri pendant leur sommeil, car les cabines avaient été inondées par la mer. Sans auxiliaires, nous ne pouvions pas espérer de faire grand'chose pour la sécurité du navire, et nos tentatives furent d'abord paralysées par la croyance où nous étions que nous allions sombrer d'un moment à l'autre. Notre câble avait cassé comme un fil d'emballage au premier souffle de l'ouragan; sans cela, nous eussions été engloutis instantanément. Nous fuyions devant la mer avec une vélocité effrayante et l'eau nous faisait des brèches visibles. La charpente de notre arrière était excessivement endommagée, et, presque sous tous les rapports, nous avions essuyé de cruelles avaries; mais, à notre grande joie, nous trouvâmes que les pompes n'étaient pas engorgées, et que notre chargement n'avait pas été très-dérangé.

La plus grande furie de la tempête était passée, et nous n'avions plus à craindre la violence du vent; mais nous pensions avec terreur au cas de sa totale cessation, bien persuadés que, dans notre état d'avarie, nous ne pourrions pas résister à l'épouvantable houle qui s'ensuivrait; mais cette très-juste appréhension ne semblait pas si près de se vérifier. Pendant cinq nuits et cinq jours entiers, durant lesquels nous vécûmes de quelques morceaux de sucre de palmier tirés à grand'peine du gaillard d'avant, notre coque fila avec une vitesse incalculable devant des reprises de vent qui se succédaient rapidement, et qui, sans égaler la première violence du simoun, étaient cependant plus terribles qu'aucune tempête que j'eusse essuyée jusqu'alors. Pendant les quatre premiers jours, notre route, sauf de très-légères variations, fut au sud-est quart de sud, et ainsi nous serions allés nous jeter sur la côte de la Nouvelle-Hollande.

Le cinquième jour, le froid devint extrême, quoique le vent eût tourné d'un point vers le nord. Le soleil se leva avec un éclat jaune et maladif, et se hissa à quelques degrés à peine au-dessus de l'horizon, sans projeter une lumière franche. Il n'y avait aucun nuage apparent, et cependant le vent fraîchissait, fraîchissait, et soufflait avec des accès de furie. Vers midi, ou à peu près, autant que nous en pûmes juger, notre attention fut attirée de nouveau par la physionomie du soleil. Il n'émettait pas de lumière, à proprement parler, mais une espèce de feu sombre et triste, sans réflexion, comme si tous les rayons étaient polarisés. Juste avant de se plonger dans la mer grossissante, son feu central disparut soudainement, comme s'il était brusquement éteint par une puissance inexplicable. Ce n'était plus qu'une roue pâle et couleur d'argent, quand il se précipita dans l'insondable Océan.

Nous attendîmes en vain l'arrivée du sixième jour; — ce jour n'est pas encore arrivé pour moi, — pour le Suédois il n'est jamais arrivé. Nous fûmes dès lors ensevelis dans des ténèbres de poix, si bien que nous n'aurions pas vu un objet à vingt pas du navire. Nous fûmes enveloppés d'une nuit éternelle que ne tempérait même pas l'éclat phosphorique de la mer auquel nous étions accoutumés sous les tropiques. Nous observâmes aussi que, quoique la tempête continuât à faire rage sans accalmie, mais ne découvrions plus aucune apparence de ce ressac et de ces moutons qui nous avaient accompagnés jusque-là. Autour de nous, tout n'était qu'horreur, épaisse obscurité, un noir désert d'ébène liquide. Une terreur superstitieuse s'infiltrait par degrés dans l'esprit du vieux Suédois, et mon âme, quant à moi, était plongée dans une muette stupéfaction. Nous avions abandonné tout soin du navire, comme chose plus qu'inutile, et, nous attachant de notre mieux au tronçon du mât de misaine, nous promenions nos regards avec amertume sur l'immensité de l'Océan. Nous n'avions aucun moyen de calculer le temps, et nous ne pouvions former aucune conjecture sur notre situation. Nous étions néanmoins bien sûrs d'avoir été plus loin dans le sud qu'aucun des navigateurs précédents, et nous éprouvions un grand étonnement de ne pas rencontrer les obstacles ordinaires de glaces. Cependant, chaque minute menaçait d'être la dernière. — chaque vague se précipitait pour nous écraser. La houle surpassait tout ce que j'avais imaginé comme possible, et c'était un miracle de chaque instant que nous ne fussions pas engloutis. Mon camarade parlait de la légèreté de notre chargement, et me rappelait les excellentes qualités de notre bateau; mais je ne pouvais m'empêcher d'éprouver l'absolu renoncement du désespoir, et je me préparais mélancoliquement à cette mort que rien, selon moi, ne pouvait différer au-delà d'une heure, puisque, à chaque nœud que filait le navire, la houle de cette mer noire et prodigieuse devenait plus lugubrement effrayante. Parfois, à une hauteur plus grande que celle de l'albatros, la respiration nous manquait, et d'autres fois nous étions pris de vertige en descendant avec une horrible vélocité dans un enfer liquide où l'air devenait stagnant, et où aucun son ne pouvait troubler les sommeils du kraken.

Nous étions au fond d'un de ces abîmes, quand un cri soudain de mon compagnon éclata sinistrement dans la nuit.

— Voyez! voyez! me criait-il dans les oreilles; Dieu tout-puissant! Voyez! voyez!

Comme il parlait, j'aperçus une lumière rouge, d'un éclat sombre et triste, qui flottait sur le versant du gouffre immense où nous étions ensevelis, et jetait à notre bord un reflet vacillant.

En levant les yeux, je vis un spectacle qui glaça mon sang. A une hauteur terrifiante, juste au-dessus de nous et sur la crête même du précipice, planait un navire gigantesque, de quatre mille tonneaux peut-être. Quoique juché au sommet d'une vague qui avait bien cent fois sa hauteur, il paraissait d'une dimension beaucoup plus grande que celle d'aucun vaisseau de ligne ou de la Compagnie des Indes. Son énorme coque était d'un noir profond que ne tempérait aucun des ornements ordinaires d'un navire. Une simple rangée de canons s'allongeait de ses sabords ouverts et renvoyait, réfléchis par leurs surfaces polies, les feux d'innombrables fanaux de combat qui se balançaient dans le gréement. Mais ce qui nous inspira le plus d'horreur et d'étonnement, c'est qu'il marchait toutes voiles dehors, en dépit de cette mer surnaturelle et de cette tempête effrénée. D'abord, quand nous l'aperçûmes, nous ne pouvions voir que son avant, parce qu'il ne s'élevait que lentement du noir et horrible gouffre qu'il laissait derrière lui. Pendant un moment, — moment d'intense terreur, — il fit une pause sur ce sommet vertigineux, comme dans l'enivrement de sa propre élévation, — puis trembla, — s'inclina, — et enfin — glissa sur la pente.

En ce moment, je ne sais quel sang-froid soudain maîtrisa mon esprit. Me rejetant autant que possible vers l'arrière, j'attendis sans trembler la catastrophe qui devait nous écraser. Notre propre navire, à la longue, ne luttait plus contre la mer et plongeait de l'avant. Le

choc de la masse précipitée le frappa conséquemment dans cette partie de la charpente
qui était déjà sous l'eau, et eut pour résultat
inévitable de me lancer dans le gréement de
l'étranger.

Comme je tombais, ce navire se souleva dans
un temps d'arrêt, puis vira de bord; et c'est,
je présume, à la confusion qui s'ensuivit que je
dus d'échapper à l'attention de l'équipage. Je
n'eus pas grand-peine à me frayer un chemin,
sans être vu, jusqu'à la principale écoutille, qui
était en partie ouverte, et je trouvai bientôt une
occasion propice pour me cacher dans la cale.
Pourquoi fis-je ainsi? je ne saurais trop le dire.
Ce qui m'induisit à me cacher fut peut-être un
sentiment vague de terreur qui s'était emparé
tout d'abord de mon esprit à l'aspect des nouveaux navigateurs. Je ne me souciais pas de me
confier à une race de gens qui, d'après le coup
d'œil sommaire que j'avais jeté sur eux,
m'avaient offert le caractère d'une indéfinissable
étrangeté, et tant de motifs de doute et d'appréhension. C'est pourquoi je jugeai à propos de
m'arranger une cachette dans la cale. J'enlevai
une partie du faux bordage, de manière à me
ménager une retraite commode entre les énormes
membrures du navire.

J'avais à peine achevé ma besogne qu'un bruit
de pas dans la cale me contraignit d'en faire
usage. Un homme passa à côté de ma cachette
d'un pas faible et mal assuré. Je ne pus pas voir
son visage, mais j'eus le loisir d'observer son
aspect général. Il y avait en lui tout le caractère

de la faiblesse et de la caducité. Ses genoux vacillaient sous la charge des années, et tout son être en tremblait. Il se parlait à lui-même, marmottait d'une voix basse et cassée quelques mots d'une langue que je ne pus pas comprendre, et farfouillait dans un coin où l'on avait empilé des instruments d'un aspect étrange et des cartes marines délabrées. Ses manières étaient un singulier mélange de la maussaderie d'une seconde enfance et de la dignité solennelle d'un dieu. A la longue, il remonta sur le pont, et je ne le vis plus.

. . . .

Un sentiment pour lequel je ne trouve pas de mot a pris possession de mon âme, une sensation qui n'admet pas d'analyse, qui n'a pas sa traduction dans les lexiques du passé, et pour laquelle je crains que l'avenir lui-même ne trouve pas de clef. — Pour un esprit constitué comme le mien, cette dernière considération est un vrai supplice. Jamais je ne pourrai, — je sens que je ne pourrai jamais être édifié relativement à la nature de mes idées. Toutefois, il n'est pas étonnant que ces idées soient indéfinissables, puisqu'elles sont puisées à des sources si entièrement neuves. Un nouveau sentiment — une nouvelle entité — est ajouté à mon âme.

. . . .

Il y a bien longtemps que j'ai touché pour la première fois le pont de ce terrible navire, et les rayons de ma destinée vont, je crois, se concentrant et s'engloutissant dans un foyer. Incompréhensibles gens! Enveloppés dans des méditations dont je ne puis deviner la nature, ils passent à côté de moi sans me remarquer. Me cacher est pure folie de ma part, car ce monde-là *ne veut pas voir.* Il n'y a qu'un instant, je passais juste sous les yeux du second; peu de temps auparavant, je m'étais aventuré jusque dans la cabine du capitaine lui-même, et c'est là que je me suis procuré les moyens d'écrire ceci et tout ce qui précède. Je continuerai ce journal de temps en temps. Il est vrai que je ne puis trouver aucune occasion de le transmettre au monde; pourtant, j'en veux faire l'essai. Au dernier moment, j'enfermerai le manuscrit dans une bouteille, et je jetterai le tout à la mer.

. . . .

Un incident est survenu qui m'a de nouveau donné lieu à réfléchir. De pareilles choses sont-elles l'opération d'un hasard indiscipliné? Je m'étais faufilé sur le pont et m'étais étendu, sans attirer l'attention de personne, sur un amas d'enfléchures et de vieilles voiles, dans le fond de la yole. Tout en rêvant à la singularité de ma destinée, je barbouillais, sans y penser, avec une brosse à goudron, les bords d'une bonnette soigneusement pliée et posée à côté de moi sur un baril. La bonnette est maintenant tendue sur ses bouts-dehors, et les touches irréfléchies de la brosse figurent le mot DÉCOUVERTE.

J'ai fait récemment plusieurs observations sur la structure du vaisseau. Quoique bien armé, ce n'est pas, je crois, un vaisseau de guerre. Son gréement, sa structure, tout son équipement, repoussent une supposition de cette nature. Ce qu'il n'est pas, je le perçois facilement; mais ce qu'il est, je crains qu'il ne me soit impossible de le dire. Je ne sais comment cela se fait, mais, en examinant son étrange modèle et la singulière forme de ses espars, ses proportions colossales, cette prodigieuse collection de voiles, son avant sévèrement simple et son arrière d'un style suranné, il me semble parfois que la sensation d'objets qui ne me sont pas inconnus traverse mon esprit comme un éclair, et toujours à ces ombres flottantes de la mémoire est mêlé un inexplicable souvenir de vieilles légendes étrangères et de siècles très-anciens.

. . . .

J'ai bien regardé la charpente du navire. Elle est faite de matériaux qui me sont inconnus. Il y a dans le bois un caractère qui me frappe, comme le rendant, ce me semble, impropre à l'usage auquel il a été destiné. Je veux parler de son extrême porosité, considérée indépendamment des dégâts faits par les vers, qui sont une conséquence de la navigation dans ces mers, et de la pourriture résultant de la vieillesse. Peut-être trouvera-t-on mon observation quelque peu subtile, mais il me semble que ce bois aurait tout le caractère du chêne espagnol, si le chêne espagnol pouvait être dilaté par des moyens artificiels.

En relisant la phrase précédente, il me revient

à l'esprit un curieux apophthegme d'un vieux loup de mer hollandais.

— Cela est positif, disait-il toujours quand on exprimait quelque doute sur sa véracité, comme il est positif qu'il y a une mer où le navire lui-même grossit comme le corps vivant d'un marin.

. . . .

Il y a environ une heure, je me suis senti la hardiesse de me glisser dans un groupe d'hommes de l'équipage. Ils n'ont pas eu l'air de faire attention à moi, et quoique je me tinsse juste au milieu d'eux, ils paraissaient n'avoir aucune conscience de ma présence. Comme celui que j'avais vu le premier dans la cale, ils portaient tous les signes d'une vieillesse chenue. Leurs genoux tremblaient de faiblesse; leurs épaules étaient arquées par la décrépitude; leur peau ratatinée frissonnait au vent; leur voix était basse, chevrotante et cassée; leurs yeux distillaient les larmes brillantes de la vieillesse, et leurs cheveux gris fuyaient terriblement dans la tempête. Autour d'eux, de chaque côté du pont, gisaient éparpillés des instruments mathématiques d'une structure très-ancienne et tout à fait tombée en désuétude.

. . . .

J'ai parlé un peu plus haut d'une bonnette qu'on avait installée. Depuis ce moment, le navire chassé par le vent, n'a pas discontinué sa terrible course droit au sud, chargé de toute sa toile disponible, depuis ses pommes de mâts jusqu'à ses bouts-dehors inférieurs, et plongeant ses bouts de vergues de perroquet dans le plus effrayant enfer liquide que jamais cervelle humaine ait pu concevoir. Je viens de quitter le pont, ne trouvant plus la place tenable; cependant, l'équipage ne semble pas souffrir beaucoup. C'est pour moi le miracle des miracles qu'une si énorme masse ne soit pas engloutie tout de suite et pour toujours. Nous sommes condamnés, sans doute, à côtoyer éternellement le bord de l'éternité, sans jamais faire notre plongeon définitif dans le gouffre. Nous glissons avec la prestesse de l'hirondelle de mer sur des vagues mille fois plus effrayantes, qu'aucune de celles que j'ai jamais vues; et des ondes colossales élèvent leurs têtes au-dessus de nous comme des démons de l'abîme, mais comme des démons restreints aux simples menaces et auxquels il est défendu de détruire. Je suis porté à attribuer cette bonne chance perpétuelle à la seule cause naturelle qui puisse légitimer un pareil effet. Je suppose que le navire est soutenu par quelque fort courant ou remous sous-marin.

. . . .

J'ai vu le capitaine face à face, et dans sa propre cabine; mais, comme je m'y attendais, il n'a fait aucune attention à moi. Bien qu'il n'y ait rien dans sa physionomie générale qui révèle, pour l'œil du premier venu, quelque chose de supérieur ou d'inférieur à l'homme, toutefois l'étonnement que j'éprouvai à son aspect se mêlait d'un sentiment de respect et de terreur irrésistible. Il est à peu près de ma taille, c'est-à-dire de cinq pieds huit pouces environ. Il est bien proportionné, bien pris dans son ensemble; mais cette constitution n'annonce ni vigueur particulière, ni quoi que ce soit de remarquable. Mais c'est la singularité de l'expression qui règne sur sa face, — c'est l'intense, terrible, saisissante évidence de la vieillesse, si entière, si absolue, qui crée dans mon esprit un sentiment, — une sensation ineffable. Son front, quoique peu ridé, semble porter le sceau d'une myriade d'années. Ses cheveux gris sont des archives du passé, et ses yeux, plus gris encore, sont des sibylles de l'avenir. Le plancher de sa cabine était encombré d'étranges in-folio à fermoirs de fer, d'instruments de science usés et d'anciennes cartes d'un style complètement oublié. Sa tête était appuyée sur ses mains, et d'un œil ardent et inquiet, il dévorait un papier que je pris pour une commission, et qui, en tout cas, portait une signature royale. Il se parlait à lui-même, — comme le premier matelot que j'avais aperçu dans la cale, — et marmottait d'une voix basse et chagrine quelques syllabes d'une langue étrangère; et, bien que je fusse tout à côté de lui, il me semblait que sa voix arrivait à mon oreille de la distance d'un mille.

. . . .

Le navire avec tout ce qu'il contient est imprégné de l'esprit des anciens âges. Les hommes de l'équipage glissent çà et là comme les ombres des siècles enterrés; dans leurs yeux vit une pensée ardente et inquiète; et, quand, sur mon chemin, leurs mains tombent dans la lumière effarée des fanaux, j'éprouve quelque chose que je n'ai jamais éprouvé jusqu'à présent, quoique toute ma vie j'aie eu la folie des antiquités, et que je me sois baigné dans l'ombre des colonnes ruinées de Balbek, de Tadmor et de Persépolis, tant qu'à la fin mon âme elle-même est devenue une ruine.

. . . .

Quand je regarde autour de moi, je suis honteux de mes premières terreurs. Si la tempête qui nous a poursuivis jusqu'à présent me fait trembler, ne devrais-je pas être frappé d'horreur devant cette bataille du vent et de l'Océan, dont les mots vulgaires : tourbillon et simoun, ne peuvent pas donner la moindre idée? Le navire est littéralement enfermé dans les ténèbres d'une éternelle nuit et dans un chaos d'eau qui n'écume plus; mais à une distance d'une lieue environ de chaque côté, nous pouvons apercevoir, indistinctement et par intervalles, de prodigieux remparts de glace qui montent vers le ciel désolé et ressemblent aux murailles de l'univers!

. . . .

Comme je l'avais pensé, le navire est évidemment dans un courant, — si l'on peut proprement appeler ainsi une marée qui va mugissant

et hurlant à travers les blancheurs de la glace,
et fait entendre du côté du sud un tonnerre
plus précipité que celui d'une cataracte tombant
à pic.

. . . .

Concevoir l'horreur de mes sensations est, je
crois, chose absolument impossible; cependant,
la curiosité de pénétrer les mystères de ces
effroyables régions surplombe encore mon désespoir et suffit à me réconcilier avec le plus hideux
aspect de la mort. Il est évident que nous nous
précipitons vers quelque entraînante découverte,
— quelque incommunicable secret dont la
connaissance implique la mort. Peut-être ce courant nous conduit-il au pôle sud lui-même. Il
faut avouer que cette supposition, si étrange en
apparence, a toute probabilité pour elle.

. . . .

L'équipage se promène sur le pont d'un pas
tremblant et inquiet; mais il y a dans toutes les
physionomies une expression qui ressemble plutôt à l'ardeur de l'espérance qu'à l'apathie du
désespoir.

Cependant nous avons toujours le vent arrière,
et, comme nous portons une masse de toile, le
navire s'enlève quelquefois en grand hors de la
mer. Oh! horreur sur horreur! — la glace s'ouvre
soudainement à droite et à gauche, et nous tour-
nons vertigineusement dans d'immenses cercles
concentriques, tout autour des bords d'un gigantesque amphithéâtre, dont les murs perdent

leur sommet dans les ténèbres et l'espace. Mais il ne me reste que peu de temps pour rêver à ma destinée! Les cercles se rétrécissent rapidement, — nous plongeons follement dans l'étreinte du tourbillon, — et, à travers le mugissement, le beuglement et le détonnement de l'Océan et de la tempête, le navire tremble, — ô Dieu! — il se dérobe, — il sombre!

UNE DESCENTE
DANS LE MAELSTROM

> Les voies de Dieu, dans la
> nature comme dans l'ordre de la
> Providence, ne sont point nos
> voies; et les types que nous conce-
> vons n'ont aucune mesure com-
> mune avec la vastitude, la pro-
> fondeur et l'incompréhensibilité
> de ses œuvres, qui contiennent en
> elles un *abîme plus profond que*
> *les puits de Démocrite.*
>
> JOSEPH GLANVILL.

NOUS avions atteint le sommet du rocher le
plus élevé. Le vieux homme, pendant quelques
minutes, sembla trop épuisé pour parler.

— Il n'y a pas encore bien longtemps, — dit-il
à la fin, — je vous aurais guidé par ici aussi
bien que le plus jeune de mes fils. Mais, il y
a trois ans, il m'est arrivé une aventure plus
extraordinaire que n'en essuya jamais un être
mortel, ou du moins telle que jamais homme
n'y a survécu pour la raconter, et les six mortelles heures que j'ai endurées m'ont brisé le
corps et l'âme. Vous me croyez très-vieux, mais

je ne le suis pas. Il a suffi du quart d'une journée pour blanchir ces cheveux noirs comme du
jais, affaiblir mes membres et détendre mes nerfs
au point de trembler après le moindre effort
et d'être effrayé par une ombre. Savez-vous
bien que je puis à peine, sans attraper le
vertige, regarder par-dessus ce petit promontoire.

Le petit promontoire sur le bord duquel il
s'était si négligemment jeté pour se reposer, de
façon que la partie la plus pesante de son corps
surplombait, et qu'il n'était garanti d'une chute
que par le point d'appui que prenait son coude
sur l'arête extrême et glissante, — le petit promontoire s'élevait à quinze ou seize cents pieds
environ d'un chaos de rochers situés au-dessous
de nous, — immense précipice de granit luisant
et noir. Pour rien au monde je n'aurais voulu
me hasarder à six pieds du bord. Véritablement,
j'étais si profondément agité par la situation
périlleuse de mon compagnon, que je me laissai
tomber tout de mon long sur le sol, m'accrochant à quelques arbustes voisins, n'osant pas
même lever les yeux vers le ciel. Je m'efforçais
en vain de me débarrasser de l'idée que la fureur
du vent mettait en danger la base même de la
montagne. Il me fallut du temps pour me raisonner et trouver le courage de me mettre sur
mon séant et de regarder au loin dans l'espace.

— Il vous faut prendre le dessus sur ces
lubies-là, me dit le guide, car je vous ai amené
ici pour vous faire voir à loisir le théâtre de
l'événement dont je parlais tout à l'heure, et

pour vous raconter toute l'histoire avec la scène même sous vos yeux.

» Nous sommes maintenant, reprit-il avec cette manière minutieuse qui le caractérisait, nous sommes maintenant sur la côte même de Norvège, au 68e degré de latitude, dans la province de Nortland et dans le lugubre district de Lofoden. La montagne dont nous occupons le sommet est Helseggen, la Nuageuse. Maintenant, levez-vous un peu; accrochez-vous au gazon, si vous sentez venir le vertige; — c'est cela, — et regardez au-delà de cette ceinture de vapeurs qui nous cache la mer à nos pieds. »

Je regardai vertigineusement, et je vis une vaste étendue de mer, dont la couleur d'encre me rappela tout d'abord le tableau du géographe Nubien et sa *Mer des Ténèbres*. C'était un panorama plus effroyablement désolé qu'il n'est donné à une imagination humaine de le concevoir. A droite et à gauche, aussi loin que l'œil pouvait atteindre, s'allongeaient, comme les remparts du monde, les lignes d'une falaise horriblement noire et surplombante, dont le caractère sombre était puissamment renforcé par le ressac qui montait jusque sur sa crête blanche et lugubre, hurlant et mugissant éternellement. Juste en face du promontoire sur le sommet duquel nous étions placés, à une distance de cinq ou six milles en mer, on apercevait une île qui avait l'air désert, ou plutôt on la devinait au moutonnement énorme des brisants dont elle était enveloppée. A deux milles environ plus près de la terre, se dressait un autre îlot plus petit, horriblement pierreux et stérile, et entouré de groupes interrompus de roches noires.

L'aspect de l'Océan, dans l'étendue comprise entre le rivage et l'île la plus éloignée, avait quelque chose d'extraordinaire. En ce moment même, il soufflait du côté de la terre une si forte brise, qu'un brick, tout au large, était à la cape avec deux ris dans sa toile et que sa coque disparaissait quelquefois tout entière; et pourtant il n'y avait rien qui ressemblât à une houle faite, mais seulement, et en dépit du vent, un clapotement d'eau, bref, vif et tracassé dans tous les sens; — très-peu d'écume, excepté dans le voisinage immédiat des rochers.

— L'île que vous voyez là-bas, reprit le vieux homme, est appelée par les Norvégiens Vurrgh. Celle qui est à moitié chemin est Moskoe. Celle qui est à un mille au nord est Ambaaren. Là-bas sont Islesen, Hotholm, Keildhelm, Suarven et Buckolm. Plus loin, — entre Moskoe et Vurrgh, — Otterholm, Flimen, Sandflesen et Stockholm. Tels sont les vrais noms de ces endroits; — mais pourquoi ai-je jugé nécessaire de vous les nommer, je n'en sais rien, je n'y puis rien comprendre, — pas plus que vous. — Entendez-vous quelque chose? Voyez-vous quelque changement sur l'eau?

Nous étions depuis dix minutes environ au haut de Helseggen, où nous étions montés en partant de l'intérieur de Lofoden, de sorte que nous n'avions pu apercevoir la mer que lorsqu'elle nous avait apparu tout d'un coup du sommet le plus élevé. Pendant que le vieux homme parlait, j'eus la perception d'un bruit très-fort et qui allait croissant, comme le mugissement d'un immense troupeau de buffles dans une prairie d'Amérique; et, au moment même, je vis ce que les marins appellent le caractère *clapoteux* de la mer se changer rapidement en un courant qui se faisait vers l'est. Pendant que je regardais, ce courant prit une prodigieuse rapidité. Chaque instant ajoutait à sa vitesse, — à son impétuosité déréglée. En cinq minutes, toute la mer, jusqu'à Vurrgh, fut fouettée par une indomptable furie; mais c'était entre Moskoe et la côte que dominait principalement le vacarme. Là, le vaste lit des eaux, sillonné et couturé par mille courants contraires, éclatait soudainement en convulsions frénétiques, — haletant, bouillonnant, sifflant, pirouettant en gigantesques et innombrables tourbillons, et tournoyant et se ruant tout entier vers l'est avec une rapidité qui ne se manifeste que dans des chutes d'eau précipitées.

Au bout de quelques minutes, le tableau subit un autre changement radical. La surface générale devint un peu plus unie, et les tourbillons disparurent un à un, pendant que de prodigieuses bandes d'écume apparurent là où je n'en avais vu aucune jusqu'alors. Ces bandes, à la longue, s'étendirent à une grande distance, et, se combinant entre elles, elles adoptèrent le mouvement giratoire des tourbillons apaisés et semblèrent former le germe d'un vortex plus vaste. Soudainement, très-soudainement, celui-ci apparut et prit une existence distincte et définie,

dans un cercle de plus d'un mille de diamètre.
Le bord du tourbillon était marqué par une
large ceinture d'écume lumineuse; mais pas une
parcelle ne glissait dans la gueule du terrible
entonnoir, dont l'intérieur, aussi loin que l'œil
pouvait y plonger, était fait d'un mur liquide,
poli, brillant et d'un noir de jais, faisant avec
l'horizon un angle de 45 degrés environ, tournant sur lui-même sous l'influence d'un mouvement étourdissant, et projetant dans les airs
une voix effrayante, moitié cri, moitié rugissement, telle que la puissante cataracte du Niagara
elle-même, dans ses convulsions, n'en a jamais
envoyé de pareille vers le ciel.

La montagne tremblait dans sa base même, et
le roc remuait. Je me jetai à plat ventre, et,
dans un excès d'agitation nerveuse, je m'accro-
chai au maigre gazon.

— Ceci, dis-je enfin au vieillard, ne peut pas
être autre chose que le grand tourbillon du
Maelstrom.

— On l'appelle quelquefois ainsi, dit-il; mais
nous autres Norvégiens, nous le nommons le
Moskoe-Strom, de l'île de Moskoe, qui est située
à moitié chemin.

Les descriptions ordinaires de ce tourbillon
ne m'avaient nullement préparé à ce que je
voyais. Celle de Jonas Ramus, qui est peut-être
plus détaillée qu'aucune, ne donne pas la plus
légère idée de la magnificence et de l'horreur
du tableau, — ni de l'étrange et ravissante sensation de nouveauté qui confond le spectateur.
Je ne sais pas précisément de quel point de vue

ni à quelle heure l'a vu l'écrivain en question;
mais ce ne peut être ni du sommet de Helseggen, ni pendant une tempête. Il y a néanmoins
quelques passages de sa description qui peuvent
être cités pour les détails, quoiqu'ils soient très-
insuffisants pour donner une impression du spectacle.

« Entre Lofoden et Moskoe, dit-il, la profondeur de l'eau est de trente-six à quarante brasses;
mais, de l'autre côté, du côté de Ver (il veut
dire Vurrgh), cette profondeur diminue au point
qu'un navire ne pourrait y chercher un passage sans courir le danger de se déchirer sur les
roches, ce qui peut arriver par le temps le plus
calme. Quand vient la marée, le courant se jette
dans l'espace compris entre Lofoden et Moskoe
avec une tumultueuse rapidité; mais le rugissement de son terrible reflux est à peine égalé
par celui des plus hautes et des plus terribles
cataractes; le bruit se fait entendre à plusieurs
lieues, et les tourbillons ou tournants creux sont
d'une telle étendue et d'une telle profondeur,
que, si un navire entre dans la région de son
attraction, il est inévitablement absorbé et
entraîné au fond, et, là, déchiré en morceaux
contre les rochers; et, quand le courant se
relâche, les débris sont rejetés à la surface. Mais
ces intervalles de tranquillité n'ont lieu qu'entre
le reflux et le flux, par un temps calme, et ne
durent qu'un quart d'heure; puis la violence
du courant revient graduellement.

» Quand il bouillonne le plus et quand sa
force est accrue par une tempête, il est dange-

reux d'en approcher, même d'un mille norvé-
gien. Des barques, des yachts, des navires ont
été entraînés pour n'y avoir pas pris garde avant
de se trouver à portée de son attraction. Il
arrive assez fréquemment que des baleines
viennent trop près du courant et sont maîtrisées
par sa violence; et il est impossible de décrire
leurs mugissements et leurs beuglements dans
leur inutile effort pour se dégager.

» Une fois, un ours, essayant de passer à la
nage le détroit entre Lofoden et Moskoe, fut
saisi par le courant et emporté au fond; il rugissait si effroyablement qu'on l'entendait du
rivage. De vastes troncs de pins et sapins, engloutis par le courant, reparaissent brisés et déchirés,
au point qu'on dirait qu'il leur a poussé des
poils. Cela démontre clairement que le fond est
fait de roches pointues sur lesquelles ils ont
été roulés çà et là. Ce courant est réglé par le
flux et le reflux de la mer, qui a constamment
lieu de six en six heures. Dans l'année 1645, le
dimanche de la Sexagésime, de fort grand matin,
il se précipita avec un tel fracas et une telle
impétuosité, que des pierres se détachaient des
maisons de la côte... »

En ce qui concerne la profondeur de l'eau, je
ne comprends pas comment on a pu s'en assurer
dans la proximité immédiate du tourbillon. Les
quarante brasses doivent avoir trait seulement
aux parties du canal qui sont tout près du rivage,
soit de Moskoe, soit de Lofoden. La profondeur
au centre du Moskoe-Strom doit être incommen-
surablement plus grande, et il suffit, pour en

acquérir la certitude, de jeter un coup d'œil oblique dans l'abîme du tourbillon, quand on est sur le sommet le plus élevé de Helseggen. En plongeant mon regard du haut de ce pic dans le Phlégéthon hurlant, je ne pouvais m'empêcher de sourire de la simplicité avec laquelle le bon Jonas Ramus raconte, comme choses difficiles à croire, ses anecdotes d'ours et de baleines; car il me semblait que c'était chose évidente de soi que le plus grand vaisseau de ligne possible, arrivant dans le rayon de cette mortelle attraction, devait y résister aussi peu qu'une plume à un coup de vent et disparaître tout en grand et tout d'un coup.

Les explications qu'on a données du phénomène, — dont quelques-unes, je me le rappelle, me paraissaient suffisamment plausibles à la lecture, — avaient maintenant un aspect très-différent et très-peu satisfaisant. L'explication généralement reçue est que, comme les trois petits tourbillons des îles de Féroë, celui-ci « n'a pas d'autre cause que le choc des vagues montant et retombant, au flux et au reflux, le long d'un banc de roches qui endigue les eaux et les rejette en cataracte; et qu'ainsi, plus la marée s'élève, plus la chute est profonde, et que le résultat naturel est un tourbillon ou vortex, dont la prodigieuse puissance de succion est suffisamment démontrée par de moindres exemples. » Tels sont les termes de l'*Encyclopédie britannique*. Kircher et d'autres imaginent qu'au milieu du canal du Maelstrom est un abîme qui traverse le globe et aboutit dans quelque

région très-éloignée; — le golfe de Bothnie a
même été désigné une fois un peu légèrement.
Cette opinion assez puérile était celle à laquelle,
pendant que je contemplais le lieu, mon imagination donnait le plus volontiers son assentiment; et, comme j'en faisais part au guide, je fus
assez surpris de l'entendre me dire que, bien
que telle fût l'opinion presque générale des Norvégiens à ce sujet, ce n'était néanmoins pas la
sienne. Quant à cette idée, il confessa qu'il était
incapable de la comprendre, et je finis par être
d'accord avec lui; car, pour concluante qu'elle
soit sur le papier, elle devient absolument inin-
telligible et absurde à côté du tonnerre de
l'abîme.

— Maintenant que vous avez bien vu le tourbillon, me dit le vieux homme, si vous voulez
que nous nous glissions derrière cette roche,
sous le vent, de manière qu'elle amortisse le
vacarme de l'eau, je vous conterai une histoire
qui vous convaincra que je dois en savoir
quelque chose, du Moskoe-Strom!

Je me plaçai comme il le désirait, et il commença :

— Moi et mes deux frères, nous possédions
autrefois un semaque gréé en goëlette, de
soixante et dix tonneaux à peu près, avec lequel
nous pêchions habituellement parmi les îles au-
delà de Moskoe, près de Vurrgh. Tous les violents remous de mer donnent une bonne pêche,
pourvu qu'on s'y prenne en temps opportun et
qu'on ait le courage de tenter l'aventure; mais,
parmi tous les hommes de la côte de Lofoden,

nous trois seuls, nous faisions notre métier ordinaire d'aller aux îles, comme je vous dis. Les
pêcheries ordinaires sont beaucoup plus bas vers
le sud. On y peut prendre du poisson à toute
heure, sans courir grand risque, et naturellement ces endroits-là sont préférés; mais les places
de choix, par ici, entre les rochers, donnent non-
seulement le poisson de la plus belle qualité,
mais aussi en bien plus grande abondance; si
bien que nous prenions souvent en un seul jour
ce que les timides dans le métier n'auraient pas
pu attraper tous ensemble en une semaine. En
somme, nous faisions de cela une espèce de spé-
culation désespérée, — le risque de la vie rem-
plaçait le travail, et le courage tenait lieu de
capital.

» Nous abritions notre semaque dans une
anse à cinq milles sur la côte au-dessus de celle-
ci; et c'était notre habitude, par le beau temps,
de profiter du répit de quinze minutes pour
nous lancer à travers le canal principal du
Moskoe-Strom, bien au-dessus du trou, et d'aller
jeter l'ancre quelque part dans là proximité
d'Otterholm ou de Sandflesen, où les remous ne
sont pas aussi violents qu'ailleurs. Là, nous atten-
dions ordinairement, pour lever l'ancre et
retourner chez nous, à peu près jusqu'à l'heure
de l'apaisement des eaux. Nous ne nous aven-
turions jamais dans cette expédition sans un bon
vent largue pour aller et revenir, — un vent
dont nous pouvions être sûrs pour notre retour,
— et nous nous sommes rarement trompés sur
ce point. Deux fois, en six ans, nous avons été

forcés de passer la nuit à l'ancre par suite d'un calme plat, ce qui est un cas bien rare dans ces parages; et, une autre fois, nous sommes restés à terre près d'une semaine, affamés jusqu'à la mort, grâce à un coup de vent qui se mit à souffler peu de temps après notre arrivée et rendit le canal trop orageux pour songer à le traverser. Dans cette occasion, nous aurions été entraînés au large en dépit de tout (car les tourbillons nous ballottaient çà et là avec une telle violence, qu'à la fin nous avions chassé sur notre ancre faussée), si nous n'avions dérivé dans un de ces innombrables courants qui se forment, ici aujourd'hui, et demain ailleurs, et qui nous conduisit sous le vent de Flimen, où, par bonheur, nous pûmes mouiller.

» Je ne vous dirai pas la vingtième partie des dangers que nous essuyâmes dans les pêcheries, — c'est un mauvais parage, même par le beau temps, — mais nous trouvions toujours le moyen de défier le Moskoe-Strom sans accident; parfois pourtant le cœur me montait aux lèvres quand nous étions d'une minute en avance ou en retard sur l'accalmie. Quelquefois, le vent n'était pas aussi vif que nous l'espérions en mettant à la voile, et alors nous allions moins vite que nous ne l'aurions voulu, pendant que le courant rendait le semaque plus difficile à gouverner.

» Mon frère aîné avait un fils âgé de dix-huit ans, et j'avais pour mon compte deux grands garçons. Ils nous eussent été d'un grand secours dans de pareils cas, soit qu'ils eussent pris les avirons, soit qu'ils eussent pêché à l'arrière; —

mais, vraiment, bien que nous consentissions à
risquer notre vie, nous n'avions pas le cœur de
laisser ces jeunesses affronter le danger; — car,
tout bien considéré, c'était un horrible danger,
c'est la pure vérité.

» Il y a maintenant trois ans moins quelques
jours qu'arriva ce que je vais vous raconter.
C'était le 10 juillet 18.., un jour que les gens de
ce pays n'oublieront jamais, — car ce fut un
jour où souffla la plus terrible tempête qui soit
jamais tombée de la calotte des cieux. Cependant, toute la matinée et même fort avant dans
l'après-midi, nous avions eu une jolie brise
bien faite du sud-ouest, le soleil était superbe, si
bien que le plus vieux loup de mer n'aurait
pas pu prévoir ce qui allait arriver.

» Nous étions passés tous les trois, mes deux
frères et moi, à travers les îles à deux heures
de l'après-midi environ, et nous eûmes bientôt
chargé le semaque de fort beau poisson, qui —
nous l'avions remarqué tous trois — était plus
abondant ce jour-là que nous ne l'avions jamais
vu. Il était juste sept heures *à ma montre* quand
nous levâmes l'ancre pour retourner chez nous,
de manière à faire le plus dangereux du Strom
dans l'intervalle des eaux tranquilles, que nous
savions avoir lieu à huit heures.

» Nous partîmes avec une bonne brise à tribord, et, pendant quelque temps, nous filâmes
très-rondement, sans songer le moins du monde
au danger; car, en réalité, nous ne voyions pas
la moindre cause d'appréhension. Tout à coup
nous fûmes masqués par une saute de vent qui

venait de Helseggen. Cela était tout à fait extra-ordinaire, — c'était une chose qui ne nous était jamais arrivée, — et je commençais à être un peu inquiet, sans savoir exactement pourquoi. Nous fîmes arriver au vent, mais nous ne pûmes jamais fendre les remous, et j'étais sur le point de proposer de retourner au mouillage, quand, regardant à l'arrière, nous vîmes tout l'horizon enveloppé d'un nuage singulier, couleur de cuivre, qui montait avec la plus étonnante vélo-cité.

» En même temps, la brise qui nous avait pris en tête tomba, et, surpris alors par un calme plat, nous dérivâmes à la merci de tous les cou-rants. Mais cet état de choses ne dura pas assez longtemps pour nous donner le temps d'y réflé-chir. En moins d'une minute, la tempête était sur nous, — une minute après, le ciel était entière-ment chargé, — et il devint soudainement si noir, qu'avec les embruns qui nous sautaient aux yeux nous ne pouvions plus nous voir l'un l'autre à bord.

» Vouloir décrire un pareil coup de vent, ce serait folie. Le plus vieux marin de Norvège n'en a jamais essuyé de pareil. Nous avions amené toute la voile avant que le coup de vent nous surprît; mais, dès la première rafale, nos deux mâts vinrent par-dessus bord, comme s'ils avaient été sciés par le pied, — le grand mât emportant avec lui mon plus jeune frère qui s'y était accroché par prudence.

» Notre bateau était bien le plus léger joujou qui eût jamais glissé sur la mer. Il avait un pont effleuré avec une seule petite écoutille à l'avant, et nous avions toujours eu pour habitude de la fermer solidement en traversant le Strom, bonne précaution dans une mer clapoteuse. Mais, dans cette circonstance présente, nous aurions sombré du premier coup, — car, pendant quelques instants, nous fûmes littéralement ensevelis sous l'eau. Comment mon frère aîné échappa-t-il à la mort? Je ne puis le dire, je n'ai jamais pu me l'expliquer. Pour ma part, à peine avais-je lâché la misaine, que je m'étais jeté sur le pont à plat ventre, les pieds contre l'étroit plat-bord de l'avant, et les mains accrochées à un boulon, auprès du pied du mât de misaine. Le pur instinct m'avait fait agir ainsi, — c'était indubitablement ce que j'avais de mieux à faire, — car j'étais trop ahuri pour penser.

» Pendant quelques minutes, nous fûmes complètement inondés, comme je vous le disais, et, pendant tout ce temps, je retins ma respiration et me cramponnai à l'anneau. Quand je sentis que je ne pouvais pas rester ainsi plus longtemps sans être suffoqué, je me dressai sur mes genoux, tenant toujours bon avec mes mains, et je dégageai ma tête. Alors, notre petit bateau donna de lui-même une secousse, juste comme un chien qui sort de l'eau, et se leva en partie au-dessus de la mer. Je m'efforçai alors de secouer de mon mieux la stupeur qui m'avait envahi et de recouvrer suffisamment mes esprits pour voir ce qu'il y avait à faire, quand je sentis quelqu'un qui me saisissait le bras. C'était mon frère aîné, et mon cœur en sauta de joie, car je

le croyais par-dessus bord; — mais, un moment
après, toute cette joie se changea en horreur,
quand, appliquant sa bouche à mon oreille, il
vociféra ce simple mot : *le Moskoe-Strom!*

» Personne ne saura jamais ce que furent en
ce moment mes pensées. Je frissonnai de la tête
aux pieds, comme pris du plus violent accès de
fièvre. Je comprenais suffisamment ce qu'il
entendait par ce seul mot, — je savais bien ce
qu'il voulait me faire entendre! Avec le vent
qui nous poussait maintenant, nous étions desti-
nés au tourbillon du Strom, et rien ne pouvait
nous sauver!

» Vous avez bien compris qu'en traversant le
canal de Strom, nous faisions toujours notre
route bien au-dessus du tourbillon, même par
le temps le plus calme, et encore avions-nous
bien soin d'attendre et d'épier le répit de la
marée; mais, maintenant, nous courions droit
sur le gouffre lui-même, et avec une pareille
tempête! « A coup sûr, pensai-je, nous y serons
juste au moment de l'accalmie, il y a là encore
un petit espoir. » Mais, une minute après, je
me maudissais d'avoir été assez fou pour rêver
d'une espérance quelconque. Je voyais parfaitement que nous étions condamnés, eussions-nous
été un vaisseau de je ne sais combien de canons!

» En ce moment, la première fureur de la
tempête était passée, ou peut-être ne la sentions-
nous pas autant parce que nous fuyions devant;
mais, en tout cas, la mer, que le vent avait
d'abord maîtrisée, plane et écumeuse, se dressait
maintenant en véritables montagnes. Un chan-

gement singulier avait eu lieu aussi dans le ciel.
Autour de nous, dans toutes les directions, il
était toujours noir comme de la poix, mais
presque au-dessus de nous il s'était fait une
ouverture circulaire, — un ciel clair, — clair
comme je ne l'ai jamais vu, — d'un bleu brillant
et foncé, — et à travers ce trou resplendissait la
pleine lune avec un éclat que je ne lui avais
jamais connu. Elle éclairait toutes choses autour
de nous avec la plus grande netteté, — mais,
grand Dieu! quelle scène à éclairer!

» Je fis un ou deux efforts pour parler à mon
frère; mais le vacarme, sans que je pusse m'expliquer comment, était accru à un tel point, que
je ne pus lui faire entendre un seul mot, bien
que je criasse dans son oreille de toute la force
de mes poumons. Tout à coup il secoua la tête,
devint pâle comme la mort, et leva un de ses
doigts comme pour me dire : *Écoute!*

» D'abord, je ne compris pas ce qu'il voulait
dire, — mais bientôt une épouvantable pensée
se fit jour en moi. Je tirai ma montre de mon
gousset. Elle ne marchait pas. Je regardai le
cadran au clair de la lune, et je fondis en larmes
en la jetant dans l'Océan. *Elle s'était arrêtée
à sept heures! Nous avions laissé passer le répit
de la marée, et le tourbillon du Strom était dans
sa pleine furie!*

» Quand un navire est bien construit, proprement équipé et pas trop chargé, les lames, par
une grande brise, et quand il est au large,
semblent toujours s'échapper de dessous sa
quille, — ce qui paraît très-étrange à un homme

de terre, — et ce qu'on appelle, en langage de
bord, chevaucher *(riding)*. Cela allait bien, tant
que nous grimpions lestement sur la houle; mais,
actuellement, une mer gigantesque venait nous
prendre par notre arrière et nous enlevait avec
elle, — haut, haut, — comme pour nous pousser
jusqu'au ciel. Je n'aurais jamais cru qu'une
lame pût monter si haut. Puis nous descendions
en faisant une courbe, une glissade, un plongeon, qui me donnait la nausée et le vertige,
comme si je tombais en rêve du haut d'une
immense montagne. Mais, du haut de la lame,
j'avais jeté un rapide coup d'œil autour de moi,
— et ce seul coup d'œil avait suffi. Je vis exactement notre position en une seconde. Le tourbillon de Moskoe-Strom était à un quart de
mille environ, droit devant nous, mais il ressemblait aussi peu au Moskoe-Strom de tous les
jours que ce tourbillon que vous voyez maintenant ressemble à un remous de moulin. Si je
n'avais pas su où nous étions et ce que nous
avions à attendre, je n'aurais pas reconnu l'endroit. Tel que je le vis, je fermai involontairement les yeux d'horreur; mes paupières se col-
lèrent comme dans un spasme.

» Moins de deux minutes après, nous sen-
tîmes tout à coup la vague s'apaiser, et nous
fûmes enveloppés d'écume. Le bateau fit un
brusque demi-tour par bâbord, et partit dans
cette nouvelle direction comme la foudre. Au
même instant, le rugissement de l'eau se perdit
dans une espèce de clameur aiguë, — un son tel
que vous pouvez le concevoir en imaginant les

soupapes de plusieurs milliers de steamers lâchant à la fois leur vapeur. Nous étions alors dans la ceinture moutonneuse qui cercle toujours le tourbillon; et je croyais naturellement qu'en une seconde nous allions plonger dans le gouffre, au fond duquel nous ne pouvions pas voir distinctement en raison de la prodigieuse vélocité avec laquelle nous y étions entraînés. Le bateau ne semblait pas plonger dans l'eau, mais la raser, comme une bulle d'air qui voltige sur la surface de la lame. Nous avions le tourbillon à tribord, et à bâbord se dressait le vaste Océan que nous venions de quitter. Il s'élevait comme un mur gigantesque se tordant entre nous et l'horizon.

» Cela peut paraître étrange; mais alors, quand nous fûmes dans la gueule même de l'abîme, je me sentis plus de sang-froid que quand nous en approchions. Ayant fait mon deuil de toute espérance, je fus délivré d'une grande partie de cette terreur qui m'avait d'abord écrasé. Je suppose que c'était le désespoir qui roidissait mes nerfs.

» Vous prendrez peut-être cela pour une fanfaronnade, mais ce que je vous dis est la vérité : je commençai à songer quelle magnifique chose c'était de mourir d'une pareille manière, et combien il était sot à moi de m'occuper d'un aussi vulgaire intérêt que ma conservation individuelle, en face d'une si prodigieuse manifestation de la puissance de Dieu. Je crois que je rougis de honte quand cette idée traversa mon esprit. Peu d'instants après, je fus possédé de la plus ardente curiosité relativement au tourbillon lui-même. Je sentis positivement le *désir* d'explorer ses profondeurs, même au prix du sacrifice que j'allais faire ; mon principal chagrin était de penser que je ne pourrais jamais raconter à mes vieux camarades les mystères que j'allais connaître. C'étaient là, sans doute, de singulières pensées pour occuper l'esprit d'un homme dans une pareille extrémité, — et j'ai souvent eu l'idée depuis lors que les évolutions du bateau autour du gouffre m'avaient un peu étourdi la tête.

» Il y eut une autre circonstance qui contribua à me rendre maître de moi-même ; ce fut la complète cessation du vent, qui ne pouvait plus nous atteindre dans notre situation actuelle : — car, comme vous pouvez en juger par vous-même, la ceinture d'écume est considérablement au-dessous du niveau général de l'Océan, et ce dernier nous dominait maintenant comme la crête d'une haute et noire montagne. Si vous ne vous êtes jamais trouvé en mer par une grosse tempête, vous ne pouvez vous faire une idée du trouble d'esprit occasionné par l'action simultanée du vent et des embruns. Cela vous aveugle, vous étourdit, vous étrangle et vous ôte toute faculté d'action ou de réflexion. Mais nous étions maintenant grandement soulagés de tous ces embarras, — comme ces misérables condamnés à mort, à qui on accorde dans leur prison quelques petites faveurs qu'on leur refusait tant que l'arrêt n'était pas prononcé.

» Combien de fois fîmes-nous le tour de cette

ceinture, il m'est impossible de le dire. Nous
courûmes tout autour, pendant une heure à peu
près; nous volions plutôt que nous ne flottions,
et nous nous rapprochions toujours de plus en
plus du centre du tourbillon, et toujours
plus près, toujours plus près de son épouvantable arête intérieure.

» Pendant tout ce temps, je n'avais pas lâché
le boulon. Mon frère était à l'arrière, se tenant à
une petite barrique vide, solidement attachée
sous l'échauguette derrière l'habitacle; c'était le
seul objet du bord qui n'eût pas été balayé
quand le coup de temps nous avait surpris.

» Comme nous approchions de la margelle de
ce puits mouvant, il lâcha le baril et tâcha de
saisir l'anneau, que, dans l'agonie de sa terreur,
il s'efforçait d'arracher de mes mains, et qui
n'était pas assez large pour nous donner sûrement prise à tous deux. Je n'ai jamais éprouvé
de douleur plus profonde que quand je le vis
tenter une pareille action, — quoique je visse
bien qu'alors il était insensé et que la pure
frayeur en avait fait un fou furieux.

» Néanmoins, je ne cherchai pas à lui disputer la place. Je savais bien qu'il importait fort
peu à qui appartiendrait l'anneau; je lui laissai
le boulon, et m'en allai au baril de l'arrière. Il
n'y avait pas grande difficulté à opérer cette
manœuvre; car le semaque filait en rond avec
assez d'aplomb et assez droit sur sa quille, poussé
quelquefois çà et là par les immenses houles et
les bouillonnements du tourbillon. A peine
m'étais-je arrangé dans ma nouvelle position,

que nous donnâmes une violente embardée à
tribord, et que nous piquâmes la tête la première dans l'abîme. Je murmurai une rapide
prière à Dieu, et je pensai que tout était fini.

» Comme je subissais l'effet douloureusement
nauséabond de la descente, je m'étais instinctivement cramponné au baril avec plus d'énergie,
et j'avais fermé les yeux. Pendant quelques
secondes, je n'osai pas les ouvrir, — m'attendant
à une destruction instantanée et m'étonnant de
ne pas déjà en être aux angoisses suprêmes de
l'immersion. Mais les secondes s'écoulaient; je
vivais encore. La sensation de chute avait cessé,
et le mouvement du navire ressemblait beaucoup à ce qu'il était déjà, quand nous étions pris
dans la ceinture d'écume, à l'exception que
maintenant nous donnions davantage de la
bande. Je repris courage et regardai une fois
encore le tableau.

» Jamais je n'oublierai les sensations d'effroi,
d'horreur et d'admiration que j'éprouvai en
jetant les yeux autour de moi. Le bateau semblait suspendu comme par magie, à mi-chemin
de sa chute, sur la surface intérieure d'un entonnoir d'une vaste circonférence, d'une profondeur
prodigieuse, et dont les parois, admirablement
polies, auraient pu être prises pour de l'ébène,
sans l'éblouissante vélocité avec laquelle elles
pirouettaient et l'étincelante et horrible clarté
qu'elles répercutaient sous les rayons de la pleine
lune, qui, de ce trou circulaire que j'ai déjà
décrit, ruisselaient en un fleuve d'or et de splen-
deur le long des murs noirs et pénétraient

jusque dans les plus intimes profondeurs de l'abîme.

» D'abord, j'étais trop troublé pour observer n'importe quoi avec quelque exactitude. L'explosion générale de cette magnificence terrifique était tout ce que je pouvais voir. Néanmoins, quand je revins un peu à moi, mon regard se dirigea instinctivement vers le fond. Dans cette direction, je pouvais plonger ma vue sans obstacle à cause de la situation de notre semaque qui était suspendu sur la surface inclinée du gouffre; il courait toujours sur sa quille, c'est-à-dire que son pont formait un plan parallèle à celui de l'eau, qui faisait comme un talus incliné à plus de 45 degrés, de sorte que nous avions l'air de nous soutenir sur notre côté. Je ne pouvais m'empêcher de remarquer, toutefois, que je n'avais guère plus de peine à me retenir des mains et des pieds, dans cette situation, que si nous avions été sur un plan horizontal; et cela tenait, je suppose, à la vélocité avec laquelle nous tournions.

» Les rayons de la lune semblaient chercher le fin fond de l'immense gouffre; cependant, je ne pouvais rien distinguer nettement, à cause d'un épais brouillard qui enveloppait toutes choses, et sur lequel planait un magnifique arc-en-ciel, semblable à ce pont étroit et vacillant que les musulmans affirment être le seul passage entre le Temps et l'Éternité. Ce brouillard ou cette écume était sans doute occasionné par le conflit des grands murs de l'entonnoir, quand ils se rencontraient et se brisaient au

fond; — quant au hurlement qui montait de
ce brouillard vers le ciel, je n'essayerai pas de
le décrire.

» Notre première glissade dans l'abîme, à partir de la ceinture d'écume, nous avait portés
à une grande distance sur la pente; mais postérieurement notre descente ne s'effectua pas aussi
rapidement, à beaucoup près. Nous filions toujours, toujours circulairement, non plus avec un
mouvement uniforme, mais avec des élans qui
parfois ne nous projetaient qu'à une centaine
de yards, et d'autres fois nous faisaient accomplir une évolution complète autour du tourbillon. A chaque tour, nous nous rapprochions
du gouffre, lentement, il est vrai, mais d'une
manière très-sensible.

» Je regardai au large sur le vaste désert
d'ébène qui nous portait, et je m'aperçus que
notre barque n'était pas le seul objet qui fût
tombé dans l'étreinte du tourbillon. Au-dessus
et au-dessous de nous, on voyait des débris de
navires, de gros morceaux de charpente, des
troncs d'arbres, ainsi que bon nombre d'articles
plus petits, tels que des pièces de mobilier, des
malles brisées, des barils et des douves. J'ai déjà
décrit la curiosité surnaturelle qui s'était substituée à mes primitives terreurs. Il me sembla
qu'elle augmentait à mesure que je me rapprochais de mon épouvantable destinée. Je commençai alors à épier avec un étrange intérêt les
nombreux objets qui flottaient en notre compagnie. Il *fallait* que j'eusse le délire, — car je
trouvais même une sorte *d'amusement* à calculer

les vitesses relatives de leur descente vers le tourbillon d'écume.

» — Ce sapin, me surpris-je une fois à dire,
sera certainement la première chose qui fera le
terrible plongeon et qui disparaîtra; — et je
fus fort désappointé de voir qu'un bâtiment de
commerce hollandais avait pris les devants et
s'était engouffré le premier. A la longue, après
avoir fait quelques conjectures de cette nature,
et m'être toujours trompé, — ce fait, — le fait
de mon invariable mécompte, — me jeta dans
un ordre de réflexions qui firent de nouveau
trembler mes membres et battre mon cœur
encore plus lourdement.

» Ce n'était pas une nouvelle terreur qui
m'affectait ainsi, mais l'aube d'une espérance
bien plus émouvante. Cette espérance surgissait
en partie de la mémoire, en partie de l'observation présente. Je me rappelai l'immense variété
d'épaves qui jonchaient la côte de Lofoden, et
qui avaient toutes été absorbées et revomies par
le Moskoe-Strom. Ces articles, pour la plus
grande partie, étaient déchirés de la manière la
plus extraordinaire, — éraillés, écorchés, au
point qu'ils avaient l'air d'être tout garnis de
pointes d'esquilles. — Mais je me rappelais distinctement alors qu'il y en avait quelques-uns
qui n'étaient pas défigurés du tout. Je ne pouvais maintenant me rendre compte de cette différence qu'en supposant que les fragments
écorchés fussent les seuls qui eussent été complètement absorbés, — les autres étant entrés dans
le tourbillon à une période assez avancée de la

marée, ou, après y être entrés, étant, par une raison ou par une autre, descendus assez lentement
pour ne pas atteindre le fond avant le retour
du flux ou du reflux, — suivant le cas. Je concevais qu'il était possible, dans les deux cas, qu'ils
eussent remonté, en tourbillonnant de nouveau
jusqu'au niveau de l'Océan, sans subir le sort de
ceux qui avaient été entraînés de meilleure
heure ou absorbés plus rapidement.

» Je fis aussi trois observations importantes :
la première, que, — règle générale, — plus les
corps étaient gros, plus leur descente était
rapide; — la seconde, que, deux masses étant
données, d'une égale étendue, l'une sphérique
et l'autre de *n'importe quelle autre forme,* la
supériorité de vitesse dans la descente était pour
la sphère; — la troisième, — que, de deux
masses d'un volume égal, l'une cylindrique et
l'autre de n'importe quelle autre forme, le
cylindre était absorbé le plus lentement.

» Depuis ma délivrance, j'ai eu à ce sujet
quelques conversations avec un vieux maître
d'école du district; et c'est de lui que j'ai appris
l'usage des mots cylindre et sphère. Il m'a expli-
qué — mais j'ai oublié l'explication — que ce
que j'avais observé était la conséquence naturelle de la forme des débris flottants, et il m'a
démontré comment un cylindre, tournant dans
un tourbillon, présentait plus de résistance à sa
succion et était attiré avec plus de difficulté
qu'un corps d'une autre forme quelconque et
d'un volume égal.

» Il y avait une circonstance saisissante qui

donnait une grande force à ces observations, et me rendait anxieux de les vérifier : c'était qu'à chaque révolution nous passions devant un baril ou devant une vergue ou un mât de navire, et que la plupart de ces objets, nageant à notre niveau quand j'avais ouvert les yeux pour la première fois sur les merveilles du tourbillon, étaient maintenant situés bien au-dessus de nous et semblaient n'avoir guère bougé de leur position première.

» Je n'hésitai pas plus longtemps sur ce que j'avais à faire. Je résolus de m'attacher avec confiance à la barrique que je tenais toujours embrassée, de larguer le câble qui la retenait à la cage, et de me jeter avec à la mer. Je m'efforçai d'attirer par signes l'attention de mon frère sur les barils flottants auprès desquels nous passions, et je fis tout ce qui était en mon pouvoir pour lui faire comprendre ce que j'allais tenter. Je crus à la longue qu'il avait deviné mon dessein; — mais, qu'il l'eût ou ne l'eût pas saisi, il secoua la tête avec désespoir et refusa de quitter sa place près du boulon. Il m'était impossible de m'emparer de lui; la conjoncture ne permettait pas de délai. Ainsi, avec une amère angoisse, je l'abandonnai à sa destinée; je m'attachai moi-même à la barrique avec le câble qui l'amarrait à l'échauguette, et, sans hésiter un moment de plus, je me précipitai avec dans la mer.

» Le résultat fut précisément ce que j'espérais. Comme c'est moi-même qui vous raconte cette histoire, — comme vous voyez que j'ai échappé, — et comme vous connaissez déjà le

mode de salut que j'employai et pouvez dès lors
prévoir tout ce que j'aurais de plus à vous dire,
— j'abrégerai mon récit et j'irai droit à la
conclusion.

» Il s'était écoulé une heure environ depuis
que j'avais quitté le bord du semaque, quand,
étant descendu à une vaste distance au-dessous
de moi, il fit coup sur coup trois ou quatre tours
précipités, et, emportant mon frère bien-aimé,
piqua de l'avant décidément et pour toujours,
dans le chaos d'écume. Le baril auquel j'étais
attaché nageait presque à moitié chemin de la
distance qui séparait le fond du gouffre de l'endroit où je m'étais précipité par-dessus bord,
quand un grand changement eut lieu dans le
caractère du tourbillon. La pente des parois du
vaste entonnoir se fit de moins en moins escarpée. Les évolutions du tourbillon devinrent graduellement de moins en moins rapides. Peu à
peu l'écume et l'arc-en-ciel disparurent, et le
fond du gouffre sembla s'élever lentement.

» Le ciel était clair, le vent était tombé, et la
pleine lune se couchait radieusement à l'ouest,
quand je me retrouvai à la surface de l'Océan,
juste en vue de la côte de Lofoden, et au-dessus
de l'endroit où *était* naguère le tourbillon du
Moskoe-Strom. C'était l'heure de l'accalmie, —
mais la mer se soulevait toujours en vagues
énormes par suite de la tempête. Je fus porté
violemment dans le canal du Strom et jeté en
quelques minutes à la côte, parmi les pêcheries.
Un bateau me repêcha, — épuisé de fatigue; —
et, maintenant que le danger avait disparu, le

souvenir de ces horreurs m'avait rendu muet. Ceux qui me tirèrent à bord étaient mes vieux camarades de mer et mes compagnons de chaque jour, — mais ils ne me reconnaissaient pas plus qu'ils n'auraient reconnu un voyageur revenu du monde des esprits. Mes cheveux, qui la veille étaient d'un noir de corbeau, étaient aussi blancs que vous les voyez maintenant. Ils dirent aussi que toute l'expression de ma physionomie était changée. Je leur contai mon histoire, — ils ne voulurent pas y croire. — Je vous la raconte, à vous, maintenant, et j'ose à peine espérer que vous y ajouterez plus de foi que les plaisants pêcheurs de Lofoden. »

LA VÉRITÉ SUR LE CAS
DE M. VALDEMAR

QUE le cas extraordinaire de M. Valdemar ait excité une discussion, il n'y a certes pas lieu de s'en étonner. C'eût été un miracle qu'il n'en fût pas ainsi, — particulièrement dans de telles circonstances. Le désir de toutes les parties intéressées à tenir l'affaire secrète, au moins pour le présent ou en attendant l'opportunité d'une nouvelle investigation, et nos efforts pour y réussir ont laissé place à un récit tronqué ou exagéré qui s'est propagé dans le public, et qui, présentant l'affaire sous les couleurs les plus désagréablement fausses, est naturellement devenu la source d'un grand discrédit.

Il est maintenant devenu nécessaire que je donne *les faits,* autant du moins que je les comprends moi-même.

Succinctement les voici :

Mon attention, dans ces trois dernières années, avait été à plusieurs reprises attirée vers le magnétisme; et, il y a environ neuf mois, cette pensée frappa presque soudainement mon esprit, que, dans la série des expériences faites jusqu'à présent, il y avait une très-remarquable et très-inexplicable lacune : — personne n'avait encore été magnétisé *in articulo mortis*. Restait à savoir, d'abord, si dans un pareil état existait chez le patient une réceptibilité quelconque de l'influx magnétique; en second lieu, si, dans le cas d'affirmative, elle était atténuée ou augmentée par la circonstance; troisièmement, jusqu'à quel point et pour combien de temps les empiétements de la mort pouvaient être arrêtés par l'opération. Il y avait d'autres points à vérifier, mais ceux-ci excitaient le plus ma curiosité, — particulièrement le dernier, à cause du caractère immensément grave de ses conséquences.

En cherchant autour de moi un sujet au moyen duquel je pusse éclairer ces points, je fus amené à jeter les yeux sur mon ami, M. Ernest Valdemar, le compilateur bien connu de la *Bibliotheca forensica,* et auteur (sous le pseudonyme d'Issachar Marx) des traductions polonaises de *Wallenstein* et de *Gargantua*. M. Valdemar, qui résidait généralement à Harlem (New-York) depuis l'année 1839, est ou était particulièrement remarquable par l'excessive maigreur de sa personne, — ses membres inférieurs ressemblant beaucoup à ceux de John Randolph, — et aussi par la blancheur de ses favoris qui faisaient contraste avec sa chevelure noire, que chacun prenait conséquemment pour une perruque. Son tempérament était singulièrement nerveux et en faisait un excellent sujet pour les expériences magnétiques. Dans deux ou trois occasions, je l'avais amené à dormir sans grande difficulté; mais je fus désappointé quant aux autres résultats que sa constitution particulière m'avait naturellement fait espérer. Sa volonté n'était jamais positivement ni entièrement soumise à mon influence, et relativement à la *clairvoyance* je ne réussis à faire avec lui rien sur quoi l'on pût faire fond. J'avais toujours attribué mon insuccès sur ces points au dérangement de sa santé. Quelques mois avant l'époque où je fis sa connaissance, les médecins l'avaient déclaré atteint d'une phthisie bien caractérisée. C'était à vrai dire sa coutume de parler de sa fin prochaine avec beaucoup de sang-froid, comme d'une chose qui ne pouvait être ni évitée ni regrettée.

Quand ces idées, que j'exprimais tout à l'heure, me vinrent pour la première fois, il était très-naturel que je pensasse à M. Valdemar. Je connaissais trop bien la solide philosophie de l'homme pour redouter quelques scrupules de sa part, et il n'avait point de parents en Amérique qui pussent plausiblement intervenir. Je lui parlai franchement de la chose; et, à ma grande surprise, il parut y prendre un intérêt très-vif. Je dis à ma grande surprise, car, quoiqu'il eût toujours gracieusement livré sa personne à mes expériences, il n'avait jamais témoigné de sympathie pour mes études. Sa maladie était de celles qui admettent un calcul exact relativement à l'époque de leur *dénoûment;* et il fut finalement convenu entre nous qu'il m'enverrait chercher vingt-quatre heures avant le terme marqué par les médecins pour sa mort.

Il y a maintenant sept mois passés que je reçus de M. Valdemar le billet suivant :

« Mon cher P...,

» Vous pouvez aussi bien venir *maintenant*. D... et F... s'accordent à dire que je n'irai pas, demain, au-delà de minuit; et je crois qu'ils ont calculé juste, ou bien peu s'en faut.

« VALDEMAR. »

Je recevais ce billet une demi-heure après qu'il m'était écrit, et, en quinze minutes au plus, j'étais dans la chambre du mourant. Je ne l'avais pas vu depuis dix jours, et je fus effrayé de la terrible altération que ce court intervalle avait produite en lui. Sa face était d'une couleur de plomb; les yeux étaient entièrement éteints, et l'amaigrissement était si remarquable, que les pommettes avaient crevé la peau. L'expectoration était excessive; le pouls à peine sensible. Il conservait néanmoins d'une manière fort singulière toutes ses facultés spirituelles et une certaine quantité de force physique. Il parlait distinctement, — prenait sans aide quelques drogues palliatives, — et, quand j'entrai dans la chambre, il était occupé à écrire quelques notes sur un agenda. Il était soutenu dans son lit par des oreillers. Les docteurs D... et F... lui donnaient leurs soins.

Après avoir serré la main de Valdemar, je pris ces messieurs à part et j'obtins un compte rendu minutieux de l'état du malade. Le poumon gauche était depuis dix-huit mois dans un état semi-osseux ou cartilagineux, et conséquemment tout à fait impropre à toute fonction vitale. Le droit, dans sa région supérieure, s'était aussi ossifié, sinon en totalité, du moins partiellement, pendant que la partie inférieure n'était plus qu'une masse de tubercules purulents, se pénétrant les uns les autres. Il existait plusieurs perforations profondes, et en un certain point il y avait adhérence permanente des côtes. Ces phénomènes du lobe droit étaient de date comparativement récente. L'ossification avait marché avec une rapidité très-insolite, — un mois auparavant on n'en découvrait encore aucun symptôme, — et l'adhérence n'avait été remarquée que dans ces trois derniers jours. Indépendamment de la phthisie, on soupçonnait un anévrisme de l'aorte, mais sur ce point les symptômes d'ossification rendaient impossible tout diagnostic exact. L'opinion des deux médecins était que M. Valdemar mourrait le lendemain dimanche vers minuit. Nous étions au samedi, et il était sept heures du soir.

En quittant le chevet du moribond pour causer avec moi, les docteurs D... et F... lui avaient dit un suprême adieu. Ils n'avaient pas l'intention de revenir; mais, à ma requête, ils consentirent à venir voir le patient vers dix heures de la nuit.

Quand ils furent partis, je causai librement avec M. Valdemar de sa mort prochaine, et plus particulièrement de l'expérience que nous nous étions proposée. Il se montra toujours plein de bon vouloir; il témoigna même un vif désir de cette expérience et me pressa de commencer tout de suite. Deux domestiques, un homme et une femme, étaient là pour donner leurs soins; mais je ne me sentis pas tout à fait libre de m'engager dans une tâche d'une telle gravité sans autres témoignages plus rassurants que ceux que pourraient produire ces gens-là en cas d'accident soudain. Je renvoyais donc l'opération à huit heures, quand l'arrivée d'un étudiant en médecine, avec lequel j'étais un peu lié, M. Théodore L..., me tira définitivement d'embarras. Primitivement j'avais résolu d'attendre les médecins; mais je fus induit à commencer tout de suite, d'abord par les sollicitations de M. Valdemar, en second lieu par la conviction que je n'avais pas un instant à perdre, car il s'en allait évidemment.

M. L... fut assez bon pour accéder au désir que j'exprimai qu'il prît des notes de tout ce qui surviendrait; et c'est d'après son procès-verbal que je décalque pour ainsi dire mon récit. Quand je n'ai pas condensé, j'ai copié mot pour mot.

Il était environ huit heures moins cinq, quand, prenant la main du patient, je le priai de confirmer à M. L..., aussi distinctement qu'il le pourrait, que c'était son formel désir, à lui Valdemar, que je fisse une expérience magnétique sur lui, dans de telles conditions.

Il répliqua faiblement, mais très-distinctement : « Oui, je désire être magnétisé »; ajoutant immédiatement après : « Je crains bien que vous n'ayez différé trop longtemps. »

Pendant qu'il parlait, j'avais commencé les passes que j'avais déjà reconnues les plus efficaces pour l'endormir. Il fut évidemment influencé par le premier mouvement de ma main qui traversa son front; mais, quoique je déployasse toute ma puissance, aucun autre effet sensible ne se manifesta jusqu'à dix heures dix minutes, quand les médecins D... et F... arrivèrent au rendez-vous. Je leur expliquai en peu de mots mon dessein; et, comme ils n'y faisaient aucune objection, disant que le patient était déjà dans sa période d'agonie, je continuai sans hésitation, changeant toutefois les passes latérales en passes longitudinales, et concentrant tout mon regard juste dans l'œil du moribond.

Pendant ce temps, son pouls devint imperceptible, et sa respiration obstruée et marquant un intervalle d'une demi-minute.

Cet état dura un quart d'heure, presque sans changement. A l'expiration de cette période, néanmoins, un soupir naturel, quoique horriblement profond, s'échappa du sein du moribond, et la respiration ronflante cessa, c'est-à-dire que son ronflement ne fut plus sensible; les intervalles n'étaient pas diminués. Les extrémités du patient étaient d'un froid de glace.

A onze heures moins cinq minutes, j'aperçus des symptômes non équivoques de l'influence magnétique. Le vacillement vitreux de l'œil s'était changé en cette expression pénible de regard *en dedans* qui ne se voit jamais que dans les cas de somnambulisme, et à laquelle il est impossible de se méprendre; avec quelques

passes latérales rapides, je fis palpiter les paupières, comme quand le sommeil nous prend,
et, en insistant un peu, je les fermai tout à fait.
Ce n'était pas assez pour moi, et je continuai
mes exercices vigoureusement et avec la plus
intense projection de volonté, jusqu'à ce que
j'eusse complètement paralysé les membres du
dormeur, après les avoir placés dans une position
en apparence commode. Les jambes étaient tout
à fait allongées; les bras à peu près étendus, et
reposant sur le lit à une distance médiocre des
reins. La tête était très-légèrement élevée.

Quand j'eus fait tout cela, il était minuit
sonné, et je priai ces messieurs d'examiner la
situation de M. Valdemar. Après quelques expériences, ils reconnurent qu'il était dans un état
de catalepsie magnétique extraordinairement
parfaite. La curiosité des deux médecins était
grandement excitée. Le docteur D... résolut tout
à coup de passer toute la nuit auprès du patient,
pendant que le docteur F... prit congé de nous
en promettant de revenir au petit jour; M. L...
et les gardes-malades restèrent.

Nous laissâmes M. Valdemar absolument
tranquille jusqu'à trois heures du matin; alors,
je m'approchai de lui et le trouvai exactement
dans le même état que quand le docteur F...
était parti, — c'est-à-dire qu'il était étendu dans
la même position; que le pouls était imperceptible, la respiration douce, à peine sensible —
excepté par l'application d'un miroir aux lèvres,
les yeux fermés naturellement, et les membres
aussi rigides et aussi froids que du marbre. Tou-

tefois, l'apparence générale n'était certainement pas celle de la mort.

En approchant de M. Valdemar, je fis une espèce de demi-effort pour déterminer son bras droit à suivre le mien dans les mouvements que je décrivais doucement çà et là au-dessus de sa personne. Autrefois, quand j'avais tenté ces expériences avec le patient, elles n'avaient jamais pleinement réussi, et assurément je n'espérais guère mieux réussir cette fois; mais, à mon grand étonnement, son bras suivit très-doucement, quoique les indiquant faiblement, toutes les directions que le mien lui assigna. Je me déterminai à essayer quelques mots de conversation.

— Monsieur Valdemar, dis-je, dormez-vous?

Il ne répondit pas, mais j'aperçus un tremblement sur ses lèvres, et je fus obligé de répéter ma question une seconde et une troisième fois. A la troisième, tout son être fut agité d'un léger frémissement; les paupières se soulevèrent d'elles-mêmes comme pour dévoiler une ligne blanche du globe; les lèvres remuèrent paresseusement et laissèrent échapper ces mots dans un murmure à peine intelligible :

— Oui; je dors maintenant. Ne m'éveillez pas! — Laissez-moi mourir ainsi!

Je tâtai les membres et les trouvai toujours aussi rigides. Le bras droit, comme tout à l'heure, obéissait à la direction de ma main. Je questionnai de nouveau le somnambule.

— Vous sentez-vous toujours mal à la poitrine, monsieur Valdemar?

La réponse ne fut pas immédiate; elle fut encore moins accentuée que la première :

— Mal? — non, — je meurs.

Je ne jugeai pas convenable de le tourmenter davantage pour le moment, et il ne se dit, il ne se fit rien de nouveau jusqu'à l'arrivée du docteur F..., qui précéda un peu le lever du soleil, et éprouva un étonnement sans bornes en trouvant le patient encore vivant. Après avoir tâté le pouls du somnambule et lui avoir appliqué un miroir sur les lèvres, il me pria de lui parler encore.

— Monsieur Valdemar, dormez-vous toujours?

Comme précédemment, quelques minutes s'écoulèrent avant la réponse; et, durant l'intervalle, le moribond sembla rallier toute son énergie pour parler. A ma question répétée pour la quatrième fois, il répondit très-faiblement, presque inintelligiblement :

— Oui, toujours; — je dors, — je meurs.

C'était alors l'opinion, ou plutôt le désir des médecins, qu'on permît à M. Valdemar de rester sans être troublé dans cet état actuel de calme apparent, jusqu'à ce que la mort survînt; et cela devait avoir lieu, — on fut unanime là-dessus, — dans un délai de cinq minutes. Je résolus cependant de lui parler encore une fois, et je répétai simplement ma question précédente.

Pendant que je parlais, il se fit un changement marqué dans la physionomie du somnambule. Les yeux roulèrent dans leurs orbites, lentement découverts par les paupières qui remontaient; la peau prit un ton général cadavéreux, ressemblant moins à du parchemin qu'à du papier blanc; et les deux taches hectiques circulaires, qui jusque-là étaient vigoureusement fixées dans le centre de chaque joue, *s'éteignirent* tout d'un coup. Je me sers de cette expression, parce que la soudaineté de leur disparition me fait penser à une bougie soufflée plutôt qu'à toute autre chose. La lèvre supérieure, en même temps, se tordit en remontant au-dessus des dents que tout à l'heure elle couvrait entièrement, pendant que la mâchoire inférieure tombait avec une saccade qui put être entendue, laissant la bouche toute grande ouverte, et découvrant en plein la langue noire et boursouflée. Je présume que tous les témoins étaient familiarisés avec les horreurs d'un lit de mort; mais l'aspect de M. Valdemar en ce moment était tellement hideux, hideux au-delà de toute conception, que ce fut une reculade générale loin de la région du lit.

Je sens maintenant que je suis arrivé à un point de mon récit où le lecteur révolté me refusera toute croyance. Cependant, mon devoir est de continuer.

Il n'y avait plus dans M. Valdemar le plus faible symptôme de vitalité; et, concluant qu'il était mort, nous le laissions aux soins des gardes-malades, quand un fort mouvement de vibration se manifesta dans la langue. Cela dura pendant une minute peut-être. A l'expiration de cette période, des mâchoires distendues et immobiles

jaillit une voix, — une voix telle que ce serait
folie d'essayer de la décrire. Il y a cependant
deux ou trois épithètes qui pourraient lui être
appliquées comme des à-peu-près : ainsi je puis
dire que le son était âpre, déchiré, caverneux;
mais le hideux total n'est pas définissable, par
la raison que de pareils sons n'ont jamais hurlé
dans l'oreille de l'humanité. Il y avait cependant deux particularités qui — je le pensai alors,
et je le pense encore, — peuvent être justement
prises comme caractéristiques de l'intonation, et
qui sont propres à donner quelque idée de son
étrangeté extra-terrestre. En premier lieu, la
voix semblait parvenir à nos oreilles, — aux
miennes du moins, — comme d'une très-loin-
taine distance ou de quelque abîme souterrain.
En second lieu, elle m'impressionna (je crains,
en vérité, qu'il ne me soit impossible de me faire
comprendre) de la même manière que les matières glutineuses ou gélatineuses affectent le
sens du toucher.

J'ai parlé à la fois de son et de voix. Je veux
dire que le son était d'une syllabisation distincte,
et même terriblement, effroyablement distincte.
M. Valdemar *parlait,* évidemment pour répondre
à la question que je lui avais adressée quelques
minutes auparavant. Je lui avais demandé, on
s'en souvient, s'il dormait toujours. Il disait
maintenant :

— Oui, — non, — *j'ai dormi,* — et maurice-
nant, — maintenant, *je suis mort.*

Aucune des personnes présentes n'essaya de
nier ni même de réprimer l'indescriptible, la

frissonnante horreur que ces quelques mots ainsi
prononcés étaient si bien faits pour créer.
M. L..., l'étudiant, s'évanouit. Les gardes-
malades s'enfuirent immédiatement de la chambre, et il fut impossible de les y ramener. Quant
à mes propres impressions, je ne prétends pas
les rendre intelligibles pour le lecteur. Pendant
près d'une heure, nous nous occupâmes en
silence (pas un mot ne fut prononcé) à rappeler
M. L... à la vie. Quand il fut revenu à lui, nous
reprîmes nos investigations sur l'état de M. Valdemar.

Il était resté à tous égards tel que je l'ai décrit
en dernier lieu, à l'exception que le miroir ne
donnait plus aucun vestige de respiration. Une
tentative de saignée au bras resta sans succès. Je
dois mentionner aussi que ce membre n'était
plus soumis à ma volonté. Je m'efforçai en vain
de lui faire suivre la direction de ma main. La
seule indication réelle de l'influence magnétique se manifestait maintenant dans le mouvement vibratoire de la langue. Chaque fois que
j'adressais une question à M. Valdemar, il semblait qu'il fît un effort pour répondre, mais
que sa volition ne fût pas suffisamment durable.
Aux questions faites par une autre personne que
moi il paraissait absolument insensible, — quoique j'eusse tenté de mettre chaque membre de
la société en rapport magnétique avec lui. Je
crois que j'ai maintenant relaté tout ce qui est
nécessaire pour faire comprendre l'état du somnambule dans cette période. Nous nous procu-
râmes d'autres infirmiers, et, à dix heures, je sor-

tis de la maison, en compagnie des deux médecins et de M. L...

Dans l'après-midi, nous revînmes tous voir le
patient. Son état était absolument le même.
Nous eûmes alors une discussion sur l'opportunité et la possibilité de l'éveiller; mais nous
fûmes bientôt d'accord en ceci qu'il n'en pouvait résulter aucune utilité. Il était évident que
jusque-là, la mort, ou ce qu'on définit habituellement par le mot *mort,* avait été arrêtée par
l'opération magnétique. Il nous semblait clair à
tous qu'éveiller M. Valdemar, c'eût été simplement assurer sa minute suprême, ou au moins
accélérer sa désorganisation.

Depuis lors jusqu'à la fin de la semaine dernière, — *un intervalle de sept mois à peu près,*
— nous nous réunîmes journellement dans la
maison de M. Valdemar, accompagnés de médecins et d'autres amis. Pendant tout ce temps le
somnambule resta *exactement* tel que je l'ai
décrit. La surveillance des infirmiers était conti-
nuelle.

Ce fut vendredi dernier que nous résolûmes
finalement de faire l'expérience du réveil, ou
du moins d'essayer de l'éveiller; et c'est le résultat, déplorable peut-être, de cette dernière tentative, qui a donné naissance a tant de discussions dans les cercles privés, à tant de bruits
dans lesquels je ne puis m'empêcher de voir le
résultat d'une crédulité populaire injustifiable.

Pour arracher M. Valdemar à la catalepsie
magnétique, je fis usage des passes accoutumées.
Pendant quelque temps, elles furent sans résul-

tat. Le premier symptôme de retour à la vie fut
un abaissement partiel de l'iris. Nous observâmes
comme un fait très-remarquable que cette descente de l'iris était accompagnée du flux très-
abondant d'une liqueur jaunâtre (de dessous les
paupières) d'une odeur âcre et fortement désagréable.

On me suggéra alors d'essayer d'influencer le
bras du patient, comme par le passé. J'essayai,
je ne pus. Le docteur F... exprima le désir que
je lui adressasse une question. Je le fis de la
manière suivante :

— Monsieur Valdemar, pouvez-vous nous
expliquer quels sont maintenant vos sensations
ou vos désirs?

Il y eut un retour immédiat des cercles hectiques sur les joues; la langue trembla ou plutôt roula violemment dans la bouche (quoique
les mâchoires et les lèvres demeurassent toujours
immobiles), et à la longue la même horrible voix
que j'ai décrite fit éruption :

— Pour l'amour de Dieu! — vite! — vite! —
faites-moi dormir, — ou bien, vite! éveillez-moi!
— vite! — *Je vous dis que je suis mort!*

J'étais totalement énervé, et pendant une
minute je restai indécis sur ce que j'avais à
faire. Je fis d'abord un effort pour calmer le
patient; mais, cette totale vacance de ma volonté
ne me permettant pas d'y réussir, je fis l'inverse
et m'efforçai aussi vivement que possible de le
réveiller. Je vis bientôt que cette tentative aurait
un plein succès, — ou du moins je me figurai
bientôt que mon succès serait complet, — et je

suis sûr que chacun dans la chambre s'attendait au réveil du somnambule.

Quant à ce qui arriva en réalité, aucun être humain n'aurait jamais pu s'y attendre ; c'est au-delà de toute possibilité.

Comme je faisais rapidement les passes magnétiques à travers les cris de « Mort ! mort ! » qui faisaient littéralement explosion sur la langue et non sur les lèvres du sujet, — tout son corps, — d'un seul coup, — dans l'espace d'une minute, et même moins, — se déroba, — s'émietta, — se *pourrit* absolument sous mes mains. Sur le lit, devant tous les témoins, gisait une masse dégoûtante et quasi liquide, — une abominable putréfaction.

RÉVÉLATION MAGNÉTIQUE

Bien que les ténèbres du doute enveloppent encore toute la théorie positive du magnétisme, ses foudroyants effets sont maintenant presque universellement admis. Ceux qui doutent de ces effets sont de purs douteurs de profession, une impuissante et peu honorable caste. Ce serait absolument perdre son temps aujourd'hui, que de s'amuser à prouver que l'homme, par un pur exercice de sa volonté, peut impressionner suffisamment son semblable pour le jeter dans une condition anormale, dont les phénomènes ressemblent littéralement à ceux de la mort, ou du moins leur ressemblent plus qu'aucun des phénomènes produits dans une condition normale connue ; que, tout le temps que dure cet état, la personne ainsi influencée n'emploie qu'avec effort, et conséquemment avec peu d'aptitude, les organes extérieurs des sens, et que néanmoins elle perçoit, avec une perspicacité singulièrement subtile et par un canal mystérieux, des objets situés au-delà de la portée des organes physiques ; que, de plus, ses facultés intellectuelles s'exaltent et se fortifient d'une manière prodigieuse; que ses sympathies avec la personne qui agit sur elle sont profondes; et que finalement sa *susceptibilité* des impressions magnétiques croît en proportion de leur fréquence, en même temps que les phénomènes particuliers obtenus s'étendent et se prononcent davantage et dans la même proportion. Je dis qu'il serait superflu de démontrer ces faits divers, où est contenue la loi générale du magnétisme, et qui en sont les traits principaux.

Je n'infligerai donc pas aujourd'hui à mes lecteurs une démonstration aussi parfaitement oiseuse. Mon dessein, quant à présent, est en vérité d'une tout autre nature. Je sens le besoin, en dépit de tout un monde de préjugés, de raconter, sans commentaires, mais dans tous ses détails un très-remarquable dialogue qui eut lieu entre un somnambule et moi.

J'avais depuis longtemps l'habitude de magnétiser la personne en question, M. Vankirk, et la *susceptibilité* vive, l'exaltation du sens magnétique, s'étaient déjà manifestées. Pendant plusieurs mois, M. Vankirk avait beaucoup souffert d'une phthisie avancée, dont les effets les plus cruels avaient été diminués par mes passes, et, dans la nuit du mercredi, 15 courant, je fus appelé à son chevet.

Le malade souffrait des douleurs vives dans la région du cœur et respirait avec une grande difficulté, ayant tous les symptômes ordinaires d'un asthme. Dans des spasmes semblables, il avait généralement trouvé un soulagement dans des applications de moutarde aux centres nerveux;

mais, ce soir-là, il y avait eu recours en vain.

Quand j'entrai dans sa chambre, il me salua d'un gracieux sourire, et, quoiqu'il fût en proie à des douleurs physiques aiguës, il me parut absolument calme quant au moral.

— Je vous ai envoyé chercher cette nuit, — dit-il, — non pas tant pour m'administrer un soulagement physique que pour me satisfaire relativement à de certaines impressions psychiques qui m'ont récemment causé beaucoup d'anxiété et de surprise. Je n'ai pas besoin de vous dire combien j'ai été sceptique jusqu'à présent sur le sujet de l'immortalité de l'âme. Je ne puis pas vous nier que, dans cette âme que j'allais niant, a toujours existé comme un demi-sentiment assez vague de sa propre existence. Mais ce demi-sentiment ne s'est jamais élevé à l'état de conviction. De tout cela ma raison n'avait rien à faire. Tous mes efforts pour établir là-dessus une enquête logique n'ont abouti qu'à me laisser plus sceptique qu'auparavant. Je me suis avisé d'étudier Cousin; je l'ai étudié dans ses propres ouvrages aussi bien que dans ses échos européens et américains. J'ai eu entre les mains, par exemple, le *Charles Elwood* de M. Brownson. Je l'ai lu avec une profonde attention. Je l'ai trouvé logique d'un bout à l'autre; mais les portions qui ne sont pas de la pure logique sont malheureusement les arguments primordiaux du héros incrédule du livre. Dans son résumé, il me parut évident que le raisonneur n'avait pas même réussi à se convaincre lui-même. La fin du livre a visible-

ment oublié le commencement, comme Trinculo
son gouvernement. Bref je ne fus pas longtemps
à m'apercevoir que, si l'homme doit être intellectuellement convaincu de sa propre immortalité, il ne le sera jamais par les pures abstractions
qui ont été si longtemps la manie des moralistes
anglais, français et allemands. Les abstractions
peuvent être un amusement et une gymnastique,
mais elles ne prennent pas possession de l'esprit.
Tant que nous serons sur cette terre, la philosophie, j'en suis persuadé, nous sommera toujours
en vain de considérer les qualités comme des
êtres. La volonté peut consentir, — mais l'âme,
— mais l'intellect, jamais.

» Je répète donc que j'ai seulement senti à moitié, et que je n'ai jamais cru intellectuellement.
Mais, dernièrement, il y eut en moi un certain
renforcement de sentiment, qui prit une intensité assez grande pour ressembler à un acquies-
cement de la raison, au point que je trouve fort
difficile de distinguer entre les deux. Je crois
avoir le droit d'attribuer simplement cet effet
à l'influence magnétique. Je ne saurais expliquer ma pensée que par une hypothèse, à savoir
que l'exaltation magnétique me rend apte à
concevoir un système de raisonnement qui dans
mon existence anormale me convainc, mais qui,
par une complète analogie avec le phénomène
magnétique, ne s'étend pas, excepté par son
effet, jusqu'à mon existence normale. Dans l'état
somnambulique, il y a simultanéité et contem-
poranéité entre le raisonnement et la conclusion,
entre la cause et son effet. Dans mon état natu-

rel, la cause s'évanouissant, l'effet seul subsiste, et encore peut-être fort affaibli.

» Ces considérations m'ont induit à penser que l'on pourrait tirer quelques bons résultats d'une série de questions bien dirigées, proposées à mon intelligence dans l'état magnétique. Vous avez souvent observé la profonde connaissance de soi-même manifestée par le somnambule et la vaste science qu'il déploie sur tous les points relatifs à l'état magnétique. De cette connaissance de soi-même on pourrait tirer des instructions suffi-santes pour la rédaction rationnelle d'un caté-chisme. »

Naturellement, je consentis à faire cette expé-rience. Quelques passes plongèrent M. Vankirk dans le sommeil magnétique. Sa respiration devint immédiatement plus aisée, et il ne parut plus souffrir aucun malaise physique. La conver-sation suivante s'engagea. — *V* dans le dialogue représentera le somnambule, et *P,* ce sera moi.

P. Êtes-vous endormi?

V. Oui, — non. Je voudrais bien dormir plus profondément.

P. (après quelques nouvelles passes). Dormez-vous bien, maintenant?

V. Oui.

P. Comment supposez-vous que finira votre maladie actuelle?

V. (après une longue hésitation et parlant comme avec effort). J'en mourrai.

P. Cette idée de mort vous afflige-t-elle?

V. (avec vivacité). Non, non!

P. Cette perspective vous réjouit-elle?

V. Si j'étais éveillé, j'aimerais mourir. Mais maintenant il n'y a pas lieu de le désirer. L'état magnétique est assez près de la mort pour me contenter.

P. Je voudrais bien une explication un peu plus nette, monsieur Vankirk.

V. Je le voudrais bien aussi; mais cela demande plus d'effort que je ne me sens capable d'en faire. Vous ne me questionnez pas convenablement.

P. Alors, que faut-il vous demander?

V. Il faut que vous commenciez par le commencement.

P. Le commencement! Mais où est-il, le commencement?

V. Vous savez bien que le commencement est Dieu. *(Ceci fut dit sur un ton bas, ondoyant, et avec tous les signes de la plus profonde vénération.)*

P. Qu'est-ce que Dieu?

V. *(hésitant quelques minutes)*. Je ne puis pas le dire.

P. Dieu n'est-il pas un esprit?

V. Quand j'étais éveillé, je savais ce que vous entendiez par esprit. Mais maintenant, cela ne me semble plus qu'un mot, — tel, par exemple, que vérité, beauté, — une qualité enfin.

P. Dieu n'est-il pas immatériel?

V. Il n'y a pas d'immatérialité; — c'est un simple mot. Ce qui n'est pas matière n'est pas, — à moins que les qualités ne soient des êtres.

P. Dieu est-il donc matériel?

V. Non. *(Cette réponse m'abasourdit.)*

P. Alors, qu'est-il?

V. (après une longue pause, et en marmottant). Je le vois, — je le vois, — mais c'est une chose très-difficile à dire. *(Autre pause également longue.)* Il n'est pas esprit, car il existe. Il n'est pas non plus matière, *comme vous l'entendez.* Mais il y a des *gradations* de matière dont l'homme n'a aucune connaissance, la plus dense entraînant la plus subtile, la plus subtile pénétrant la plus dense. L'atmosphère, par exemple, met en mouvement le principe électrique, pendant que le principe électrique pénètre l'atmosphère. Ces *gradations* de matière augmentent en raréfaction et en subtilité jusqu'à ce que nous arrivions à une matière *imparticulée,* — sans molécules, — indivisible, — *une;* et ici la loi d'impulsion et de pénétration est modifiée. La matière suprême ou *imparticulée* non-seulement pénètre les êtres, mais met tous les êtres en mouvement, — et ainsi elle *est* tous les êtres en un, qui est elle-même. Cette matière est Dieu. Ce que les hommes cherchent à personnifier dans le mot *pensée,* c'est la matière en mouvement.

P. Les métaphysiciens maintiennent que toute action se réduit à mouvement et pensée, et que celle-ci est l'origine de celui-là.

V. Oui; je vois maintenant la confusion d'idées. Le mouvement est l'action de l'esprit, non de la pensée. La matière imparticulée, ou Dieu, à l'état de repos, est, autant que nous pouvons le concevoir, ce que les hommes appellent

esprit. Et cette faculté d'automouvement —
équivalente en effet à la volonté humaine — est
dans la matière imparticulée le résultat de son
unité et de son omnipotence; comment, je ne
le sais pas, et maintenant je vois clairement que
je ne le saurai jamais; mais la matière imparticulée, mise en mouvement par une loi ou une
qualité contenue en elle, est pensante.

P. Ne pouvez-vous pas me donner une idée
plus précise de ce que vous entendez par matière
imparticulée?

V. Les matières dont l'homme a connaissance
échappent aux sens, à mesure que l'on monte
l'échelle. Nous avons, par exemple, un métal, un
morceau de bois, une goutte d'eau, l'atmosphère,
un gaz, le calorique, l'électricité, l'éther lumineux. Maintenant, nous appelons toutes ces
choses matière, et nous embrassons toute matière
dans une définition générale; mais, en dépit de
tout ceci, il n'y a pas deux idées plus essentiellement distinctes que celle que nous attachons
au métal, et celle que nous attachons à l'éther
lumineux. Si nous prenons ce dernier, nous
sentons une presque irrésistible tentation de le
classer avec l'esprit ou avec le néant. La seule
considération qui nous retient est notre conception de sa constitution atomique. Et encore, ici
même, avons-nous besoin d'appeler à notre aide
et de nous remémorer notre notion primitive de
l'atome, c'est-à-dire de quelque chose possédant
dans une infinie exiguïté la solidité, la tangi-
bilité, la pesanteur. Supprimons l'idée de la
constitution atomique, et il nous sera impossible

de considérer l'éther comme une entité, ou au moins comme une matière. Faute d'un meilleur mot, nous pourrions l'appeler esprit. Maintenant, montons d'un degré au-delà de l'éther lumineux, concevons une matière qui soit à l'éther, quant à la raréfaction, ce que l'éther est au métal, et nous arrivons enfin, en dépit de tous les dogmes de l'école, à une masse unique, — à une matière imparticulée. Car, bien que nous puissions admettre une infinie petitesse dans les atomes eux-mêmes, supposer une infinie petitesse dans les espaces qui les séparent est une absurdité. Il y aura un point, — il y aura un degré de raréfaction, où, si les atomes sont en nombre suffisant, les espaces s'évanouiront, et où la masse sera absolument une. Mais la considération de la constitution atomique étant maintenant mise de côté, la nature de cette masse glisse inévitablement dans notre conception de l'esprit. Il est clair, toutefois, qu'elle est tout aussi *matière* qu'auparavant. Le vrai est qu'il est aussi impossible de concevoir l'esprit que d'imaginer ce qui n'est pas. Quand nous nous flattons d'avoir enfin trouvé cette conception, nous avons simplement donné le change à notre intelligence par la considération de la matière infiniment raréfiée.

P. Il me semble qu'il y a une insurmontable objection à cette idée de cohésion absolue, — et c'est la très-faible résistance subie par les corps célestes dans leurs révolutions à travers l'espace, — résistance qui existe à un degré quelconque, cela est aujourd'hui démontré, — mais à un degré si faible, qu'elle a échappé à la sagacité de Newton lui-même. Nous savons que la résistance des corps est surtout en raison de leur densité. L'absolue cohésion est l'absolue densité; là où il n'y a pas d'intervalles, il ne peut pas y avoir de passage. Un éther absolument dense constituerait un obstacle plus efficace à la marche d'une planète qu'un éther de diamant ou de fer.

V. Vous m'avez fait cette objection avec une aisance qui est à peu près en raison de son apparente irréfutabilité. — Une étoile marche; qu'importe que l'étoile passe à travers l'éther ou l'éther à travers elle? Il n'y a pas d'erreur astronomique plus inexplicable que celle qui concilie le retard connu des comètes avec l'idée de leur passage à travers l'éther; car, quelque raréfié qu'on suppose l'éther, il fera toujours obstacle à toute révolution sidérale, dans une période singulièrement plus courte que ne l'ont admis tous ces astronomes qui se sont appliqués à glisser sournoisement sur un point qu'ils jugeaient insoluble. Le retard réel est d'ailleurs à peu près égal à celui qui peut résulter du frottement de l'éther dans son passage incessant à travers l'astre. La force de retard est donc double, d'abord momentanée et complète en elle-même, et en second lieu infiniment croissante.

P. Mais dans tout cela, — dans cette identification de la pure matière avec Dieu, n'y a-t-il rien d'irrespectueux? (*Je fus forcé de répéter cette question pour que le somnambule pût complètement saisir ma pensée.*)

V. Pouvez-vous dire pourquoi la matière est moins respectée que l'esprit? Mais vous oubliez que la matière dont je parle est, à tous égards et surtout relativement à ses hautes propriétés, la véritable *intelligence* ou *esprit* des écoles et en même temps la *matière* de ces mêmes écoles. Dieu, avec tous les pouvoirs attribués à l'esprit, n'est que la perfection de la matière.

P. Vous affirmez donc que la matière imparticulée en mouvement est pensée?

V. En général, ce mouvement est la pensée universelle de l'esprit universel; cette pensée crée; toutes les choses créées ne sont que les pensées de Dieu.

P. Vous dites : en général.

V. Oui, l'esprit universel est Dieu; pour les nouvelles individualités, la *matière* est nécessaire.

P. Mais vous parlez maintenant d'esprit et de matière comme les métaphysiciens.

V. Oui, pour éviter la confusion. Quand je dis esprit, j'entends la matière imparticulée ou suprême; sous le nom de matière, je comprends toutes les autres espèces.

P. Vous disiez : pour les nouvelles individualités la matière est nécessaire.

V. Oui, car l'esprit existant incorporellement, c'est Dieu. Pour créer des êtres individuels pensants, il était nécessaire d'incarner les portions de l'esprit divin. C'est ainsi que l'homme est individualisé; dépouillé du vêtement corporel, il serait Dieu. Maintenant, le mouvement spécial des portions incarnées de la matière imparticulée, c'est la pensée de l'homme, comme le mouvement de l'ensemble est celle de Dieu.

P. Vous dites que, dépouillé de son corps, l'homme sera Dieu?

V. (après quelque hésitation). Je n'ai pas pu dire cela, c'est une absurdité.

P. (consultant ses notes). Vous avez affirmé que, dépouillé du vêtement corporel, l'homme serait Dieu.

V. Et cela est vrai. L'homme ainsi dégagé serait Dieu, il serait désindividualisé; mais il ne peut être ainsi dépouillé, — du moins il ne le sera jamais; — autrement, il nous faudrait concevoir une action de Dieu revenant sur elle-même, une action futile et sans but. L'homme est une créature; les créatures sont les pensées de Dieu, et c'est la nature d'une pensée d'être irrévocable.

P. Je ne comprends pas. Vous dites que l'homme ne pourra jamais rejeter son corps.

V. Je dis qu'il ne sera jamais sans corps.

P. Expliquez-vous.

V. Il y a deux corps : le rudimentaire et le complet, correspondant aux deux conditions de la chenille et du papillon. Ce que nous appelons mort n'est que la métamorphose douloureuse; notre incarnation actuelle est progressive, pré-paratoire, temporaire; notre incarnation future est parfaite, finale, immortelle. La vie finale est le but suprême.

P. Mais nous avons une notion palpable de la métamorphose de la chenille.

V. Nous, certainement, mais non la chenille.

La matière dont notre corps rudimentaire est composé est à la portée des organes de ce même corps, ou, plus distinctement, nos organes rudimentaires sont appropriés à la matière dont est fait le corps rudimentaire, mais non à celle dont le corps suprême est composé. Le corps ultérieur ou suprême échappe donc à nos sens rudimentaires, et nous percevons seulement la coquille qui tombe en dépérissant et se détache de la forme intérieure, et non la forme intime elle-même; mais cette forme intérieure, aussi bien que la coquille, est appréciable pour ceux qui ont déjà opéré la conquête de la vie ultérieure.

P. Vous avez dit souvent que l'état magnétique ressemblait singulièrement à la mort. Comment cela?

V. Quand je dis qu'il ressemble à la mort, j'entends qu'il ressemble à la vie ultérieure, car, lorsque je suis magnétisé, les sens de ma vie rudimentaire sont en vacance, et je perçois les choses extérieures directement, sans organes, par un agent qui sera à mon service dans la vie ultérieure ou inorganique.

P. Inorganique?

V. Oui. Les organes sont des mécanismes par lesquels l'individu est mis en rapport sensible avec certaines catégories et formes de la matière, à l'exclusion des autres catégories et des autres formes. Les organes de l'homme sont appropriés à sa condition rudimentaire, et à elle seule. Sa condition ultérieure, étant inorganique, est propre à une compréhension infinie de toutes choses, une seule exceptée, — qui est la nature

de la volonté de Dieu, c'est-à-dire le mouvement
de la matière imparticulée. Vous aurez une idée
distincte du corps définitif en le concevant tout
cervelle ; il n'est pas cela, mais une conception
de cette nature vous rapprochera de l'idée de
sa constitution réelle. Un corps lumineux communique une vibration à l'éther chargé de transmettre la lumière ; cette vibration en engendre
de semblables dans la rétine, lesquelles en com-
muniquent de semblables au nerf optique ; le
nerf les traduit au cerveau, et le cerveau à la
matière imparticulée qui le pénètre ; le mouvement de cette dernière est la pensée, et sa première vibration, c'était la perception. Tel est
le mode par lequel l'esprit de la vie rudimentaire communique avec le monde extérieur, et
ce monde extérieur est, dans la vie rudimentaire,
limité par l'idiosyncrasie des organes. Mais, dans
la vie ultérieure, inorganique, le monde extérieur communique avec le corps entier, — qui
est d'une substance ayant quelque affinité avec
le cerveau, comme je vous l'ai dit, — sans autre
intervention que celle d'un éther infiniment
plus subtil que l'éther lumineux ; et le corps
tout entier vibre à l'unisson avec cet éther et
met en mouvement la matière imparticulée dont
il est pénétré. C'est donc à l'absence d'organes
idiosyncrasiques qu'il faut attribuer la perception quasi illimitée de la vie ultérieure. Les
organes sont des cages nécessaires où sont enfer-
més les êtres rudimentaires jusqu'à ce qu'ils
soient garnis de toutes leurs plumes.

P. Vous parlez d'êtres rudimentaires, y a-t-il

d'autres êtres rudimentaires pensants que
l'homme?

V. L'incalculable agglomération de matière
subtile dans les nébuleuses, les planètes, les
soleils et autres corps qui ne sont ni nébuleuses,
ni soleils, ni planètes, a pour unique destina-
tion de servir d'aliment aux organes idiosyncrasiques d'une infinité d'êtres rudimentaires; mais,
sans cette nécessité de la vie rudimentaire, ache-
minement à la vie définitive, de pareils mondes
n'auraient pas existé; chacun de ces mondes est
occupé par une variété distincte de créatures
organiques, rudimentaires, pensantes; dans
toutes, les organes varient avec les caractères
généraux de l'habitacle. A la mort ou métamorphose, ces créatures, jouissant de la vie ultérieure, de l'immortalité, et connaissant tous les
secrets, excepté l'*unique,* opèrent tous leurs actes
et se meuvent dans tous les sens par un pur effet
de leur volonté; elles habitent, non plus les
étoiles qui nous paraissent les seuls mondes palpables et pour la commodité desquelles nous
croyons stupidement que l'espace a été créé,
mais l'espace lui-même, cet infini dont l'immensité véritablement substantielle absorbe les
étoiles comme des ombres et pour l'œil des
anges les efface comme des non-entités.

P. Vous dites que, sans la *nécessité* de la vie
rudimentaire, les astres n'auraient pas été créés.
Mais pourquoi cette nécessité?

V. Dans la vie inorganique, aussi bien que
généralement dans la matière inorganique, il n'y
a rien qui puisse contredire l'action d'une loi

simple, unique, qui est la Volition divine. La vie et la matière organiques, — complexes, substantielles et gouvernées par une loi multiple, — ont été constituées dans le but de créer un empêchement.

P. Mais encore, — où était la nécessité de créer cet empêchement?

V. Le résultat de la loi inviolée est perfection, justice, bonheur négatif. Le résultat de la loi violée est imperfection, injustice, douleur positive. Grâce aux empêchements apportés par le nombre, la complexité ou la substantialité des lois de la vie et de la matière organiques, la violation de la loi devient jusqu'à un certain point praticable. Ainsi la douleur, qui est impossible dans la vie inorganique, est possible dans l'organique.

P. Mais en vue de quel résultat satisfaisant la possibilité de la douleur a-t-elle été créée?

V. Toutes choses sont bonnes ou mauvaises par comparaison. Une suffisante analyse démontrera que le plaisir, dans tous les cas, n'est que le contraste de la peine. Le plaisir positif est une pure idée. Pour être heureux jusqu'à un certain point, il faut que nous ayons souffert jusqu'au même point. Ne jamais souffrir serait équivalent à n'avoir jamais été heureux. Mais il est démontré que dans la vie inorganique la peine ne peut pas exister; de là la nécessité de la peine dans la vie organique. La douleur de la vie primitive sur la terre est la seule base, la seule garantie du bonheur dans la vie ultérieure, dans le ciel.

P. Mais encore, il y a une de vos expressions que je ne puis absolument pas comprendre : l'immensité véritablement *substantielle* de l'infini.

V. C'est probablement parce que vous n'avez pas une notion suffisamment générique de l'expression *substance* elle-même. Nous ne devons pas la considérer comme une qualité, mais comme un sentiment; c'est la perception, dans les êtres pensants, de l'appropriation de la matière à leur organisation. Il y a bien des choses sur la terre qui seraient néant pour les habitants de Vénus, bien des choses visibles et tangibles dans Vénus, dont nous sommes incompétents à apprécier l'existence. Mais, pour les êtres inorganiques, — pour les anges, — la totalité de la matière imparticulée est substance, c'est-à-dire que, pour eux, la totalité de ce que nous appelons espace est la plus véritable substantialité. Cependant, les astres, pris au point de vue matériel, échappent au sens angélique dans la même proportion que la matière imparticulée, prise au point de vue immatériel, échappe aux sens organiques.

Comme le somnambule, d'une voix faible, prononçait ces derniers mots, j'observai sans sa physionomie une singulière expression qui m'alarma un peu et me décida à le réveiller immédiatement. Je ne l'eus pas plus tôt fait, qu'il tomba en arrière sur son oreiller et expira, avec un brillant sourire qui illuminait tous ses traits. Je remarquai que moins d'une minute après son corps avait l'immuable rigidité de la pierre. Son front était d'un froid de glace. Tel sans doute je l'eusse trouvé après une longue pression de la main d'Azraël. Le somnambule, pendant la dernière partie de son discours, m'avait-il donc parlé du fond de la région des ombres?

LES SOUVENIRS
DE M. AUGUSTE BEDLOE

Vers la fin de l'année 1827, pendant que je demeurais près de Charlottesville, dans la Virginie, je fis par hasard la connaissance de M. Auguste Bedloe. Ce jeune gentleman était remarquable à tous égards et excitait en moi une curiosité et un intérêt profonds. Je jugeai impossible de me rendre compte de son être tant physique que moral. Je ne pus obtenir sur sa famille aucun renseignement positif. D'où venait-il? je ne le sus jamais bien. Même relativement à son âge, quoique je l'aie appelé un jeune gentleman, il y avait quelque chose qui m'intriguait au suprême degré. Certainement il semblait jeune, et même il affectait de parler de sa jeunesse; cependant, il y avait des moments où je n'aurais guère hésité à le supposer âgé d'une centaine d'années. Mais c'était surtout son extérieur qui avait un aspect tout à fait particulier. Il était singulièrement grand et mince; — se voûtant beaucoup; — les membres excessivement longs et émaciés; — le front large et bas; — une complexion absolument exsangue;

— sa bouche, large et flexible, et ses dents, quoique saines, plus irrégulières que je n'en vis
jamais dans aucune bouche humaine. L'expression de son sourire, toutefois, n'était nullement
désagréable, comme on pourrait le supposer;
mais elle n'avait aucune espèce de nuance.
C'était une profonde mélancolie, une tristesse
sans phases et sans intermittences. Ses yeux
étaient d'une largeur anormale et ronds comme
ceux d'un chat. Les pupilles elles-mêmes subis-
saient une contraction et une dilatation propor-
tionnelles à l'accroissement et à la diminution
de la lumière, exactement comme on l'a observé
dans les races félines. Dans les moments d'excitation les prunelles devenaient brillantes à un
degré presque inconcevable et semblaient
émettre des rayons lumineux d'un éclat non
réfléchi, mais intérieur, comme fait un flambeau
ou le soleil; toutefois, dans leur condition habituelle, elles étaient tellement ternes, inertes et
nuageuses, qu'elles faisaient penser aux yeux
d'un corps enterré depuis longtemps.

Ces particularités personnelles semblaient lui
causer beaucoup d'ennui, et il y faisait continuellement allusion dans un style semi-expli-
catif, semi-justificatif, qui, la première fois que
je l'entendis, m'impressionna très-péniblement.
Toutefois, je m'y accoutumai bientôt, et mon
déplaisir se dissipa. Il semblait avoir l'intention
d'insinuer, plutôt que d'affirmer positivement,
que physiquement il n'avait pas toujours été ce
qu'il était; qu'une longue série d'attaques
névralgiques l'avait réduit d'une condition de

beauté personnelle non commune à celle que je vovais. Depuis plusieurs années, il recevait les soins d'un médecin nommé Templeton, — un vieux gentleman âgé de soixante-dix ans, peut-être, — qu'il avait pour la première fois rencontré à Saratoga, et des soins duquel il tira dans ce temps, ou crut tirer, un grand secours. Le résultat fut que Bedloe, qui était riche, fit un arrangement avec le docteur Templeton, par lequel ce dernier, en échange d'une généreuse rémunération annuelle, consentit à consacrer exclusivement son temps et son expérience médicale à soulager le malade.

Le docteur Templeton avait voyagé dans les jours de sa jeunesse, et était devenu à Paris un des sectaires les plus ardents des doctrines de Mesmer. C'était uniquement par le moyen des remèdes magnétiques qu'il avait réussi à soulager les douleurs aiguës de son malade; et ce succès avait très-naturellement inspiré à ce dernier une certaine confiance dans les opinions qui servaient de base à ces remèdes. D'ailleurs, le docteur, comme tous les enthousiastes, avait travaillé de son mieux à faire de son pupille un parfait prosélyte, et finalement il réussit si bien, qu'il décida le patient à se soumettre à de nombreuses expériences. Fréquemment répétées, elles amenèrent un résultat qui, depuis long-temps, est devenu assez commun pour n'attirer que peu ou point l'attention, mais qui, à l'époque dont je parle, s'était très-rarement manifesté en Amérique. Je veux dire qu'entre le docteur Templeton et Bedloe s'était établi peu à peu un rapport magnétique très-distinct et très-fortement accentué. Je n'ai pas toutefois l'intention d'affirmer que ce rapport s'étendît au-delà des limites de la puissance somnifère; mais cette puissance elle-même avait atteint une grande intensité. A la première tentative faite pour produire le sommeil magnétique, le disciple de Mesmer échoua complètement. A la cinquième ou sixième, il ne réussit que très-imparfaitement, et après des efforts opiniâtres. Ce fut seulement à la douzième que le triomphe fut complet. Après celle-là, la volonté du patient succomba rapidement sous celle du médecin, si bien que, lorsque je fis pour la première fois leur connaissance, le sommeil arrivait presque instantanément par un pur acte de volition de l'opérateur, même quand le malade n'avait pas conscience de sa présence. C'est seulement maintenant, en l'an 1845, quand de semblables miracles ont été journellement attestés par des milliers d'hommes, que je me hasarde à citer cette apparente impossibilité comme un fait positif.

Le tempérament de Bedloe était au plus haut degré sensitif, excitable, enthousiaste. Son imagination, singulièrement vigoureuse et créatrice, tirait sans doute une force additionnelle de l'usage habituel de l'opium, qu'il consommait en grande quantité, et sans lequel l'existence lui eût été impossible. C'était son habitude d'en prendre une bonne dose immédiatement après son déjeuner, chaque matin, — ou plutôt immédiatement après une tasse de fort café, car il ne mangeait rien dans l'avant-midi, — et alors il partait seul, ou seulement accompagné d'un chien, pour une longue promenade à travers la chaîne de sauvages et lugubres hauteurs qui courent à l'ouest et au sud de Charlottesville, et qui sont décorées ici du nom de *Ragged Mountains*.

Par un jour sombre, chaud et brumeux, vers la fin de novembre, et durant l'étrange interrègne de saisons que nous appelons en Amérique l'été indien, M. Bedloe partit, suivant son habitude, pour les montagnes. Le jour s'écoula, et il ne revint pas.

Vers huit heures du soir, étant sérieusement alarmés par cette absence prolongée, nous allions nous mettre à sa recherche, quand il reparut inopinément, ni mieux ni plus mal portant, et plus animé que de coutume. Le récit qu'il fit de son expédition et des événements qui l'avaient retenu fut en vérité des plus singuliers :

— Vous vous rappelez, — dit-il, — qu'il était environ neuf heures du matin quand je quittai Charlottesville. Je dirigeai immédiatement mes pas vers la montagne, et, vers dix heures, j'entrai dans une gorge qui était entièrement nouvelle pour moi. Je suivis toutes les sinuosités de cette passe avec beaucoup d'intérêt. — Le théâtre qui se présentait de tous côtés, quoique ne méritant peut-être pas l'appellation de sublime, portait en soi un caractère indescriptible, et pour moi délicieux, de lugubre désolation. La solitude semblait absolument vierge. Je ne pouvais m'empêcher de croire que les gazons verts et les roches grises que je foulais n'avaient

jamais été foulés par un pied humain. L'entrée
du ravin est si complètement cachée, et de fait
inaccessible, excepté à travers une série d'accidents, qu'il n'était pas du tout impossible que je
fusse en vérité le premier aventurier, — le premier et le seul qui eût jamais pénétré ces solitudes.

» L'épais et singulier brouillard ou fumée qui
distingue l'été indien, et qui s'étendait alors
pesamment sur tous les objets, approfondissait
sans doute les impressions vagues que ces objets
créaient en moi. Cette brume poétique était si
dense, que je ne pouvais jamais voir au-delà
d'une douzaine de yards de ma route. Ce chemin
était excessivement sinueux, et, comme il était
impossible de voir le soleil, j'avais perdu toute
idée de la direction dans laquelle je marchais.
Cependant, l'opium avait produit son effet
accoutumé, qui est de revêtir tout le monde
extérieur d'une intensité d'intérêt. Dans le
tremblement d'une feuille, — dans la couleur
d'un brin d'herbe, — dans la forme d'un trèfle,
— dans le bourdonnement d'une abeille, —
dans l'éclat d'une goutte de rosée, — dans le soupir du vent, — dans les vagues odeurs qui
venaient de la forêt, — se produisait tout un
monde d'inspirations, — une procession magnifique et bigarrée de pensées désordonnées et rap-
sodiques.

» Tout occupé par ces rêveries, je marchai
plusieurs heures, durant lesquelles le brouillard
s'épaissit autour de moi à un degré tel, que je
fus réduit à chercher mon chemin à tâtons. Et

alors un indéfinissable malaise s'empara de moi.
Je craignais d'avancer, de peur d'être précipité
dans quelque abîme. Je me souvins aussi
d'étranges histoires sur ces *Ragged Mountains,*
et de races d'hommes bizarres et sauvages qui
habitaient leurs bois et leurs cavernes. Mille
pensées vagues me pressaient et me déconcer-
taient, — pensées que leur vague rendait encore
plus douloureuses. Tout à coup mon attention
fut arrêtée par un fort battement de tambour.

» Ma stupéfaction, naturellement, fut extrême.
Un tambour, dans ces montagnes, était chose
inconnue. Je n'aurais pas été plus surpris par
le son de la trompette de l'Archange. Mais
une nouvelle et bien plus extraordinaire cause
d'intérêt et de perplexité se manifesta. J'entendais s'approcher un bruissement sauvage, un
cliquetis, comme d'un trousseau de grosses clefs,
— et à l'instant même un homme à moitié nu,
au visage basané, passa devant moi en poussant
un cri aigu. Il passa si près de ma personne, que
je sentis le chaud de son haleine sur ma figure.
Il tenait dans sa main un instrument composé
d'une série d'anneaux de fer et les secouait
vigoureusement en courant. A peine avait-il disparu dans le brouillard, que haletante derrière
lui, la gueule ouverte et les yeux étincelants,
s'élança une énorme bête. Je ne pouvais pas me
méprendre sur son espèce : c'était une hyène.

» La vue de ce monstre soulagea plutôt qu'elle
n'augmenta mes terreurs : — car j'étais bien sûr
maintenant que je rêvais, et je m'efforçai, je
m'excitai moi-même à réveiller ma conscience.

Je marchai délibérément et lestement en avant.
Je me frottai les yeux. Je criai très-haut. Je me
pinçai les membres. Une petite source s'était
présentée à ma vue, je m'y arrêtai, et je m'y
lavai les mains, la tête et le cou. Je crus sentir se dissiper les sensations équivoques qui
m'avaient tourmenté jusque-là. Il me parut,
quand je me relevai, que j'étais un nouvel
homme, et je poursuivis fermement et complai-
samment ma route inconnue.

» A la longue, tout à fait épuisé par l'exercice et par la lourdeur oppressive de l'atmosphère, je m'assis sous un arbre. En ce moment
parut un faible rayon de soleil, et l'ombre des
feuilles de l'arbre tomba sur le gazon, légèrement mais suffisamment définie. Pendant quelques minutes, je fixai cette ombre avec étonnement. Sa forme me comblait de stupeur. Je levai
les yeux. L'arbre était un palmier.

» Je me levai précipitamment et dans un état
d'agitation terrible, — car l'idée que je rêvais
n'était plus désormais suffisante. Je vis, — je
sentis que j'avais le parfait gouvernement de
mes sens, — et ces sens apportaient maintenant
à mon âme un monde de sensations nouvelles
et singulières. La chaleur devint tout d'un coup
intolérable. Une étrange odeur chargeait la
brise. — Un murmure profond et continuel,
comme celui qui s'élève d'une rivière abondante,
mais coulant régulièrement, vint à mes oreilles,
entremêlé du bourdonnement particulier d'une
multitude de voix humaines.

» Pendant que j'écoutais, avec un étonnement

qu'il est bien inutile de vous décrire, un fort et
bref coup de vent enleva, comme une baguette
de magicien, le brouillard qui chargeait la
terre.

» Je me trouvai au pied d'une haute montagne dominant une vaste plaine, à travers laquelle coulait une majestueuse rivière. Au bord
de cette rivière s'élevait une ville d'un aspect
oriental, telle que nous en voyons dans *les Mille
et une Nuits,* mais d'un caractère encore plus
singulier qu'aucune de celles qui y sont décrites.
De ma position, qui était bien au-dessus du
niveau de la ville, je pouvais apercevoir tous
ses recoins et tous ses angles, comme s'ils eussent
été dessinés sur une carte. Les rues paraissaient
innombrables et se croisaient irrégulièrement
dans toutes les directions, mais ressemblaient
moins à des rues qu'à de longues allées contour-
nées, et fourmillaient littéralement d'habitants.
Les maisons étaient étrangement pittoresques.
De chaque côté, c'était une véritable débauche
de balcons, de vérandas, de minarets, de niches
et de tourelles fantastiquement découpées. Les
bazars abondaient : les plus riches marchandises
s'y déployaient avec une variété et une profusion
infinies : soies, mousselines, la plus éblouissante
coutellerie, diamants et bijoux des plus magnifiques. A côté de ces choses, on voyait de tous
côtés des pavillons, des palanquins, des litières
où se trouvaient de magnifiques dames sévèrement voilées, des éléphants fastueusement capa-
raçonnés, des idoles grotesquement taillées, des
tambours, des bannières et des gongs, des lances,

des casse-tête dorés et argentés. Et parmi la foule, la clameur, la mêlée et la confusion géné- rales, parmi un million d'hommes noirs et jaunes, en turban et en robe, avec la barbe flot- tante, circulait une multitude innombrable de bœufs saintement enrubannés, pendant que des légions de singes malpropres et sacrés grim- paient, jacassant et piaillant, après les corniches des mosquées, ou se suspendaient aux minarets et aux tourelles. Des rues fourmillantes aux quais de la rivière descendaient d'innombrables escaliers qui conduisaient à des bains, pendant que la rivière elle-même semblait avec peine se frayer un passage à travers les vastes flottes de bâtiments surchargés qui tourmentaient sa surface en tout sens. Au-delà des murs de la ville s'élevaient fréquemment, en groupes majes- tueux, le palmier et le cocotier, avec d'autres arbres d'un grand âge, gigantesques et solennels; et çà et là on pouvait apercevoir un champ de riz, la hutte de chaume d'un paysan, une citerne, un temple isolé, un camp de gypsies, ou une gracieuse fille solitaire prenant sa route, avec une cruche sur sa tête, vers les bords de la magni- fique rivière.

» Maintenant, sans doute, vous direz que je rêvais; mais nullement. Ce que je voyais, — ce que j'entendais, — ce que je sentais, — ce que je pensais n'avait rien en soi de l'idiosyncrasie non méconnaissable du rêve. Tout se tenait logi- quement et faisait corps. D'abord, doutant si j'étais réellement éveillé, je me soumis à une série d'épreuves qui me convainquirent bien

vite que je l'étais réellement. Or, quand quelqu'un rêve, et que dans son rêve il soupçonne
qu'il rêve, le soupçon ne manque jamais de se
confirmer et le dormeur est presque immédiatement réveillé. Ainsi, Novalis ne se trompe pas
en disant que *nous sommes près de nous réveiller quand nous rêvons que nous rêvons*. Si la
vision s'était offerte à moi telle que je l'eusse
soupçonnée d'être un rêve, alors elle eût pu être
purement un rêve; mais, se présentant comme
je l'ai dit, et suspectée et vérifiée comme elle
le fut, je suis forcé de la classer parmi d'autres
phénomènes.

— En cela, je n'affirme pas que vous ayez tort,
— remarqua le docteur Templeton. — Mais
poursuivez. Vous vous levâtes, et vous descen-
dîtes dans la cité.

— Je me levai, — continua Bedloe regardant
le docteur avec un air de profond étonnement;
— je me levai, comme vous dites, et descendis
dans la cité. Sur ma route, je tombai au milieu
d'une immense populace qui encombrait chaque
avenue, se dirigeant toute dans le même sens,
et montrant dans son action la plus violente animation. Très-soudainement, et sous je ne sais
quelle pression inconcevable, je me sentis profondément pénétré d'un intérêt personnel dans
ce qui allait arriver. Je croyais sentir que j'avais
un rôle important à jouer, sans comprendre exactement quel il était. Contre la foule qui m'envi-
ronnait j'éprouvai toutefois un profond sentiment d'animosité. Je m'arrachai du milieu de
cette cohue, et rapidement, par un chemin cir-

culaire, j'arrivai à la ville, et j'y entrai. Elle
était en proie au tumulte et à la plus violente
discorde. Un petit détachement d'hommes ajus-
tés moitié à l'indienne, moitié à l'européenne,
et commandés par des gentlemen qui portaient
un uniforme en partie anglais, soutenait un
combat très-inégal contre la populace fourmil-
lante des avenues. Je rejoignis cette faible
troupe, je me saisis des armes d'un officier tué,
et je frappai au hasard avec la férocité nerveuse
du désespoir. Nous fûmes bientôt écrasés par le
nombre et contraints de chercher un refuge dans
une espèce de kiosque. Nous nous y barrica-
dâmes, et nous fûmes pour le moment en sûreté.
Par une meurtrière, près du sommet du kiosque,
j'aperçus une vaste foule dans une agitation
furieuse, entourant et assaillant un beau palais
qui dominait la rivière. Alors, par une fenêtre
supérieure du palais, descendit un personnage
d'une apparence efféminée, au moyen d'une
corde faite avec les turbans de ses domestiques.
Un bateau était tout près, dans lequel il s'échappa
vers le bord opposé de la rivière.

» Et alors un nouvel objet prit possession
de mon âme. J'adressai à mes compagnons quelques paroles précipitées, mais énergiques, et
ayant réussi à en rallier quelques-uns à mon
dessein, je fis une sortie furieuse hors du kiosque.
Nous nous précipitâmes sur la foule qui l'assié-
geait. Ils s'enfuirent d'abord devant nous. Ils se
rallièrent, combattirent comme des enragés, et
firent une nouvelle retraite. Cependant, nous
avions été emportés loin du kiosque, et nous

étions perdus et embarrassés dans des rues étroites, étouffées par de hautes maisons, dans le fond desquelles le soleil n'avait jamais envoyé sa lumière. La populace se pressait impétueusement sur nous, nous harcelait avec ses lances, et nous accablait de ses volées de flèches. Ces dernières étaient remarquables et ressemblaient en quelque sorte au kriss tortillé des Malais; — imitant le mouvement d'un serpent qui rampe, — longues et noires, avec une pointe empoisonnée. L'une d'elles me frappa à la tempe droite. Je pirouettai, je tombai. Un mal instantané et terrible s'empara de moi. Je m'agitai, — je m'efforçai de respirer, — je mourus.

— Vous ne vous obstinerez plus sans doute, — dis-je en souriant, — à croire que toute votre aventure n'est pas un rêve? Êtes-vous décidé à soutenir que vous êtes mort?

Quand j'eus prononcé ces mots, je m'attendais à quelque heureuse saillie de Bedloe, en manière de réplique; mais, à mon grand étonnement, il hésita, trembla, devint terriblement pâle, et garda le silence. Je levai les yeux sur Templeton. Il se tenait droit et roide sur sa chaise; — ses dents claquaient, et ses yeux s'élançaient de leur orbites.

— Continuez, dit-il enfin à Bedloe d'une voix rauque.

— Pendant quelques minutes, poursuivit ce dernier, ma seule impression, — ma seule sensation, — fut celle de la nuit et du non-être, avec la conscience de la mort. A la longue, il me sembla qu'une secousse violente et soudaine

comme l'électricité traversait mon âme. Avec
cette secousse vint le sens de l'élasticité et de
la lumière. Quant à cette dernière, je la sentis,
je ne la vis pas. En un instant, il me sembla
que je m'élevais de terre; mais je ne possédais
pas ma présence corporelle, visible, audible ou
palpable. La foule s'était retirée. Le tumulte
avait cessé. La ville était comparativement
calme. Au-dessous de moi gisait mon corps, avec
la flèche dans ma tempe, toute la tête grandement
enflée et défigurée. Mais toutes ces choses, je les
sentis, — je ne les vis pas. Je ne pris d'intérêt
à rien. Et même le cadavre me semblait un objet
avec lequel je n'avais rien de commun. Je n'avais
aucune volonté, mais il me sembla que j'étais
mis en mouvement et que je m'envolais légèrement hors de l'enceinte de la ville par le même
circuit que j'avais pris pour y entrer. Quand
j'eus atteint, dans la montagne, l'endroit du
ravin où j'avais rencontré l'hyène, j'éprouvai de
nouveau un choc comme celui d'une pile gal-
vanique; le sentiment de la pesanteur, celui de
substance, rentrèrent en moi. Je redevins moi-
même, mon propre individu, et je dirigeai vivement mes pas vers mon logis; — mais le passé
n'avait pas perdu l'énergie vivante de la réalité,
— et maintenant encore je ne puis contraindre
mon intelligence, même pour une minute, à
considérer tout cela comme un songe.

— Ce n'en était pas un, — dit Templeton,
avec un air de profonde solennité; — mais il
serait difficile de dire quel autre terme défini-
rait mieux le cas en question. Supposons que

l'âme de l'homme moderne est sur le bord de
quelques prodigieuses découvertes psychiques.
Contentons-nous de cette hypothèse. Quant au
reste, j'ai quelques éclaircissements à donner.
Voici une peinture à l'aquarelle que je vous
aurais déjà montrée si un indéfinissable sentiment d'horreur ne m'en avait pas empêché jusqu'à présent.

Nous regardâmes la peinture qu'il nous présentait. Je n'y vis aucun caractère bien extraordinaire; mais son effet sur Bedloe fut prodigieux. A peine l'eut-il regardée, qu'il faillit
s'évanouir. Et cependant, ce n'était qu'un portrait à la miniature, un portrait merveilleusement fini, à vrai dire, de sa propre physionomie
si originale. Du moins, telle fut ma pensée en
la regardant.

— Vous apercevez la date de la peinture, —
dit Templeton; — elle est là, à peine visible,
dans ce coin, — 1780. C'est dans cette année que
cette peinture fut faite. C'est le portrait d'un
ami défunt, — un M. Oldeb, — à qui je m'attachai très-vivement à Calcutta, durant l'administration de Warren Hastings. Je n'avais alors que
vingt ans. Quand je vous vis pour la première
fois, monsieur Bedloe, à Saratoga, ce fut la miraculeuse similitude qui existait entre vous et le
portrait qui me détermina à vous aborder, à
rechercher votre amitié et à amener ces arrangements qui firent de moi votre compagnon per-
pétuel. En agissant ainsi, j'étais poussé en partie,
et peut-être principalement, par les souvenirs
pleins de regret du défunt, mais d'une autre part

aussi par une curiosité inquiète à votre endroit, et qui n'était pas dénuée d'une certaine terreur.

» Dans votre récit de la vision qui s'est présentée à vous dans les montagnes, vous avez décrit, avec le plus minutieux détail, la ville indienne de Bénarès, sur la Rivière-Sainte. Les rassemblements, les combats, le massacre, c'étaient les épisodes réels de l'insurrection de Cheyte-Sing, qui eut lieu en 1780, alors que Hastings courut les plus grands dangers pour sa vie. L'homme qui s'est échappé par la corde faite de turbans, c'était Cheyte-Sing lui-même. La troupe du kiosque était composée de cipayes et d'officiers anglais, Hastings à leur tête. Je faisais partie de cette troupe, et je fis tous mes efforts pour empêcher cette imprudente et fatale sortie de l'officier qui tomba dans la bagarre sous la flèche empoisonnée d'un Bengali. Cet officier était mon plus cher ami. C'était Oldeb. Vous verrez par ce manuscrit, — ici le narrateur produisit un livre de notes, dans lequel quelques pages paraissaient d'une date toute fraîche, — que, pendant que vous *pensiez* ces choses au milieu de la montagne, j'étais occupé ici, à la maison, à les *décrire* sur le papier. »

Une semaine environ après cette conversation, l'article suivant parut dans un journal de Charlottesville :

« C'est pour nous un devoir douloureux d'annoncer la mort de M. Auguste Bedlo, un gentleman que ses manières charmantes et ses nombreuses vertus avaient depuis longtemps rendu cher aux citoyens de Charlottesville.

» M. B., depuis quelques années, souffrait d'une névralgie qui avait souvent menacé d'aboutir fatalement; mais elle ne peut être regardée que comme la cause indirecte de sa mort. La cause immédiate fut d'un caractère singulier et spécial. Dans une excursion qu'il fit dans les *Ragged Mountains,* il y a quelques jours, il contracta un léger rhume avec de la fièvre, qui fut suivi d'un grand mouvement du sang à la tête. Pour le soulager, le docteur Templeton eut recours à la saignée locale. Des sangsues furent appliquées aux tempes. Dans un délai effroyablement court, le malade mourut et l'on s'aperçut que, dans le bocal qui contenait les sangsues, avait été introduite par hasard une de ces sangsues vermiculaires venimeuses qui se rencontrent çà et là dans les étangs circonvoisins. Cette bête se fixa d'elle-même sur une petite artère de la tempe droite. Son extrême ressemblance avec la sangsue médicinale fit que la méprise fut découverte trop tard.

» *N.-B.* — La sangsue venimeuse de Charlottesville peut toujours se distinguer de la sangsue médicinale par sa noirceur, et spécialement par ses tortillements, ou mouvements vermiculaires, qui ressemblent beaucoup à ceux d'un serpent. »

Je me trouvais avec l'éditeur du journal en question, et nous causions de ce singulier accident, quand il me vint à l'idée de lui demander pourquoi l'on avait imprimé le nom du défunt avec l'orthographe : *Bedlo.*

— Je présume, — dis-je, — que vous avez

quelque autorité pour l'orthographier ainsi; j'ai toujours cru que le nom devait s'écrire avec un *e* à la fin.

— Autorité? — non, — répliqua-t-il. — C'est une simple erreur du typographe. Le nom est Bedloe — avec un *e;* c'est connu de tout le monde, et je ne l'ai jamais vu écrit autrement.

— Il peut donc se faire, — murmurai-je en moi-même, comme je tournais sur mes talons, — qu'une vérité soit plus étrange que toutes les fictions; — car qu'est-ce que Bedlo sans *e,* si ce n'est Oldeb retourné? Et cet homme me dit que c'est une faute typographique!

MORELLA

Lui-même, par lui-même, avec
lui-même, homogène éternel.
PLATON.

CE que j'éprouvais relativement à mon amie
Morella était une profonde mais très-singulière
affection. Ayant fait sa connaissance par hasard,
il y a nombre d'années, mon âme, dès notre première rencontre, brûla de feux qu'elle n'avait
jamais connus; — mais ces feux n'étaient point
ceux d'Eros, et ce fut pour mon esprit un amer
tourment que la conviction croissante que je ne
pourrais jamais définir leur caractère insolite,
ni régulariser leur intensité errante. Cependant
nous nous convînmes, et la destinée nous fit nous
unir à l'autel. Jamais je ne parlai de passion,
jamais je ne songeai à l'amour. Néanmoins, elle
fuyait la société, et, s'attachant à moi seul, elle
me rendit heureux. Être étonné, c'est un
bonheur; — et rêver, n'est-ce pas un bonheur
aussi?

L'érudition de Morella était profonde. Comme
j'espère le montrer, ses talents n'étaient pas d'un

ordre secondaire; la puissance de son esprit était
gigantesque. Je le sentis, et, dans mainte occasion, je devins son écolier. Toutefois, je m'aperçus bientôt que Morella, en raison de son éducation faite à Presbourg, étalait devant moi bon
nombre de ces écrits mystiques qui sont généralement considérés comme l'écume de la première
littérature allemande. Ces livres, pour des raisons que je ne pouvais concevoir, faisaient son
étude constante et favorite; — et, si avec le temps
ils devinrent aussi la mienne, il ne faut attribuer
cela qu'à la simple mais très efficace influence
de l'habitude et de l'exemple.

En toutes ces choses, si je ne me trompe, ma
raison n'avait presque rien à faire. Mes convic-
tions, ou je ne me connais plus moi-même,
n'étaient en aucune façon basées sur l'idéal, et
on n'aurait pu découvrir, à moins que je ne
m'abuse grandement, aucune teinture du mysti-
cisme de mes lectures, soit dans mes actions, soit
dans mes pensées. Persuadé de cela, je m'abandonnai aveuglément à la direction de ma femme,
et j'entrai avec un cœur imperturbé dans le labyrinthe de ses études. Et alors, — quand, me
plongeant dans des pages maudites, je sentais un
esprit maudit qui s'allumait en moi, — Morella
venait, plaçant sa main froide sur la mienne et
ramassant dans les cendres d'une philosophie
morte quelques graves et singulières paroles qui,
par leur sens bizarre, s'incrustaient dans ma
mémoire. Et alors, pendant des heures, je m'éten-
dais rêveur à son côté, et je me plongeais dans
la musique de sa voix, — jusqu'à ce que cette

mélodie à la longue s'infectât de terreur; — et une ombre tombait sur mon âme, — et je devenais pâle, et je frissonnais intérieurement à ces sons trop extra-terrestres. Et ainsi, la jouissance s'évanouissait soudainement dans l'horreur, et l'idéal du beau devenait l'idéal de la hideur, comme la vallée de Hinnom est devenue la Géhenne.

Il est inutile d'établir le caractère exact des problèmes qui, jaillissant des volumes dont j'ai parlé, furent pendant longtemps presque le seul objet de conversation entre Morella et moi. Les gens instruits dans ce que l'on peut appeler la morale théologique les concevront facilement, et ceux qui sont illettrés n'y comprendraient que peu de chose en tout cas. L'étrange panthéisme de Fichte, la Palingénésie modifiée des Pythagoriciens, et, par-dessus tout, la doctrine de l'*identité* telle qu'elle est présentée par Schelling, étaient généralement les points de discussion qui offraient le plus de charmes à l'imaginative Morella. Cette identité, dite personnelle, M. Locke, je crois, la fait judicieusement consister dans la permanence de l'être rationnel. En tant que par personne nous entendons une essence pensante, douée de raison, et en tant qu'il existe une conscience qui accompagne toujours la pensée, c'est elle, — cette conscience, — qui nous fait tous être ce que nous appelons *nous-même,* — nous distinguant ainsi des autres êtres pensants, et nous donnant notre identité personnelle. Mais le *principium individuationis,* — la notion de cette identité *qui, à la mort, est, ou n'est pas perdue à jamais,* fut pour moi, en tout temps, un problème du plus intense intérêt, non-seulement à cause de la nature inquiétante et embarrassante de ses conséquences, mais aussi à cause de la façon singulière et agitée dont en parlait Morella.

Mais, en vérité, le temps était maintenant arrivé où le mystère de la nature de ma femme m'oppressait comme un charme. Je ne pouvais plus supporter l'attouchement de ses doigts pâles, ni le timbre profond de sa parole musicale, ni l'éclat de ses yeux mélancoliques. Et elle savait tout cela, mais ne m'en faisait aucun reproche; elle semblait avoir conscience de ma faiblesse ou de ma folie, et, tout en souriant, elle appelait cela la Destinée. Elle semblait aussi avoir conscience de la cause, à moi inconnue, de l'altération graduelle de mon amitié; mais elle ne me donnait aucune explication et ne faisait aucune allusion à la nature de cette cause. Morella toutefois n'était qu'une femme, et elle dépérissait journellement. A la longue, une tache pourpre se fixa immuablement sur sa joue, et les veines bleues de son front pâle devinrent proéminentes. Et ma nature se fondait parfois en pitié; mais, un moment après, je rencontrais l'éclair de ses yeux chargés de pensées, et alors mon âme se trouvait mal et éprouvait le vertige de celui dont le regard a plongé dans quelque lugubre et insondable abîme.

Dirai-je que j'aspirais, avec un désir intense et dévorant, au moment de la mort de Morella? Cela fut ainsi; mais le fragile esprit se cram-

ponna à son habitacle d'argile pendant bien des
jours, bien des semaines et bien des mois fastidieux, si bien qu'à la fin mes nerfs torturés rem-
portèrent la victoire sur ma raison; et je devins
furieux de tous ces retards, et avec un cœur de
démon je maudis les jours, et les heures, et les
minutes amères qui semblaient s'allonger et s'allonger sans cesse, à mesure que sa noble vie
déclinait, comme les ombres dans l'agonie du
jour.

Mais, un soir d'automne, comme l'air dormait
immobile dans le ciel, Morella m'appela à son
chevet. Il y avait un voile de brume sur toute
la terre, et un chaud embrasement sur les eaux,
et, à voir les splendeurs d'octobre dans le feuillage de la forêt, on eût dit qu'un bel arc-en-ciel
s'était laissé choir du firmament.

— Voici le jour des jours, — dit-elle quand
j'approchai — le plus beau des jours pour vivre
ou pour mourir. C'est un beau jour pour les fils
de la terre et de la vie, — ah! plus beau encore
pour les filles du ciel et de la mort!

Je baisai son front, et elle continua :

— Je vais mourir, cependant je vivrai.

— Morella!

— Ils n'ont jamais été, ces jours où il t'aurait
été permis de m'aimer; — mais celle que, dans
la vie, tu abhorras, dans la mort tu l'adoreras.

— Morella!

— Je répète que je vais mourir. Mais en moi
est un gage de cette affection — ah! quelle mince
affection! — que tu as éprouvée pour moi,
Morella. Et, quand mon esprit partira, l'enfant

vivra, — ton enfant, mon enfant à moi, Morella.
Mais tes jours seront des jours pleins de chagrin,
— de ce chagrin qui est la plus durable des
impressions, comme le cyprès est le plus vivace
des arbres; car les heures de ton bonheur sont
passées, et la joie ne se cueille pas deux fois dans
une vie, comme les roses de Paestum deux fois
dans une année. Tu ne joueras plus avec le
temps le jeu de l'homme de Téos; le myrte et
la vigne te seront choses inconnues, et partout
sur la terre tu porteras avec toi ton suaire,
comme le musulman de la Mecque.

— Morella! — m'écriai-je, — Morella! comment sais-tu cela?

Mais elle retourna son visage sur l'oreiller; un
léger tremblement courut sur ses membres, elle
mourut, et je n'entendis plus sa voix.

Cependant, comme elle l'avait prédit, son
enfant, — auquel en mourant elle avait donné
naissance, et qui ne respira qu'après que la mère
eut cessé de respirer, — son enfant, une fille,
vécut. Et elle grandit étrangement en taille et
en intelligence, et devint la parfaite ressemblance de celle qui était partie, et je l'aimai d'un
plus fervent amour que je ne me serais cru
capable d'en éprouver pour aucune habitante de
la terre.

Mais, avant qu'il fût longtemps, le ciel de
cette pure affection s'assombrit, et la mélancolie,
et l'horreur, et l'angoisse, y défilèrent en nuages.
J'ai dit que l'enfant grandit étrangement en
taille et en intelligence. Étrange, en vérité, fut
le rapide accroissement de sa nature corporelle,

— mais terribles, oh! terribles furent les tumul-
tueuses pensées qui s'amoncelèrent sur moi, pendant que je surveillais le développement de son
être intellectuel. Pouvait-il en être autrement,
quand je découvrais chaque jour dans les concep-
tions de l'enfant la puissance adulte et les facultés
de la femme? — quand les leçons de l'expérience
tombaient des lèvres de l'enfance? — quand je
voyais à chaque instant la sagesse et les passions
de la maturité jaillir de cet œil noir et méditatif?
Quand, dis-je, tout cela frappa mes sens épou-
vantés, — quand il fut impossible à mon âme de
se le dissimuler plus longtemps, — à mes facultés
frissonnantes de repousser cette certitude, — y
a-t-il lieu de s'étonner que des soupçons d'une
nature terrible et inquiétante se soient glissés
dans mon esprit, ou que mes pensées se soient
reportées avec horreur vers les contes étranges
et les pénétrantes théories de la défunte Morella?
J'arrachai à la curiosité du monde un être que
la destinée me commandait d'adorer, et, dans la
rigoureuse retraite de mon intérieur, je veillai
avec une anxiété mortelle sur tout ce qui concer-
nait la créature aimée.

Et comme les années se déroulaient, et comme
chaque jour je contemplais son saint, son doux,
son éloquent visage, et comme j'étudiais ses
formes mûrissantes, chaque jour je découvrais
de nouveaux points de ressemblance entre l'enfant et sa mère, la mélancolique et la morte. Et,
d'instant en instant, ces ombres de ressemblance
s'épaississaient, toujours plus pleines, plus défi-
nies, plus inquiétantes et plus affreusement ter-

ribles dans leur aspect. Car, que son sourire ressemblât au sourire de sa mère, je pouvais l'admettre; mais cette ressemblance était une *identité* qui me donnait le frisson; – que ses yeux ressemblassent à ceux de Morella, je devais le supporter; mais aussi ils pénétraient trop souvent dans les profondeurs de mon âme avec l'étrange et intense pensée de Morella elle-même. Et dans le contour de son front élevé, et dans les boucles de sa chevelure soyeuse, et dans ses doigts pâles qui s'y plongeaient *d'habitude,* et dans le timbre grave et musical de sa parole, et par-dessus tout, – oh! par-dessus tout, – dans les phrases et les expressions de la morte sur les lèvres de l'aimée, de la vivante, je trouvais un aliment pour une horrible pensée dévorante, – pour un ver qui ne voulait pas mourir.

Ainsi passèrent deux lustres de sa vie, et toujours ma fille restait sans nom sur la terre. *Mon enfant* et *mon amour* étaient les appellations habituellement dictées par l'affection paternelle, et la sévère reclusion de son existence s'opposait à toute autre relation. Le nom de Morella était mort avec elle. De la mère, je n'avais jamais parlé à la fille; – il m'était impossible d'en parler. En réalité, durant la brève période de son existence, cette dernière n'avait reçu aucune impression du monde extérieur, excepté celles qui avaient pu lui être fournies dans les étroites limites de sa retraite.

A la longue, cependant, la cérémonie du baptême s'offrit à mon esprit, dans cet état d'énervation et d'agitation, comme l'heureuse déli-

vrance des terreurs de ma destinée. Et, aux fonts
baptismaux, j'hésitai sur le choix d'un nom. Et
une foule d'épithètes de sagesse et de beauté,
de noms tirés des temps anciens et modernes de
mon pays et des pays étrangers, vint se presser
sur mes lèvres, et une multitude d'appellations
charmantes de noblesse, de bonheur et de bonté.

Qui m'inspira donc alors d'agiter le souvenir
de la morte enterrée? Quel démon me poussa
à soupirer un son dont le simple souvenir faisait toujours refluer mon sang par torrents des
tempes au cœur? Quel méchant esprit parla du
fond des abîmes de mon âme, quand, sous çes
voûtes obscures et dans le silence de la nuit, je
chuchotai dans l'oreille du saint homme les syllabes « Morella »? Quel être, plus que démon,
convulsa les traits de mon enfant et les couvrit
des teintes de la mort, quand, tressaillant à ce
nom à peine perceptible, elle tourna ses yeux
limpides du sol vers le ciel, et, tombant pros-
ternée sur les dalles noires de notre caveau de
famille, répondit : *Me voilà!*

Ces simples mots tombèrent distincts, froide-
ment, tranquillement distincts, dans mon oreille,
et, de là, comme du plomb fondu, roulèrent en
sifflant dans ma cervelle. Les années, les années
peuvent passer, mais le souvenir de cet instant,
— jamais! Ah! les fleurs et la vigne n'étaient
pas choses inconnues pour moi; — mais l'aconit
et le cyprès m'ombragèrent nuit et jour. Et je
perdis tout sentiment du temps et des lieux, et
les étoiles de ma destinée disparurent du ciel,
et dès lors la terre devint ténébreuse, et toutes

les figures terrestres passèrent près de moi comme des ombres voltigeantes et parmi elles je n'en voyais qu'une, — Morella! Les vents du firmament ne soupiraient qu'un son à mes oreilles, et le clapotement de la mer murmurait incessamment : « Morella! » Mais elle mourut, et, de mes propres mains je la portai à sa tombe, et je ris d'un amer et long rire, quand, dans le caveau où je déposai la seconde, je ne découvris aucune trace de la première — Morella.

LIGEIA

Et il y a là-dedans la volonté,
qui ne meurt pas. Qui donc
connaît les mystères de la volonté,
ainsi que sa vigueur? Car Dieu
n'est qu'une grande volonté pénétrant toutes choses par l'intensité
qui lui est propre. L'homme ne
cède aux anges et ne se rend
entièrement à la mort que par
l'infirmité de sa pauvre volonté.
          Joseph Glanvill.

Je ne puis pas me rappeler, sur mon âme, comment, quand, ni même où je fis pour la première
fois connaissance avec lady Ligeia. De longues
années se sont écoulées depuis lors, et une grande
souffrance a affaibli ma mémoire. Ou peut-être
ne puis-je plus *maintenant* me rappeler ces
points, parce qu'en vérité le caractère de ma
bien-aimée, sa rare instruction, son genre de
beauté, si singulier et si placide, et la pénétrante
et subjuguante éloquence de sa profonde parole
musicale, ont fait leur chemin dans mon cœur
d'une manière si patiente, si constante, si fur-

tive, que je n'y ai pas pris garde et n'en ai pas eu conscience.

Cependant, je crois que je la rencontrai pour la première fois, et plusieurs fois depuis lors, dans une vaste et antique ville délabrée sur les bords du Rhin. Quant à sa famille, — très-certainement elle m'en a parlé. Qu'elle fût d'une date excessivement ancienne, je n'en fais aucun doute. — Ligeia! Ligeia! — Plongé dans des études qui par leur nature sont plus propres que toute autre à amortir les impressions du monde extérieur, — il me suffit de ce mot si doux, — Ligeia! — pour ramener devant les yeux de ma pensée l'image de celle qui n'est plus. Et maintenant, pendant que j'écris, il me revient, comme une lueur, que je n'ai *jamais su* le nom de famille de celle qui fut mon amie et ma fiancée, qui devint mon compagnon d'études, et enfin l'épouse de mon cœur. Était-ce par suite de quelque injonction folâtre de ma Ligeia, — était-ce une preuve de la force de mon affection, que je ne pris aucun renseignement sur ce point? Ou plutôt était-ce un caprice à moi, — une offrande bizarre et romantique sur l'autel du culte le plus passionné? Je ne me rappelle le fait que confusément; — faut-il donc s'étonner si j'ai entièrement oublié les circonstances qui lui donnèrent naissance ou qui l'accompagnèrent? Et, en vérité, si jamais l'esprit de roman, — si jamais la pâle *Ashtophet* de l'idolâtre Égypte, aux ailes ténébreuses, ont présidé, comme on dit, aux mariages de sinistre augure, — très-sûrement ils ont présidé au mien.

Il est néanmoins un sujet très-cher sur lequel ma mémoire n'est pas en défaut, c'est la *personne* de Ligeia. Elle était d'une grande taille, un peu mince, et même dans les derniers jours très-amaigrie. J'essayerais en vain de dépeindre la majesté, l'aisance tranquille de sa démarche et l'incompréhensible légèreté, l'élasticité de son pas; elle venait et s'en allait comme une ombre. Je ne m'apercevais jamais de son entrée dans mon cabinet de travail que par la chère musique de sa voix douce et profonde, quand elle posait sa main de marbre sur mon épaule. Quant à la beauté de la figure, aucune femme ne l'a jamais égalée. C'était l'éclat d'un rêve d'opium, — une vision aérienne et ravissante, plus étrangement céleste que les rêveries qui voltigeaient dans les âmes assoupies des filles de Délos. Cependant, ses traits n'étaient pas jetés dans ce moule régulier qu'on nous a faussement enseigné à révérer dans les ouvrages classiques du paganisme. « Il n'y a pas de beauté exquise, — dit lord Verulam, parlant avec justesse de toutes les formes et de tous les genres de beauté, — sans une certaine *étrangeté* dans les proportions. » Toutefois, bien que je visse que les traits de Ligeia n'étaient pas d'une régularité classique, quoique je sentisse que sa beauté était véritablement *exquise* et fortement pénétrée de cette *étrangeté,* je me suis efforcé en vain de découvrir cette irrégularité et de poursuivre jusqu'en son gîte ma perception de l'étrange. J'examinais le contour du front haut et pâle, — un front irréprochable, — combien ce mot est froid appliqué à une majesté

aussi divine! — la peau rivalisant avec le plus
pur ivoire, la largeur imposante, le calme, la
gracieuse proéminence des régions au-dessus des
tempes, et puis cette chevelure d'un noir de corbeau, lustrée, luxuriante, naturellement bouclée
et démontrant toute la force de l'expression
homérique : *chevelure d'hyacinthe*. Je considérais les lignes délicates du nez, — et nulle
autre part que dans les gracieux médaillons
hébraïques, je n'avais contemplé une semblable
perfection; c'était ce même jet, cette même surface unie et superbe, cette même tendance presque imperceptible à l'aquilin, ces mêmes narines
harmonieusement arrondies et révélant un esprit
libre. Je regardais la charmante bouche. C'était
là qu'était le triomphe de toutes les choses
célestes : le tour glorieux de la lèvre supérieure,
un peu courte, l'air doucement, voluptueuse-
ment reposé de l'inférieure — les fossettes qui
se jouaient et la couleur qui parlait, — les dents,
réfléchissant comme une espèce d'éclair chaque
rayon de la lumière bénie qui tombait sur elles
dans ses sourires sereins et placides, mais toujours radieux et triomphants. J'analysais la
forme du menton, et, là aussi, je trouvais la
grâce dans la largeur, la douceur et la majesté,
la plénitude et la spiritualité grecques, ce
contour que le dieu Apollon ne révéla qu'en
rêve à Cléomènes, fils de Cléomènes d'Athènes.
Et puis je regardais dans les grands yeux de
Ligeia.

Pour les yeux, je ne trouve pas de modèles
dans la plus lointaine antiquité. Peut-être bien

était-ce dans les yeux de ma bien-aimée que se cachait le mystère dont parle lord Verulam. Ils étaient, je crois, plus grands que les yeux ordinaires de l'humanité; mieux fendus que les plus beaux yeux de gazelle de la tribu de la vallée de Nourjahad. Mais ce n'était que par intervalles, dans des moments d'excessive animation, que cette particularité devenait singulièrement frappante. Dans ces moments-là, — sa beauté était — du moins, elle apparaissait telle à ma pensée enflammée — la beauté de la fabuleuse houri des Turcs. Les prunelles étaient du noir le plus brillant et surplombées par des cils de jais très-longs; ses sourcils, d'un dessin légèrement irrégulier, avaient la même couleur; toutefois l'*étrangeté* que je trouvais dans les yeux était indépendante de leur forme, de leur couleur et de leur éclat, et devait décidément être attribuée à l'*expression*. Ah! mot qui n'a pas de sens! un pur son! vaste latitude où se retranche toute notre ignorance du spirituel! L'expression des yeux de Ligeia!... Combien de longues heures ai-je médité dessus! Combien de fois, durant toute une nuit d'été, me suis-je efforcé de les sonder! Qu'était donc ce je ne sais quoi, ce quelque chose plus profond que le puits de Démocrite, — qui gisait au fond des pupilles de ma bien-aimée? Qu'était cela?... J'étais possédé de la passion de le découvrir. Ces yeux! ces larges, ces brillantes, ces divines prunelles! elles étaient devenues pour moi les étoiles jumelles de Léda, et moi j'étais pour elles le plus fervent des astrologues.

Il n'y a pas de cas parmi les nombreuses et incompréhensibles anomalies de la science psychologique, qui soit plus saisissant, plus excitant que celui, — négligé, je crois, dans les écoles, — où, dans nos efforts pour ramener dans notre mémoire une chose oubliée depuis longtemps, nous nous trouvons souvent *sur le bord même* du souvenir, sans pouvoir toutefois nous souvenir. Et ainsi que de fois, dans mon ardente analyse des yeux de Ligeia, ai-je senti s'approcher la complète connaissance de leur expression! — Je l'ai sentie s'approcher, mais elle n'est pas devenue tout à fait mienne, et à la longue elle a disparu entièrement! Et, — étrange, oh! le plus étrange des mystères! — j'ai trouvé dans les objets les plus communs du monde une série d'analogies pour cette expression. Je veux dire qu'après l'époque où la beauté de Ligeia passa dans mon esprit et s'y installa comme dans un reliquaire, je puisai dans plusieurs êtres du monde matériel une sensation analogue à celle qui se répandait sur moi, en moi, sous l'influence de ses larges et lumineuses prunelles. Cependant, je n'en suis pas moins incapable de définir ce sentiment, de l'analyser, ou même d'en avoir une perception nette. Je l'ai reconnu quelquefois, je le répète, à l'aspect d'une vigne rapidement grandie, — dans la contemplation d'une phalène, d'un papillon, d'une chrysalide, d'un courant d'eau précipité. — Je l'ai trouvé dans l'Océan, dans la chute d'un météore; je l'ai senti dans les regards de quelques personnes extraordinairement âgées. Il y a dans le ciel une

ou deux étoiles, — plus particulièrement une
étoile de sixième grandeur, double et changeante, qu'on trouvera près de la grande étoile
de la Lyre, — qui, vues au télescope, m'ont
donné un sentiment analogue. Je m'en suis senti
rempli par certains sons d'instruments à cordes,
et quelquefois aussi par des passages de mes lectures. Parmi d'innombrables exemples, je me
rappelle fort bien quelque chose dans un volume
de Joseph Glanvill, qui, peut-être simplement
à cause de sa bizarrerie, — qui sait? — m'a toujours inspiré le même sentiment : « Et il y a
là-dedans la volonté qui ne meurt pas. Qui donc
connaît les mystères de la volonté, ainsi que sa
vigueur? Car Dieu n'est qu'une grande volonté
pénétrant toutes choses par l'intensité qui lui
est propre; l'homme ne cède aux anges et ne
se rend entièrement à la mort que par l'infirmité de sa pauvre volonté. »

Par la suite des temps et par des réflexions
subséquentes, je suis parvenu à déterminer un
certain rapport éloigné entre ce passage du phi-
losophe anglais et une partie du caractère de
Ligeia. Une *intensité* singulière dans la pensée,
dans l'action, dans la parole, était peut-être en
elle le résultat ou au moins l'indice de cette
gigantesque puissance de volition qui, durant
nos longues relations, eût pu donner d'autres
et plus positives preuves de son existence. De
toutes les femmes que j'ai connues, elle, la toujours placide Ligeia, à l'extérieur si calme, était
la proie la plus déchirée par les tumultueux
vautours de la cruelle passion. Et je ne pouvais

évaluer cette passion que par la miraculeuse expansion de ces yeux qui me ravissaient et m'effrayaient en même temps, par la mélodie presque magique, la modulation, la netteté et la placidité de sa voix profonde, — et par la sauvage énergie des étranges paroles qu'elle prononçait habituellement, et dont l'effet était doublé par le contraste de son débit.

J'ai parlé de l'instruction de Ligeia; elle était immense, telle que jamais je n'en vis de pareille dans une femme. Elle connaissait à fond les langues classiques, et, aussi loin que s'étendaient mes propres connaissances dans les langues modernes de l'Europe, je ne l'ai jamais prise en faute. Véritablement, sur n'importe quel thème de l'érudition académique si vantée, si admirée, uniquement à cause qu'elle est plus abstruse, ai-je jamais trouvé Ligeia en faute? Combien ce trait unique de la nature de ma femme, seulement dans cette dernière période, avait frappé, subjugué mon attention! J'ai dit que son instruction dépassait celle d'aucune femme que j'eusse connue, — mais où est l'homme qui a traversé avec succès tout le vaste champ des sciences morales, physiques et mathématiques? Je ne vis pas alors ce que maintenant je perçois claire-ment, que les connaissances de Ligeia étaient gigantesques, étourdissantes; cependant, j'avais une conscience suffisante de son infinie supério-rité pour me résigner, avec la confiance d'un écolier, à me laisser guider par elle à travers le monde chaotique des investigations métaphy-siques dont je m'occupais avec ardeur dans les premières années de notre mariage. Avec quel vaste triomphe, avec quelles vives délices, avec quelle espérance éthéréenne sentais-je, — ma Ligeia penchée sur moi au milieu d'études si peu frayées, si peu connues, — s'élargir par degrés cette admirable perspective, cette longue avenue splendide et vierge, par laquelle je devais enfin arriver au terme d'une sagesse trop précieuse et trop divine pour n'être pas interdite!

Aussi, avec quelle poignante douleur ne vis-je pas, au bout de quelques années, mes espérances si bien fondées prendre leur vol et s'enfuir! Sans Ligeia, je n'étais qu'un enfant tâtonnant dans la nuit. Sa présence, ses leçons, pouvaient seules éclairer d'une lumière vivante les mystères du transcendantalisme dans lesquels nous nous étions plongés. Privée du lustre rayonnant de ses yeux, toute cette littérature, ailée et dorée naguère, devenait maussade, saturnienne et lourde comme le plomb. Et maintenant, ces beaux yeux éclairaient de plus en plus rarement les pages que je déchiffrais. Ligeia tomba malade. Les étranges yeux flamboyèrent avec un éclat trop splendide; les pâles doigts prirent la couleur de la mort, la couleur de la cire transparente; les veines bleues de son grand front palpitèrent impétueusement au courant de la plus douce émotion : je vis qu'il lui fallait mourir, — et je luttai désespérément en esprit avec l'affreux Azraël.

Et les efforts de cette femme passionnée furent, à mon grand étonnement, encore plus éner-

giques que les miens. Il y avait certes dans sa
sérieuse nature de quoi me faire croire que pour
elle la mort viendrait sans son monde de terreurs. Mais il n'en fut pas ainsi; les mots sont
impuissants pour donner une idée de la férocité
de résistance qu'elle déploya dans sa lutte avec
l'Ombre. Je gémissais d'angoisse à ce lamentable
spectacle. J'aurais voulu la calmer, j'aurais voulu
la raisonner; mais, dans l'intensité de son sauvage désir de vivre, — de vivre, — de *rien* que
vivre, — toute consolation et toutes raisons
eussent été le comble de la folie. Cependant,
jusqu'au dernier moment, au milieu des tortures
et des convulsions de son sauvage esprit, l'apparente placidité de sa conduite ne se démentit
pas. Sa voix devenait plus douce, — devenait
plus profonde, — mais je ne voulais pas m'appesantir sur le sens bizarre de ces mots prononcés
avec tant de calme. Ma cervelle tournait quand
je prêtais l'oreille en extase à cette mélodie surhumaine, à ces ambitions et à ces aspirations
que l'humanité n'avait jamais connues jusqu'alors.

Qu'elle m'aimât, je n'en pouvais douter, et il
m'étais aisé de deviner que, dans une poitrine
telle que la sienne, l'amour ne devait pas régner
comme une passion ordinaire. Mais, dans la
mort seulement, je compris toute la force et
toute l'étendue de son affection. Pendant de
longues heures, ma main dans la sienne, elle
épanchait devant moi le trop-plein d'un cœur
dont le dévouement plus que passionné montait
jusqu'à l'idolâtrie. Comment avais-je mérité la

béatitude d'entendre de pareils aveux? Comment avais-je mérité d'être damné à ce point que ma bien-aimée me fût enlevée à l'heure où elle m'en octroyait la jouissance? Mais il ne m'est pas permis de m'étendre sur ce sujet. Je dirai seulement que dans l'abandonnement plus que féminin de Ligeia à un amour, hélas! non mérité, accordé tout à fait gratuitement, je reconnus enfin le principe de son ardent, de son sauvage regret de cette vie qui fuyait maintenant si rapidement. C'est cette ardeur désordonnée, cette véhémence dans son désir de la vie, — et et *rien* que la vie, — que je n'ai pas la puissance de décrire; les mots me manqueraient pour l'exprimer.

Juste au milieu de la nuit pendant laquelle elle mourut, elle m'appela avec autorité auprès d'elle, et me fit répéter certains vers composés par elle peu de jours auparavant. Je lui obéis. Ces vers, les voici :

Voyez! c'est nuit de gala
　　Depuis ces dernières années désolées!
Une multitude d'anges, ailés, ornés
　　De voiles, et noyés dans les larmes,
Est assise dans un théâtre, pour voir
　　Un drame d'espérance et de craintes,
Pendant que l'orchestre soupire par intervalles
　　La musique des sphères.

Des mimes, faits à l'image du Dieu très-haut,
　　Marmottent et marmonnent tout bas
Et voltigent de côté et d'autre;
　　Pauvres poupées qui vont et viennent
Au commandement des vastes êtres sans forme
　　Qui transportent la scène çà et là,

Secouant de leurs ailes de condor
    L'invisible Malheur!

Ce drame bigarré! oh! à coup sûr,
    Il ne sera pas oublié,
Avec son Fantôme éternellement pourchassé
    Par une foule qui ne peut pas le saisir,
A travers un cercle qui toujours retourne
    Sur lui-même, exactement au même point!
Et beaucoup de Folie, et encore plus de Péché
    Et d'Horreur font l'âme de l'intrigue!

Mais voyez, à travers la cohue des mimes,
    Une forme rampante fait son entrée!
Une chose rouge de sang qui vient en se tordant
    De la partie solitaire de la scène!
Elle se tord! elle se tord! — Avec des angoisses mortelles
    Les mimes deviennent sa pâture,
Et les séraphins sanglotent en voyant les dents du ver
    Mâcher des caillots de sang humain.

Toutes les lumières s'éteignent, — toutes, toutes!
    Et sur chaque forme frissonnante,
Le rideau, vaste drap mortuaire,
    Descend avec la violence d'une tempête,
— Et les anges, tous pâles et blêmes,
    Se levant et se dévoilant, affirment
Que ce drame est une tragédie qui s'appelle l'Homme,
Et dont le héros est le ver conquérant.

— Ô Dieu! — cria presque Ligeia, se dressant sur ses pieds et étendant ses bras vers le ciel dans un mouvement spasmodique, comme je finissais de réciter ces vers, — ô Dieu! ô Père céleste! — ces choses s'accompliront-elles irrémissiblement? — Ce conquérant ne sera-t-il jamais vaincu? — Ne sommes-nous pas une partie et une parcelle de Toi? Qui donc connaît les mystères de la volonté ainsi que sa vigueur?

L'homme ne cède aux anges et ne se rend *entièrement à la mort* que par l'infirmité de sa pauvre
volonté.

Et alors, comme épuisée par l'émotion, elle
laissa retomber ses bras blancs, et retourna
solennellement à son lit de mort. Et, comme
elle soupirait ses derniers soupirs, il s'y mêla sur
ses lèvres comme un murmure indistinct. Je
tendis l'oreille, et je reconnus de nouveau la
conclusion du passage de Glanvill : *« L'homme
ne cède aux anges et ne se rend entièrement à la
mort que par l'infirmité de sa pauvre volonté. »*

Elle mourut; et moi, anéanti, pulvérisé par la
douleur, je ne pus pas supporter plus longtemps
l'affreuse désolation de ma demeure dans cette
sombre cité délabrée au bord du Rhin. Je ne
manquais pas de ce que le monde appelle la fortune. Ligeia m'en avait apporté plus, beaucoup
plus que n'en comporte la destinée ordinaire
des mortels. Aussi, après quelques mois perdus
dans un vagabondage fastidieux et sans but, je
me jetai dans une espèce de retraite dont je fis
l'acquisition, — une abbaye dont je ne veux pas
dire le nom, — dans une des parties les plus
incultes et les moins fréquentées de la belle
Angleterre. La sombre et triste grandeur du
bâtiment, l'aspect presque sauvage du domaine,
les mélancoliques et vénérables souvenirs qui
s'y rattachaient, étaient à l'unisson du sentiment de complet abandon qui m'avait exilé dans
cette lointaine et solitaire région. Cependant,
tout en laissant à l'extérieur de l'abbaye son
caractère primitif presque intact et le verdoyant

délabrement qui tapissait ses murs, je me mis
avec une perversité enfantine, et peut-être avec
une faible espérance de distraire mes chagrins,
à déployer au-dedans des magnificences plus
que royales. Je m'étais, depuis l'enfance, pénétré
d'un grand goût pour ces folies, et maintenant
elles me revenaient comme un radotage de la
douleur. Hélas! je sens qu'on aurait pu découvrir un commencement de folie dans ces splen-
dides et fantastiques draperies, dans ces solennelles sculptures égyptiennes, dans ces corniches et ces ameublements bizarres, dans les
extravagantes arabesques de ces tapis tout fleu-
ris d'or! J'étais devenu un esclave de l'opium,
il me tenait dans ses liens, — et tous mes
travaux et mes plans avaient pris la couleur
de mes rêves. Mais je ne m'arrêterai pas au
détail de ces absurdités. Je parlerai seulement
de cette chambre, maudite à jamais, où dans
un moment d'aliénation mentale je conduisis
à l'autel et pris pour épouse, — après l'inou-
bliable Ligeia! — lady Rowena Trevanion de
Tremaine, à la blonde chevelure et aux yeux
bleus.

Il n'est pas un détail d'architecture ou de la
décoration de cette chambre nuptiale qui ne soit
maintenant présent à mes yeux. Où donc la
hautaine famille de la fiancée avait-elle l'esprit,
quand, mue par la soif de l'or, elle permit à une
fille si tendrement chérie de passer le seuil d'un
appartement décoré de cette étrange façon? J'ai
dit que je me rappelais minutieusement les
détails de cette chambre, bien que ma triste

mémoire perde souvent des choses d'une rare
importance; et pourtant il n'y avait pas dans ce
luxe fantastique de système ou d'harmonie qui
pût s'imposer au souvenir.

La chambre faisait partie d'une haute tour de
cette abbaye, fortifiée comme un château; elle
était d'une forme pentagone et d'une grande
dimension. Tout le côté sud du pentagone était
occupé par une fenêtre unique, faite d'une
immense glace de Venise, d'un seul morceau et
d'une couleur sombre, de sorte que les rayons
du soleil ou de la lune qui la traversaient
jetaient sur les objets intérieurs une lumière
sinistre. Au-dessus de cette énorme fenêtre se
prolongeait le treillis d'une vieille vigne qui
grimpait sur les murs massifs de la tour. Le plafond, de chêne presque noir, était excessivement
élevé, façonné en voûte et curieusement sillonné
d'ornements des plus bizarres et des plus fantastiques, d'un style semi-gothique, semi-drui-
dique. Au fond de cette voûte mélancolique, au
centre même, était suspendue, par une seule
chaîne d'or faite de longs anneaux, une vaste
lampe de même métal en forme d'encensoir, conçue dans le goût sarrasin et brodée
de perforations capricieuses, à travers lesquelles
on voyait courir et se tortiller avec la vitalité
d'un serpent les lueurs continues d'un feu ver-
sicolore.

Quelques rares ottomanes et des candélabres
d'une forme orientale occupaient différents
endroits, et le lit aussi, — le lit nuptial, — était
dans le style indien, — bas, sculpté en bois

d'ébène massif, et surmonté d'un baldaquin qui
avait l'air d'un drap mortuaire. A chacun des
angles de la chambre se dressait un gigantesque
sarcophage de granit noir, tiré des tombes des
rois en face de Louqsor, avec son antique couvercle chargé de sculptures immémoriales. Mais
c'était dans la tenture de l'appartement, hélas!
qu'éclatait la fantaisie capitale. Les murs, prodigieusement hauts, — au-delà même de toute
proportion, — étaient tendus du haut jusqu'en
bas d'une tapisserie lourde et d'apparence mas-
sive qui tombait par vastes nappes, — tapisserie
faite avec la même matière qui avait été em-
ployée pour le tapis du parquet, les ottomanes,
le lit d'ébène, le baldaquin du lit et les somp-
tueux rideaux qui cachaient en partie la fenêtre.
Cette matière était un tissu d'or des plus riches,
tacheté, par intervalles irréguliers, de figures
arabesques, d'un pied de diamètre environ, qui
enlevaient sur le fond leurs dessins d'un noir de
jais. Mais ces figures ne participaient du caractère arabesque que quand on les examinait à un
seul point de vue. Par un procédé aujourd'hui
fort commun, et dont on retrouve la trace dans
la plus lointaine antiquité, elles étaient faites
de manière à changer d'aspect. Pour une personne qui entrait dans la chambre, elles avaient
l'air de simples monstruosités; mais, à mesure
qu'on avançait, ce caractère disparaissait graduellement, et, pas à pas, le visiteur changeant
de place se voyait entouré d'une procession
continue de formes affreuses, comme celles qui
sont nées de la superstition du Nord, ou celles

qui se dressent dans les sommeils coupables des moines. L'effet fantasmagorique était grandement accru par l'introduction artificielle d'un fort courant d'air continu derrière la tenture, — qui donnait au tout une hideuse et inquiétante animation.

Telle était la demeure, telle était la chambre nuptiale où je passai avec la dame de Tremaine les heures impies du premier mois de notre mariage, — et je les passai sans trop d'inquiétude.

Que ma femme redoutât mon humeur farouche, qu'elle m'évitât, qu'elle ne m'aimât que très-médiocrement, — je ne pouvais pas me le dissimuler; mais cela me faisait presque plaisir. Je la haïssais d'une haine qui appartient moins à l'homme qu'au démon. Ma mémoire se retournait, — oh! avec quelle intensité de regret! — vers Ligeia, l'aimée, l'auguste, la belle, la morte. Je faisais des orgies de souvenirs; je me délectais dans sa pureté, dans sa sagesse, dans sa haute nature éthéréenne, dans son amour passionné, idolâtrique. Maintenant, mon esprit brûlait pleinement et largement d'une flamme plus ardente que n'avait été la sienne. Dans l'enthousiasme de mes rêves opiacés, — car j'étais habituellement sous l'empire du poison, — je criais son nom à haute voix durant le silence de la nuit, et, le jour, dans les retraites ombreuses des vallées, comme si, par l'énergie sauvage, la passion solennelle, l'ardeur dévorante de ma passion pour la défunte je pouvais la ressusciter dans les sentiers de cette vie qu'elle avait abandonnée; — pour *toujours?* était-ce vraiment *possible?*

Au commencement du second mois de notre mariage, lady Rowena fut attaquée d'un mal soudain dont elle ne se releva que lentement. La fièvre qui la consumait rendait ses nuits pénibles, et, dans l'inquiétude d'un demi-sommeil, elle parlait de sons et de mouvements qui se produisaient çà et là dans la chambre de la tour, et que je ne pouvais vraiment attribuer qu'au dérangement de ses idées ou peut-être aux influences fantasmagoriques de la chambre. A la longue, elle entra en convalescence, et finalement elle se rétablit.

Toutefois, il ne s'était écoulé qu'un laps de temps fort court quand une nouvelle attaque plus violente la rejeta sur son lit de douleur, et, depuis cet accès, sa constitution, qui avait toujours été faible, ne put jamais se relever complètement. Sa maladie montra, dès cette époque, un caractère alarmant et des rechutes plus alarmantes encore, qui défiaient toute la science et tous les efforts de ses médecins. A mesure qu'augmentait ce mal chronique qui, dès lors sans doute, s'était trop bien emparé de sa constitution pour en être arraché par des mains humaines, je ne pouvais m'empêcher de remarquer une irritation nerveuse croissante dans son tempérament et une excitabilité telle, que les causes les plus vulgaires lui étaient des sujets de peur. Elle parla encore, et plus souvent alors, avec plus d'opiniâtreté, des bruits, — des légers bruits, — et des mouvements insolites dans les rideaux, dont elle avait, disait-elle, déjà souffert.

Une nuit — vers la fin de septembre, — elle attira mon attention sur ce sujet désolant avec une énergie plus vive que de coutume. Elle venait justement de se réveiller d'un sommeil agité, et j'avais épié, avec un sentiment moitié d'anxiété, moitié de vague terreur, le jeu de sa physionomie amaigrie. J'étais assis au chevet du lit d'ébène, sur un des divans indiens. Elle se dressa à moitié, et me parla à voix basse, dans un chuchotement anxieux, de sons qu'elle venait d'entendre, mais que je ne pouvais pas entendre, — de mouvements qu'elle venait d'apercevoir, mais que je ne pouvais apercevoir. Le vent courait activement derrière les tapisseries, et je m'appliquai à lui démontrer — ce que, je le confesse, je ne pouvais pas croire entièrement, — que ces soupirs à peine articulés et ces changements presque insensibles dans les figures du mur n'étaient que les effets naturels du courant d'air habituel. Mais une pâleur mortelle qui inonda sa face me prouva que mes efforts pour la rassurer seraient inutiles. Elle semblait s'évanouir, et je n'avais pas de domestiques à ma portée. Je me souvins de l'endroit où avait été déposé un flacon de vin léger ordonné par les médecins, et je traversai vivement la chambre pour me le procurer. Mais, comme je passais sous la lumière de la lampe, deux circonstances d'une nature saisissante attirèrent mon attention. J'avais senti que quelque chose de palpable, quoique invisible, avait frôlé légèrement ma personne, et je vis sur le tapis d'or, au centre même du riche

rayonnement projeté par l'encensoir, une ombre,
— une ombre faible, indéfinie, d'un aspect angélique, — telle qu'on peut se figurer l'ombre
d'une Ombre. Mais, comme j'étais en proie à
une dose exagérée d'opium, je ne fis que peu
d'attention à ces choses, et je n'en parlai point à
Rowena.

Je trouvai le vin, je traversai de nouveau la
chambre, et je remplis un verre que je portai
aux lèvres de ma femme défaillante. Cependant,
elle était un peu remise, et elle prit le verre
elle-même, pendant que je me laissais tomber
sur l'ottomane, les yeux fixés sur sa personne.

Ce fut alors que j'entendis distinctement un
léger bruit de pas sur le tapis et près du lit; et,
une seconde après, comme Rowena allait porter
le vin à ses lèvres, je vis, — je puis l'avoir rêvé,
— je vis tomber dans le verre, comme de quelque
source invisible suspendue dans l'atmosphère
de la chambre, trois ou quatre grosses gouttes
d'un fluide brillant et couleur de rubis. Si je
le vis, — Rewena ne le vit pas. Elle avala le
vin sans hésitation, et je me gardai bien de lui
parler d'une circonstance que je devais, après
tout, regarder comme la suggestion d'une imagination surexcitée, et dont tout, — les terreurs
de ma femme, l'opium et l'heure, — augmentait l'activité morbide.

Cependant, je ne puis pas me dissimuler
qu'immédiatement après la chute des gouttes
rouges, un rapide changement — en mal —
s'opéra dans la maladie de ma femme; si bien
que, la troisième nuit, les mains de ses servi-

teurs la préparaient pour la tombe, et que j'étais
assis seul, son corps enveloppé dans le suaire,
dans cette chambre fantastique qui avait reçu la
jeune épouse. — D'étranges visions, engendrées
par l'opium, voltigeaient autour de moi comme
des ombres. Je promenais un œil inquiet sur les
sarcophages, dans les coins de la chambre, sur
les figures mobiles de la tenture et sur les lueurs
vermiculaires et changeantes de la lampe du
plafond. Mes yeux tombèrent alors, — comme
je cherchais à me rappeler les circonstances
d'une nuit précédente, — sur le même point du
cercle lumineux, là où j'avais vu les traces
légères d'une ombre. Mais elle n'y était plus;
et, respirant avec plus de liberté, je tournai mes
regards vers la pâle et rigide figure allongée sur
le lit. Alors, je sentis fondre sur moi mille souvenirs de Ligeia, — je sentis refluer vers mon
cœur, avec la tumultueuse violence d'une marée,
toute cette ineffable douleur que j'avais sentie
quand je l'avais vue, *elle* aussi, dans son suaire.
La nuit avançait, et toujours, — le cœur plein
des pensées les plus amères dont *elle* était l'objet,
elle, mon unique, mon suprême amour, — je
restais les yeux fixés sur le corps de Rowena.

Il pouvait bien être minuit, peut-être plus
tôt, peut-être plus tard, car je n'avais pas pris
garde au temps, quand un sanglot, très-bas, très-
léger, mais très-distinct, me tira en sursaut de
ma rêverie. Je *sentis* qu'il venait du lit d'ébène,
— du lit de mort. Je tendis l'oreille, dans une
angoisse de terreur superstitieuse, mais le bruit
ne se répéta pas. Je forçai mes yeux à découvrir

un mouvement quelconque dans le corps, mais je n'en aperçus pas le moindre. Cependant, il était impossible que je me fusse trompé. J'avais entendu le bruit, faible à la vérité, et mon esprit était bien éveillé en moi. Je maintins résolument et opiniâtrement mon attention clouée au cadavre. Quelques minutes s'écoulèrent sans aucun incident qui pût jeter un peu de jour sur ce mystère. A la longue, il devint évident qu'une coloration légère, très-faible, à peine sensible, était montée aux joues et avait filtré le long des petites veines déprimées des paupières. Sous la pression d'une horreur et d'une terreur inexplicables, pour lesquelles le langage de l'humanité n'a pas d'expression suffisamment énergique, je sentis les pulsations de mon cœur s'arrêter et mes membres se roidir sur place.

Cependant, le sentiment du devoir me rendit finalement mon sang-froid. Je ne pouvais pas douter plus longtemps que nous n'eussions fait prématurément nos apprêts funèbres; — Rowena vivait encore. Il était nécessaire de pratiquer immédiatement quelques tentatives; mais la tour était tout à fait séparée de la partie de l'abbaye habitée par les domestiques, — il n'y en avait aucun à portée de la voix, — je n'avais aucun moyen de les appeler à mon aide, à moins de quitter la chambre pendant quelques minutes, — et, quant à cela, je ne pouvais m'y hasarder. Je m'efforçai donc de rappeler à moi seul et de fixer l'âme encore voltigeante. Mais, au bout d'un laps de temps très-court, il y eut une rechute évidente; la couleur disparut de la joue et de la paupière, laissant une pâleur plus que marmoréenne; les lèvres se serrèrent doublement et se recroquevillèrent dans l'expression spectrale de la mort; une froideur et une viscosité répulsives se répandirent rapidement sur toute la surface du corps, et la complète rigidité cadavérique survint immédiatement. Je retombai en frissonnant sur le lit de repos d'où j'avais été arraché si soudainement, et je m'abandonnai de-nouveau à mes rêves, à mes contemplations passionnées de Ligeia.

Une heure s'écoula ainsi, quand — était-ce, grand Dieu! possible? — j'eus de nouveau la perception d'un bruit vague qui partait de la région du lit. J'écoutai, au comble de l'horreur. Le son se fit entendre de nouveau, c'était un soupir. Je me précipitai vers le corps, je vis, — je vis distinctement un tremblement sur les lèvres. Une minute après, elles se relâchaient, découvrant une ligne brillante de dents de nacre. La stupéfaction lutta alors dans mon esprit avec la profonde terreur qui jusque-là l'avait dominé. Je sentis que ma vue s'obscurcissait, que ma raison s'enfuyait; et ce ne fut que par un violent effort que je trouvai à la longue le courage de me roidir à la tâche que le devoir m'imposait de nouveau. Il y avait maintenant une carnation imparfaite sur le front, la joue et la gorge; une chaleur sensible pénétrait tout le corps; et même une légère pulsation remuait imperceptiblement la région du cœur.

Ma femme *vivait;* et avec un redoublement d'ardeur, je me mis en devoir de la ressusciter.

Je frictionnai et je bassinai les tempes et les
mains, et j'usai de tous les procédés que l'expérience et de nombreuses lectures médicales pouvaient me suggérer. Mais ce fut en vain. Soudainement, la couleur disparut, la pulsation
cessa, l'expression de mort revint aux lèvres, et,
un instant après, tout le corps reprenait sa froideur de glace, son ton livide, sa rigidité complète, son contour amorti, et toute la hideuse
caractéristique de ce qui a habité la tombe pendant plusieurs jours.

Et puis je retombai dans mes rêves de Ligeia,
— et de nouveau — s'étonnera-t-on que je fris-
sonne en écrivant ces lignes? — *de nouveau* un
sanglot étouffé vint à mon oreille de la région
du lit d'ébène. Mais à quoi bon détailler minutieusement les ineffables horreurs de cette nuit?
Raconterai-je combien de fois, coup sur coup,
presque jusqu'au petit jour, se répéta ce hideux
drame de ressuscitation; que chaque effrayante
rechute se changeait en une mort plus rigide et
plus irrémédiable, que chaque nouvelle agonie
ressemblait à une lutte contre quelque invisible
adversaire, et que chaque lutte était suivie de je
ne sais quelle étrange altération dans la physionomie du corps? Je me hâte d'en finir.

La plus grande partie de la terrible nuit était
passée, et celle qui était morte remua de nouveau, — et, cette fois-ci, plus énergiquement que
jamais, quoique se réveillant d'une mort plus
effrayante et plus irréparable. J'avais depuis
longtemps cessé tout effort et tout mouvement,
et je restais cloué sur l'ottomane, désespérément

englouti dans un tourbillon d'émotions vio-
lentes, dont la moins terrible peut-être, la moins
dévorante, était un suprême effroi. Le corps,
je le répète, remuait, et maintenant plus activement qu'il n'avait fait jusque-là. Les couleurs
de la vie montaient à la face avec une énergie
singulière, — les membres se relâchaient, — et,
sauf que les paupières restaient toujours lourdement fermées, et que les bandeaux et les draperies funèbres communiquaient encore à la
figure leur caractère sépulcral, j'aurais rêvé que
Rowena avait entièrement secoué les chaînes de
la Mort. Mais si, dès lors, je n'acceptai pas entièrement cette idée, je ne pus pas douter plus
longtemps, quand, se levant du lit, — et vacillant, — d'un pas faible, — les yeux fermés, —
à la manière d'une personne égarée dans un
rêve, — l'être qui était enveloppé du suaire
s'avança audacieusement et palpablement dans
le milieu de la chambre.

Je ne tremblai pas, — je ne bougeai pas, —
car une foule de pensées inexprimables, causées
par l'air, la stature, l'allure du fantôme, se
ruèrent à l'improviste dans mon cerveau, et me
paralysèrent, — me pétrifièrent. Je ne bougeais
pas, je contemplais l'apparition. C'était dans mes
pensées un désordre fou, un tumulte inapaisa-
ble. Était-ce bien la *vivante* Rowena que
j'avais en face de moi? *cela* pouvait-il être vraiment Rowena, — lady Rowena Trevanion de
Tremaine, à la chevelure blonde, aux yeux
bleus? Pourquoi, oui, *pourquoi* en doutais-je?
— Le lourd bandeau oppressait la bouche; —

pourquoi donc cela n'eût-il pas été la bouche
respirante de la dame de Tremaine? — Et les
joues? — oui, c'étaient bien là les roses du midi
de sa vie; — oui, ce pouvaient être les belles
joues de la vivante lady de Tremaine. — Et le
menton, avec les fossettes de la santé, ne pouvait-
il pas être le sien? Mais *avait-elle donc grandi
depuis sa maladie?* Quel inexprimable délire
s'empara de moi à cette idée! D'un bond j'étais
à ses pieds! Elle se retira à mon contact, et elle
dégagea sa tête de l'horrible suaire qui l'enveloppait; et alors déborda dans l'atmosphère
fouettée de la chambre une masse énorme de
longs cheveux désordonnés; *ils étaient plus noirs
que les ailes de minuit, l'heure au plumage de corbeau!* Et alors je vis la figure qui se tenait devant
moi ouvrir lentement, lentement *les yeux.*

— Enfin, les voilà donc! criai-je d'une voix
retentissante; pourrais-je jamais m'y tromper? —
Voilà bien les yeux adorablement fendus, les
yeux noirs, les yeux étranges de mon amour
perdu, — de lady, de LADY LIGÉIA.

METZENGERSTEIN

Pestis eram vivus, — moriens
tua mors ero.

MARTIN LUTHER.

L'HORREUR et la fatalité se sont donné carrière
dans tous les siècles. A quoi bon mettre une
date à l'histoire que j'ai à raconter? Qu'il me
suffise de dire qu'à l'époque dont je parle existait dans le centre de la Hongrie une croyance
secrète, mais bien établie, aux doctrines de la
métempsycose. De ces doctrines elles-mêmes, de
leur fausseté ou de leur probabilité, — je ne
dirai rien. J'affirme, toutefois, qu'une bonne
partie de notre incrédulité *vient*, comme dit La
Bruyère, qui attribue tout notre malheur à cette
cause unique, *de ne pouvoir être seuls*.

Mais il y avait quelques points dans la superstition hongroise qui tendaient fortement à
l'absurde. Les Hongrois différaient très-essentiel-
lement de leurs autorités d'Orient. Par exemple,
— *l'âme*, à ce qu'ils croyaient, — je cite les
termes d'un subtil et intelligent Parisien, —
ne demeure qu'une seule fois dans un corps sensible.

Ainsi, un cheval, un chien, un homme même, ne sont que la ressemblance illusoire de ces êtres.

Les familles Berlifitzing et Metzengerstein avaient été en discorde pendant des siècles. Jamais on ne vit deux maisons aussi illustres réciproquement aigries par une inimitié aussi mortelle. Cette haine pouvait tirer son origine des paroles d'une ancienne prophétie : — *Un grand nom tombera d'une chute terrible, quand, comme le cavalier sur son cheval, la mortalité de Metzengerstein triomphera de l'immortalité de Berlifitzing.*

Certes, les termes n'avaient que peu ou point de sens. Mais des causes plus vulgaires ont donné naissance — et cela, sans remonter bien haut, — à des conséquences également grosses d'événements. En outre, les deux maisons, qui étaient voisines, avaient longtemps exercé une influence rivale dans les affaires d'un gouvernement tumultueux. De plus, des voisins aussi rapprochés sont rarement amis; et, du haut de leurs terrasses massives, les habitants du château Berlifitzing pouvaient plonger leurs regards dans les fenêtres mêmes du palais Metzengerstein. Enfin, le déploiement d'une magnificence plus que féodale était peu fait pour calmer les sentiments irritables des Berlifitzing, moins anciens et moins riches. Y a-t-il donc lieu de s'étonner que les termes de cette prédiction, bien que tout à fait saugrenus, aient si bien créé et entretenu la discorde entre deux familles déjà prédisposées aux querelles par toutes les instigations d'une jalousie héréditaire? La prophétie semblait impliquer — si elle impliquait quelque chose, —

un triomphe final du côté de la maison déjà
plus puissante, et naturellement vivait dans la
mémoire de la plus faible et de la moins
influente, et la remplissait d'une aigre animosité.

Wilhelm, comte Berlifitzing, bien qu'il fût
d'une haute origine, n'était, à l'époque de ce
récit, qu'un vieux radoteur infirme, et n'avait
rien de remarquable, si ce n'est une antipathie
invétérée et folle contre la famille de son rival,
et une passion si vive pour les chevaux et la
chasse, que rien, ni ses infirmités physiques, ni
son grand âge, ni l'affaiblissement de son esprit,
ne pouvait l'empêcher de prendre journellement
sa part des dangers de cet exercice. De l'autre
côté, Frédérick, baron Metzengerstein, n'était
pas encore majeur. Son père, le ministre G...,
était mort jeune. Sa mère, madame Marie, le
suivit bientôt. Frédérick était à cette époque
dans sa dix-huitième année. Dans une ville, dix-
huit ans ne sont pas une longue période de
temps; mais dans une solitude, dans une aussi
magnifique solitude que cette vieille seigneurie,
le pendule vibre avec une plus profonde et plus
significative solennité.

Par suite de certaines circonstances résultant
de l'administration de son père, le jeune baron,
aussitôt après la mort de celui-ci, entra en possession de ses vastes domaines. Rarement on
avait vu un noble de Hongrie posséder un tel
patrimoine. Ses châteaux étaient innombrables.
Le plus splendide et le plus vaste était le palais
Metzengerstein. La ligne frontière de ses do-

maines n'avait jamais été clairement définie;
mais son parc principal embrassait un circuit
de cinquante milles.

L'avènement d'un propriétaire si jeune, et
d'un caractère si bien connu, à une fortune si
incomparable laissait peu de place aux conjectures relativement à sa ligne probable de
conduite. Et, en vérité, dans l'espace de trois
jours, la conduite de l'héritier fit pâlir le renom
d'Hérode et dépassa magnifiquement les espérances de ses plus enthousiastes admirateurs. De
honteuses débauches, de flagrantes perfidies, des
atrocités inouïes, firent bientôt comprendre à ses
vassaux tremblants que rien, — ni soumission
servile de leur part, ni scrupules de conscience
de la sienne — ne leur garantirait désormais de
sécurité contre les griffes sans remords de ce
petit Caligula. Vers la nuit du quatrième jour,
on s'aperçut que le feu avait pris aux écuries
du château Berlifitzing, et l'opinion unanime
du voisinage ajouta le crime d'incendie à la liste
déjà horrible des délits et des atrocités du baron.

Quant au jeune gentilhomme, pendant le
tumulte occasionné par cet accident, il se tenait,
en apparence, plongé dans une méditation, au
haut du palais de famille des Metzengerstein,
dans un vaste appartement solitaire. La tenture
de tapisserie, riche, quoique fanée, qui pendait
mélancoliquement aux murs, représentait les
figures fantastiques et majestueuses de mille
ancêtres illustres. Ici des prêtres richement vêtus
d'hermine, des dignitaires pontificaux, siégeaient
familièrement avec l'autocrate et le souverain,

opposaient leur *veto* aux caprices d'un roi temporel, ou contenaient avec le *fiat* de la toute-puissance papale le sceptre rebelle du Grand Ennemi, prince des ténèbres. Là, les sombres et grandes figures des princes Metzengerstein — leurs musculeux chevaux de guerre piétinant sur les cadavres des ennemis tombés — ébranlaient les nerfs les plus fermes par leur forte expression; et ici, à leur tour, voluptueuses et blanches comme des cygnes, les images des dames des anciens jours flottaient au loin dans les méandres d'une danse fantastique aux accents d'une mélodie imaginaire.

Mais, pendant que le baron prêtait l'oreille ou affectait de prêter l'oreille au vacarme toujours croissant des écuries de Berlifitzing, — et peut-être méditait quelque trait nouveau, quelque trait décidé d'audace, — ses yeux se tournèrent machinalement vers l'image d'un cheval énorme, d'une couleur hors nature, et représenté dans la tapisserie comme appartenant à un ancêtre sarrasin de la famille de son rival. Le cheval se tenait sur le premier plan du tableau, — immobile comme une statue, — pendant qu'un peu plus loin, derrière lui, son cavalier déconfit mourait sous le poignard d'un Metzengerstein.

Sur la lèvre de Frédérick surgit une expression diabolique, comme s'il s'apercevait de la direction que son regard avait prise involontairement. Cependant, il ne détourna pas les yeux. Bien loin de là, il ne pouvait d'aucune façon avoir raison de l'anxiété accablante qui semblait

tomber sur ses sens comme un drap mortuaire.
Il conciliait difficilement ses sensations incohé-
rentes comme celles des rêves avec la certitude
d'être éveillé. Plus il contemplait, plus absor-
bant devenait le charme, — plus il lui paraissait
impossible d'arracher son regard à la fascination
de cette tapisserie. Mais le tumulte du dehors
devenant soudainement plus violent, il fit enfin
un effort, comme à regret, et tourna son attention vers une explosion de lumière rouge, pro-
jetée en plein des écuries enflammées sur les
fenêtres de l'appartement.

L'action toutefois ne fut que momentanée;
son regard retourna machinalement au mur. A
son grand étonnement, la tête du gigantesque
coursier — chose horrible! — avait pendant ce
temps changé de position. Le cou de l'animal,
d'abord incliné comme par la compassion vers
le corps terrassé de son seigneur, était maintenant étendu, roide et dans toute sa longueur,
dans la direction du baron. Les yeux, tout à
l'heure invisibles, contenaient maintenant une
expression énergique et humaine, et ils brillaient d'un rouge ardent et extraordinaire; et les
lèvres distendues de ce cheval à la physionomie
enragée laissaient pleinement apercevoir ses
dents sépulcrales et dégoûtantes.

Stupéfié par la terreur, le jeune seigneur
gagna la porte en chancelant. Comme il l'ouvrait,
un éclat de lumière rouge jaillit au loin dans
la salle, qui dessina nettement son reflet sur la
tapisserie frissonnante; et, comme le baron hésitait un instant sur le seuil, il tressaillit en voyant

que ce reflet prenait la position exacte et remplissait précisément le contour de l'implacable et triomphant meurtrier du Berlifitzing sarrasin.

Pour alléger ses esprits affaissés, le baron Frédérick chercha précipitamment le plein air. A la porte principale du palais, il rencontra trois écuyers. Ceux-ci, avec beaucoup de difficulté et au grand péril de leur vie, comprimaient les bonds convulsifs d'un cheval gigantesque couleur de feu.

— A qui ce cheval? Où l'avez-vous trouvé? demanda le jeune homme d'une voix querelleuse et rauque, reconnaissant immédiatement que le mystérieux coursier de la tapisserie était le parfait pendant du furieux animal qu'il avait devant lui.

— C'est votre propriété, monseigneur, répliqua l'un des écuyers; du moins il n'est réclamé par aucun autre propriétaire. Nous l'avons pris comme il s'échappait, tout fumant et écumant de rage, des écuries brûlantes du château Berlifitzing. Supposant qu'il appartenait au haras des chevaux étrangers du vieux comte, nous l'avons ramené comme épave. Mais les domestiques désavouent tout droit sur la bête; ce qui est étrange, puisqu'il porte des traces évidentes du feu, qui prouvent qu'il l'a échappé belle.

— Les lettres W. V. B. sont également marquées au fer très-distinctement sur son front, interrompit un second écuyer; je supposais donc qu'elles étaient les initiales de Wilhelm von Berlifitzing, mais tout le monde au château affirme positivement n'avoir aucune connaissance du cheval.

— Extrêmement singulier! dit le jeune baron, avec un air rêveur et comme n'ayant aucune conscience du sens de ses paroles. C'est, comme vous dites, un remarquable cheval, — un prodigieux cheval! bien qu'il soit, comme vous le remarquez avec justesse, d'un caractère ombrageux et intraitable; allons! qu'il soit à moi, je le veux bien, ajouta-t-il après une pause; peut-être un cavalier tel que Frédérick de Metzengerstein pourra-t-il dompter le diable même des écuries de Berlifitzing.

— Vous vous trompez, monseigneur; le cheval, comme nous vous l'avons dit, je crois, n'appartient pas aux écuries du comte. Si tel eût été le cas, nous connaissons trop bien notre devoir pour l'amener en présence d'une noble personne de votre famille.

— C'est vrai! — observa le baron sèchement. — Et, à ce moment, un jeune valet de chambre arriva du palais, le teint échauffé, et à pas précipités. Il chuchota à l'oreille de son maître l'histoire de la disparition soudaine d'un morceau de la tapisserie, dans une chambre qu'il désigna, entrant alors dans des détails d'un caractère minutieux et circonstancié; mais, comme tout cela fut communiqué d'une voix très-basse, pas un mot ne transpira qui pût satisfaire la curiosité excitée des écuyers.

Le jeune Frédérick, pendant l'entretien, semblait agité d'émotions variées. Néanmoins, il recouvra bientôt son calme, et une expression de méchanceté décidée était déjà fixée sur sa physionomie, quand il donna des ordres péremptoires pour que l'appartement en question fût immédiatement condamné et la clef remise entre ses mains propres.

— Avez-vous appris la mort déplorable de Berlifitzing, le vieux chasseur? dit au baron un de ses vassaux, après le départ du page, pendant que l'énorme coursier que le gentilhomme venait d'adopter comme sien s'élançait et bondissait avec une furie redoublée à travers la longue avenue qui s'étendait du palais aux écuries de Metzengerstein.

— Non, dit le baron, se tournant brusquement vers celui qui parlait; mort! dis-tu?

— C'est la pure vérité, monseigneur; et je présume que, pour un seigneur de votre nom, ce n'est pas un renseignement trop désagréable.

Un rapide sourire jaillit sur la physionomie du baron.

— Comment est-il mort?

— Dans ses efforts imprudents pour sauver la partie préférée de son haras de chasse, il a péri misérablement dans les flammes.

— En... vé... ri... té...! s'exclama le baron, comme impressionné lentement et graduellement par quelque évidence mystérieuse.

— En vérité, répéta le vassal.

— Horrible! dit le jeune homme avec beaucoup de calme; et il rentra tranquillement dans le palais.

A partir de cette époque, une altération marquée eut lieu dans la conduite extérieure du jeune débauché, baron Frédérik von Metzengerstein.

Véritablement, sa conduite désappointait toutes les espérances et déroutait les intrigues de plus d'une mère. Ses habitudes et ses manières tranchèrent de plus en plus et, moins que jamais, n'offrirent d'analogie sympathique quelconque avec celle de l'aristocratie du voisinage. On ne le voyait jamais au-delà des limites de son propre domaine, et, dans le vaste monde social, il était absolument sans compagnon, — à moins que ce grand cheval impétueux, hors nature, couleur de feu, qu'il monta continuellement à partir de cette époque, n'eût en réalité quelque droit mystérieux au titre d'ami.

Néanmoins, de nombreuses invitations de la part du voisinage lui arrivaient périodiquement. — « Le baron honorera-t-il notre fête de sa présence ? — « Le baron se joindra-t-il à nous pour une chasse au sanglier ? » — « Metzengerstein ne chasse pas » ; — « Metzengerstein n'ira pas », — telles étaient ses hautaines et laconiques réponses.

Ces insultes répétées ne pouvaient pas être endurées par une noblesse impérieuse. De telles invitations devinrent moins cordiales, — moins fréquentes ; — avec le temps elles cessèrent tout à fait. On entendit la veuve de l'infortuné comte Berlifitzing exprimer le vœu « que le baron fût au logis quand il désirerait n'y pas être, puisqu'il dédaignait la compagnie de ses égaux ; et qu'il fût à cheval quand il voudrait n'y pas être, puisqu'il leur préférait la société d'un cheval ». Ceci à coup sûr n'était que l'explosion niaise d'une pique héréditaire et prouvait que

nos paroles deviennent singulièrement absurdes
quand nous voulons leur donner une forme
extraordinairement énergique.

Les gens charitables, néanmoins, attribuaient
le changement de manières du jeune gentilhomme au chagrin naturel d'un fils privé prématurément de ses parents, — oubliant toutefois
son atroce et insouciante conduite durant les
jours qui suivirent immédiatement cette perte.
Il y en eut quelques-uns qui accusèrent simplement en lui une idée exagérée de son importance et de sa dignité. D'autres, à leur tour
(et parmi ceux-là peut être cité le médecin de
la famille), parlèrent sans hésiter d'une mélancolie morbide et d'un mal héréditaire; cependant, des insinuations plus ténébreuses, d'une
nature plus équivoque, couraient parmi la multitude.

En réalité, l'attachement pervers du baron
pour sa monture de récente acquisition, — attachement qui semblait prendre une nouvelle
force dans chaque nouvel exemple que l'animal
donnait de ses féroces et démoniaques inclina-
tions, — devint à la longue, aux yeux de tous
les gens raisonnables, une tendresse horrible
et contre nature. Dans l'éblouissement du midi, —
aux heures profondes de la nuit, — malade ou
bien portant, — dans le calme ou dans la tempête, — le jeune Metzengerstein semblait cloué
à la selle du cheval colossal dont les intraitables
audaces s'accordaient si bien avec son propre
caractère.

Il y avait de plus des circonstances qui, rap-

prochées des événements récents, donnaient un
caractère surnaturel et monstrueux à la manie
du cavalier et aux capacités de la bête. L'espace
qu'elle franchissait d'un seul saut avait été soigneusement mesuré, et se trouva dépasser d'une
différence stupéfiante les conjectures les plus
larges et les plus exagérées. Le baron, en outre,
ne se servait pour l'animal d'aucun *nom* particulier, quoique tous les chevaux de son haras
fussent distingués par des appellations caractéristiques. Ce cheval-ci avait son écurie à une
certaine distance des autres; et, quant au panse-
ment et à tout le service nécessaire, nul, excepté
le propriétaire en personne, ne s'était risqué à
remplir ces fonctions, ni même à entrer dans
l'enclos où s'élevait son écurie particulière. On
observa aussi que, quoique les trois palefreniers
qui s'étaient emparés du coursier, quand il
fuyait l'incendie de Berlifitzing, eussent réussi
à arrêter sa course à l'aide d'une chaîne à nœud
coulant, cependant aucun des trois ne pouvait
affirmer avec certitude que, durant cette dange-
reuse lutte, ou à aucun moment depuis lors, il
eût jamais posé la main sur le corps de la bête.
Des preuves d'intelligence particulière dans la
conduite d'un noble cheval plein d'ardeur ne
suffiraient certainement pas à exciter une attention déraisonnable; mais il y avait ici certaines
circonstances qui eussent violenté les esprits
les plus sceptiques et les plus flegmatiques;
et l'on disait que parfois l'animal avait fait
reculer d'horreur la foule curieuse devant la
profonde et frappante signification de sa marque,

— que parfois le jeune Metzengerstein était
devenu pâle et s'était dérobé devant l'expression soudaine de son œil sérieux et quasi
humain.

Parmi toute la domesticité du baron, il ne se
trouva néanmoins personne pour douter de la
ferveur extraordinaire d'affection qu'excitaient
dans le jeune gentilhomme les qualités brillantes de son cheval; personne, excepté du moins
un insignifiant petit page malvenu, dont on
rencontrait partout l'offusquante laideur, et dont
les opinions avaient aussi peu d'importance qu'il
est possible. Il avait l'effronterie d'affirmer — si
toutefois ses idées valent la peine d'être mentionnées, — que son maître ne s'était jamais mis
en selle sans un inexplicable et presque imperceptible frisson, et qu'au retour de chacune de
ses longues et habituelles promenades une
expression de triomphante méchanceté faussait
tous les muscles de sa face.

Pendant une nuit de tempête, Metzengerstein,
sortant d'un lourd sommeil, descendit comme un
maniaque de sa chambre et, montant à cheval
en toute hâte, s'élança en bondissant à travers
le labyrinthe de la forêt.

Un événement aussi commun ne pouvait pas
attirer particulièrement l'attention; mais son
retour fut attendu avec une intense anxiété par
tous ses domestiques, quand, après quelques
heures d'absence, les prodigieux et magnifiques
bâtiments du palais Metzengerstein se mirent
à craqueter et à trembler jusque dans leurs fon-
dements, sous l'action d'un feu immense et

immaîtrisable, — une masse épaisse et livide.

Comme les flammes, quand on les aperçut pour la première fois, avaient déjà fait un si terrible progrès que tous les efforts pour sauver une portion quelconque des bâtiments eussent été évidemment inutiles, toute la population du voisinage se tenait paresseusement à l'entour, dans une stupéfaction silencieuse, sinon apathique. Mais un objet terrible et nouveau fixa bientôt l'attention de la multitude, et démontra combien est plus intense l'intérêt excité dans les sentiments d'une foule par la contemplation d'une agonie humaine que celui qui est créé par les plus effrayants spectacles de la matière inanimée.

Sur la longue avenue de vieux chênes qui commençait à la forêt et aboutissait à l'entrée principale du palais Metzengerstein, un coursier, portant un cavalier décoiffé et en désordre, se faisait voir bondissant avec une impétuosité qui défiait le Démon de la Tempête lui-même.

Le cavalier n'était évidemment pas le maître de cette course effrénée. L'angoisse de sa physionomie, les efforts convulsifs de tout son être, rendaient témoignage d'une lutte surhumaine; mais aucun son, excepté un cri unique, ne s'échappa de ses lèvres lacérées, qu'il mordait d'outre en outre dans l'intensité de sa terreur. En un instant, le choc des sabots retentit avec un bruit aigu et perçant, plus haut que le mugissement des flammes et le glapissement du vent, — un instant encore, et, franchissant d'un seul bond la grande porte et le fossé, le coursier s'élança sur les escaliers branlants du palais et disparut avec son cavalier dans le tourbillon de ce feu chaotique.

La furie de la tempête s'apaisa tout à coup et un calme absolu prit solennellement sa place. Une flamme blanche enveloppait toujours le bâtiment comme un suaire, et, ruisselant au loin dans l'atmosphère tranquille, dardait une lumière d'un éclat surnaturel, pendant qu'un nuage de fumée s'abattait pesamment sur les bâtiments sous la forme distincte d'un gigantesque *cheval*.

CHRONOLOGIE

1806 — Mariage d'Elizabeth Arnold et de David Poe, comédiens.

1809 — *19 janvier*. Naissance d'Edgar Poe, à Boston.

1810 — *10 décembre*. Mort de la mère d'Edgar Poe, à Richmond (Virginie).

1810 — *24 décembre*. Incendie du théâtre de Richmond. Adoption d'Edgar Poe par John Allan, négociant en tabacs.

1815 — Les Allan emmènent Edgar en Grande-Bretagne.

1820 — Retour à Richmond, premières études.

1826 — Entrée d'Edgar Allan Poe à l'université de Virginie.

1827 — Edgar Poe quitte sa famille. Publication, à Boston, de *Tamerlan and other Poems*. Engagement pour cinq ans dans l'armée.

1829 — Le sergent-major « Perry » passe plusieurs mois à Fort Moultrie, dans l'île Sullivan.

1830 — Edgar Poe est admis à West Point. Publication, à Baltimore, du poème *Al Aaraaf*.

1833 — Expulsé de l'École Militaire, Edgar Poe se réfugie auprès de sa tante Maria Clemm.

1832 — *The Saturday Courier* (Philadelphie) publie *Metzengerstein, A Tale of Jerusalem, The Bargain lost*.

1833 — Edgar Poe remporte le prix de cent dollars

offert par *The Baltimore Visiter* avec *Manuscript found in a Bottle*.

1835 — Entre comme rédacteur au *Southern Literary Messenger* (Richmond), où paraîtront *King Pest, Morella, Hans Pfaall*.

1836 — Mariage avec sa cousine Virginia Clemm.

1837 — Il quitte *The Messenger*. Installation à Phidalphie. Rédacteur et critique au *Gentlemen's Magazine*, où paraîtra en 1839 *William Wilson*.

1838 — *The American Museum of Science, Literature and the Arts*, de Baltimore, publie *Ligeia* et, l'année suivante, *The Fall of the House of Usher*. A New York paraît *The Narrative of Arthur Gordon Pym*.

1840 — Les *Tales of the Grotesque and Arabesque* paraissent à Philadelphie.

1841 — Edgar Poe *editor* au *Graham's Magazine* (Philadelphie).

1842 — Rencontre avec Dickens. Discussions sur la nécessité d'un *Copy Right* international.

1843 — Retentissement du *Golden Bug (Le Scarabée d'or)*, qui paraît à New York dans *The Dollar Newspaper*. Poe collecte des fonds pour créer un périodique littéraire, *The Stylus*. Il fait sensation à New York en lançant la nouvelle d'une traversée de l'Atlantique, en trois jours, par un ballon à hélice. Publication, à Philadelphie, des *Proses Romances of Edgar A. Poe*.

1845 — Gloire d'Edgar Poe après la publication du *Corbeau* dans *The Evening Mirror* (New York). Poe devient l'éphémère propriétaire-éditeur du *Broadway Journal*. Dettes et misère. Grave crise d'alcoolisme. Maladie de Virginie, dans une masure de la banlieue de New York. Publication de *The Imp of the Perverse (Le « Démon » de la perversité)* dans *The Graham's*.

1846 — *The Philosophy of Composition*, dans *The Graham's*.

1847 — Mort de Virginia. Poe accusé de plagiat pour avoir écrit un traité de conchyliologie.

1848 — *Eurêka*. Crises d'alcoolisme et de dépression. Vie sentimentale incohérente. Errances à travers l'Est des États-Unis. Tentative de suicide. Poe commence à être connu en France.

1849 — Conférences sur l'Univers et sur *Le Principe poétique*. Le 3 octobre, Poe est trouvé sans connaissance à Baltimore. Il meurt le 7 octobre.

1850 — Publication, à New York, chez Redfield, de *The Works of the Late Edgar Poe*, en trois volumes : *Tales, Poems, Marginalia* (études critiques).

1856 — *Histoires extraordinaires*, traduction de Ch. Baudelaire, chez Michel Lévy.

1857 — *Nouvelles Histoires extraordinaires*.

1858 — *Aventures de Gordon Pym* (Ch. Baudelaire).

1864 — *Histoires grotesques et sérieuses*. (Ch. Baudelaire).

1882 — *Contes grotesques* d'Edgar Poe, traduction Émile Hennequin.

1855 — *Œuvres choisies d'E. Poe,* trad. W. L. Hugues. Paris.

1888 — *Derniers Contes d'E. Poe,* trad. F. Rabbe. Paris.

1902 — Publication des *Œuvres complètes* de Poe aux États-Unis (*The Virginia Edition,* en onze volumes).

TABLE